La Casa de las Siete Urracas

La Casa de las Siete Urracas

VICTORIA HOLT

Traducción de María Antonia Menini

grijalbo

Título original
SEVEN FOR A SECRET
Traducido de la edición
de Harper Collins Publishers, Ltd., Londres, 1992
Cubierta: SDD, Serveis de Disseny, S.A.

Primera edición

ISBN: 84-253-2461-0
Depósito legal: B. 29.379-1992
Impreso en Indugraf, S.C.C.L., Badajoz, 145, Barcelona

Índice

Flores de Pascua

Casi inmediatamente después de irme a vivir con mi tía Sophie, hice amistad con las extrañas hermanas Lucy y Flora Lane y, a partir de entonces, a causa de lo que allí descubrí, llamé a su casita de campo la Casa de las Siete Urracas.

Pienso a menudo que tal vez jamás hubiera conocido aquel lugar de no haber sido por el adorno de la iglesia, aquella lejana Pascua. Pero puede que eso no sea exactamente cierto y que el motivo no fueran enteramente las flores... y que éstas se limitaran a precipitar los acontecimientos.

Hasta entonces, tía Sophie raras veces visitaba nuestra casa, y jamás se mencionaban las desavenencias entre ella y mi madre. Vivía en Wiltshire, un lugar bastante alejado de Londres en tren, y después tenía que trasladarse desde la capital a Middlemore, en Surrey. Yo pensaba que no quería tomarse la molestia de ir a vernos, y mi madre, por supuesto, consideraba el viaje a Wiltshire demasiado arduo para ella, sobre todo teniendo en cuenta que el resultado sería una reunión no demasiado afortunada con tía Sophie.

Tía Sophie era casi una desconocida para mí en aquellos primeros tiempos.

Mi madre y tía Sophie, a pesar de ser hermanas, eran tan distintas entre sí como lo pudieran ser dos personas.

Mi madre era alta, esbelta y agraciada; poseía unos rasgos como cincelados en mármol y sus ojos azul claro podían ser a veces tan fríos como el hielo; sus pestañas eran largas y rubias, sus cejas estaban perfectamente dibujadas y llevaba el precioso cabello pulcramente recogido en un moño. Siempre le hacía saber a todo el mundo, incluso a la gente de la casa que ya estaba al corriente de ello, que no había sido educada para vivir tal como estaba viviendo y que sólo debido a las «circunstancias» nos veíamos obligados a llevar la existencia que entonces llevábamos.

Tía Sophie era la hermana mayor de mi madre. Creo que se llevaban dos años. Era de estatura mediana, pero un poco rechoncha, por lo que aparentaba ser más baja de lo que era; tenía un redondo rostro sonrosado y unos penetrantes ojillos castaños semejantes a grosellas que, cuando se reía, casi desaparecían: era una risa un tanto estridente que a mi madre le «atacaba» los nervios.

No era de extrañar que se mantuvieran distanciadas. En las insólitas ocasiones en que mi madre hablaba de ella, comentaba invariablemente lo sorprendente que resultaba el hecho de que ambas se hubieran criado juntas.

Mi madre y yo vivíamos en lo que se llama una «digna pobreza» junto con dos criadas: Meg, una reliquia de «tiempos mejores», y Amy, una jovencita de Middlemore, procedente de una de las humildes casitas de campo del otro lado del ejido.

Mi madre se esforzaba mucho en guardar las apariencias. Se había criado en Cedar Hall, y yo siempre consideré una desgracia que esa mansión estuviera tan cerca y no hubiera más remedio que tenerla constantemente delante de las narices.

Allí estaba en toda su grandeza, tanto más impresionante cuanto más se la comparaba con nuestra humilde morada de Lavender House. Cedar Hall era la casa de Middlemore. Las festividades de la iglesia se celebraban en sus jardines y una de sus estancias estaba perennemente disponible para las reuniones eclesiásticas siempre que hiciera falta; y los cantores de villancicos se reunían todas las Nochebuenas en el patio para tomar vino caliente con azúcar y especias, y pastel de frutas una vez finalizada su actuación.

Mi madre había sufrido dos tragedias. No sólo perdió su antiguo hogar, que se tuvo que vender cuando murió su padre y se descubrió el alcance de sus deudas, sino que, por si fuera poco, la compraron los Carter, que habían amasado una fortuna vendiendo dulces y tabaco en todas las ciudades de Inglaterra. Los Carter eran unos indeseables por dos motivos: por ser vulgares y por ser ricos.

Cada vez que miraba hacia Cedar Hall, mi madre endurecía las facciones y comprimía los labios, dando a entender con ello la profunda cólera que sentía; eso ocurría, por supuesto, siempre que miraba desde la ventana de su dormitorio. Todas estábamos acostumbradas a sus quejas cotidianas, que dominaban nuestras vidas tanto como la suya.

—Hubiera sido mejor que nos fuéramos en seguida —solía decir Meg—. Eso de ver cada día la antigua casa no es muy bueno que digamos.

Un día le pregunté a mi madre:

—¿Por qué no nos vamos a vivir a otro sitio? A algún sitio donde no tengas que ver la casa todo el día.

Al ver el horror de su rostro, pensé, a pesar de lo joven que era: «Quiere estar aquí». No podría soportar otra cosa. Entonces no comprendí (aunque más tarde logré entenderlo) que disfrutaba con su desdicha y resentimiento.

Quería seguir como en sus viejos tiempos en Cedar Hall. Se empeñaba en participar en los asuntos de la iglesia, donde solía llevar la voz cantante, organizando bazares y cosas por el estilo. La irritaba sobremanera que la fiesta de verano no pudiera celebrarse en nuestro jardín.

Meg le comentaba a Amy entre risas:

—¿Cómo? ¿Sobre dos metros cuadrados de hierba? ¡No me hagas reír!

Yo tenía una institutriz. Dada nuestra posición, eso era esencial, decía mi madre. No podía permitirse el lujo de enviarme a una escuela privada y la idea de que yo acudiera a clase en la escuela del pueblo estaba totalmente descartada. La única alternativa eran las institutrices, que, por cierto, no solían durar demasiado. Las referencias a la pasada grandeza no bastaban para suplir su carencia en Lavender House, la cual era simplemente una «Casa» cuando nosotras la ocupamos, según me dijo Meg.

—Sí, durante muchos años, fue Lavender Cottage, y el hecho de pintarle *House** no sirvió de mucho.

Mi madre no era una persona demasiado comunicativa y, aunque solía hablar mucho de las glorias del pasado, apenas se refería al tema que a mí más me interesaba: mi padre.

Cuando le preguntaba por él, apretaba los labios y se convertía más que nunca en una estatua... exactamente igual que cuando hablaba de los Carter de Cedar Hall.

—Tú no tienes padre... ahora —me decía.

El «ahora» y la pausa que lo precedía se me antojaban extremadamente significativos, por cuyo motivo yo solía protestar, diciendo:

—Pero lo he tenido.

—No seas absurda, Frederica. Por supuesto que todo el mundo ha tenido un padre alguna vez.

* En esta acepción, *House* significa mansión señorial. (*N. de la T.*)

Me habían bautizado con el nombre de Frederica porque había habido muchos Fredericks en la familia de Cedar Hall. Mi madre me había dicho que había seis en la galería de retratos de la mansión. Yo había oído hablar de sir Frederick, nombrado caballero en Bosworth Field; de otro que se había distinguido en Waterloo y de otro que había brillado en el bando de los monárquicos durante la guerra civil. De haber sido un chico, me hubieran puesto Frederick. Pero tuve que ser Frederica, lo cual me resultaba incómodo, por lo que tendía a abreviarlo en Freddie e incluso Fred, dando lugar con ello en más de una ocasión a comprensibles confusiones.

—¿Murió?

—Ya te lo he dicho. Ahora no tienes padre. Y sanseacabó.

Al final comprendí que un secreto rodeaba a mi padre.

No recordaba haberle visto jamás. De hecho, no recordaba haber vivido en otro sitio que no fuera aquella casa. El ejido, las casitas, la iglesia, todo a la sombra de Cedar Hall, habían formado parte de mi vida hasta entonces.

Solía pasar muchas horas en la cocina con Meg y Amy. Ambas eran conmigo mucho más cariñosas que nadie.

No estaba autorizada a hacer amistad con la gente del pueblo y, por lo que respectaba a los Carter de Cedar Hall, mi madre se limitaba a mostrarse con ellos fríamente cortés.

Pronto averigüé que mi madre era una mujer muy desdichada.

Ahora que ya estaba empezando a crecer, Meg solía hablar mucho conmigo.

—Esta vida no es vida —me dijo en cierta ocasión—. Lavender House, un cuerno. Todo el mundo sabe qué era Lavender Cottage. No puedes conseguir que una casa sea una mansión, cambiándole simplemente el nombre.

La diré una cosa, señorita Fred... —aunque delante de mi madre yo era la señorita Frederica, cuando estaba a solas con Meg, me convertía en la señorita Fred y a veces incluso en la señorita Freddie; puesto que Frederica era para Meg un nombre «extravagante», no cabía esperar de ella que lo utilizara más de lo necesario—. Le diré una cosa, señorita Fred. Aunque la mona se vista de seda, mona se queda por mucho que la disfracen, y yo creo que estaríamos mucho mejor en una casita en Clapham... siendo lo que somos y no lo que aparentamos ser. Allí podríamos disfrutar un poco más de la vida.

A Meg se le nublaban los ojos de anhelo. Se había criado en el East End de Londres y estaba muy orgullosa de ello.

—Aquello sí era vida: el sábado por la noche, con todos los tenderetes iluminados. Berberechos y mejillones, caracoles de mar, almejas y anguilas en gelatina. Menudo festín, ¿verdad? Aquí, en cambio, ¿qué es lo que hay? Dígamelo.

—Las fiestas de la iglesia y la sociedad coral.

—¡No me haga reír! Un puñado de presumidos, haciéndose pasar por lo que no son. A mí que me den Londres.

A Meg le encantaba hablar de la gran ciudad. Los tranvías de caballos que te podían llevar hasta el mismísimo West End. Ella había estado allí cuando lo del Jubileo del quincuagésimo aniversario del reinado de la reina Victoria. Fue algo extraordinario. No era más que una mocosa entonces, antes de que fuera tan tonta como para irse a trabajar al campo... lo cual ocurrió antes de que entrara a trabajar en Cedar Hall. Hasta había visto a la reina en su carroza. Tampoco es que fuera nada del otro jueves, pero era una reina... y quería que la gente se enterara.

—Sí, hubiéramos podido vivir allí arriba en lugar de

vivir aquí abajo. Un sitio bonito... Bromley de Bow tal vez. O Stepney. Hubiéramos podido encontrar casas baratísimas. Pero tuvimos que venir aquí. A Lavender House. Pero si ni siquiera la lavanda es tan buena como la que nosotros cultivábamos en nuestro jardín de Stepney.

Cuando Meg me ensalzaba la vida de Londres, yo aprendía un montón de cosas.

—Tú llevas mucho tiempo con mi madre, Meg —le dije.

—Nada menos que quince años.

—Habrás conocido a mi padre.

Era un sábado por la noche en que Meg estaba evocando los mercados de Londres y las anguilas en gelatina.

—Menudo era ése —contestó Meg, abandonando a regañadientes aquella deliciosa escena y echándose a reír.

—¿Menudo qué, Meg? —le pregunté.

—¡Bueno, usted no se preocupe!

Las comisuras de sus labios se curvaron hacia arriba y yo comprendí que se estaba divirtiendo. Debía de ser por los recuerdos de mi padre.

—Se lo hubiera querido decir a su madre.

—¿Qué le hubieras querido decir?

—Pues que no podía durar. Se lo dije a la cocinera... teníamos cocinera por aquel entonces, un poco bruta, por cierto... y yo no era gran cosa... ayudante de cocina, eso era yo. Le dije:

»—Eso no va a durar. Él no es de los que sientan la cabeza y ella no es de las que son capaces de aguantarlo todo.

—Pero, ¿qué es lo que tenía que aguantar?

—Pues a él, por supuesto. Y él tenía que aguantarla a ella. Le dije a la cocinera:

»—Eso no cuajará.

»¡Y acerté!

—No le recuerdo.

—No tendría usted más de un año cuando se fue.

—¿Adónde se fue?

—Con ella, supongo... la otra.

—¿No crees que ya sería hora de que yo me enterara?

—Creo que ya se enterará cuando llegue el momento.

Yo sabía que aquella mañana había habido una pequeña discusión entre Meg y mi madre, la cual dijo que la carne estaba dura. Meg contestó que cuando no se compraba carne de la mejor calidad lo más lógico es que ésta quedara un poco dura, a lo cual mi madre replicó que hubiera tenido que cocerla un poco más. Meg estaba a punto de despedirse, cosa que siempre constituía su arma más poderosa cuando se producían tales conflictos. ¿Dónde hubiéramos podido encontrar otra Meg? En cuanto a Meg, creo que no quería tomarse la molestia de cambiar de casa. Era una amenaza que utilizaba en momentos de crisis: ninguna de las dos podía estar segura de sí, hostigada hasta el límite, la otra podría emprender alguna acción y ella se encontraría en una situación de la cual le resultaría humillante retirarse.

El problema ya se había resuelto, pero Meg aún estaba ofendida y, en tales circunstancias, era más fácil arrancarle confidencias.

—Tú sabes que tengo casi trece años, Meg —le dije.

—Pues claro que lo sé.

—Creo que ya soy lo suficientemente mayor.

—Tiene usted una cabeza muy bien puesta sobre los hombros, señorita Fred, tengo que reconocerlo. Y no se parece a ella.

Me constaba que Meg sentía cierta ternura por mí. Hablando con Amy, la había oído referirse a mí como a «esa pobre criatura».

—Creo que tengo derecho a saber algo sobre mi padre —añadí.

—Los padres —dijo Meg, evocando su propio pasado tal como tenía por costumbre hacer— son muy curiosos. Los hay que se les cae la baba y los hay con la correa a punto en un abrir y cerrar de ojos. El mío era de los últimos. Como dijeras una palabra que a él le pareciera fuera de lugar, se desabrochaba el cinturón y te pegaba una zurra. Los sábados por la noche... bueno, le gustaba darle a la botella, vaya si le gustaba, y cuando estaba borracho como una cuba, lo mejor era apartarse de su camino. Así son los padres.

—Debió de ser horrible, Meg. Háblame del mío.

—Era muy guapo, hay que reconocerlo. Formaban una pareja preciosa. Solían asistir a los bailes del regimiento. Parecían como salidos de un cuadro... los dos juntos. Tu madre no tenía esa expresión agria que tiene ahora... bueno, por lo menos, no siempre. Nos acercábamos a la ventana y les veíamos subir al carruaje, él vestido de uniforme...

Meg sacudió la cabeza mientras se le humedecían los ojos al recordarlo.

—¿Los bailes del regimiento?

—Bueno, él era militar, ¿no? La cocinera decía que tenía una alta graduación en el ejército... que era oficial... o comandante o algo por el estilo. Pero era guapísimo. Tenía lo que se llama una mirada errante.

—¿Y eso qué significa?

—Pues que le gustaba mirar a su alrededor.

—Mirar, ¿qué?

Meg me dio un empujoncito y comprendí que la conversación no iba a seguir por aquel camino, por lo que me apresuré a preguntar:

—¿Qué le pasó? ¿Se fue a la guerra?

—No, que yo sepa. Entonces no había ninguna guerra, ¿no? Por consiguiente, no podía irse a la guerra. Nos trasladamos a vivir a distintos lugares. Es lo que suele ocurrir en el ejército. Te instalas en un sitio y en seguida tienes que hacer las maletas e irte a otro. Había desfiles, bandas y cosas así. Una vida muy animada.

—¿Y tú les acompañabas?

—Pues sí. Yo estaba con ella antes de que se casara. Fue una boda por todo lo alto... y salió de Cedar Hall. Parece que la estoy viendo al salir de la iglesia. Entonces no estaba el reverendo Mathers. ¿Cómo se llamaba el de entonces?

—No importa. ¿Qué pasó?

—Se fueron en viaje de luna de miel... y después nos alojamos en los distintos cuarteles donde iba el regimiento. No llevaban casados ni tres meses cuando murió su abuelo de usted. En seguida hubo el revuelo de la venta de Cedar Hall y la llegada de los Carter. En fin, entonces comprendí que la cosa no iba a durar. Él no estaba hecho para el matrimonio. Había alguien...

—¿Quieres decir después de haberse casado con mi madre?

—Eso no tiene importancia para algunos. No pueden evitarlo.

La cosa se estaba poniendo interesante; yo temía que hubiera una interrupción y Meg recordara repentinamente mi edad y pensara que estaba hablando más de la cuenta.

—Bueno, usted venía de camino y eso sí importaba. Su madre no podía asistir a los bailes como si tal cosa, ¿comprende?

—¿Y entonces?

—Todo siguió adelante, nació usted, pero la situación no mejoró. Corrían rumores. Pero ella no quiso tomar cartas en el asunto. Era de las que siempre quieren guardar las apariencias.

—¿A qué te refieres, Meg?

—Bueno, pues a que ella sabía lo de la otra. Era una mujer coqueta y casquivana, cosa que a él le venía de perlas, ¿comprende? Pero tenía marido. Y él los sorprendió... con las manos en la masa como quien dice. Hubo un escándalo mayúsculo que acabó en divorcio y creo que, con el tiempo, se casaron. Y fueron felices para siempre... quizá. Pero su madre de usted nunca lo superó. Si Cedars no se hubiera vendido, hubiera podido regresar allí y puede que entonces la situación no hubiera sido tan grave. Pero apenas quedó nada después de la venta y el pago de las deudas. Todo se repartió entre ella y la señorita Sophie. La señorita Sophie se compró la casa que ahora tiene y su madre de usted compró ésta. Le quedó algo de su padre, claro... pero ya ve usted cómo están las cosas.

—¿Vive todavía?

—Está vivito y coleando, creo. Su madre de usted nunca se sobrepuso. No habla de ello. Si hubiera podido volver a Cedar Hall, creo que no hubiera sido tan grave. Pero, bueno, usted no diga ni una sola palabra de todo eso. Me ha preguntado por su padre y todo el mundo tiene derecho a saber quién es el suyo.

—No sé si alguna vez le veré.

Meg sacudió la cabeza.

—Él jamás se atrevería a venir aquí, querida. Pero le diré una cosa. Nunca podría conocer a un caballero más cumplido que él. Son cosas que ocurren... en fin, ya sabe usted cómo son algunas personas. No consiguen encajar. Y después viene la separación. Y aquí estamos, en Lavender Cottage... perdón, en Lavender House.

Tras haberme contado todas esas cosas, a Meg ya le resultó difícil detenerse, por lo que, siempre que podía escaparme de la institutriz de turno, yo procuraba reunirme con ella.

En realidad, Meg no era demasiado reacia a hablar. Le encantaba contar chismes. Me dijo que le gustaría estar en una casa llena de criados. Su hermana servía en una de esas casas, allá abajo en Somerset.

—Hay mayordomo, ama de llaves, ayudantes de cocina, doncellas... lo que usted quiera. Y tienen coche y caballeriza y qué sé yo cuántas cosas más. En un lugar así siempre hay mucha actividad. Eso, en cambio..., bueno, no es ni una cosa ni otra.

—Me pregunto por qué estás aquí, Meg.

—Bueno, no puede una escapar del fuego para caer en las llamas.

—¡O sea que esto es el fuego!

—Más o menos.

—Háblame de mi padre.

—Ya le he hablado bastante, ¿no cree? Ahora no vaya a contarle a su mamá lo que yo le he dicho. Creo que es justo que usted supiera... algo. Algún día ella se lo dirá... desde su punto de vista, claro. Supongo que él también tuvo que aguantar lo suyo y todo tiene dos caras. Era un hombre muy amante de la diversión. Todos los criados lo apreciaban. Siempre se mostraba amable con ellos.

—Me parece que tú le tenías simpatía.

—No podía evitarlo. Lo de la otra mujer y demás. Creo que se vio empujado a ello en cierto modo... siendo su madre como es... y siendo él como es...

Un día en que estaba hablando con Meg, mi madre entró en la cocina y pareció sorprenderse de verme allí.

—Meg —dijo—, quiero discutir contigo el menú de esta noche.

Meg elevó los ojos al techo y yo escapé a toda prisa. Como la víspera habíamos comido solomillo de buey, aquel día tendríamos que comer las sobras frías, pero mi madre siempre acudía a la cocina para discutir el menú con Meg. Le hubiera gustado mandarla llamar, pero no tenía a nadie a quien enviar excepto Amy, lo cual hubiera significado apartar a Amy de cualquier cosa que estuviera haciendo en aquel momento y, por si fuera poco, Amy era muy lenta. No había campanillas en Lavender House e instalarlas hubiera sido muy caro. Establecer un horario para las reuniones tampoco hubiera sido apropiado, pues, tal como decía Meg, ella andaba constantemente de acá para allá y no podía estar atada por los horarios para hacer esto o aquello. Por consiguiente, a mi madre no le quedaba más remedio que acudir a la cocina.

Volví a preguntarme si sería posible explicarle a mi madre que era más bien ridículo comportarse como la señora de una gran mansión siendo así que nuestra morada distaba mucho de ser tal cosa. Recordé las palabras de Robert Burns:

Oh, si algún Poder nos concediera el don
De vernos tal como los demás nos ven.

Qué don tan extraordinario hubiera sido... sobre todo, para mi madre. De haberlo poseído, tal vez su esposo no la hubiera abandonado y yo hubiera conocido a mi padre. Me lo imaginaba como un hombre alegre y de mirada risueña, capaz de suscitar el entusiasmo de personas como Meg.

En una ocasión había visto a Meg pavonearse de la misma manera que cuando mencionaba a mi padre. Lo hacía en honor del señor Burr, el de la carnicería, el cual se pasaba el rato gritando: «Compren, compren, compren», mientras cortaba la carne en el tajo. Era un hombre garboso y gentil que llevaba un delantal a rayas blancas y azules y se tocaba con un sombrero de paja gallardamente inclinado hacia un lado. Le bailaban los ojos mientras bromeaba con la clientela mayoritariamente integrada por mujeres.

Meg decía que sus comentarios eran un poco descarados, aunque, a pesar de todo, la hacían reír a una.

Un día le contestó:

—Mire, joven, cuídese de sus asuntos y tenga cuidado con lo que dice.

Él le guiñó el ojo, diciendo:

—Conque esas tenemos, ¿eh? Venga conmigo a la trastienda y ya verá cómo cambia de parecer.

—Menudo demonio está usted hecho —replicó Meg entre risas.

Mi padre era la clase de hombre capaz de suscitar en ella la misma reacción que le producía el señor Burr, el carnicero.

Era un detalle significativo y me dio mucho que pensar.

Me estaba dirigiendo a la vicaría con una nota para el reverendo John Mathers. Mi madre solía utilizar aquel medio de comunicación cuando estaba enojada.

Quería aclarar un malentendido a propósito de los arreglos florales de la iglesia. El año anterior, se quejaba, había sufrido una gran decepción. La señora Carter y la señorita Allder es que no tenían ni idea. ¿Qué se podía esperar de una tendera venida a más que había ganado una fortuna, vendiendo dulces y tabaco? En cuanto a la señorita Allder, no era más que una criatura bobalicona que se había encaprichado del clérigo y se había convertido en una marioneta de la señora Carter. Era absurdo, teniendo en cuenta la gran experiencia adquirida por mi madre en el adorno de la iglesia en los tiempos en que ella vivía en Cedar Hall ya que la alta burguesía ejercía cierta influencia en las cuestiones eclesiales.

Me constaba que mi madre sufría mucho por este motivo, que, en realidad, no tenía la menor importancia, y que veía en él una afrenta a su dignidad. Había escrito varias versiones de su nota al reverendo Mathers, las había roto y se había puesto furiosa. Era una de aquellas cosas capaces de crear en ella un estado de tensión totalmente desproporcionado con el asunto de que se tratara.

Desde mi conversación con Meg a propósito de mi padre, yo había intentado por todos los medios inducirla a que me siguiera hablando de él, pero apenas pude descubrir nada más, aunque tuve la impresión de que ella estaba más a favor de mi padre que de mi madre.

Era un precioso día primaveral. Crucé el ejido y pasé por delante del banco de la orilla del estanque en el que permanecían sentados dos ancianos a los que yo conocía de vista porque solían acudir allí casi todos los días. Eran dos braceros, o lo habían sido, pues ahora ya eran demasiado viejos para trabajar y se pasaban el rato sentados allí, charlando. Les di los buenos días al pasar.

Enfilé el sendero que conducía a la vicaría. La campiña estaba muy hermosa en aquella época del año, en que los castaños de Indias ya habían florecido y las violetas silvestres y la acetosilla crecían bajo los setos. ¡Qué contraste con las anguilas en gelatina de los mercados de Meg!

Me reí para mis adentros. Me hacía cierta gracia... mi madre soñando con la grandeza y Meg añorando las calles de Londres. Tal vez la gente solía querer lo que no tenía.

Allí estaba la vicaría, un alargado edificio de piedra gris con un bonito jardín delante y el cementerio al otro lado.

El vicario me recibió en un desordenado salón cuyas ventanas con parteluces daban al cementerio. Se encontraba sentado junto a un escritorio atestado de papeles.

—Ah, señorita Hammond —dijo, subiéndose las gafas sobre el caballete de la nariz hasta dejarlas descansando sobre su frente.

Era un hombre amable y amante de la paz, en cuyos ojos grises levemente llorosos observé inmediatamente una expresión de inquietud. Temía que el venturoso estado en que se encontraba sufriera alguna alteración, tal como solía ocurrir cada vez que recibía alguna nota de mi madre. Cuando le comuniqué que llevaba una nota, sus temores quedaron confirmados.

Se la entregué.

—Creo que tengo que esperar la respuesta —le dije cortésmente.

—Ah, sí... sí.

El vicario volvió a bajarse las gafas y se inclinó levemente hacia un lado para que yo no pudiera ver su reacción a las palabras de mi madre.

—Vaya, vaya —dijo, mirándome consternado—. Se refiere a las flores de Pascua. La señora Carter ya se ha encargado del asunto y, como es natural...

—Claro —dije yo.

—Y, además... le... ha pedido a la señorita Allder que la ayude a colocarlas y creo que la señorita Allder ya ha dado su conformidad. O sea que ya ve usted...

—Sí, ya veo. Lo comprendo perfectamente.

El vicario me dirigió una sonrisa de gratitud.

—Espero... que le transmita mis disculpas a su madre y... que... le explique que... el asunto ya no está en mis manos; no creo que sea necesario comunicárselo por escrito.

Conociendo a mi madre, me compadecí de él.

—Se lo explicaré —dije.

—Muchas gracias, señorita Hammond. Le ruego le transmita mis excusas.

—Lo haré —le prometí.

Salí de la vicaría, pero no me apresuré a regresar a casa. Sabía que se desencadenaría una tormenta y estaba inquieta. ¿Qué más daba quién arreglara las flores? ¿Por qué le importaba tanto a mi madre? No era por las flores. Era el eterno fantasma. En los días de influencia, ella hubiera enviado las flores. Ella hubiera decidido si adornar con ellas el púlpito o el altar. Todo parecía muy trivial. Me sentía triste y enojada al mismo tiempo con ella.

Por eso me entretuve, dándole vueltas al asunto en mi cabeza y tratando de buscar la manera de comunicarle la noticia.

Me estaba esperando.

—Has tardado mucho. Bueno... ¿tienes su respuesta?

—No era necesario escribirla —contesté. Y se lo comuniqué de palabra—. La señora Carter se encargará de las flores y la señorita Allder la ayudará a colocarlas, porque la señora Carter ya se lo ha pedido.

Mi madre me miró como si acabara de comunicarle un gran desastre.

—¡No! —exclamó.

—Me temo que eso es lo que ha dicho. Lo lamenta mucho y creo sinceramente que siente disgustarte.

—¡Cómo se atreve! Pero, ¡cómo se atreve!

—Mira, me ha explicado que no puede hacer nada porque la señora Carter ya ha proporcionado las flores.

—¡Esta mujer tan vulgar!

—El vicario no tiene la culpa.

—¡No tiene la culpa!

El rostro habitualmente pálido de mi madre se tiñó de púrpura. Después se estremeció de pies a cabeza y le empezaron a temblar los labios.

—De veras, mamá —dije—. Son sólo las flores de Pascua. ¿Qué más da?

Mi madre cerró los ojos y yo observé que el pulso le latía rápidamente en la sien. Emitió un jadeo y se tambaleó. Me acerqué a toda prisa y conseguí sujetarla antes de que se desplomara al suelo. Observé la presencia de espuma en sus labios.

Eso es absurdo, hubiera querido gritarle. Es ridículo. Pero, de pronto, me asusté. Aquello era algo más que un acceso de cólera.

Por suerte, allí cerca había un gran sillón. La ayudé a sentarse y llamé a Meg.

Meg y yo, con la ayuda de Amy, acostamos a mi madre.

Llegó el médico y Meg lo acompañó a la habitación de mi madre mientras yo permanecía en la escalera, escuchando.

La señorita Glover, mi institutriz, salió y me vio.

—¿Qué ocurre?

—Mi madre se ha puesto enferma.

La señorita Glover trató de aparentar pesadumbre, pero no lo consiguió. Era una de las muchas que sólo estaban allí hasta que encontraran otra cosa mejor.

Me acompañó al salón para esperar la salida del médico.

Le oí bajar con Meg y decir:

—Volveré esta tarde. Entonces ya veremos.

Meg le dio las gracias y entró en el salón donde nosotras esperábamos.

Me miró con inquietud. Comprendí que estaba preocupada más por mí que por mi madre.

—¿Qué ha pasado —preguntó la señorita Glover.

—El doctor dice que es un... un ataque.

—Y eso, ¿qué es? —inquirí.

—Una cosa muy mala. Pero todavía no lo sabemos. Tendremos que esperar a ver qué ocurre.

—Eso es tremendo —dijo la señorita Glover—. ¿Es que... se va a...?

—Parece que el doctor no está seguro. Volverá. Está... muy malita.

—¿Cómo se encuentra ella? —pregunté.

—El doctor le ha administrado una medicina. Dice que ella no sabrá nada... de momento. Volverá con el joven doctor Egham.

—Eso parece terrible —dije—. Debe de estar muy grave.

Meg me miró con tristeza y dijo:

—Creo que sí.

—Bueno, si no puedo hacer nada... —dijo la señorita Glover, retirándose.

Todo aquello no le interesaba. Aquella mañana había recibido una carta. Pensé que debía de ser otra oferta de trabajo más acorde con sus expectativas que el hecho de enseñar a una niña en una casa, por mucho que la llamaran villa, al servicio de alguien que se las daba de gran señora, pero carecía de medios para serlo. Estaba aprendiendo a leer los pensamientos de la gente.

Me alegré de que se fuera. Meg, en cambio, estaba sinceramente preocupada.

—¿Qué significa todo esto? —le pregunté.

—Sé tanto como usted, cariño. Creo que está muy enferma. Mi tía Jane sufrió un ataque así. Tenía todo un lado del cuerpo paralizado y no podía hablar... sólo murmullos. Se pasó un año así. Parecía una niña pequeña.

—Oh, no... no.

—Bueno, a veces no se recuperan. Nos puede ocurrir a todos en cualquier momento. Andas por ahí tan tranquila cuando, de pronto, el Señor decide derribarte.

No hacía más que pensar en mi madre, tan estirada, tan orgullosa de sus orígenes, tan enfurecida y amargada por el sesgo que había adquirido su destino; y me compadecía profundamente de ella. Entonces lo comprendí todo mejor que nunca y hubiera deseado poder decírselo.

Se apoderó de mí el terrible temor de no poder hacerlo jamás y me sentí invadida por una profunda cólera. La culpa la tenían aquellas estúpidas flores de Pascua.

Su disgusto había sido el causante de todo aquello. ¡No! Era algo más que las flores. Era algo que había ido creciendo en su interior... toda la rabia, la amargura y el resentimiento. Las flores no habían sido más que la culminación de todos los años de envidia y de rabia reprimida contra el destino.

El médico regresó en compañía del doctor Egham. Ambos permanecieron con mi madre mucho rato. Meg estuvo allí por si necesitaban algo y después los tres bajaron al salón y me mandaron llamar.

El doctor Canton me miró con una dulzura que me hizo temer lo peor.

—Tu madre está muy enferma —dijo—. Cabe la posibilidad de que se recupere. Si lo hace, me temo que sufra graves deficiencias. Necesitará alguien que la cuide —me miró con aire dubitativo y después se dirigió en tono más esperanzado a Meg—. Esperaremos unos días. Puede que entonces lo veamos mucho más claro. ¿Hay algún pariente?

—Tengo una tía —dije yo—. La hermana de mi madre.

El rostro del médico se iluminó.

—¿Vive lejos?

—En Wiltshire.

—Creo que tendrías que informarle inmediatamente de la situación —dijo el doctor Canton.

Asentí con la cabeza.

—Bueno, pues —añadió el médico—. Esperaremos a ver qué ocurre... digamos hasta finales de semana. Entonces puede que la situación ya esté un poco más clara.

El doctor Egham me miró como si quisiera darme ánimos y el doctor Canton me apoyó una mano en el hombro y me dio unas tranquilizadoras palmadas. Me sentía demasiado perpleja como para poder llorar aunque estaba a punto de hacerlo.

—Esperemos lo mejor —dijo el doctor Canton—. Y, entre tanto, comunícale a tu tía lo ocurrido. No puede usted hacer nada más —añadió, dirigiéndose a Meg—. Si se produjera algún cambio, hágamelo saber. Volveré mañana.

Cuando se fueron los médicos, Meg y yo nos miramos en silencio.

Ambas nos estábamos preguntando qué iba a ser de nosotras.

A finales de semana llegó tía Sophie. Mi alegría al verla fue tan grande que me arrojé en sus brazos.

Ella me devolvió el abrazo mientras sus ojos de grosella, arrugados por la emoción, se humedecían levemente.

—Mi querida niña —dijo—. ¿Qué es todo este alboroto? Tu pobre madre. Veremos qué se puede hacer al respecto.

—Aquí está Meg —dije.

—Hola, Meg. Ha sido un golpe muy duro para todas vosotras, lo sé. No importa. Ya buscaremos la manera de resolverlo.

—¿Prefiere ir primero a su habitación, señorita Cardingham? —preguntó Meg.

—Tal vez. Deja simplemente esta maleta. ¡Menudo viaje!

—Y después, supongo que querrá ver a la señora Hammond.

—Me parece una buena idea. ¿Cómo está ahora?

—Parece que casi no se entera de nada. Puede que no la reconozca, señorita Cardingham.

—Bueno, primero quiero lavarme las manos. Qué sucios son los trenes. Después, nos pondremos a trabajar. Tú ven conmigo, Frederica.

Nos fuimos a la habitación que le habían preparado y Meg nos dejó solas.

—Ésa es una buena mujer —dijo tía Sophie, señalando con la cabeza la puerta a través de la cual Meg acababa de retirarse.

—Oh, sí.

—Debe de estar muy preocupada. Veremos lo que hacemos. ¿Qué dice el médico?

—No cree que haya muchas esperanzas de que se recupere por completo. Creen que tendrá que haber alguien que la atienda.

Tía Sophie asintió con la cabeza.

—Bueno, pues ya estoy aquí —dijo, mirándome con una triste sonrisa—. Pobre criatura... una carga tan pesada sobre estos hombros tan jóvenes. Debes de tener... ¿cuántos años?

—Trece —contesté.

—Mmmm —musitó.

Amy subió agua caliente y mi tía se lavó mientras yo la miraba, sentada en la cama. Se secó las manos, miró a través de la ventana e hizo una mueca.

—Nuestra vieja casa —dijo—. ¡Y ella tuvo que contemplar constantemente esta imagen!

—Se disgustaba mucho —convine, asintiendo con la cabeza.

—Lo sé. Lástima que no pudiera marcharse en seguida de aquí.

—No quería.

—Conozco a mi hermana. En fin, ahora ya es demasiado tarde —mi tía me miró con una tierna sonrisa—. Trece años. Demasiado joven para estas cargas. Tendrías que divertirte. Sólo se es joven una vez —descubrí que tenía la costumbre de hablar a sacudidas y que sus pensamientos cambiaban bruscamente de tema—. No te apures. Tu tía Sophie encontrará el camino. Meg lleva mucho tiempo contigo, ¿verdad?

—Desde siempre —contesté.

Mi tía miró hacia la ventana.

—Estaba con nosotros allí. Una buena mujer. Ya no quedan muchas como ella.

La acompañé a ver a mi madre a la que estaba segura no reconocería. Me resultaba casi insoportable contemplar a mi madre. Tenía la mirada perdida y movía los labios. Pensé que estaba tratando de decir algo, pero ninguna de las dos pudimos comprender los murmullos que brotaban de sus labios.

No estuvimos con ella mucho rato. Hubiera sido inútil.

—Pobre Caroline —dijo tía Sophie—. Pensar que haya llegado a eso. Espero que no se dé cuenta. Se afligiría mucho. No te preocupes, querida niña —añadió, rodeándome los hombros con su brazo—. Ya haremos algo.

Me sentí mucho mejor en cuanto llegó tía Sophie.

Cuando más tarde acudió a la casa, el doctor Canton se alegró de ver a tía Sophie y, tras examinar a mi madre, mantuvo una prolongada conversación con mi tía.

En cuanto el médico se marchó, tía Sophie me llevó a su habitación y allí me explicó la situación.

—Sé que eres muy joven —dijo— pero a veces nos ocurren estas cosas... sin que importe la edad que tengamos, ocurren y basta. Te voy a ser sincera. Tu madre está muy enferma. Necesita que la atienda una persona experta. Meg es una buena mujer y tiene mucha fuerza, pero no podría manejarla ella sola. He estado pensando mucho en eso. Podríamos contratar a una enfermera para que viviera en la casa, pero eso no sería fácil. Habría que cuidarla y darle de comer. Hay otra alternativa. Podríamos colocar a tu madre en una residencia donde la atendieran personas expertas. Hay una cerca de mi casa. Podríamos trasladarla allí.

—¿Costaría mucho dinero?

—Ay, ya veo que esta cabecita discurre muy bien —dijo tía Sophie, riéndose con aquella risa que a mi madre le atacaba los nervios, pero que a mí me sonaba a música. Era la primera vez que la oía desde su llegada a la casa—. Sí, querida, costaría mucho. Vaya si costaría. Yo no vivo con tantas estrecheces como tu madre. Tengo una casita y una criada... mi buena y fiel Lily. Yo no tengo que guardar las apariencias. Me conformo con mi casita. Tenemos un gran jardín y un huerto en el que cultivamos nuestras propias verduras y hortalizas. En comparación con tu madre, aunque ambas tenemos unas rentas similares, pues nos repartimos lo que quedaba de la herencia de nuestro pobre padre, vivo con relativa comodidad. Me temo que no soy lo bastante rica como para colocar a tu madre en una residencia, pero se me ha ocurrido un plan —me miró con ternura—. Siempre he tenido debilidad por ti, Frederica. Qué nombre tan rimbombante. Muy típico de tu madre, por supuesto. Yo siempre te llamo Freddie cuando pienso en ti.

—Suena más... amistoso —dije, pensando: ojalá no se vaya.

Hubiera querido abrazarla y suplicarle que se quedara. Me infundía la esperanza de que no todo sería tan malo como parecía.

—Muy bien —añadió—, vas a ser Freddie. Y ahora, escúchame bien. Tienes trece años. No puedes vivir aquí por tu cuenta, eso está claro. Te voy a sugerir... si te gusta la idea... que te vuelvas conmigo. Soy la única pariente que tienes. Me temo que no soy gran cosa.

La miré con una leve sonrisa.

—Bueno, mujer, pero tampoco soy un desastre y, además, tengo la impresión de que nos llevaremos muy bien.

—¿Y qué será de...?

—Ahora voy a ello. Todo eso ha sido un trastorno. Meg y la chica se tendrán que buscar otro sitio. La casa se podría vender. Con lo que sacáramos, podríamos pagar los cuidados de tu madre... y con eso y la escasa renta que tiene, nos podríamos arreglar. Tú te vienes conmigo. Francamente, Freddie, no se me ocurre ninguna solución. He hablado con el médico. Le parece una buena idea. Bueno... no simplemente una buena idea sino la única idea lógica.

No podía ni hablar. Sentía que la vida se disgregaba a mi alrededor.

Mi tía me estudió con atención.

—Pensaba que no te parecería mal. Lily es un poco gritona algunas veces, pero tiene buena intención. Es de las mejores y yo no tengo mal carácter. Siempre me han gustado los jóvenes.

Me arrojé de repente a sus brazos.

—Bueno, bueno —me dijo en tono tranquilizador.

—Va a ser muy duro después de tantos años, pero tiene razón —dijo Meg, cuando le expliqué los planes de tía Sophie—. Es lo único que se puede hacer. Yo sola no me las podría arreglar y no podría soportar la idea de tener enfermeras en la casa. Son muy exigentes... quieren esto, aquello y lo de más allá, no sólo para el paciente sino también para ellas. Lo peor de todo será separarme de usted, señorita Fred.

—Tendrás que buscarte otro sitio, Meg.

—Ya le he escrito a mi hermana en Somerset. Ella me dijo una vez que en aquella casa tan grande siempre necesitan gente. No sé qué podrán ofrecerme... pero cualquier cosa me valdrá para empezar. Siempre he querido servir en una casa así. Empecé en Cedars, ¿no? Le he dicho a Amy que, a lo mejor, habrá algo también para ella.

—¡Oh, Meg, no sabes cuánto te echaré de menos!

—Y yo la echaré de menos a usted, cariño. Pero así es la vida. Cambia constantemente. Creo que estará usted muy bien con la señorita Sophie. La recuerdo de los viejos tiempos. Un poco quisquillosa y brusca algunas veces, pero tiene el corazón en su sitio y eso es lo que importa. Su vida será más alegre con ella que con su mamá.

—Espero que todo se arregle.

—Se arreglará. En cuanto ella vino, me pareció que se iluminaba de pronto la oscuridad, tal como suele decirse. Tenemos que enfrentarnos con la verdad. Su mamá no se recuperará. Necesita que la atiendan debidamente, y en aquel sitio lo harán. Usted podrá ir a verla a menudo. No podría haber mejor solución. Confíe en la señorita Sophie. Ella siempre supo lo que había que hacer.

Era cierto. La casa se puso a la venta. Era un edificio bonito y había varios compradores interesados. Mi tía dijo que las criadas deberían quedarse allí hasta que encontraran otro trabajo. No las podía echar a la calle.

Hubo suerte. La hermana de Meg escribió, anunciando que había trabajo para ella. De momento, sería sólo una criada, pero algo era algo, y, además, tendría posibilidades de «subir». Para Amy aún no se había encontrado nada, pero abundaban las mansiones en la zona, los criados se conocían y ella había oído decir que en una de ellas necesitaban una sirvienta. Le hermana de Meg la recomendaría y conseguiría colocarla.

Estábamos muy animadas y nuestras esperanzas no se vieron defraudadas.

Fue como si tía Sophie se hubiera presentado cual un hada madrina, agitando su varita mágica.

—¿Y mi padre? —le pregunté un día.

La expresión de su rostro cambió imperceptiblemente, como si se hubiera puesto levemente en guardia.

—¿Qué pasa con él? —me replicó con una aspereza impropia de ella.

—¿No debería ser informado?

Tía Sophie reflexionó brevemente y sacudió la cabeza.

—A fin de cuentas —añadí—, es su marido... y mi padre.

—Bueno, pero eso ya terminó, ¿comprendes? Se divorciaron.

—Sí, pero él, por lo menos... sigue siendo mi padre.

—Ya ha pasado mucho tiempo.

—Habrán pasado unos doce años.

—Ahora ya tendrá otra vida.

—Con otra familia.

—Tal vez.

—¿O sea que, a tu juicio, no sentiría ningún interés por mí?

Mi tía esbozó una sonrisa y sus facciones se suavizaron.

—A ti te gustaba, ¿verdad? —pregunté.

—Gustaba a casi todo el mundo. Por supuesto que no era muy serio... jamás lo fue.

Esperé que añadiera algo más y, al ver que no lo hacía, pregunté:

—¿No crees que habría que decírselo? ¿O acaso crees que no quiere acordarse de nosotras?

—Podría ser... una situación embarazosa. A veces, cuando las personas se divorcian, se convierten en enemigas. Era de los que no quieren problemas... procuraba soslayarlos. No, querida, olvidémonos de eso. Tú te volverás conmigo.

Permanecí en silencio, pensando en mi padre. Mi tía apoyó una mano sobre la mía.

—¿Conoces el dicho «No despertemos a los perros dormidos»?

—Lo he oído alguna vez.

—Bueno, pues si los despiertas, se podrían poner a ladrar y, a lo mejor, resultaría muy molesto. Volvamos a Wiltshire. A ver si te gusta. Tendrás que ir a la escuela o algo así. Habrá que pensar en tu educación, ¿no crees? Estas cosas son importantes. Tú y yo tenemos que tomar muchas decisiones. No podemos cargar con el pasado. Tenemos que seguir adelante. Eso era lo malo de tu madre. Siempre mirando hacia atrás. Eso no es bueno, Freddie. Me da la sensación de que tú y yo nos vamos a llevar muy bien.

—Oh, sí, tía Sophie. La verdad es que no sé qué decirte. Has venido aquí después de tantos años y ahora todo parece mucho más fácil.

—De eso precisamente se trata. Debo decir que estoy encantada de haber adquirido una sobrina para mí sola.

—Mi queridísima tía Sophie, y yo estoy muy contenta de estar con mi tía.

Ambas nos besamos y abrazamos, mientras de pronto me sentía envuelta por una maravillosa sensación de seguridad.

En las semanas siguientes ocurrieron muchas cosas. La subasta de los muebles nos reportó mucho más de lo que esperábamos, pues había entre ellos algunos tesoros que mi madre había traído consigo de Cedar Hall.

Meg y Amy se fueron a Somerset y la casa se puso a la venta.

Mi madre fue trasladada a la residencia de Devizes, que no distaba mucho de la casa de tía Sophie, por lo que podríamos ir a visitarla por lo menos una vez a la semana. Tía Sophie me dijo que disponía de algo que prácticamente podía considerarse un coche.

—En realidad, no es más que un cochecito ligero de

dos ruedas y dos asientos que pertenece al viejo Joe Jobbings, el que trabaja una hora a la semana en nuestro jardín, pero él nos llevará donde queramos.

Lavender House estaba en venta. Contemplé por última vez y sin el menor pesar Cedar Hall, la mansión cuya proximidad, con sus constantes recordatorios de la pasada grandeza y los «tiempos mejores», había sido la causa, a mi juicio, del estado en que se encontraba mi madre; y me fui con tía Sophie a mi nuevo hogar en Wiltshire.

St. Aubyn's

Tuve suerte después de semejante tragedia, no sólo por el hecho de contar con una tutora como tía Sophie sino también porque ésta me condujo a uno de los condados más fascinantes de Inglaterra.

En seguida me percaté de la curiosa atmósfera que reinaba en aquella parte del país. Cuando se lo comenté a tía Sophie, ella me contestó:

—Son los vestigios de la antigüedad. No puedes evitar pensar en la gente que vivió aquí hace tantos años y dejó su huella en tiempos prehistóricos.

En la ladera de la colina se levantaba el Caballo Blanco. Había que contemplarlo desde cierta distancia para verlo con claridad y su aspecto resultaba misterioso; pero, sobre todo, estaban las piedras, cuyo significado nadie podía explicar, aunque algunos pensaban que habían sido colocadas allí mucho antes del nacimiento de Cristo para convertirlas en un lugar de culto religioso.

El pueblo de Harper's Green propiamente dicho era muy similar a otros muchos pueblos ingleses. Tenía su antigua iglesia normanda, constantemente necesitada de reparaciones, el prado, el estanque de los patos, la hilera de casitas estilo Tudor que miraban al estanque y la mansión... en ese caso St. Aubyn's Park, construida hacia el siglo XVI.

La casa de tía Sophie no era grande, pero sí extremadamente cómoda. Cuando hacía frío se encendía la chimenea en todas las estancias. Lily, que era de Cornualles, me dijo que no podía «soportar el frío». Ella y tía Sophie recogían toda la leña que podían durante el año y siempre guardaban una buena provisión en la leñera.

Lily había servido en Cedar Hall, tras dejar su Cornualles natal, de la misma manera que Meg había dejado Londres; por consiguiente, conocía muy bien a Meg, y a mí me encantaba hablar con ella de mi vieja amiga.

—Ella se fue con la señorita Caroline —dijo Lily—. Yo tuve más suerte y me quedé con la señorita Sophie.

Yo le había escrito una carta a Meg, pero ésta tenía ciertas dificultades con la pluma, por lo cual se había limitado a contestarme que esperaba que estuviera bien de salud como lo estaba ella a Dios gracias, y que la casa de Somerset no estaba nada mal. Me consolé y volví a escribirle, contándole los pormenores de mi nueva y venturosa situación. Estaba segura de que, si tuviera dificultades para leer mi carta, ya encontraría a alguien que pudiera hacerlo por ella.

Había dos mansiones distinguidas en la zona. Una era St. Aubyn's Park y otra la bonita Bell* House, construida en ladrillo rojo.

—Se llama así —me explicó tía Sophie— porque tiene una campana sobre el porche. Está muy arriba, casi junto al tejado, y siempre estuvo allí. En otros tiempos debió de ser una iglesia. Allí viven los Dorian. Hay una niña de tu edad... huérfana. Perdió a sus dos progenitores. Creo que es la hija de la hermana de la señora Do-

* *Bell*, «campana». (*N. de la T.*)

rian. Y después están, por supuesto, los que viven en St. Aubyn's.

—¿Cómo son?

—Pues son los St. Aubyn... se llaman igual que la casa. Llevan allí desde que se construyó. Lo puedes calcular. La casa se construyó a finales del siglo XVI y Bell House se construyó aproximadamente algo más de cien años después.

—¿Y cómo es la familia St. Aubyn?

—Hay dos niños... bueno, ¡lo de niños vamos a dejarlo! ¡Al señorito Crispin no le gusta que lo llamen así! Debe de tener veinte años por lo menos. Un caballero muy arrogante. Después está Tamarisk, la chica. Un nombre insólito. Es un árbol. De follaje ligero como las plumas. Tamarisk tiene aproximadamente tu edad. Por consiguiente, es posible que te invite a tomar el té.

—Nunca tomamos el té con los que compraron Cedar Hall.

—De eso puede que tuviera la culpa tu madre, querida.

—Los despreciaba porque eran unos tenderos.

—Pobre Caroline. Siempre se había echado sobre la espalda una carga innecesaria. A nadie más que a ella le importaba que no tuviera lo que antes tenía. Bueno, los St. Aubyn son la familia más importante. Después supongo que vienen los de Bell House. A mí nunca me ha importado haberme criado en Cedar House y vivir ahora en los Rowans.

Los Rowans* era el nombre de nuestra casa, así llamada porque tenía dos serbales delante, uno a cada lado del porche.

Me encantaba oír hablar a tía Sophie de las cosas del pueblo. Estaba el reverendo Hetherington, que ya «cho-

* *Rowan*, «serbal». (*N. de la T.*)

cheaba» un poco y cuyos sermones se prolongaban interminablemente, y la señorita Maud Hetherington, que no sólo gobernaba la casa sino también todo el pueblo.

—Una dama con mucho carácter —me comentó tía Sophie— y de importancia decisiva para el pobre reverendo.

Las antiguas piedras que se encontraban a escasos kilómetros de los Rowan ejercían en mí una profunda atracción. Las vi por primera vez cuando pasé por allí en el carruaje de Joe Jobbings, con tía Sophie, de camino hacia Salisbury donde íbamos a comprar ciertas cosas que no se podían adquirir en Harper's Green.

—¿Podrías parar un momento, Joe? —dijo tía Sophie, y Joe lo hizo con mucho gusto.

De pie en medio de aquellas antiguas rocas, sentí que el pasado me envolvía. Estaba emocionada y alborozada, pero experimentaba al mismo tiempo una extraña sensación de temor.

Tía Sophie me habló un poco de ellas.

—Nadie está enteramente seguro —me dijo—. Algunos creen que las colocaron aquí los druidas unos mil setecientos años antes de Cristo. Apenas sé otra cosa, aparte el hecho de que eran como una especie de templo. En aquella época adoraban los cielos. Dicen que las piedras están dispuestas de tal forma que reciben los rayos del amanecer y del ocaso.

Le así el brazo y se lo apreté con fuerza. Me alegraba de estar con ella y regresé con aire ensimismado al carruaje de Joe Jabbings.

Me sentía muy feliz allí, sobre todo cuando recordaba mis días en Middlemore a la sombra de Cedar Hall.

Visitábamos muy a menudo a mi madre, la cual parecía encontrarse a gusto, aunque no supiera muy bien lo que había ocurrido ni dónde estaba.

Me ponía muy triste cuando me separaba de ella y,

contemplando a tía Sophie, no podía por menos que imaginar lo felices que hubiéramos podido ser si mi madre se hubiera parecido a su hermana.

Cada vez estaba más encariñada con tía Sophie.

Quedaban todavía muchos detalles prácticos por resolver... sobre todo, mi educación.

Tía Sophie intervenía activamente en todos los asuntos de Harper's Green. Poseía una energía ilimitada y le gustaba mandar. Mantenía la cohesión del coro de la iglesia, organizaba la fiesta y el bazar anuales y, aunque no siempre estaba de acuerdo con la señorita Hetherington, cada una de ellas era lo suficientemente juiciosa como para reconocer las cualidades de la otra.

Cierto que tía Sophie vivía en una casita que no se podía comparar con St. Aubyn's ni con Bell House, pero se había criado en una gran mansión, conocía las obligaciones que ello entrañaba y era muy experta en el gobierno de la vida del pueblo. En seguida me di cuenta de que, a pesar de nuestros escasos medios, pertenecíamos a la misma categoría que la clase acomodada.

Antes de conocer a las personas que iban a desempeñar un importante papel en mi vida, averigüé algo sobre ellas gracias a las descripciones que me hizo tía Sophie. Me enteré de que el viejo Thomas, que se pasaba los días sentado en el banco de la orilla del estanque de los patos, había sido el jardinero de St. Aubyn's hasta que el reúma «le atacó las piernas» y tuvo que dejar su trabajo. Seguía ocupando una casita en la finca de St. Aubyn's y siempre le contaba a cualquiera que se sentara a su lado en el banco que podría disfrutar de ella hasta «el término de su vida natural», cosa que sonaba más a una condena carcelaria que al privilegio del que tan orgulloso se sentía. Me aconsejaron que me limitara a dar rápidamente los buenos días a Thomas al pasar por su lado si no quería que éste me arrastrara a los recuerdos de su pasado.

Estaba también el pobre Charlie que había perdido hacía mucho tiempo el poco juicio que pudiera tener; y el mayor Cummings que había servido en la India en tiempos de la Rebelión y se pasaba los días recordando aquel trascendental acontecimiento.*

Tía Sophie se refería a ellos como a «los viejos del Prado». Allí se congregaban cada día cuando el tiempo lo permitía, y su conversación, según tía Sophie, giraba constantemente en torno a la casita, el reúma de Thomas y la Rebelión de la India mientras el pobre Charlie permanecía sentado allí, asintiendo con la cabeza y escuchando con embelesada atención como si todo aquello fuera una novedad para él.

Había otras figuras en segundo plano que formaban el coro por así decirlo. Las personas que más me interesaban eran las de mi edad... y, en concreto, las dos niñas de St. Aubyn's Park y de Bell House.

—Tamarisk St. Aubyn es un poco salvaje —me explicó tía Sophie—. Y no me extraña. La *mère* y el *père* St. Aubyn se ocupaban de sus propios asuntos y nunca tuvieron demasiado tiempo para los hijos. Por supuesto que tenían niñeras y ayas... pero un niño necesita que sus padres le presten una especial atención.

Mi tía me miró casi con tristeza. Sabía que mi madre, obsesionada por la pérdida de los «días mejores», no habría tenido demasiado tiempo para ofrecerme una existencia placentera.

—Menuda pareja estaban hechos —añadió—. Fiestas... bailes. Se lo pasaban en grande. Subían a Londres. Viajaban al continente. ¿Y eso qué importa?, podrías de-

* Se refiere al motín de los cipayos (1857-1858). (*N. de la T.*)

cir tú. Ya tenían niñeras e institutrices. Sin embargo, Lily dice que no era natural.

—Háblame de los hijos.

—Se llaman Crispin y Tamarisk. Tamarisk tiene aproximadamente tu edad. Crispin le lleva bastantes años... creo que diez. Tuvieron el hijo y no creo que quisieran tener más... a pesar de que, en cuanto nacieran los chiquillos, los hubieran podido encomendar a los cuidados de otras personas. Pero había que tener en cuenta el período de espera. Muy incómodo y molesto para la clase de vida que llevaba la señora St. Aubyn... Durante mucho tiempo pareció que no iban a tener más hijos después de Crispin. El niño no entorpecía para nada la alegre existencia de St. Aubyn's. Creo que sus padres apenas le conocían. Ya puedes imaginarte la situación... de vez en cuando se lo llevaban para que le echaran un vistazo. Tenía una niñera que lo quería con locura y él no la olvida. Hay que reconocer que siempre ha cuidado de ellas. Son dos hermanas. Una está un poco lela. La pobre Flora. Siempre han vivido juntas. Ninguna de las dos se casó. Viven en una casita de la finca y Crispin se encarga de que no les falte nada. Se acuerda de su aya. Pero tú me preguntabas por los jóvenes. Bueno, pues el padre murió. Llevaba una vida demasiado agitada, dice la gente. Pero eso es lo que siempre se dice, ¿verdad? Trasnochaba, viajaba constantemente a la ciudad y al extranjero... bebía demasiado. Sea como fuere, el caso es que todo eso fue demasiado para Jonathan St. Aubyn. Ella quedó destrozada. Dicen que aún le sigue dando a la botella... claro que la gente dice muchas cosas. Fue una suerte que Crispin ya tuviera edad suficiente para asumir la responsabilidad de las cosas cuando su padre murió. Él se hizo cargo de todo a la muerte de su padre y creo que lo hace muy bien.

—Parece que la finca está muy bien cuidada, ¿verdad?

—Es uno de esos terratenientes que ponen especial empeño en que nadie olvide quiénes son. Casi todo el mundo reconoce que la finca lo necesitaba, pero algunos no tienen muy buena opinión de él. Sin embargo, él es muy creído y lo compensa con creces. Es el hijo de la casa... y el señor de la mansión.

—¿Y la señora de la mansión?

—Supongo que podríamos decir que es su madre, la señora Aubyn. Pero raras veces sale de casa. Se vino abajo al morir su marido y ahora es prácticamente una inválida. Se querían mucho y sólo le interesaba la vida de jolgorio que llevaba con él. Crispin estaba casado.

—¿Estaba?

—La mujer se marchó y lo abandonó. La gente no se sorprendió.

—Entonces, ¿todavía tiene esposa?

—No. La mujer se fue a Londres y poco después murió en un accidente de tren.

—¡Qué espanto!

—Algunos comentaron que había sido un castigo por sus pecados. Al viejo y devoto Josiah Dorian, de Bell House, no le cupo la menor duda. En cambio, los más caritativos dijeron que era comprensible que la pobre chica se hubiera escapado de su marido.

—Menudo drama.

—Eso, querida mía, depende de cómo se mire. Aquí hay una mezcla de gente muy variada, como en todos los pueblos. Todo parece sereno y tranquilo, pero, a poco que escarbes, te encuentras con lo que no esperas. Es como levantar una piedra para ver lo que hay debajo. ¿Lo has hecho alguna vez? Inténtalo y comprenderás a qué me refiero.

—O sea que este Crispin estuvo casado y ahora ya no lo está.

—Es lo que se llama un viudo. Bastante joven para

eso, por cierto, pero supongo que la pobre chica no pudo soportar vivir con él. Puede que eso sirva de aviso para que otras no lo intenten. Aunque debo decir que una mansión tan impresionante como St. Aubyn's de la que él es el amo podría ser una tentación para algunas.

—Háblame de Tamarisk.

—A eso iba. Debe de tener un mes más que tú... o puede que sea más joven. No estoy segura. Fue lo que se dice un descuido. No creo ni por un instante que la alegre pareja quisiera tener otro hijo. Piensa en la despreocupada vida que la señora tuvo que dejar durante unos meses. Bueno, sea como fuere, nació Tamarisk por lo menos diez años después que su hermano.

—Les debió de molestar mucho que naciera.

—Bueno, en cuanto la niña nació, todo se resolvió. Entonces la dejaron en manos de las niñeras. Por nada del mundo hubieran permitido que fuera un estorbo en sus vidas. No me extraña que sea tan testaruda y caprichosa como su hermano. Supongo que las niñeras se lo consentían todo. Debían de estar muy a gusto sin que los de arriba se entrometieran para nada. Seguramente querían evitar problemas. Pobrecillos. Sus padres debían de ser casi unos desconocidos para ellos. Pero tal vez debiera decir pobre señora St. Aubyn. Su marido era toda su vida y lo perdió. Maud Hetherington y yo nos turnamos para visitarla. Ella no quiere vernos y estoy segura de que nosotras tampoco queremos verla a ella. Pero Maud dice que hay que hacerlo, y a Maud no hay quien le lleve la contraria.

—¿Podré conocerlos?

—A eso quería llegar. Pero primero deja que te hable de los Dorian de Bell House. Un bonito lugar... apartado de la carretera. Ladrillo rojo. Ventanas con parteluces. Una lástima.

—¿Por qué una lástima?

—Lástima que vivan allí los Dorian. Podría ser una casa feliz. Me gustaría vivir en ella. Un poco grande para mí, supongo, pero no nos vendría mal. Creo que el viejo Josiah Dorian no puede olvidar que fue una iglesia en otros tiempos. De cuáqueros probablemente. No es exactamente una iglesia, pero se le parece bastante. Una casa de oración para personas de esas... que piensan que reírse es un billete para el infierno. Todo eso se respira todavía en la casa, y Josiah Dorian no lo va a cambiar.

—Hay una niña, ¿verdad? Dijiste que tenía aproximadamente mi edad... como Tamarisk St. Aubyn.

—Sí, sois bastante parecidas. ¡Pobre niña! Perdió a sus padres hace algún tiempo. Lástima que tuviera que irse a vivir con su tío y su tía.

—Yo he venido a vivir con mi tía...

Tía Sophie se echó a reír.

—Bueno, cariño, pero es que yo no soy Josiah Dorian.

—Creo que he tenido mucha suerte.

—Dios te bendiga, hijita. Las dos la hemos tenido. Nos traeremos mutuamente suerte. Me compadezco de la pobre Rachel, viviendo en un lugar como aquél. Todo tiene aire de reunión dominical, ya me entiendes. La servidumbre no para mucho en la casa. Mary Dorian pesa el azúcar y guarda el té bajo llave... por orden de su marido, según dicen. Josiah Dorian es un hombre muy tacaño. La madre de Rachel era hermana de Mary Dorian. Bueno, pues, a lo que iba. Te lo he explicado todo con cierto detenimiento porque quería que conocieras bien a las personas con quienes vas a tratar. Siempre y cuando yo lo pueda organizar. Lo que más me preocupa es tu educación. Quiero que vayas a la escuela... a una buena escuela.

—¿Y eso no será muy caro?

—Ya lo resolveremos cuando llegue el momento. Pero ahora todavía no... digamos dentro de un año. Entre tanto, Tamarisk tiene una institutriz en la casa... la señorita Lloyd. Rachel comparte con ella la institutriz. Acude todos los días a St. Aubyn's y asiste a clase con Tamarisk. ¿Ves adónde quiero ir a parar?

—¿Crees que yo...?

Tía Sophie asintió enérgicamente con la cabeza.

—Aún no lo tengo arreglado, pero pienso hacerlo. No veo por qué razón no podrías estudiar con ellas. No creo que haya ninguna dificultad. Tendré que solicitar la autorización de la señora St. Aubyn, pero a ella no le importa nada de lo que ocurre a su alrededor y creo que no se negará. Supongo que tendré que pedir también la conformidad del viejo Josiah Dorian, pero ya veremos. Eso resolvería nuestro problema durante algún tiempo.

La perspectiva me entusiasmaba.

—Tendrías que acudir todas las mañanas a St. Aubyn's. Sería bonito que pudieras relacionarte con niñas de tu edad.

Mientras estábamos hablando, Lily asomó la cabeza por la puerta.

—Está aquí la señorita Hetherington —anunció.

—Hazla pasar —contestó tía Sophie. Dirigiéndose a mí, añadió—: Vas a conocer a la hija de nuestro vicario... su brazo derecho y su asesora, en cuyas expertas manos descansa el destino de Harper's Green.

En cuanto entró en la estancia, comprendí que era todo lo que había dicho tía Sophie e intuí inmediatamente su poder. Alta, corpulenta y con el cabello recogido severamente hacia atrás, llevaba un sombrerito adornado con nomeolvides y lucía una blusa cuyo cuello sostenido por varillas le llegaba casi hasta el mentón, confiriéndole una apariencia de extremada seriedad; sus penetrantes ojos castaños miraban a través de unas gafas, sus dientes eran levemente prominentes y todo en ella respiraba un inequívoco aire de autoridad.

En seguida clavó los ojos en mí y yo me adelanté.

—Conque ésa es la sobrina —dijo.

—Pues sí —contestó tía Sophie con una sonrisa.

—Sé bienvenida, niña. Vas a ser una de nosotros. Aquí serás muy feliz.

Lo dijo más como una orden que como una profecía.

—Sí, lo sé —dije yo.

Me miró satisfecha durante unos cuantos segundos. Creo que estaba intentando establecer qué clase de tareas me podría encomendar.

Tía Sophie le comentó su deseo de que yo recibiera lecciones con las otras dos niñas en St. Aubyn's.

—Por supuesto que sí —dijo la señorita Hetherington—. Es lo más acertado. A la señorita Lloyd le dará igual enseñar a tres que a dos.

—Tendré que pedirles permiso a la señora St. Aubyn y a los Dorian.

—Seguro que no pondrán ningún reparo.

Me pregunté qué medidas adoptaría en caso de que los pusieran, aunque no creía que se atrevieran a desobedecerla.

—Bueno, Sophie, tenemos algunos asuntos de que hablar...

Abandoné discretamente la estancia y las dejé solas.

A los pocos días, tía Sophie me comunicó que la cuestión de la institutriz ya se había arreglado satisfactoriamente. Podría estudiar junto con Tamarisk y Rachel en el aula de St. Aubyn's.

Siendo una persona sumamente considerada con los demás y comprendiendo que sería bueno para mí saber algo sobre mis compañeras antes de reunirme con ellas para asistir a clase, tía Sophie invitó a ambas niñas a tomar el té en los Rowans.

Me emocionaba mucho la perspectiva de conocerlas y bajé al salón dominada por la curiosidad y una cierta inquietud.

Rachel Grey llegó en primer lugar. Era una niña delgada y morena de grandes ojos castaños. Nos estudiamos con cierta *hauteur* y nos dimos la mano con la cara muy seria mientras tía Sophie nos miraba sonriendo.

—Tú y Rachel os vais a llevar muy bien —dijo—. Mi sobrina es nueva en Harper's Green, Rachel. Tú la enseñarás a desenvolverse por aquí, ¿no es cierto, querida?

Rachel esbozó una leve sonrisa y contestó:

—Haré todo lo que esté en mi mano.

—Bueno, pues, ahora que ya os conocéis, sentaos y charlaremos un poco.

—Tú vives en Bell House —dije yo—. Parece un lugar encantador.

—La casa es muy bonita —se limitó a decir Rachel.

—Un auténtico edificio de época —terció tía Sophie—. Casi tan antiguo como St. Aubyn's.

—Pero no tan majestuoso —dijo Rachel.

—Posee mucho encanto —señaló tía Sophie—. Tamarisk se está retrasando.

—Tamarisk siempre se retrasa —dijo Rachel.

—Mmmm —murmuró tía Sophie.

—Está deseando conocerte —añadió Rachel, dirigiéndose a mí—. Llegará de un momento a otro.

No se equivocó.

—Ah, ya estás aquí, querida —dijo tía Sophie—. Algo te habrá demorado, ¿verdad?

—Pues sí —contestó la recién llegada.

Era muy agraciada: tenía un ensortijado cabello rubio, unos brillantes ojos azules y una menuda nariz *retrousseé* que le confería un aspecto un tanto atrevido. Me miró con mal disimulada curiosidad.

—O sea que tú eres la sobrina.

—Y tú eres Tamarisk St. Aubyn.

—De St. Aubyn's Park —puntualizó la niña, recorriendo con la mirada el salón exquisitamente amueblado aunque no demasiado espacioso de tía Sophie... como si en cierto modo lo menospreciara.

—¿Cómo estás? —le pregunté fríamente.

—Muy bien, gracias, ¿y tú?

—Bien —contesté.

—Vas a asistir a clase con Rachel y conmigo.

—Sí. Estoy deseando empezar.

Tamarisk torció el rostro e hizo unos pucheros con los cuales yo acabaría familiarizándome, dando a entender que tal vez cambiaría de opinión cuando conociera a la institutriz.

—La vieja Lallie es una negrera, ¿verdad, Rachel? —dijo.

Rachel no contestó. Parecía tímida y quizá Tamarisk la intimidaba.

—¿La vieja Lallie? —pregunté yo.

—Lallie Lloyd. Se llama Alice, pero yo la llamo Lallie.

—No a la cara —terció serenamente Rachel.

—Sería capaz —replicó Tamarisk.

—Bueno, mientras vosotras os vais conociendo —dijo tía Sophie—, yo voy a ver cómo está el té.

Y me quedé sola con ellas.

—Supongo que ahora vivirás aquí —dijo Tamarisk.

—Mi madre está enferma. Se encuentra en una residencia cerca de aquí. Por eso he venido.

—El padre y la madre de Rachel murieron. Por eso vive aquí con su tío y su tía.

—Sí, lo sé. Vive en Bell House.

—No es un lugar tan bonito como nuestra mansión —dijo Tamarisk—, pero no está mal —reconoció, volviendo a contemplar el salón de tía Sophie con una mezcla de desprecio y compasión.

—Más adelante iremos a una escuela —me explicó Rachel—. Tamarisk y yo iremos juntas.

—Creo que yo también iré.

—Entonces ya seremos tres —Tamarisk soltó una risita—. Me encantará ir a la escuela. Lástima que seamos tan jóvenes.

—Eso cambiará, por supuesto —dije en un tono levemente estirado.

Tamarisk estalló en una carcajada.

—Ya empiezas a hablar como la vieja Lallie —dijo—. Háblanos de tu antigua casa.

Les hablé y me escucharon con atención. Mientras conversábamos, entró Lily con el té, seguida de tía Sophie.

—Tú atenderás a nuestras invitadas, Freddie —me dijo mi tía—, te encomiendo la tarea. Así os podréis ir conociendo sin la ayuda de los mayores.

Me sentí importante sirviendo el té y ofreciendo pastelillos.

—Qué nombre tan raro, ¿verdad, Rachel? —dijo Tamarisk—. ¡Freddie! Parece de chico.

—En realidad, es Frederica.

—¡Frederica! —exclamó Tamarisk en tono desdeñoso—. El mío es más insólito. El tuyo, mi pobre Rachel, es muy vulgar. ¿No es el de un personaje de la Biblia?

—Sí —contestó Rachel—, lo es.

—Me gusta más Tamarisk. No me gustaría que me llamaran con un nombre de chico.

—Nadie te podría confundir jamás con un chico —repliqué, provocándole a Tamarisk un acceso de risa.

Después empezamos a hablar por los codos y me di cuenta de que ambas niñas me habían aceptado. Me comentaron las rarezas de la vieja Lallie y me explicaron lo fácil que resultaba tomarle el pelo, aunque había que andarse con cuidado al hacerlo; y añadieron que había tenido un novio, muerto en plena juventud a causa de una misteriosa enfermedad y que por eso no se había casado y tenía que trabajar como institutriz de personas como Tamarisk, Rachel y yo, en lugar de tener su propio hogar, un amante esposo y una familia.

Cuando finalizó la reunión, mi inquietud ya se había disipado por entero y comprendí que podría relacionarme normalmente con Raquel y que le había perdido el miedo a Tamarisk.

El lunes siguiente me dirigí a St. Aubyn's Park llena de un cauteloso optimismo y dispuesta a enfrentarme con la señorita Alice Lloyd.

St. Aubyn's Park era una gran mansión de estilo Tudor con un serpenteante camino particular flanqueado a ambos lados por arbustos en flor. Tía Sophie y yo pasamos por debajo de un impresionante portalón y entramos a un patio adoquinado. Tía Sophie había querido acompañarme, como dijo ella, «para presentarme el lugar».

—No te dejes intimidar por Tamarisk —me aconsejó—. Lo hará a poca ocasión que le des. Recuerda que tú vales tanto como ella.

Prometí no hacerlo.

Una criada nos hizo pasar, diciendo:

—La señorita Lloyd está esperando a la niña, señorita Cardingham.

—Gracias. Podemos subir, ¿verdad?

—Si son tan amables —fue la respuesta.

La sala principal era una maravilla. Tenía una alargada mesa de refectorio con varias sillas alrededor y estaba presidida por un retrato de tamaño natural de una severa reina Isabel con gorguera y vestido bordado en pedrería.

—Una vez se alojó aquí —me dijo en voz baja tía Sophie—. La familia se enorgullece mucho de ello.

Encabezó la marcha, subiendo por la escalinata; llegamos a un descansillo y, tras subir otro tramo de escalera, pasamos por una galería en la que había varios sofás, sillones, una espineta y un arpa. Me pregunté si Tamarisk las sabría tocar. Subimos más peldaños.

—No sé por qué las aulas de clase están siempre en los pisos altos de las casas —comentó tía Sophie—. En Cedars también lo estaban.

Al final, llegamos a nuestro destino. Tía Sophie llamó con los nudillos a una puerta, y entramos.

Allí estaba el aula que tan bien llegaría a conocer con el tiempo. Era grande y tenía un techo muy alto. En el centro de la estancia había una alargada mesa junto a la cual se hallaban sentadas Tamarisk y Rachel. Observé un gran armario cuya puerta entreabierta permitía ver unos libros y unas pizarras individuales. En un extremo de la estancia había una pizarra. Era un típica aula de clase.

Una mujer se nos acercó. Era la señorita Alice Lloyd, por supuesto. Alta y delgada, de unos cuarenta y tantos años. Observé la expresión de sufrimiento de su rostro, nacida sin duda del esfuerzo por intentar enseñar algo a personas como Tamarisk St. Aubyn. Me pareció ver también en su rostro una cierta nostalgia y recordé lo que Tamarisk me había contado sobre su novio y sobre sus sueños incumplidos.

—Le presento a mi sobrina, señorita Lloyd. Se llama Freddie... es decir, Frederica.

La señorita Lloyd me miró sonriendo y la sonrisa la transformó. A partir de aquel instante, me gustó.

—Bien venida, Frederica —me dijo—. Tienes que contármelo todo sobre ti. Entonces sabré cuál es tu situación, comparada con mis otras dos alumnas.

—Estoy segura de que se van a llevar ustedes muy bien —dijo tía Sophie—. La veré luego, querida.

Se despidió de la señorita Lloyd y se retiró.

Me dijeron que me sentara y la señorita Lloyd me hizo unas cuantas preguntas. No pareció descontenta de mis conocimientos y en seguida comenzó la clase.

Siempre me había interesado aprender; había leído mucho y muy pronto me di cuenta de que no estaba en modo alguno atrasada en relación con mis compañeras.

A las once en punto entró una criada portando una bandeja con tres vasos de leche y tres bizcochos.

—Le he dejado el desayuno en su habitación, señorita Lloyd —dijo la criada.

—Gracias —contestó la señorita Lloyd—. Bueno, niñas, sólo quince minutos.

Tamarisk hizo una mueca a su espalda mientras la institutriz se retiraba.

La leche caliente sabía a gloria. Todas nos tomamos nuestro bizcocho.

—Libres aunque sólo sea por un ratito —comentó Tamarisk.

—¿Lo hacéis todos los días? —pregunté.

Tamarisk asintió con la cabeza.

—Leche a las once. A las once y cuarto, vuelta a clase hasta las doce. Entonces tú y Rachel os vais a casa.

Rachel asintió con la cabeza para confirmarlo.

—Supongo que esta casa te parecerá grandiosa —me dijo Tamarisk.

—No es ni mucho menos tan grandiosa como la casa donde creció mi madre —contesté, pensando que una pequeña exageración no estaría de más—. Se llamaba Cedar Hall. Puede que hayas oído hablar de ella.

Tamarisk sacudió la cabeza como quitándole importancia.

Pero yo no quería darme por vencida tan fácilmente. Me lancé a una descripción... imaginaria, por supuesto, pues nunca había estado en Cedar Hall. Sin embargo, podía inventarme su espléndido interior basándome en lo que había visto en St. Aubyn's y procurando mejorarlo al máximo.

Rachel se reclinó en su asiento y escuchó atentamente, hundiéndose cada vez más en su sillón.

—Como es natural —dijo Tamarisk, mirando a Rachel de reojo—, ésa no sabe de qué estamos hablando.

—Lo sé muy bien —replicó Rachel.

—No, tú no sabes nada. Tú vives simplemente en la vieja Bell House y, antes, ¿dónde estabas? No podías tener ni idea de cómo son esas mansiones, ¿verdad, Fred?

—Se pueden saber cosas —dije yo—. No es necesario haber vivido en ellas. Y, además, Rachel está aquí, ¿no?

Rachel me miró con gratitud y, a partir de aquel momento, decidí protegerla. Era pequeña, bonita y en cierto modo frágil. Rachel me gustaba. De Tamarisk no estaba tan segura.

Seguimos presumiendo de nuestras casas hasta que entró la señorita Lloyd con la criada. Esta última retiró la bandeja e inmediatamente reanudamos la clase.

Recuerdo que aquella primera mañana hicimos geografía y gramática inglesa y yo escuché con atención ante la visible complaciencia de la señorita Lloyd.

Fue una mañana muy satisfactoria hasta que nos levantamos para regresar a casa.

Yo volvería a los Rowans en compañía de Rachel pues Bell House y los Rowans no distaban mucho entre sí.

La señorita Lloyd me dirigió una benévola sonrisa y me dijo que se alegraba de que me hubiera incorporado a las clases y estaba segura de que yo sería una alumna muy aventajada.

Después se retiró a una pequeña estancia contigua que ella llamaba su «refugio».

Tamarisk bajó la escalinata con nosotras.

—¡Uf! —exclamó, propinándome un pequeño empujón—. Ya veo que te vas a convertir en la niña mimada de la vieja Lallie. A eso lo llamo yo dar jabón, Fred Hammond. «Estoy segura de que serás una alumna muy aventajada» —repitió, imitando a la señorita Lloyd—. No me gusta la gente aduladora —añadió en tono de siniestra amenaza.

—Me he comportado con naturalidad —dije—. Me gusta la señorita Lloyd y seré una alumna aventajada si quiero. Necesita por lo menos una... —mirando a Rachel a quien me había propuesto proteger, añadí—: o dos.

—¡Empollona! —dijo Tamarisk—. Aborrezco a los empollones.

—He venido aquí para aprender y eso es lo que deberíamos hacer todas. ¿Para qué íbamos a venir si no?

—Simplemente para escucharla —le dijo Tamarisk a Rachel.

Rachel bajó la mirada. Estaba acostumbrada a dejarse avasallar por Tamarisk y debía de pensar que tenía que aceptarlo a cambio del privilegio de compartir las clases. Sin embargo, la decisión no la había tomado Tamarisk sino los mayores, por lo que yo no estaba dispuesta a someterme.

Tamarisk decidió abandonar el tema. Pronto aprendería que sus estados de ánimo eran muy pasajeros. Podía insultar a alguien en determinado momento y, al siguiente, darle muestras de su amistad. Yo sabía en mi fuero interno que se alegraba de que compartiera las clases con ella y que el hecho de que le plantara cara le hacía gracia, porque rompía la monotonía de la humilde sumisión de Rachel.

Mientras bajábamos, vimos a un hombre al pie de la escalinata, esperando para subir.

—Hola, Crispin —dijo Tamarisk.

¡Crispin!, pensé. ¡El hermano! El señor de la mansión que no quería que la gente olvidara quién era.

Era tal como yo me lo imaginaba a través de la descripción que me había hecho tía Sophie. Alto, delgado, cabello oscuro y ojos gris claro... unos fríos ojos que parecían despreciar el mundo. Lucía atuendo de montar y, al parecer, acababa de regresar a la casa.

Asintió con la cabeza en respuesta al saludo de su hermana y sus ojos se posaron momentáneamente en Rachel y en mí. Después, empezó a subir los peldaños a toda prisa.

—Es mi hermano Crispin —explicó Tamarisk.

—Lo sé. Has dicho su nombre.

—Todo eso es suyo —añadió orgullosamente Tamarisk, extendiendo los brazos.

—¡Ni te ha hecho caso!

—Eso es porque tú estabas aquí.

Entonces oí su voz. Era una de esas voces claras y bien moduladas que se oyen desde lejos.

—¿Quién es aquella niña tan fea que estaba con las otras? —preguntó, hablando con alguien—. Debe de ser nueva, supongo —añadió.

Tamarisk trató de reprimir la risa. Noté que la sangre afluía a mis mejillas. Sabía que no era agraciada como Tamarisk ni bonita como Rachel, pero, ¡eso de llamarme «niña fea»! Me sentí amargamente ofendida y humillada.

—No me importa —dije—. A la señorita Lloyd le gusto y a mi tía también. No me importa lo que piense el grosero de tu hermano.

—No ha sido una grosería sino la pura verdad. «La verdad siempre por delante», tal como suele decirse... o algo por el estilo. Lo sabes muy bien. Tú eres inteligente. Y serás la niña mimada de la vieja Lallie.

Cuando ya nos estábamos dirigiendo hacia la puerta, Tamarisk añadió sin rencor:

—Adiós, hasta mañana.

Soy fea, pensé mientras bajaba por el camino particular en compañía de Rachel.

Jamás me había parado a pensarlo y ahora tenía que enfrentarme con la verdad desnuda.

Rachel me tomó del brazo. Ella también había sufrido humillaciones y comprendía mis sentimientos. Le agradecí que no me dijera nada y caminé en silencio, pensando: soy fea.

Llegamos a Bell House. Estaba preciosa bajo el sol. Mientras nos acercábamos, un hombre cruzó la verja. Era de mediana edad, tenía el cabello rubio jengibre un poco plateado en las sienes y lucía una breve y puntiaguda barba.

Apoyó una mano en la verja y observé que estaba cubierta de vello color jengibre. Tenía una boca recta, unos ojillos claros y mantenía los labios fuertemente apretados.

—Buenos días —dijo, mirándome—. Debes de ser la recién llegada de los Rowans. Has asistido a clase en St. Aubyn's.

—Es mi tío —dijo Rachel en tono apacible.

—Buenas tardes, señor Dorian —dije.

El hombre asintió con la cabeza y se humedeció los labios con la lengua. Experimenté una súbita sensación de repugnancia que no pude comprender del todo, a pesar de ser extremadamente definida.

Rachel también había cambiado y parecía un poco asustada. Aunque, en realidad, siempre lo estaba.

—Que la bendición del Señor te acompañe —dijo el señor Dorian sin dejar de mirarme.

Me despedí y regresé a los Rowans.

Tía Sophie me esperaba con Lily. El almuerzo ya estaba en la mesa.

—Bueno —dijo tía Sophie—, ¿qué tal ha ido?

—Muy bien.

—Estupendo. Te lo dije, ¿verdad, Lily? Seguro que has eclipsado a las otras dos.

—Seguro que sí —dijo Lily.

—Parece que la señorita Lloyd me encuentra bien preparada. Dijo que se alegraba de poder darme clase.

Mi tía y Lily se intercambiaron una mirada.

—No me he pasado toda la mañana sudando en la cocina y guisando la comida para que ahora se enfríe —dijo Lily.

Nos sentamos a la mesa y Lily nos sirvió aunque yo apenas probé bocado.

—O sea, que ha sido una mañana muy emocionante —dijo tía Sophie.

En cuanto pude, me escapé a mi habitación y me miré al espejo. ¡Fea!, pensé. Bueno, la verdad es que lo era. Tenía el cabello oscuro y liso, aunque muy abundante. El de Tamarisk era rizado y de un bonito color mientras que Rachel lo tenía graciosamente ondulado. Mis mejillas eran tersas, pero muy pálidas y mis ojos castaño claro estaban orlados por unas largas, pero descoloridas pestañas castañas en tanto que la nariz era más bien grande y la boca muy ancha.

Me estaba estudiando la cara cuando tía Sophie entró en la habitación y se sentó en el borde de la cama.

—Será mejor que me lo cuentes —me dijo—. ¿Qué ha ocurrido? ¿No han ido bien las cosas?

—¿Te refieres a la clase?

—Me refiero a todo. ¿Acaso Tamarisk se ha metido contigo? No me sorprendería.

—Puedo enfrentarme con ella.

—De eso no me cabe la menor duda. Es como un globo hinchado. Cuando suelta el aire, se deshincha. Pobre Tamarisk. No creo que haya tenido una infancia muy dichosa. Bueno, pues ¿qué ha pasado?

—Ha sido... el hermano.

—¡Crispin, el hermano de Tamarisk! ¿Qué pinta él en todo eso?

—Estaba en la sala cuando salimos.

—¿Y qué te ha dicho?

—A mí, nada... pero ha hecho un comentario muy desagradable sobre mí.

Mi tía me miró con incredulidad. Le describí el breve encuentro y le expliqué que le había oído preguntar: «¿Quién es aquella niña tan fea?».

—¡El muy sinvergüenza! —exclamó tía Sophie—. No le hagas caso.

—Pero es verdad. Ha dicho que soy fea.

—No lo eres. No te vayas a creer estas sandeces.

—Es la verdad. No soy bonita como Tamarisk y Rachel.

—Tienes algo más que la hermosura, mi niña. Hay algo especial en ti. Eres interesante. Y eso es lo que importa. Me alegro de que seas mi sobrina. No me hubieran gustado las otras.

—¿De veras?

—Sin ninguna duda.

—Tengo la nariz grande.

—Me gusta que una nariz sea una nariz... no un simple pegote de masilla.

No pude evitar reírme mientras ella añadía:

—Las narices grandes tienen personalidad. ¡Donde esté una nariz grande que se quite todo lo demás!

—La tuya no lo es mucho, tía Sophie —dije yo.

—Te pareces a tu padre. Tenía la nariz grande y era uno de los hombres más guapos que he visto en mi vida. Tienes unos ojos muy bellos. Expresivos... e inteligentes. Revelan tus sentimientos. Para eso son los ojos... y también para ver, claro. Bueno, no te apures. La gente suele decir esas cosas cuando no piensa demasiado. Tenía prisa y no te miró como es debido.

—Simplemente me miró y eso fue todo.

—Ahí está. Hubiera dicho lo mismo sobre cualquier

otra niña. Si tú eres fea, yo soy Napoleón Bonaparte. ¡Eso es!

No pude evitar reírme. ¡Mi querida tía Sophie! Me había rescatado una vez más.

Así pues, de lunes a viernes yo asistía regularmente a clase en St. Aubyn's. Solía esperar a Rachel junto a la verja de Bell House para subir juntas por el camino. Ambas habíamos formado una alianza contra Tamarisk y yo era una especie de defensora de Rachel.

Sin embargo, no pude olvidar el comentario de Crispin St. Aubyn. Me había afectado mucho. Yo no era fea. Tía Sophie lo había dejado bien claro. Tenía un cabello bonito, insistía en decirme. Era fino, pero abundante y yo me lo cepillaba hasta dejarlo resplandeciente. A menudo lo llevaba suelto sobre los hombros en lugar de recogérmelo en unas severas trenzas, y siempre procuraba que no se arrugara la ropa. Tamarisk se daba cuenta y, aunque no hacía ningún comentario, sonreía enigmáticamente para sus adentros.

Se mostraba amable conmigo y creo que a veces trataba de romper mi alianza con Rachel. Yo me alegraba y me sentía en cierto modo halagada.

A Crispin St. Aubyn le veía muy de tarde en tarde y normalmente de lejos. Era evidente que no sentía el menor interés por su hermana y sus compañeras.

Tía Sophie había dicho que era «un sinvergüenza» y era cierto, pensé yo. Quería impresionar a todo el mundo, pero a tía Sophie y a mí no nos iba a impresionar.

Un día en que fui a esperar a Rachel, ésta no estaba allí. Era un poco pronto. Como la verja de Bell House estaba abierta, entré en el jardín. Había un banco y me senté.

Contemplé la casa. Era efectivamente muy bonita,

más atrayente que St. Aubyn's Park, pensé. Hubiera tenido que ser una casa feliz y acogedora, pero estaba segura de que no lo era. Tamarisk había sufrido el olvido de su familia y había sido criada por las niñeras, pero puede que aquella situación tuviera también sus ventajas. Rachel no era tan despreocupada como ella. Rachel era tímida... y tenía miedo de algo. Pensé que quizá era algo relacionado con aquella casa.

A lo mejor era una soñadora y me inventaba historias fantásticas sobre la gente... la mitad de ellas sin el menor asomo de verdad.

Oí una voz a mi espalda.

—Buenos días, querida.

Era el señor Dorian, el tío de Rachel. Experimenté el impulso de levantarme y echar a correr a la mayor velocidad posible. ¿Por qué? Su voz era extremadamente amable.

—Estás esperando a Rachel, ¿verdad?

—Sí —contesté, levantándome al ver que se disponía a sentarse a mi lado.

El señor Dorian apoyó una mano en mi brazo y me obligó a sentarme de nuevo.

—¿Te gustan las clases con la señorita Lloyd? —preguntó, mirándome detenidamente.

—Sí, muchas gracias.

—Eso es bueno... muy bueno.

Se había sentado muy cerca de mí.

—Tendremos que irnos —dije—. Vamos a llegar tarde.

Entonces vi con alivio que Rachel salía de la casa.

—Siento haberme retrasado —dijo Rachel.

De pronto vio a su tío.

—Has hecho esperar a Frederica —le dijo su tío en tono de amable reproche.

—Sí, lo siento.

—Vamos, pues —dije, deseosa de marcharme de allí cuanto antes.

—Que seáis buenas —dijo el señor Dorian—. Que el Señor os bendiga a las dos.

Mientras nos alejábamos, observé que él se nos quedaba mirando. Sentí un estremecimiento sin saber por qué.

Rachel guardó silencio, aunque, en realidad, eso no significaba nada, pues era una niña más bien taciturna. Sin embargo, intuí que había adivinado en cierto modo mis sentimientos.

El recuerdo del señor Dorian perduró algún tiempo en mi mente. Como me resultaba levemente desagradable, procuré olvidarlo; pero la siguiente vez que acudí a esperar a Rachel, no entré en el jardín sino que preferí aguardar fuera.

La señorita Lloyd y yo nos llevábamos muy bien; el hecho de ser su alumna preferida constituía para mí una gran satisfacción. Decía que yo era muy sensible y compartía conmigo la afición a la poesía, por cuyo motivo ambas solíamos analizar juntas algún poema mientras Rachel nos miraba perpleja y Tamarisk se moría de aburrimiento como si lo que nosotras decíamos no le interesara lo más mínimo.

La señorita Lloyd comentó lo bonito que sería que Tamarisk nos invitara a Rachel y a mí a tomar el té.

—¿No estás de acuerdo, Tamarisk? —preguntó.

—No me importaría —contestó Tamarisk en tono displicente.

—Muy bien, pues. Organizaremos un pequeño té.

A tía Sophie le hizo gracia cuando se lo comenté.

—Tienes que ver algo más de la casa, aparte de la vieja aula de clase —comentó—. Merece la pena. Me alegro de que tú y la señorita Lloyd os hayáis hecho amigas. Es una persona muy juiciosa. Se da cuenta de que eres mucho más lista que las demás.

—Puede que no sea tan guapa como ellas, pero aprendo con más facilidad.

—Tonterías. Quiero decir tonterías lo primero y verdadero lo segundo. Puedes llevar la cabeza bien alta, querida. Piensa bien de ti misma y los demás también lo harán.

Así pues, asistí al té. Nos sirvieron unos emparedados exquisitos y un delicioso pastel de cerezas; la señorita Lloyd dijo que, en su calidad de anfitriona, Tamarisk debería agasajarnos.

Tamarisk hizo su habitual gesto de indiferencia y siguió comportándose como de costumbre.

Al parecer, la señorita Lloyd le había preguntado a la señora St. Aubyn, a quien Tamarisk solía visitar a las cuatro y media los días en que su madre se encontraba lo bastante bien como para recibirla, si le gustaría conocer a las niñas que compartían las clases con su hija. Para asombro de la señorita Lloyd, la señora Aubyn contestó que sí, siempre y cuando se encontrara bien en aquel momento y las niñas no prolongaran demasiado la visita. Así pude conocer a la señora de la casa... la madre de Tamarisk y Crispin.

La señorita Lloyd nos hizo pasar y nosotras nos acercamos.

La señora St. Aubyn lucía una *negligée* de gasa malva transparente con adornos de cintas y encajes. Estaba recostada en un sofá y tenía a su lado una mesita sobre la cual había una caja de dulces. Era un poco gruesa, pero estaba muy guapa con su cabello dorado (del mismo color que el de Tamarisk) recogido hacia arriba. Lucía un dije de brillantes alrededor del cuello y en sus dedos resplandecían las mismas piedras.

Nos miró lánguidamente y, al final, sus ojos se posaron en mí.

—Ésta es Frederica, señora St. Aubyn —dijo la señorita Lloyd—, la sobrina de la señorita Cardingham.

La señora St. Aubyn me hizo señas de que me acercara.

—Tengo entendido que tu madre está inválida —me dijo.

—Sí.

La señora St. Aubyn asintió con la cabeza.

—Lo comprendo... lo comprendo muy bien. Está en una residencia, creo.

Dije que sí.

Lanzó un suspiro.

—Es una pena, mi pobre niña. Tienes que contármelo.

Estaba a punto de explicárselo cuando ella añadió:

—Algún día... cuando me encuentre más fuerte.

La señorita Lloyd apoyó una mano en mi hombro y me apartó. Entonces comprendí que el interés de la señora St. Aubyn se centraba en la enfermedad de mi madre y no en mi persona.

Sentí deseos de abandonar la estancia, cosa que al parecer también deseaba la señorita Lloyd, pues dijo:

—No debe usted cansarse, señora St. Aubyn.

La señora St. Aubyn asintió con aire resignado.

—Rachel y Frederica se han hecho muy amigas —añadió la señorita Lloyd.

—Qué bien.

—Son unas niñas muy buenas. Tamarisk, despídete de tu madre... y vosotras también, niñas...

Todas lo hicimos con alivio.

Pensé para mis adentros que aquélla era una familia muy rara. La señora St. Aubyn no se parecía para nada a su hijo o su hija. Recordé lo que me había contado tía Sophie sobre su alegre existencia de antaño, cuando sólo pensaba en disfrutar de la vida. Ahora todo debía de ser muy distinto para ella. Se me ocurrió pensar que, a lo mejor, le gustaba ser una inválida y pasarse todo el día tumbada en un sillón, envuelta en gasas y encajes.

La gente era muy rara.

Tamarisk y yo nos estábamos haciendo bastante amigas aunque de una forma un tanto beligerante. Ella trataba siempre de superarme en todo lo que podía, lo cual en cierto modo me halagaba. Me respetaba mucho más que a Rachel y, cuando yo le llevaba la contraria, cosa que hacía muy a menudo, disfrutaba con nuestras batallas verbales. Despreciaba levemente a Rachel y simulaba despreciarme también a mí, aunque creo que en cierto modo me admiraba.

Algunas tardes solíamos dar un paseo juntas por la finca de St. Aubyn's, cuya extensión era enorme. A Tamarisk le encantaba demostrarnos la superioridad de sus conocimientos, haciéndonos de guía. Así fue cómo visité a Flora y Lucy Lane.

Vivían en una casita no muy alejada de la mansión de St. Aubyn's y ambas habían sido niñeras de Crispin, según me contó Tamarisk.

—La gente siempre quiere a sus antiguas niñeras —añadió—, sobre todo cuando los padres y madres no prestan demasiada atención a sus hijos. Yo aprecio bastante a mi vieja niñera Compton, aunque siempre me esté encima, diciendo «No hagas eso o lo otro». Crispin quiere mucho a Lucy Lane. ¡Qué nombre tan divertido! Parece una calle.* Supongo que no se acuerda de Flora. Fue la que tuvo primero, ¿sabes?, pero después ella se volvió un poco rara. Entonces Lucy se hizo cargo de él. Crispin cuida de ellas y se encarga de que no les falte nada. Nadie podría imaginar que Crispin fuera capaz de preocuparse por esas cosas, ¿verdad?

—No lo sé —dije—. En realidad, casi no le conozco.

Se advertía en mi voz una nota de frialdad cuando

* *Lane*, «callejón». (*N. de la T.*)

pronunciaba su nombre, cosa que no ocurría con frecuencia, por supuesto. Evocaba su voz y recordaba su pregunta sobre quién era aquella niña tan fea.

—Bueno, pues viven en esta casita. Yo hubiera podido tener a Lucy por niñera, pero, cuando yo nací, ella tuvo que marcharse para cuidar de su hermana porque su madre había muerto. Flora necesitaba que la cuidaran. Hace cosas raras.

—¿Qué clase de cosas?

—Lleva un muñeco en brazos y cree que es un niño pequeño. Le canta. Yo la he oído. Se sienta en el jardín de la parte de atrás de la casita junto a la vieja morera y le habla. Lucy no quiere que la gente le diga nada. Dice que eso la trastorna. Podríamos visitarlas y así la verías.

—¿Querrán ellas que las visitemos?

—¿Y eso qué importa? Viven en la finca, ¿no?

—Están en su casa y tu hermano se la cedió generosamente; tal vez deberíamos respetar su intimidad.

—Ja, ja, ja —se burló Tamarisk—. Pues yo iré de todos modos.

No pude evitar acompañarla.

La casita se levantaba solitaria en medio del campo y tenía un jardincito en la parte anterior. Tamarisk abrió la verja y subió por el caminito. Yo la seguí.

—¿Hay alguien en casa? —preguntó, levantando la voz.

Una mujer apareció en la puerta. Comprendí inmediatamente que era la señorita Lucy Lane. Tenía el cabello entrecano y su expresión de inquietud debía de ser permanente. Iba pulcramente vestida con una blusa y una falda grises.

—Vengo a verte con Frederica Hammond —le explicó Tamarisk.

—Oh, qué amable —dijo Lucy Lane—. Pasen.

Entramos a un zaguán y, desde éste, a un pequeño y ordenado salón cuyos muebles estaban esmeradamente abrillantados.

—O sea que es usted la nueva alumna de la casa —me dijo la señorita Lucy Lane—. La sobrina de la señorita Cardingham.

—Sí —contesté.

—Y asiste a clase con la señorita Tamarisk. Qué bien.

Nos sentamos.

—¿Cómo está Flora hoy? —preguntó Tamarisk, decepcionada ante el hecho de que yo no pudiera verla.

—Se encuentra en su habitación. Prefiero no molestarla. ¿Le gusta Harper's Green, señorita?

—Es un lugar muy agradable —contesté.

—Tengo entendido que su pobre mamá... está enferma.

Contesté que sí, medio esperando que dijera «Qué bien». En su lugar, comentó inesperadamente:

—Oh... qué dura es a veces la vida.

Tamarisk estaba empezando a aburrirse.

—¿Te importaría que saludáramos a Flora? —preguntó.

Lucy la miró consternada. Estaba segura de que iba a contestar que no era posible cuando, para su disgusto y para regocijo de Tamarisk, se abrió la puerta y apareció una mujer.

Se parecía un poco a Lucy, pero, mientras que la expresión de ésta era de extremada viveza, los grandes y desconcertados ojos de Flora miraban como si trataran de distinguir algo situado más allá de su campo visual. Acunaba un muñeco en sus brazos. La imagen de una mujer adulta con un muñeco resultaba inquietante.

—Hola, Flora —dijo Tamarisk—. He venido a verte con mi amiga Fred Hammond. Es una niña aunque por el nombre no lo parezca —añadió soltando una risita.

—Me llamo Frederica —expliqué—. Frederica Hammond.

Flora asintió con la cabeza y su mirada se apartó de Tamarisk para posarse en mí.

—Fred asiste a clase con nosotras —dijo Tamarisk.

—¿Prefieres regresar a tu habitación, Flora? —preguntó ansiosamente Lucy, mirando a su hermana.

Flora sacudió la cabeza y contempló su muñeco.

—Hoy está muy inquieto —dijo—. Le están saliendo los dientes.

—Es un niño, ¿verdad? —preguntó Tamarisk.

Flora se sentó, dejando el muñeco sobre su regazo y contemplándolo con ternura.

—¿No sería hora de que lo llevaras a dormir? —le preguntó Lucy—. Vamos arriba. Disculpen —añadió, dirigiéndose a nosotras.

Apoyando con firmeza la mano en el brazo de Flora, Lucy se la llevó.

Tamarisk me miró y se dio unas palmadas en la sien.

—Ya te lo dije —murmuró—. Está loca. Lucy procura disimularlo... pero la verdad es que está como un cencerro.

—¡Pobrecilla! —exclamé yo—. Debe de ser muy triste para las dos. Creo que deberíamos irnos. No les gusta que estemos aquí. No deberíamos haber venido.

—De acuerdo —dijo Tamarisk—. Sólo quería que vieras a Flora.

—Tendremos que esperar a que baje Lucy. Entonces nos iremos.

Y eso hicimos.

Mientras nos alejábamos, Tamarisk me preguntó:

—¿Qué te parece?

—Es una pena. La hermana mayor... porque Lucy debe de ser la mayor, ¿verdad?

Tamarisk asintió con la cabeza.

—Está muy preocupada por la loca. Es horrible que piense que el muñeco es un niño.

—Cree que es Crispin... ¡Crispin cuando era pequeño!

—Quién sabe por qué se debió de volver loca.

—Nunca se me había ocurrido pensarlo. Han pasado muchos años desde que Crispin era un niño. Cuando Flora enloqueció, Lucy se hizo cargo de él... entonces era todavía muy pequeño. Después, cuando tenía unos nueve años, lo enviaron a la escuela. Él siempre quiso mucho a Lucy. Su padre era uno de los jardineros de aquí, por eso vivían en la casa. Murió antes de que ella volviera. Porque, al principio, Lucy se fue a trabajar al norte. La madre se quedó en la casa cuando el padre murió. Entonces volvió Lucy. Por lo menos, eso es lo que me han contado. Poco después, Flora se volvió loca y Lucy se convirtió en la niñera de Crispin.

—Crispin ha sido muy bueno permitiendo que se quedaran en la casita, ahora que ninguna de las dos trabaja en St. Aubyn's.

—Le tiene mucho cariño a Lucy. Ya te lo he dicho, ella fue su niñera y casi todo el mundo quiere a su niñera.

Mientras regresábamos, no pude quitarme de la cabeza a la extraña mujer con aquel muñeco que ella creía Crispin.

Me costaba trabajo imaginarme a aquel arrogante joven como un niño.

En Barrow Wood

Mis compañeras de clase ya habían tomado el té en los Rowans y en St. Aubyn's. Ahora le tocaba el turno a Bell House. Tamarisk buscó un pretexto para no ir y, por consiguiente, yo fui la única invitada.

Nada más entrar al jardín, experimenté una punzada de inquietud. Pasé por delante del banco de madera donde me había sentado el día en que esperaba a Rachel y su tío se acercó para conversar conmigo. Esperaba no tener que verle aquel día.

Toqué el timbre y me abrió una criada.

—Es usted la joven amiga de la señorita Rachel —me dijo—. Pase, por favor.

Me acompañaron cruzando la sala hasta una estancia cuyas ventanas con parteluces daban a un prado. Las cortinas eran gruesas y oscuras, por lo que apenas permitían la entrada de la luz. Inmediatamente observé el cuadro de la crucifixión de la pared. Me llamó la atención porque era muy realista. Se distinguían perfectamente los clavos de las manos y los pies y la roja sangre chorreando a su alrededor. Me horroricé tanto que no pude mirarlo. Había otra pintura de un santo, supongo, pues tenía una aureola alrededor de la cabeza: estaba traspasado por numerosas flechas. Otra mostraba a un hombre atado a una estaca, de pie en el agua. Comprendí que su destino sería ahogarse poco a poco cuando subiera la marea. El tema de todas aquellas imágenes parecía ser la crueldad humana. Me estremecía, pensando que la lobreguez de aquella estancia habría sido decretada sin duda por el señor Dorian.

Entró Rachel y su rostro se iluminó al verme.

—Me alegro de que Tamarisk no haya podido venir —dijo—. Se burla de todo.

—No le hagas caso —dije yo.

—No quiero hacérselo, pero me es imposible —replicó Rachel—. Vamos a tomar el té aquí. Vendrá mi tía para saludarte.

Esperaba que el tío no apareciera.

Poco después apareció tía Hilda. Era una mujer alta y más bien angulosa. Llevaba el cabello recogido hacia atrás, pero, aun así, su rostro no resultaba severo. Se la veía inquieta y más bien vulnerable, muy distinta de su esposo, tan seguro de sí mismo y de su propia bondad y rectitud.

—Tía Hilda —dijo Rachel—, te presento a Frederica.

—¿Cómo estás? —dijo tía Hilda, estrechando mi mano con la suya muy fría—. Rachel me dice que os habéis hecho muy amigas. Me alegro de que hayas venido a visitarnos. Ahora tomaremos el té.

Lo sirvió la criada que me había abierto la puerta, junto con pan, mantequilla, bollos y tarta de semillas aromáticas.

—Aquí en esta casa siempre rezamos una oración antes de las comidas —me explicó tía Hilda, hablándome como si repitiera una lección.

La oración fue muy larga y en ella se expresó la gratitud de los miserables pecadores por los favores recibidos.

Tras servir el té, tía Hilda me hizo varias preguntas

sobre mi madre y quiso saber qué tal me encontraba en Harper's Green.

Todo aquello estaba resultando muy aburrido en comparación con el té de St. Aubyn's. Pensé que ojalá Tamarisk estuviera con nosotras; a pesar de que a veces era muy mal educada, por lo menos animaba las reuniones.

Para mi consternación, cuando ya estábamos a punto de terminar el té, entró el señor Dorian.

Nos estudió con interés y advertí que sus ojos se posaban en mí.

—Ah —dijo—, un té.

Tuve la sensación de que tía Hilda se sentía un poco culpable, como si la hubieran sorprendido en mitad de una bacanal; sin embargo, el señor Dorian no parecía enojado. Permaneció de pie, frotándose las manos. Las debía de tener muy secas, pues producían un leve crujido que a mí se me antojaba repugnante.

—Supongo que debes de tener aproximadamente la misma edad que mi sobrina —dijo, sin quitarme los ojos de encima.

—Tengo treces años.

—Todavía una niña. En el umbral de la vida. Descubrirás que la vida está llena de peligros, querida. Tendrás que estar en guardia contra el demonio y todas sus malas artes.

Habíamos dejado la mesa y estábamos sentadas en el sofá. El señor Dorian se acomodó muy junto a mí.

—¿Rezas tus oraciones todas las noches, querida? —me preguntó.

—Bueno... yo...

El señor Dorian agitó un dedo y me rozó levemente la mejilla con él. Yo me eché un poco hacia atrás, pero él no pareció darse cuenta. Sus ojos brillaban intensamente.

—Tienes que arrodillarte junto a la cama... cuando

ya te hayas puesto el camisón —añadió. La punta de su lengua asomó fugazmente y rozó su labio superior antes de volver a ocultarse—. Y pedirle a Dios que te perdone los pecados que hayas podido cometer durante el día. Eres joven, pero los jóvenes pueden pecar mucho. Recuerda que podrías tener que comparecer en presencia de tu Creador en cualquier momento. «En plena vida ya estamos en la muerte.» Tú... sí, incluso tú, hija mía, podrías ser conducida con tus pecados en presencia de tu Creador.

—No se me había ocurrido pensarlo —dije, tratando de apartarme de él sin que se notara.

—No, en efecto. Por consiguiente... todas las noches tienes que arrodillarte junto a tu cama cuando ya te hayas puesto el camisón, y rezar para que todas las cosas malas que hayas hecho... o pensado durante el día te sean perdonadas.

Me estremecí. Tamarisk se hubiera reído sin duda de todo aquello. Me hubiera mirado y hubiera hecho una de sus muecas habituales. Hubiera dicho que aquel hombre estaba «chiflado»... tan chiflado como la pobre Flora, aunque de otra manera. Él hablaba de los pecados y Flora pensaba que su muñeco era un niño, eso era todo.

Estaba deseando marcharme de aquella casa y no volver nunca más. No comprendía por qué razón me daba tanto miedo aquel hombre... pero estaba claro que me lo daba.

Le dije a tía Hilda:

—Muchas gracias por invitarme. Mi tía me estará esperando y creo que ya debo irme.

Parecía una excusa muy endeble. Tía Sophie sabía dónde estaba y todavía no me esperaba. Pero necesitaba marcharme de aquella casa.

Tía Hilda, muy cohibida en presencia de su marido, pareció lanzar un suspiro de alivio.

—Bueno, pues no quiero entretenerte, querida —dijo—. Me he alegrado mucho de que vinieras. Rachel, ¿quieres acompañar a nuestra invitada a la puerta?

Rachel se levantó de un salto.

—Adiós —dije yo, tratando de no mirar al señor Dorian.

Fue un alivio poder escapar. Hubiera deseado echar a correr. Experimenté el repentino temor de que el señor Dorian me acompañara y me siguiera mirando de aquella manera tan rara mientras me hablaba de mis pecados.

Rachel me acompañó hasta la verja.

—Espero que te haya gustado —me dijo.

—Oh, sí... sí... —mentí.

—Ha sido una lástima...

Rachel no añadió más, pero yo comprendí a qué se refería. Si el señor Dorian no hubiera entrado en la estancia, hubiera sido un té normal.

—¿Siempre dice estas cosas... sobre los pecados y demás? —pregunté.

—Verás, es que él es muy bueno, ¿sabes? Va a la iglesia tres veces los domingos, a pesar de que el reverendo Hetherington no le gusta demasiado. Dice que está excesivamente inclinado hacia el papismo.

—Me parece que, a su juicio, todo el mundo es pecador.

—Porque así es la gente.

—Pues yo prefiero que las personas no sean tan buenas. Debe de ser muy aburrido.

Me detuve porque estaba hablando más de la cuenta. Al fin y al cabo, Rachel tenía que vivir en aquella casa con él.

Al llegar a la verja, me volví para contemplar el edificio y tuve la siniestra sensación de que él me estaba mirando desde una de las ventanas. Estaba deseando echar a correr para interponer la mayor distancia posible entre aquella casa y mi persona.

—Adiós, Rachel —dije antes de irme.

El viento en el rostro me resultaba agradable. Pensé que él jamás podría correr tanto como yo. Jamás conseguiría alcanzarme, por mucho que lo intentara.

No me fui directamente a casa. Aquel hombre me había dejado una huella tan profunda que necesitaba borrarla, pero me fue imposible. El recuerdo perduraba. Las manos secas que crujían cuando se las frotaba, la intensa mirada de sus ojos con aquellas pestañas tan claras que apenas se veían, su manera de humedecerse los labios cuando me miraba. Todo me causaba inquietud.

¿Cómo podía Rachel vivir en la misma casa con semejante hombre? Sin embargo, era su tío y no podía evitarlo. Pensé, como otras muchas veces, en la suerte que tenía de vivir con tía Sophie.

El hecho de correr de cara al viento pareció disipar mi desazón. Aquél era un lugar muy extraño... y también fascinante en cierto modo. Me daba la sensación de que podía ocurrir cualquier cosa... Flora Lane con su muñeco, el señor Dorian con... ¿qué era? No podía definirlo. Era simplemente la inquietante sensación de temor que experimentaba cuando se acercaba a mí, haciéndome anhelar las sensatas palabras de tía Sophie y su amorosa protección.

¡Qué suerte tenía yo de vivir con tía Sophie y qué pena me daba la pobre Rachel! En adelante, procuraría ser especialmente amable con ella para compensarla de los sinsabores de tener un tío como el señor Dorian.

Había recorrido un buen trecho y podía ver la casita de las hermanas Lane, pero no la parte de la fachada como de costumbre sino la parte de atrás.

Me encaminé hacia la casita. El jardín estaba rodeado por una valla por encima de la cual vi la morera de la que me había hablado Tamarisk. Sentada a su lado estaba Flora con un cochecito infantil de juguete en cuyo interior debía de estar el muñeco.

Me incliné sobre la valla para mirar. Ella me vio y me saludó.

—Hola.

—Hola —le contesté.

—¿Has venido a ver a Lucy? —me preguntó.

—No. Simplemente pasaba por aquí.

—La verja está allí... es la verja de atrás.

Me lo tomé como una invitación y, espoleada por mi invencible curiosidad, crucé la verja y me acerqué al lugar donde Flora estaba sentada.

—Ssss —dijo Flora—. Ahora está durmiendo. Se pone insoportable cuando lo despiertan.

—Lo comprendo.

Se corrió en el banco de madera para hacerme sitio a su lado.

—Es muy testarudo —añadió.

—Ya me lo figuro.

—No quiere ir a ninguna parte si no es conmigo.

—Su madre... —dije yo.

—No hubiera debido tener hijos. Las personas así... que se van a Londres... no deberían tenerlos, a mi modo de ver.

—No —dije yo.

Flora asintió con la cabeza, contemplando la morera.

—Ahí no hay nada —dijo.

—¿Dónde? —pregunté.

Me señaló el arbusto con la cabeza.

—Por mucho que digan... no hay que molestarlo.

—¿Por qué no? —pregunté, tratando de averiguar a qué se refería.

No hubiera tenido que hacer la pregunta. Flora se volvió a mirarme y entonces observé que sus ojos habían perdido la serenidad que tenían al principio.

—No —dijo—. No hay nada. No hay que hacerlo... Sería una equivocación. No debes hacerlo.

—Muy bien, pues —dije—. No lo haré. ¿Se sienta aquí a menudo?

Me miró con expresión trastornada y recelosa.

—Está bien... mi chiquitín. Duerme como un angelito. Se diría que ni la mantequilla podría fundirse en su boca —Flora soltó una risita—. Le tendrías que oír cuando parlotea. Va a ser un bribón de mucho cuidado. Conseguirá lo que quiera en la vida.

Lucy me habría visto desde unas de las ventanas de la casa. Salió y enseguida comprendí que no le gustaba verme hablar con su hermana.

—Es la sobrina de la señorita Cardingham, ¿verdad? —me preguntó.

Contesté que sí y le expliqué que pasaba por allí y que, al ver a Flora en el jardín, ésta me había invitado a entrar.

—Ah, qué bien. ¿Estaba usted dando un paseo?

—Vengo de Bell House y regresaba a casa.

—Qué bien.

Todo le parecía bien, aunque yo intuí que estaba nerviosa y deseaba que me fuera.

—Mi tía me estará esperando —dije.

—Entonces no debe hacerla esperar, querida —dijo Lucy con alivio.

—No. Adiós —añadí, mirando a Flora con una sonrisa.

—Aquí no hay nada... ¿verdad, Lucy? —preguntó Flora.

Lucy frunció el entrecejo como si no supiera muy bien a qué se refería Flora. Pensé que a menudo debía de decir cosas sin sentido.

Lucy me acompañó a la verja.

—Los Rowans no están lejos. ¿Conoce el camino?

—Sí. Ahora ya me oriento muy bien por aquí.

—Transmítale mis respetos a la señorita Cardingham.

—Lo haré.

Eché de nuevo a correr mientras el viento me alborotaba el cabello.

Qué tarde tan extraña, pensé. Había personas muy misteriosas por allí y aquella tarde había conversado con dos de las más raras y experimentaba la necesidad de regresar cuanto antes junto a la cordura de mi querida tía Sophie.

Me estaba esperando.

—Creía que ibas a regresar más temprano —me dijo.

—Vi a Flora Lane en el jardín de su casa y me entretuve un rato charlando con ella.

—¡Pobre Flora! ¿Qué tal fue la fiesta?

Vacilé sin saber qué contestar.

—Ya me lo figuraba —dijo mi tía—. Ya sé cómo son en Bell House. Lo siento por la pobre Hilda. Estas personas tan buenas que tienen un lugar asegurado en el cielo pueden ser un martirio para sus semejantes en la Tierra.

—Me preguntó si rezaba mis oraciones todas las noches. Y me ha dicho que tengo que pedir perdón por si moría por la noche.

Tía Sophie estalló en una carcajada.

—¿Le has preguntado tú si él hacía lo mismo?

—Supongo que sí. Rezan constantemente. ¡Oh, tía Sophie, cuánto me alegro de haber venido a vivir contigo!

Mi tía me miró complacida.

—Bueno, la verdad es que yo hago todo lo que puedo para que seas feliz y, aunque no recemos demasiado, confío en que podamos pasarlo bien. ¿Cómo estaba Flora? ¿Tan loca como siempre?

—Tenía un muñeco en un cochecito de juguete. Cree que es Crispin St. Aubyn.

—Eso es porque se imagina viviendo todavía en el pasado, cuando trabajaba como niñera. Cree que todavía está en la casa. La pobre Lucy tiene que hacer acopio de mucha paciencia. Pero Crispin St. Aubyn es muy bueno con ella. Creo que va a verla de vez en cuando. Se comprende, porque ella fue su niñera y él no recibió demasiado cariño de sus padres.

—Me habló de la morera y dijo que allí no había nada.

—Tiene la cabeza llena de fantasías. Bueno, si no voy a comprar algo, me parece que aquí tampoco habrá nada para cenar. Hoy Lily me lo ha dejado todo en mis manos. ¿Te apetece venir conmigo?

—Oh, sí, por favor.

Bajamos a la tienda del pueblo tomadas del brazo.

Estaba muy contenta porque me daba cuenta de las desgracias que les pueden ocurrir a los niños cuando pierden a sus padres. Rachel había tenido que irse a vivir a Bell House con su tío Dorian; y Crispin y Tamarisk habían vivido como si fueran huérfanos porque sus padres no se ocupaban de ellos. Yo también había sido abandonada por mi padre y tenía una madre más preocupada por lo que había perdido que por la hija que tenía. Pero había tenido suerte, porque el destino me había enviado junto a tía Sophie.

La señorita Lloyd y yo nos llevábamos muy bien y las clases me interesaban mucho más que a mis compañeras.

—Tenemos la historia a la puerta de nuestra casa, niñas —solía decir la señorita Lloyd—, seríamos unas necias si no aprovecháramos esta ocasión. Imaginaos, hace más de doscientos años había aquí unas personas... en esta misma mansión en la que ahora vivimos.

Mis respuestas le encantaban y puede que por eso

decidiera un día dar lo que ella llamaba un paseo educativo, en lugar de permanecer sentadas en el aula como todas las mañanas.

Una mañana tomó el coche de dos ruedas y cruzamos el llano de Salisbury para dirigirnos a Stonehenge. Sentí una profunda emoción al verme rodeada por aquellas antiguas rocas mientras la señorita Lloyd me miraba complacida.

—Bueno, niñas —dijo la señorita Lloyd—, ¿no notáis el misterio... el prodigio de este eslabón que nos une al pasado?

—Oh, sí —contesté yo.

Rachel parecía perpleja y Tamarisk lo miraba todo con desprecio. ¿A qué venía tanto alboroto con un puñado de piedras por el simple hecho de que llevaran allí mucho tiempo? Adiviné que eso era lo que estaba pensando.

—Su edad se calcula entre 1800 y 1400 años a. de C. ¡Imaginaos, niñas! Estas piedras llegaron aquí antes de Cristo. La disposición de las piedras, colocadas según la salida y la puesta del sol, sugiere que ése era un lugar de culto al Sol. Quedaos quietas y contempladlo.

La señorita Lloyd me miró con una sonrisa, sabiendo que yo compartía su misma sensación de asombro.

Más tarde expresé mi interés por los vestigios de la antigüedad que nos rodeaban y la señorita Lloyd me facilitó unos libros para que los leyera. Tía Sophie me escuchó complacida cuando le describí la fascinación que me había producido Stonehenge y le expliqué que, según se creía, los druidas habían adorado allí a sus divinidades.

—Eran personas muy instruidas esos druidas, ¿sabes, tía Sophie? —le dije—. Pero ofrecían sacrificios humanos. Creían que el alma no moría sino que transmigraba de una persona a otra.

—No me gusta esta idea —dijo tía Sophie—. Y lo de los sacrificios humanos todavía menos.

—Debían de ser unos salvajes —terció Lily, que nos había oído hablar.

—Colocaban a las personas en unas jaulas que se parecían a las imágenes de sus dioses y las quemaban vivas —dije.

—¡Válgame Dios! —exclamó Lily—. Yo creía que iba usted a la escuela para aprender la lectura, la escritura y la aritmética, no para aprender cosas sobre un puñado de sinvergüenzas.

Me eché a reír.

—Eso es historia, Lily.

—Bueno, conviene saber cómo era aquella gente —añadió tía Sophie—. Te hace alegrar de no haber vivido en aquellos tiempos.

Tras la visita a Stonehenge, empecé a buscar huellas de las personas que habían vivido allí miles de años antes. La señorita Lloyd me alentaba a hacerlo y un día nos llevó a Barrow Wood, un bosque situado bastante cerca de los Rowans, cosa que yo celebré muchísimo.

—Se llama Barrow Wood —nos explicó la señorita Lloyd—, a causa de los túmulos que en él abundan. ¿Sabéis lo que es un túmulo, niñas? ¿No? Es una sepultura. Éstas de Barrow Wood se remontan probablemente a la Edad del Bronce. ¿No os emociona pensarlo?

—Sí —contesté yo.

En cambio, Tamarisk miró a su alrededor con expresión distante y Rachel frunció el ceño, tratando de concentrarse.

—Como veis —añadió la señorita Lloyd—, la tierra y las piedras han sido amontonadas en forma de montículos. Debajo de estos montículos están las cámaras mortuorias. Por la disposición de las sepulturas, supongo que estas personas debían de ser importantes. Y después plantaban árboles alrededor. Sí, ése debió de ser un lugar especial... un santuario. Las personas enterradas aquí eran probablemente sumos sacerdotes, druidas de la clase dirigente y cosas por el estilo.

Yo estaba entusiasmada, porque podía ver Barrow Wood desde la ventana de mi dormitorio.

—Por eso el lugar se llama Barrow Wood, es decir el Bosque de los Túmulos.

A partir de aquel día, adquirí la costumbre de acudir allí. Lo tenía tan cerca que me resultaba muy fácil. Me sentaba y contemplaba las sepulturas, asombrándome de que las personas que yacían en ellas hubieran vivido allí antes del nacimiento de Cristo. En verano, el follaje de los árboles ocultaba el cementerio. En invierno se podía ver desde la carretera que discurría a dos pasos de aquel lugar.

Un día, estando allí, oí el rumor de los cascos de un caballo por la carretera. Me acerqué al lindero del bosquecillo y miré. Era Crispin St. Aubyn.

En otra ocasión encontré al señor Dorian. Le miré horrorizada. Al verme, se le puso una cara muy rara y apuró el paso para acercarse a mí. Experimenté el impulso inmediato de alejarme de él en cuanto pudiera. En aquel extraño paraje, su presencia me resultaba más amenazadora que en Bell House.

—Buenos días —me dijo sonriendo.

—Buenos días, señor Dorian.

—¿Admirando los túmulos?

Lo tenía cada vez más cerca.

—Sí.

—Reliquias paganas.

—Sí, tengo que irme en seguida. Mi tía me está esperando.

Eché a correr, sintiendo que el corazón me latía violentamente en el pecho a causa de un incomprensible temor.

Alcancé la carretera y me volví a mirar. El señor Dorian se encontraba de pie en el lindero del bosque, estudiándome con atención.

Regresé a los Rowans alborozada por el hecho de haber logrado escapar.

Pensaba a menudo en Flora Lane. Tal vez porque suponía que el muñeco que acunaba en sus brazos era Crispin St. Aubyn, por más que me resultara difícil imaginarlo como un niño.

También pensaba mucho en él. Era arrogante y grosero y no me gustaba, pero siempre tenía algún motivo para disculparle. Sus padres no le habían querido. Aunque tampoco habían querido a Tamarisk.

Ambos hermanos se parecían muchísimo y creían que todo el mundo tenía que hacer lo que ellos quisieran.

El señor Dorian también formaba parte de mis pensamientos e incluso de mis sueños. Era unos sueños confusos y sin significado, pero yo me despertaba de ellos con alivio porque siempre iban acompañados de una vaga sensación de temor.

Como yo era curiosa por naturaleza, me interesaba mucho la vida en Harper's Green y a menudo me encaminaba hacia la casita de las hermanas Lane. Tenía la impresión de que a Flora le gustaba verme. Se le iluminaba el rostro de placer cuando le decía «Buenas tardes», por lo que yo procuraba pasar por allí siempre que podía... no después de clase, por supuesto, pues entonces tenía que ir a casa a comer el almuerzo que Lily habría preparado, sino cuando salía a pasear por la tarde.

Me acercaba a la casita por la parte de atrás y miraba por encima de la cerca. Si Flora estaba sentada en su lugar de costumbre, le decía «Buenas tardes»; ella me contestaba siempre y sólo en una ocasión había apartado el rostro como si no quisiera verme. Aquel día seguí mi camino, aunque normalmente me daba a entender que deseaba que entrara.

Muy pronto descubrí que no era bien recibida cuando Lucy estaba en casa y me di cuenta de que ésta no quería que hablara con su hermana. Flora también lo sabía. Poseía una cierta astucia. Le apetecía hablar conmigo, pero no quería disgustar a Lucy; por consiguiente, la tenía que visitar cuando Lucy no estaba en casa.

Aquella tarde cuando pasé por allí, Flora me invitó a entrar. Nos sentamos en el banco la una al lado de la otra y ella me dirigió una sonrisa casi de complicidad.

Habló un rato conmigo y, aunque no comprendí del todo lo que decía, me percaté de que se alegraba mucho de verme.

Habló sobre todo del muñeco, pero más de una vez se refirió a la morera, insistiendo en que allí no había nada.

De pronto, dijo que el niño estaba muy inquieto aquella tarde. Tal vez a causa del viento. Estornudaba un poco y el ambiente había refrescado.

—Será mejor que lo lleve dentro —dijo, levantándose.

Yo hice lo propio, disponiéndome a marcharme, pero ella sacudió la cabeza.

—No... ven conmigo —añadió, indicándome la casita.

Vacilé sin saber qué hacer. Lucy no debía de estar en casa, de lo contrario ya hubiera salido.

No pude resistir la tentación. A fin de cuentas, me habían invitado a entrar.

La seguí mientras ella empujaba el cochecito infantil de juguete hacia la puerta de atrás de la casa, y entramos a la cocina.

Con mucho cuidado, Flora sacó el muñeco del cochecito murmurando:

—Bueno, bueno. Ahí afuera hace un poco de frío, eso es lo que pasa. Quiere irse a su cunita. Sí, allí estará más a gusto. El ama Flora lo va a acostar en seguida.

La situación resultaba más extraña si cabe en el interior de la casita que en el jardín, por lo que yo seguí a Flora al piso de arriba, presa de una incontenible emoción.

Había un cuarto infantil y dos dormitorios. La casita era bastante espaciosa dentro de lo que cabía. Deduje que uno de los dormitorios sería el de Lucy, el otro el de Flora y el cuarto infantil para el muñeco. Entramos en el cuarto infantil y Flora depositó tiernamente el muñeco en la cuna. Después, se volvió a mirarme.

—Aquí estará mejor el angelito. Están un poco intranquilos cuando les ronda un resfriado.

Siempre experimentaba una cierta turbación cuando Flora me hablaba del muñeco como si estuviera vivo.

—Es un cuarto muy bonito —dije.

El rostro de Flora se iluminó de placer, pero el placer fue inmediatamente sustituido por una expresión de perplejidad.

—Pero no tanto como el de antes —dijo Flora un poco asustada.

Comprendí que estaría recordando el cuarto infantil de St. Aubyn's donde había cuidado del verdadero Crispin.

Traté de inventarme algo que pudiera decirle. Entonces vi la lámina. Había siete pájaros posados en lo alto de un muro de piedra. Parecía la ilustración enmarcada de un libro.

Me acerqué para examinarla con más detenimiento y leí la inscripción que había debajo. «Siete para un secreto», decía.

—¡Pero si son las siete urracas! —exclamé.

Flora asintió con entusiasmo. Ya se había olvidado de que aquel cuarto infantil no era como el antiguo de St. Aubyn's.

—¿Te gusta? —me preguntó.

—Debe de referirse a las siete urracas del poema. Una vez me lo aprendí de memoria. ¿Cómo era? Creo que puedo recordarlo:

Una para el dolor,
Dos para la alegría.
Tres para una niña,
Cuatro para un niño.
Cinco para la plata,
Seis para el oro,
Y siete para un secreto...

Flora observó mis labios mientras recitaba el verso y lo terminó conmigo:

—«... *que nunca se contará.*»

—Eso es —dije yo—. Ahora me acuerdo.

—Lo hizo Lucy —dijo Flora, acariciando amorosamente el marco.

—Lo enmarcó ella, ¿verdad?

—Siete para un secreto que nunca se contará —contestó Flora, sacudiendo la cabeza—. Nunca... nunca... nunca. Eso es lo que dicen los pájaros.

Examiné la ilustración con más detalle.

—Los pájaros tienen un aire un poco siniestro —dije.

—Es por culpa del secreto. Vaya por Dios, ya se está despertando.

Flora se acercó a la cuna y tomó el muñeco en sus brazos.

La estancia pareció adquirir de pronto una atmósfera de misterio. Estaba deseando saber algo más sobre Flora e indagar qué había detrás de aquel extraño delirio. Me pregunté si Flora podría regresar a la normalidad en caso de que alguien le hiciera comprender que el muñeco no era más que un muñeco y que el niño con quien ella lo identificaba se había convertido ahora en un adulto.

De repente, experimenté el impulso de alejarme de allí.

—Creo que ya debo irme —dije.

Estaba a punto de descender cuando oí unas voces abajo. Miré consternada a mi alrededor. No había oído entrar a nadie.

—¡Flora! —llamó Lucy.

Se adelantó y se quedó de una pieza al verme bajar por la escalera.

—He estado arriba con la señorita Flora —dije, tartamudeando.

—Ah, ella la ha invitado a subir, ¿verdad?

Vacilé.

—Me ha... mmm... enseñado el cuarto del niño.

Lucy parecía molesta. Entonces entró un hombre al zaguán.

—Es la sobrina de la señorita Cardingham —dijo Lucy—. Flora la ha invitado a pasar.

Crispin me saludó con una inclinación de cabeza.

—Ya me voy —dije.

Lucy me acompañó a la puerta principal y me fui a toda prisa.

¡Qué tarde tan extraña! No podía quitarme de la cabeza las siete urracas. Las aves parecían un tanto aviesas. Estaba claro que Lucy había arrancado la ilustración de algún libro y la había enmarcado para Flora. ¿Acaso para recordarle que tenía un secreto que guardar? Flora tenía una mente infantil. Tal vez era necesario recordarle ciertas cosas con frecuencia. A lo mejor, la ilustración procedía de un libro que le gustaba cuando era niña y Lucy se la había enmarcado.

Sea como fuere, aquello era muy interesante, pensé mientras regresaba corriendo a casa para reunirme con tía Sophie.

Unos días más tarde, descubrí una faceta de la personalidad de tía Sophie que jamás había imaginado antes. En los Rowans había una pequeña estancia a la que se accedía desde su dormitorio. Debía de haber sido un cuarto de vestir, pero ella la utilizaba a modo de pequeño estudio.

Quería comentarle una cuestión sin importancia y Lily me dijo que le parecía que estaba en su estudio, ordenando un cajón. Subí, llamé con los nudillos a la puerta del dormitorio y, como no obtuve respuesta, abrí y asomé la cabeza.

La puerta del estudio estaba abierta.

—Tía Sophie —llamé.

Mi tía apareció en la puerta.

La veía distinta. Parecía triste como yo jamás la había visto, y en sus pestañas brillaba una lágrima.

—¿Ocurre algo? —le pregunté.

—Oh, no... nada —contestó tras dudar un instante—. Es que soy una tonta. Estaba escribiéndole una carta a cierta persona que conocí en otros tiempos.

—Perdona que te haya interrumpido. Lily me ha dicho que le parecía que estabas ordenando un cajón.

—Sí, le dije que iba a hacerlo. Bueno, pasa, querida. Ya es hora de que lo sepas.

Entré en el estudio.

—Siéntate. Estaba escribiendo una carta a tu padre.

—¿A mi padre?

—Le escribo de vez en cuando. Le conocí muy bien cuando era más joven, ¿sabes?

—¿Dónde está?

—Está en Egipto. Antes pertenecía al Ejército, pero ya lo dejó. Le he estado escribiendo a lo largo de los años. Nuestra relación viene de antiguo —mi tía me miró como si no estuviera segura de algo. Después, pareció adoptar una decisión y añadió—: Yo conocí primero a tu padre...

antes que tu madre. Fue durante una fiesta en casa de unos amigos. Nos gustamos desde un principio. Lo invitaron a Cedar Hall. Fue cuando tu madre regresó a casa del internado. Entonces ella tenía dieciocho años y era muy guapa. Y, bueno, él se enamoró de ella.

—¡Pero la dejó!

—Eso fue después. No dio resultado. Él no estaba hecho para sentar la cabeza. Era un hombre muy alegre, le gustaba alternar en sociedad, bebía un poco... no demasiado tal vez, pero tenía una cierta afición. Era jugador y mujeriego. En fin, que no era una persona muy seria. Se separaron aproximadamente un año después de que tú nacieras. Hubo un divorcio, como ya sabes. Él se casó con otra mujer, pero tampoco fue un matrimonio afortunado.

—No parece una persona muy de fiar.

—Pero lo compensaba con su encanto.

—Comprendo. Y tú le escribes.

—Sí. Siempre fuimos buenos amigos.

—¿Quieres decir que se hubiera podido casar contigo en lugar de hacerlo con mi madre?

Tía Sophie esbozó una triste sonrisa.

—Es evidente que prefirió casarse con tu madre.

—Entonces hubieras podido ser mi madre —dije yo.

—Supongo que, en tal caso, tú no serías quien eres. Y eso por nada del mundo lo quisiera —contestó tía Sophie estallando en una carcajada.

Volvía a ser la misma de siempre.

—Pues no sé qué decirte. A lo mejor, no hubiera sido tan fea.

—¡No digas disparates! Tu madre era una mujer muy guapa. Yo era la hermana fea.

—No te creo.

—Olvidémonos de la fealdad. Quería simplemente que supieras que tu padre me escribe y siempre quiere que le dé noticias tuyas. Sabe que estás aquí conmigo y está muy contento. Colaborará en los gastos de tu educación que podrían ser un poco elevados si vas a aquella escuela con Tamarisk y Rachel, tal como yo espero que hagas en los próximos meses.

—Me alegro mucho de que lo haga —dije.

—Yo hubiera procurado arreglármelas, pero es una ayuda y me alegro de que me la haya ofrecido.

—Bueno, es mi padre.

—No te ha visto desde que se fue, pero lo hubiera hecho si tu madre se lo hubiera permitido, Freddie. Tal vez ahora...

—¿Si volviera a casa quieres decir?

—No creo que eso vaya a ocurrir de momento. Pero por supuesto que podría volver.

—¿Te entristece escribirle?

—La gente se pone un poco sentimental a veces. Recuerdo los tiempos pasados.

—Debiste de sufrir mucho cuando se casó con mi madre en lugar de casarse contigo.

Al ver que no contestaba, la rodeé con mis brazos.

—Lo siento —dije—. ¡Ojalá se hubiera casado contigo! Entonces hubiéramos estado juntos. Y él hubiera estado aquí con nosotras.

Mi tía sacudió la cabeza.

—No es de los que sientan la cabeza. Se hubiera ido —sus labios se curvaron en una tierna sonrisa mientras añadía—: ahora eres mía, ¿no?..., como si yo fuera tu madre. Mi sobrina... su hija. Así me gusta pensarlo.

—¿Te sientes mejor ahora que ya lo sé? —le pregunté.

—Mucho mejor —me aseguró—. Me alegro de que lo sepas. Y ahora empecemos a contar los beneficios de que disfrutamos.

Me constaba que eran muchos, sobre todo si comparaba mi destino con el de Rachel. Lo hacía con frecuencia, pues a ambas nos habían ocurrido cosas muy similares. Yo estaba con mi tía y ella estaba con una tía y un tío. Yo siempre había sido consciente de mi buena suerte, pero no me di cuenta de su verdadero alcance hasta que descubrí algo a través de Rachel.

Yo sabía que Rachel tenía miedo, aunque ella jamás lo había dicho, pues raras veces hablaba de Bell House, a pesar de que yo adivinaba que había muchas cosas que contar.

Ella y yo éramos mucho más amigas de lo que cada una de nosotras era de Tamarisk. Yo sentía deseos de protegerla y creo que ella me consideraba una verdadera amiga.

A menudo me visitaba en los Rowans y ambas nos sentábamos a conversar en el jardín. Desde hacía algún tiempo, yo tenía la sensación de que Rachel quería decirme algo, pero le resultaba difícil. Había observado que, cuando nos reíamos juntas y hacíamos alguna referencia a Bell House, se producía en ella un cambio imperceptible, y me había percatado también de su renuencia a separarse de mí cuando nos acercábamos a su casa y llegaba el momento de separarnos.

Un día, estando en el jardín, le pregunté;

—¿Cómo es Bell House? Quiero decir cómo es de verdad.

Rachel se tensó y permaneció en silencio. Después, contestó inesperadamente:

—Oh, Freddie, tengo miedo.

—¿De qué? —pregunté.

—No lo sé... muy bien. Pero tengo miedo.

—¿Acaso tienes miedo de tu tío?

—Es un hombre muy bueno, ¿comprendes? Siempre habla de Dios... y le reza... como Abraham y aquellos otros personajes de la Biblia. Me habla de lo pecaminosas que son muchas cosas... cosas que la gente ni se imagina. Probablemente porque él es muy bueno.

—Ser bueno quiere decir tener consideración para con los demás, no provocarles miedo.

—Cuando tía Hilda se compró una peineta para el cabello, a él le pareció pecaminoso. Era una peineta muy bonita y le sentaba muy bien cuando se la puso. Era la hora del almuerzo y nos habíamos sentado a la mesa. A mí me pareció que la peineta le quedaba muy bien, pero él se enfadó y dijo:

—Vanidad, vanidad y todo vanidad. ¡Pareces la ramera de Babilonia!

»La pobre tía Hilda palideció como la cera y se llevó un disgusto enorme. Él le quitó la peineta y a mi tía le cayó todo el cabello sobre los hombros. Parecía un enfurecido profeta de la Biblia... como Moisés cuando el pueblo se construyó un becerro de oro. No es como una persona... no es como uno de nosotros.

—Mi tía Sophie es buena y cariñosa. Yo creo que eso es mejor que citar la Biblia y comportarse como Abraham. A fin de cuentas, éste estuvo dispuesto a sacrificar a su hijo cuando Dios se lo pidió. Tía Sophie jamás hubiera hecho tal cosa para quedar bien ante Dios.

—Tienes mucha suerte. Tu tía Sophie es un encanto. Ojalá fuera mi tía. Claro que mi tío es un hombre muy bueno. Rezamos un buen rato todos los días. Tengo las rodillas despellejadas. Tenemos que pedir perdón y, como él es tan bueno, cree que los demás somos muy malos e iremos al infierno de todas maneras; por consiguiente, todo resulta bastante absurdo.

—Y él irá al cielo, claro.

—Bueno, siempre está hablando con Dios. Pero no se trata de eso...

—¿De qué se trata?

—Es su manera de mirarme. Su forma de tocarme. Me dijo una vez que lo tentaba. No sé qué quiso decir. ¿Lo sabes tú?

Sacudí la cabeza.

—Procuro no quedarme a solas... con él.

—Comprendo lo que quieres decir.

—A veces... bueno, una vez entró de noche en mi habitación cuando yo ya estaba acostada. Me desperté y lo vi de pie junto a la cama, mirándome.

De pronto, sentí frío y me estremecí. Comprendí exactamente lo que Rachel había experimentado.

—Me preguntó:

»—¿Ya has rezado tus oraciones?

»Le contesté:

»—Sí, tío.

»—¿Me dices la verdad? —insistió—. Levántate de la cama y vuelve a rezarlas.

»Me hizo arrodillar sin quitarme los ojos de encima. Después empezó a rezar de una manera muy rara. Le pidió a Dios que lo salvara de la tentación del demonio.

»—Yo lucho, Señor —dijo—. Tú sabes cómo lucho para vencer este pecado que el demonio ha plantado en mi alma.

»O algo por el estilo. Después extendió la mano y me tocó. Pensé que me iba a arrancar el camisón. Me asusté muchísimo y me aparté de él. Salí corriendo y me encontré a tía Hilda al otro lado de la puerta. Me abracé a mi tía y ella me dijo que me tranquilizara.

—¿Y qué hizo él?

—No lo vi porque oculté la cara. Debió de salir de mi habitación y marcharse. Cuando miré, ya no estaba.

—¿Qué pasó después?

—Tía Hilda me repitió que me tranquilizara. Me llevó de nuevo a mi habitación, pero yo no quería quedarme allí. Entonces ella se acostó en la cama conmigo y dijo que no me dejaría. Se pasó allí toda la noche. Por la mañana me dijo que había sido una pesadilla. Mi tío era sonámbulo.

»—Mejor que no lo comentes —me dijo—. No le gustaría.

Por consiguiente, no lo había comentado... hasta ahora.

—Después, mi tía me dijo:

»—Podrías cerrar la puerta de tu dormitorio por si volviera a levantarse en sueños. Así dormirías mejor y nadie podría entrar.

Rachel se sacó una llave del bolsillo y me la enseñó.

—La llevo siempre. Y cada noche cierro la puerta con llave.

—Ojalá pudieras venirte a vivir con nosotras.

—Me encantaría. Una vez... volvió... y se detuvo delante de la puerta. Giró el tirador. Yo me levanté de un salto de la cama y presté atención. Le oí rezar y maldecir a los demonios que lo atormentaban de la misma manera que habían atormentado a los santos. Dijo que sabía que Dios lo hacía para tentarlo. Los malos espíritus se le aparecían en forma de niñas. Empezó a sollozar. Dijo que se corregiría y que procuraría librarse del mal. Se retiró, pero ya no pude dormir, a pesar de que la puerta estaba cerrada.

—Oh, Rachel —exclamé—. Me alegro de que me lo hayas dicho. Sabía que ocurría algo.

—Me siento mejor ahora que te lo he contado —Rachel contempló la llave y se la guardó en el bolsillo, diciendo—: Tengo esto.

Permanecimos un buen rato sentadas en silencio y yo comprendí exactamente lo que Rachel había sentido cuando su tío entró en su dormitorio.

La posibilidad de que nos enviaran a una escuela fue objeto de muchas deliberaciones. Tía Sophie fue a ver a la señora St. Aubyn en compañía de tía Hilda.

Las tres eran muy distintas entre sí. Tía Hilda era sumisa y siempre quería complacer a los demás, y la señora St. Aubyn trataba de simular un interés que no sentía; en cambio, tía Sophie era una persona muy enérgica, ya había examinado varias escuelas y su elección había recaído en la de St. Stephen's. No estaba muy lejos y había hablado con la directora, la cual le había parecido una mujer extremadamente sensata. Le gustaba el ambiente de la escuela y le parecía la más indicada. No hubo la menor oposición.

Era el mes de mayo y tendríamos que darnos prisa para poder empezar el curso en septiembre. Fue tía Sophie quien nos acompañó a las tres a Salisbury para comprar los uniformes. A finales de junio ya lo teníamos todo a punto.

Las tres estábamos muy emocionadas, incluso Tamarisk, y nos pasábamos las horas imaginando qué tal sería. Sin embargo, estábamos también un poco preocupadas y nos alegrábamos de poder ir las tres juntas.

Al final, llegó el día que jamás olvidaré mientras viva.

Era el mes de julio y hacía mucho bochorno. Rachel y yo fuimos a tomar el té en St. Aubyn y pasamos una hora muy agradable, hablando incesantemente de la escuela. Rachel se alegraba mucho de poder abandonar Bell House y, por su parte, Tamarisk estaba siempre dispuesta a iniciar una nueva aventura.

Después, acompañé a Rachel hasta Bell House, me despedí de ella, pero no me apresuré a regresar a casa. Tía Sophie había salido de compras, por lo que decidí dar un rodeo por Barrow Wood.

No pude resistir la tentación de ir a ver los túmulos. Permanecí allí un instante, contemplándolos. Me encantaba el olor de la tierra y los árboles. Todo estaba en silencio, exceptuando el leve murmullo de la brisa que agitaba las hojas.

Pensé que echaría de menos Barrow Wood cuando fuera a la escuela. Sin embargo, no podía quedarme allí mucho rato. Tía Sophie ya estaría al volver.

Di bruscamente media vuelta y, al hacerlo, tropecé con una piedra que sobresalía unos cuantos centímetros del suelo. Traté de evitar la caída, pero no pude hacerlo a tiempo y caí al suelo. Tenía el pie derecho torcido debajo del cuerpo y el dolor era muy intenso. Traté de incorporarme, pero no pude y volví a desplomarme al suelo. Estaba consternada. Hubiera debido de tener más cuidado. Sabía que en Barrow Wood había muchas piedras con las que era fácil tropezar. Sin embargo, ¿de qué servían ahora los reproches? Lo importante era cómo regresar a casa.

Me toqué el tobillo e hice una mueca. Se me estaba hinchando rápidamente y me dolía mucho.

Me quedé sentada allí, preguntándome qué iba a hacer.

Y entonces ocurrió. Apareció él y se acercó a mí. La mirada de sus ojos me aterrorizaba.

—Mi pobre y pequeña flor —murmuró—. Te has hecho daño, pequeña.

—Me he caído, señor Dorian. Me he lastimado el tobillo. Si fuera usted tan amable de ir a decírselo a mi tía.

El señor Dorian permaneció inmóvil, mirándome. Después dijo:

—He sido empujado hasta aquí. Tenía que ser...

Se acercó un poco más y yo experimenté un temor que jamás había sentido en mi vida. El instinto me hizo comprender su intención de causarme un daño que yo no podía entender del todo.

—¡Váyase! ¡Váyase! —grité—. Avise a mi tía. ¡No se acerque más a mí!

—Pobre florecita rota —dijo él por lo bajo—. Esta vez no podrás escapar. Tenía que ser. Tenía que ser.

Arrecié en mis gritos.

—¡No me toque! No quiero que se acerque. Váyase y avise a mi tía. Por favor... por favor... váyase.

Pero no se fue. Sus labios se movían. Hablaba con Dios, lo sabía, aunque no podía oír sus palabras. Estaba paralizada por el terror.

—Socorro, socorro —sollocé, lanzando un grito desgarrador.

Pero él estaba cada vez más cerca y me miraba de una manera terrible.

De pronto, me agarró.

—¡No... no... no! —grité—. Váyase. ¡Socorro! ¡Socorro!

Presté atención y oí el rumor de los cascos de un caballo por la carretera. Grité con todas mis fuerzas.

—¡Socorro! ¡Socorro! Estoy en el bosque. Por favor... por favor... ¡socorro!

Tenía un miedo espantoso de que el jinete de la carretera no me oyera o no me hiciera caso. No se oía nada y yo estaba sola en Barrow Wood con aquel malvado.

Entonces oí unas pisadas.

—¡Dios mío!

Era Crispin St. Aubyn.

Se acercó a mí y gritó:

—¡Cerdo asqueroso!

Asió al señor Dorian como si fuera una marioneta y le propinó un puñetazo en el rostro. Oí un crujido como de hueso cuando soltó al señor Dorian y lo lanzó al suelo.

El señor Dorian permaneció tendido en el suelo sin moverse.

Crispin tenía los ojos encendidos de cólera. Sin prestar atención al señor Dorian, se volvió a mirarme y me preguntó:

—Te has hecho daño, ¿verdad?

Yo estaba sollozando y sólo pude asentir con la cabeza.

—No llores más —me dijo Crispin—. Ya pasó todo.

Se inclinó hacia mí y me ayudó a levantarme.

—Él... —dije, mirando al señor Dorian todavía inmóvil en el suelo.

—Se lo tenía merecido.

—Usted... lo ha matado.

—No se ha perdido gran cosa. Te has lastimado el pie, ¿verdad?

—El tobillo.

Crispin no dijo nada. Por encima de mi hombro, miró al señor Dorian, tendido en el suelo. Me estremecí al ver la sangre en su rostro. Pero Crispin me apartó de allí, me colocó en su caballo y montó a mi espalda para acompañarme a los Rowans.

Tía Sophie acababa de regresar de sus compras.

—Se ha lastimado el tobillo —le explicó Crispin.

Tía Sophie gritó horrorizada y Crispin me llevó al piso de arriba y me tendió en la cama.

—Será mejor que avisemos al médico —dijo tía Sophie.

Me dejaron en mi habitación y oí a Crispin hablando con mi tía en la planta baja:

—Tengo que decirle...

Y no hubo más.

Tía Sophie subió nuevamente a verme. Estaba pálida y trastornada; comprendí que Crispin le habría revelado en qué circunstancias me había encontrado.

Se sentó en mi cama y me preguntó:

—¿Qué tal te encuentras ahora? ¿Te duele el tobillo?

—Sí.

—Lo mantendremos levantado. Supongo que será una torcedura. Espero que no te hayas roto nada. ¿Quién lo hubiera imaginado...?

—Oh, tía Sophie —dije yo—. Ha sido horrible.

—Lo mataría si lo tuviera aquí —dijo mi tía—. No merece vivir.

En aquel momento crecí de golpe y comprendí lo que hubiera podido ocurrir de no haber sido por Crispin St. Aubyn. Era curioso que tuviera que darle las gracias a él. No podía quitarme de la cabeza cómo había agarrado y sacudido al señor Dorian y no podía olvidar la cara que había puesto el señor Dorian ni su expresión de horror y desesperación. Jamás había visto semejante angustia en ningún rostro. Crispin estaba furioso y había empujado al señor Dorian, arrojándolo al suelo como si fuera una basura sin importarle que pudiera matarlo. Me pregunté horrorizada si de veras lo habría hecho.

En tal caso, sería un asesinato, pensé. Y Rachel ya no tendría que vivir con el miedo en el cuerpo.

El médico se presentó al poco rato.

—Vamos a ver, señorita —me dijo— ¿Qué es lo que te has hecho?

Me examinó el tobillo y me preguntó si podía levantarme. Su veredicto fue que me había torcido el tobillo de mala manera... y tenía un esguince tremendo.

—Tardarás un poco en poder apoyar el pie en el suelo con comodidad. ¿Cómo te lo hiciste?

—Estaba en Barrow Wood.

El médico sacudió la cabeza, estudiándome.

—Tendrás que mirar mucho por dónde andas la próxima vez.

Le habló a tía Sophie de compresas frías y calientes y, en cuanto se fue, tía Sophie puso manos a la obra.

Me miró con inquietud y yo comprendí que estaba pensando que me había lastimado algo más que un tobillo y que, por suerte, me habían salvado de un daño mucho mayor.

Tía Sophie era una persona capaz de hablar de cualquier cosa, por cuyo motivo decidió hablar en lugar de convertir mi percance en un secreto.

Se lo conté todo: mi caída y la repentina aparición del señor Dorian. Le comenté que éste me causaba inquietud desde hacía algún tiempo y le dije que me había aconsejado rezar en camisón.

—Me lo hubieras tenido que decir.

—No creía que fuera importante —repliqué.

Después le conté lo de Rachel.

—Ése está loco —dijo—. Es un reprimido. Ve el pecado donquiera que vaya. Es lo que se llama una manía religiosa. Lo siento por su pobre esposa.

—Creo que Crispin St. Aubyn lo ha matado. Creo que lo ha asesinado.

—No lo creo. Le habrá dado una paliza. Es lo que se merecía. Puede que eso le haya servido de lección. Me alegro de que estés a salvo y no hayas sufrido ningún daño —dijo mi tía, abrazándome repentinamente—. Si te hubiera ocurrido algo, jamás me lo hubiera perdonado.

—Tú no hubieras tenido la culpa.

—Me la hubiera echado, por no haber cuidado de ti. Hubiera tenido que saber la clase de persona que era ese hombre.

—¿Y cómo hubieras podido saberlo?

—No lo sé, pero hubiera tenido que averiguarlo.

Tía Sophie mandó trasladar mi cama a su habitación.

—Hasta que estés un poco mejor —dijo—. Podrías despertarte por la noche... y entonces preferiría estar a tu lado.

Me desperté por la noche bañada en sudor a causa de una pesadilla. Estaba tendida en el suelo en Barrow Wood y él se acercaba y se agachaba a mi lado. Yo llamaba a Crispin. Sentía sus brazos a mi alrededor... y eran los de tía Sophie.

—Tranquila... Estás en tu cama. Tu tía Sophie está contigo.

Empecé a llorar muy quedo. No sabía por qué. Me sentía feliz porque estaba a salvo y mi queridísima tía Sophie estaba conmigo para cuidarme.

El silencio del sobresalto se extendió sobre todo el pueblo de Harper's Green. Después todo el mundo empezó a comentar los terribles acontecimientos de Bell House. Éramos una comunidad muy unida y el hecho de que semejante cosa hubiera podido ocurrirle a uno de sus miembros había provocado un estremecimiento de horror en todo el lugar. Era una de esas cosas que les ocurren a los demás, una de esas cosas que se publican en los periódicos, pero que nadie hubiera podido imaginar que sucediera en Harper's Green.

La noticia llegó a los Rowans a través de Tom Wilson, el cartero, cuando acudió a entregar la correspondencia del mediodía. Yo estaba en la cama, porque aún tardaría unos cuantos días en levantarme, pero tía Sophie se encontraba casualmente en el jardín cuando se presentó Tom. Después, tía Sophie subió a mi habitación y me miró un instante con la cara muy seria.

—Ha ocurrido una cosa terrible —dijo.

Mis pensamientos estaban todavía en el bosque, reviviendo la pesadilla.

—¿Es el señor Dorian? —pregunté—. ¿Es que... ha muerto?

Mi tía asintió lentamente con la cabeza e inmediatamente pensé: «Crispin lo ha matado. Es un asesinato. A los asesinos los ahorcan. Y lo ha hecho... por mí».

Creo que tía Sophie debió de adivinar lo que pensaba porque se apresuró a añadir:

—La pobre señora Dorian lo ha encontrado esta mañana a primera hora en las cuadras. Se ha suicidado.

—¿En las cuadras...? —balbucí.

—Se había colgado de una de las alfardas... por lo menos, eso es lo que ha dicho Tom Wilson. Dice que ayer el señor Dorian regresó a Bell House con la cara ensangrentada. Alegó haber sufrido una caída en el bosque. Parecía muy trastornado. Subió a su habitación y allí se quedó. Su esposa le siguió, pero él estaba rezando y no quería que lo molestaran. Su esposa dice que se pasó muchas horas rezando en su habitación. Anoche no volvió a verle y por la mañana se dio cuenta de que su marido no estaba en la casa. Vio que la puerta de las cuadras estaba abierta. Entró... y lo encontró —mi tía se acercó a la cama y me rodeó con sus brazos—. No sabía si decírtelo... o qué otra cosa hacer. Pero te hubieras enterado en seguida de todos modos. Eres tan joven, cariño... y te viste mezclada en este asunto tan desagradable. De todo eso quería yo protegerte precisamente; aunque es mejor que lo sepas, puesto que has intervenido involuntariamente. Mira, ese hombre... quería ser bueno. Quería ser un santo a pesar de unas inclinaciones que hubiera deseado eliminar, pero no podía por menos que manifestar de esta manera. Oh, qué mal te lo estoy explicando.

—No te preocupes, tía Sophie —le dije—. Creo que ya lo entiendo.

—Bueno, pues fracasó en su intento, le sorprendieron y todo quedó al descubierto. Gracias a Dios que Crispin St. Aubyn pasó por allí en el momento oportuno. Sin embargo, ese desdichado no pudo soportar que le hubieran descubierto... y por eso se mató.

Mi tía guardó silencio unos momentos y yo evoqué de nuevo la escena. Pensaba que jamás me la podría quitar de la cabeza y que nunca olvidaría aquellos momentos de temor y de horror.

—Y ahora quedan esta pobre mujer, la señora Dorian... y Rachel. Será terrible para ellas. Y tú estuviste allí... ¡oh, no soporto pensarlo! Tan joven...

—Ya no me siento tan joven, tía Sophie.

—No. Esas cosas la hacen crecer a una. No sé en qué parará todo eso, pero no quiero que tú te veas mezclada. Hablaré con Crispin St. Aubyn. Creo que iré a verle.

No tuvo que hacerlo porque él mismo acudió a los Rowans. Tía Sophie estaba conmigo cuando Lily subió para anunciarle que Crispin esperaba abajo.

Tía Sophie abandonó inmediatamente la estancia, dejando la puerta abierta, por lo que yo pude oír con toda claridad la sonora voz de Crispin.

—He venido a preguntar por la niña —dijo Crispin—. ¿Cómo está? Espero que no haya empeorado.

«¡La niña!», pensé yo con indignación. Ya no era una niña... y ahora menos que nunca.

Crispin mantuvo una larga conversación con tía Sophie a cuyo término ella lo acompañó a mi habitación.

—¿Ya te encuentras mejor? —me preguntó Crispin.

—Sí, muchas gracias.

—Ha sido un esguince, ¿verdad? Te recuperarás en un santiamén.

—El señor St. Aubyn y yo hemos estado hablando de lo ocurrido —me explicó tía Sophie— y hemos llegado a la conclusión de que será mejor para todo el mundo no decir nada sobre lo que ese hombre intentó hacerte. La hipótesis es que sufrió una mala caída y regresó a casa trastornado. Se encerró en su habitación. La señora Dorian se disgustó porque él se pasó el resto del día sin querer verla. Por la mañana, la señora Dorian debió de percatarse de que había salido de la casa. Vio que la puerta de las cuadras no estaba cerrada y entró. Allí lo encontró. Está claro que...

Crispin la interrumpió:

—No pudo soportar que la gente supiera cómo era realmente. Eso destrozaba su imagen de santo varón. No pudo soportarlo y se quitó la vida.

—Sí —dijo tía Sophie—. Habrá una investigación y el resultado será suicidio... porque eso ha sido efectivamente. Sin embargo, el señor Aubyn y yo hemos decidido que lo más sensato, en bien de todos, es no decir nada de lo que ocurrió en el bosque. Tú tropezaste con una piedra y te lastimaste el tobillo. El señor Dorian también sufrió una caída. No digas que te lo encontraste. Odio los subterfugios, pero hay momentos en que éstos son necesarios.

—Entonces —dijo Crispin en tono concluyente—, ya está todo resuelto —me pareció que estaba deseando marcharse. Dirigiéndose a mí, añadió—: Ahora todo irá bien. Ya no deberás tener miedo. Él no puede causarte más problemas.

Inclinó la cabeza a modo de despedida y tía Sophie le acompañó a la planta baja. Oí el rumor de los cascos de su caballo mientras se alejaba.

La investigación fue muy breve y en el veredicto se dijo «Suicidio por trastorno mental transitorio». Comprendí que la decisión de tía Sophie y Crispin había sido acertada. El conocimiento de la verdad hubiera sido demasiado devastador para la señora Dorian y Rachel y, tal como dijo tía Sophie, aquella solución también sería la mejor para mí. Así pues, todo terminó en un abrir y cerrar de ojos.

Me pregunté qué tal sería ahora la vida en Bell House. No me la podía imaginar sin la opresiva presencia del señor Dorian. Ahora debía de ser un lugar totalmente distinto.

Una prima de la señora Dorian acudió para ayudarla y, por su parte, tía Sophie sugirió que Rachel se alojara en nuestra casa hasta que, tal como dijo ella, «las cosas se calmaran».

—Habrá que poner una cama en tu habitación y tendréis que compartir el cuarto —dijo tía Sophie—. Eso os preparará para el internado donde tendréis que dormir en una sala junto con otras niñas.

Rachel se alegró de poder venir. Había cambiado y ya no tenía miedo. Hablábamos a menudo hasta bien entrada la noche cuando finalmente nos entraba el sueño. Ambas habíamos sufrido unas aterradoras experiencias con su tío hasta el extremo de que, al principio, no podíamos tan siquiera hablar de ellas. Recordé la advertencia que me habían hecho sobre la necesidad de no mencionar lo ocurrido, pero, aun así, no podía quitármelo de la cabeza.

Una noche, Rachel me dijo:

—Freddie... me parece que yo debo de ser muy mala.

—¿Por qué? —le pregunté yo.

—Me alegro de que mi tío haya muerto.

—Bueno, él mismo se mató.

—Yo creía que estaba muy seguro de todo.

—Pues no debía de estarlo. Al final, se debió de dar cuenta de que no era tan bueno como pensaba.

—¿Tú crees que fue eso?

—Sí, pero alegrarse de ello no es una muestra de maldad. Yo también me alegro.

Ambas compartíamos la creencia de haber escapado de un peligro que nos amenazaba a las dos.

En septiembre, Rachel, Tamarisk y yo nos fuimos al internado, tal como estaba previsto.

Fue lo mejor que nos hubiera podido ocurrir. Para Rachel y para mí fue como un puente entre una forma de vida enteramente nueva y un pasado lleno de sombras y temores.

Ambas nos animábamos mutuamente en el nuevo ambiente. Tamarisk se mostraba tan fría y arrogante como de costumbre: se parecía a su hermano, pensé. Rachel estaba muy distinta y ya no mostraba su habitual expresión atemorizada. Yo comprendía por entero sus sentimientos. Éramos tres amigas que compartíamos un dormitorio e íbamos a las mismas clases. Por mi parte, yo estaba empezando a olvidar, como sin duda le ocurría a Rachel, aquella pesadilla que tan fácilmente se hubiera podido convertir en realidad.

Durante mi primer año de permanencia en la escuela murió mi madre. Regresé a casa durante unos pocos días en mitad del curso para asistir al entierro.

—Ha sido lo mejor —me dijo tía Sophie—. Jamás se hubiera recuperado y eso no era vida para ella.

Pregunté si mi padre asistiría al funeral. Mi tía sacudió la cabeza.

—Oh, no. Está muy lejos y el divorcio fue el final de todo. Cuando las personas se separan así, se separan para siempre.

—¿Se lo has dicho?

—Sí —contestó tía Sophie con la misma expresión de nostalgia que yo había visto en su rostro la vez que entré a verla mientras le estaba escribiendo una carta a mi padre.

Derramé algunas lágrimas mientras los terrones de tierra caían sobre el ataúd. Lamenté que mi madre hubiera sido tan desdichada y hubiera despreciado su vida, soñando con lo que no podía tener.

Algunas personas visitaron la casa y les ofrecimos vino

y emparedados. Lancé un suspiro de alivio cuando, al final, nos dejaron solas.

—Bueno —dijo tía Sophie—, ahora ya eres toda mía.

Me alegré de que así fuera.

Después regresé a la escuela y la vida siguió su curso.

Cuando regresamos a casa para las vacaciones, fui a ver a las hermanas Lane y me senté con Flora en el jardín mientras el muñeco descansaba en su cochecito. Flora era la misma de siempre y la casita con su morera y con la ilustración de las siete urracas no había experimentado el menor cambio. Me pregunté si a Flora se le habría ocurrido pensar en la posibilidad de que el niño creciera, aunque suponía que debía de tener aquel muñeco desde hacía muchos años y para ella siempre sería el pequeño Crispin.

En Bell House, sin embargo, sí se había producido un cambio. Fui a visitar a Rachel y, al principio, pensé que la diferencia se debía a que ya no tenía que temer la subrepticia aparición del señor Dorian en cualquier momento.

Pero era algo más que eso.

Habían puesto unas cortinas nuevas de color claro y había flores en la sala.

La señora Dorian era la que más había cambiado.

Llevaba el cabello recogido hacia arriba con una peineta española, lucía un escotado vestido de vivos colores y se adornaba el cuello con un collar de perlas. Era otra de las personas que no lamentaban la muerte del señor Dorian.

Para ser un hombre tan bueno, éste había hecho desgraciadas a muchas personas.

La casa ya no me daba miedo aunque evitaba mirar hacia las cuadras cuando entraba y salía.

Harper's Green había vuelto a la normalidad. Yo era huérfana... o, mejor dicho, medio huérfana. Mi madre había muerto aunque, en los últimos años, ya se había convertido en una figura más bien borrosa para mí. Al perderla a ella, había ganado a tía Sophie.

Regresé a la vida de la escuela donde los temas de mayor interés era quién jugaba en el equipo de hockey, qué había para comer y quién era amiga de quién... triunfos y fracasos de colegialas.

El baile de St. Aubyn's

Estábamos creciendo. Habían transcurrido dos años. En el mes de mayo yo cumpliría dieciséis.

—Calculo que dentro de aproximadamente un año ya podrás dejar la escuela —dijo tía Sophie—. Me pregunto qué haremos entonces contigo. Tendrás que moverte un poco por ahí. Cuando yo tenía tu edad, se hablaba mucho de la «presentación en sociedad». Me imagino que a Tamarisk le organizarán fiestas y reuniones. En cuanto a Rachel, no sé. Puede que su tía ya tenga algún proyecto. Tendré que hablar con ella cualquier día de estos.

Me encantaba regresar a casa para las vacaciones. Tía Sophie siempre acudía a recibirme a la estación. Nadie solía ir a recibir a Tamarisk ni a Rachel, por lo que tía Sophie tenía que convertirse en la guardiana universal, como había venido haciendo desde que nos fuéramos al internado. Tamarisk y Rachel aceptaban gustosamente la situación; y yo me sentía orgullosa y satisfecha del papel que desempeñaba mi tía.

Tras dejar a Tamarisk y Rachel en sus respectivos hogares, nos dirigíamos a los Rowans, donde tomábamos el té o el almuerzo, según la hora que fuera, y yo comentaba la vida en la escuela, mientras tía Sophie me escuchaba con suma atención. A veces, hasta la propia Lily entraba en la estancia para escucharme. Me sorprendía que los acontecimientos resultaran mucho más graciosos cuando yo los describía allí que en el momento en que efectivamente habían ocurrido.

—Me parece que en aquella escuela se lo pasan muy bien —comentó Lily.

Un día hubo una novedad.

—Por cierto —dijo tía Sophia—, corren rumores... sólo rumores, que conste... de que podrían sonar campanas de boda en St. Aubyn.

—Ah, ¿sí? Pues Tamarisk no me dijo nada.

—Bueno, acabáis de regresar a casa, ¿no? Empezó a comentarse hace un mes. Una tal Fiona Charrington, nada menos que hija de un conde. O sea que sería muy apropiada para St. Aubyn. Parece ser que hasta la señora St. Aubyn se ha animado un poco. Bueno, ya era hora de que Crispin formara una familia después de aquel primer desastre.

—¿Quieres decir que se va a casar con esa lady Fiona Charrington?

—Aún no es oficial. La futura esposa se alojó en St. Aubyn con su señora madre y creo que él ha visitado la mansión ancestral. O sea que la cosa parece que va por buen camino. Pero no hay nada concreto, que yo sepa. A lo mejor, él está un poco receloso después de lo que pasó la primera vez.

—¿Porque ya estuvo casado antes, quieres decir?

—Parece que fue un desastre. Y supongo que un hombre se vuelve precavido. Tampoco creo que fuera muy fácil llevarse bien con él. Ella le dejó y, antes de poder disfrutar de la vida que había elegido, murió en aquel accidente de ferrocarril.

—¿Has visto a esta tal lady Fiona?

—Pues sí, una vez. Había salido a dar un paseo a caballo con él. No llegaron a presentarnos. Nos dijimos simplemente «Bonita mañana» y «Buenos días», *en passant*. Monta bien a caballo. No es una belleza, pero su antiguo linaje debe de compensar esta falta.

—A estas alturas Tamarisk ya se habrá enterado —dije.

—Todo el pueblo anda revuelto.

—No sé por qué les interesan tanto los asuntos de los demás.

—Pobrecillos. Les ocurren tan pocas cosas que tienen que distraerse a través de los otros.

Yo no hacía más que pensar en Crispin y en la forma en que éste me había apartado de aquella horrible escena. Desde entonces, sentía interés por él... bueno, ya lo sentía antes, desde que hiciera aquel desafortunado comentario que tan amargamente había herido mi orgullo infantil. Me hubiera gustado preguntarle a Tamarisk algunas cosas sobre su hermano, pero jamás lo había hecho. Había que andarse con mucho cuidado con Tamarisk.

Una de mis primeras visitas al regresar a casa se la hice a Flora Lane en la Casa de las Siete Urracas, tal como yo denominaba románticamente a la casita en mi fuero interno.

Suponía que a Lucy le molestaba que visitara la casa, pero a Flora le gustaba, por lo que elegía momentos en los que imaginaba que Lucy habría salido a comprar y entonces entraba a ver a Flora y me volvía a marchar sin que Lucy se enterara de que había estado allí.

En aquella ocasión, Flora estaba sentada en el jardín junto a la morera con el cochecito del muñeco a su lado. Al verme, se le iluminó el rostro de placer. Siempre se comportaba como si no me hubiera marchado.

—Te esperaba —me dijo.

—Ah, ¿sí? Pero si ayer regresé de la escuela.

Flora miró a su alrededor con aire distraído.

—Cuéntame lo que ha pasado en mi ausencia —añadí.

—El niño ha tenido la difteria. Estuvo muy malito. Llegó un momento en que creí perderle. Te mueres de miedo cuando los ves toser de esa manera.

—¿Y ahora ya está bien?

—Totalmente restablecido. Yo le ayudé a superarlo. Ten en cuenta que estuvo en las últimas, pero es un pequeño luchador. ¡No hay nada que pueda con él!

—Me alegro de que ya esté curado.

Flora asintió con la cabeza y siguió desvariando y describiendo los síntomas de la difteria. De pronto, dijo:

—Voy a llevarlo arriba. El aire es un poco húmedo.

Empezó a empujar el carrito hacia la puerta de atrás de la casita y yo no pude resistir la tentación de seguirla. Quería volver a ver aquellas urracas. ¿Pensaba acaso que había en ellas algo perverso? Probablemente. Era una forma de pensar muy propia de mí.

Flora subió tiernamente con el muñeco por la escalera y yo la seguí. Una vez arriba, se sentó en un silla y acunó amorosamente el muñeco.

Me acerqué a la lámina de las urracas.

—Una para la tristeza... —empecé a recitar.

—Dos para la alegría —dijo Flora—. Anda, sigue.

Lo hice. Flora se me adelantó y pronunció el último verso.

—Siete para un secreto... —sacudió la cabeza—. Que nunca se contará —dijo en tono solemne mientras estrechaba con fuerza el muñeco.

La escena resultaba misteriosa. Las palabras tenían un profundo significado para ella. ¿Qué secreto?, me pregunté. Estaba claro que tenía la mente extraviada. No cabía esperar que una persona que creía que un muñeco era un niño pensara con coherencia.

De pronto me puse en estado de alerta. Había alguien en la planta baja.

—Habrá vuelto tu hermana —dije.

Flora no contestó y siguió contemplando el muñeco.

Se oyeron unas pisadas en la escalera... eran fuertes, por consiguiente, no podían pertenecer a Lucy.

—¡Lucy! —llamó una voz—. ¿Dónde estás?

Era Crispin. Se abrió la puerta y apareció Crispin. Nos miró a mí y a Flora y después sus ojos se desplazaron a la ilustración de las urracas.

Entonces ocurrió. Flora se levantó bruscamente y el muñeco le resbaló de los brazos y cayó ruidosamente al suelo. Por un instante, los tres contemplamos su cara rota de porcelana. Después, Flora emitió un grito de angustia, se arrodilló junto al muñeco y cruzó los brazos sobre su pecho.

—¡No... no! —gritó—. No ha ocurrido nada. Yo no lo he hecho. Es un secreto... que nunca se contará.

Crispin se acercó a ella y la levantó del suelo.

—Yo no quería hacerlo... no quería. No quería —repitió Flora, sollozando con desconsuelo.

Crispin la levantó con la misma facilidad con la que en cierta ocasión me había levantado a mí, y la llevó a su dormitorio donde la tendió en la cama. Después, me hizo una señal con la cabeza, dándome a entender que recogiera el muñeco roto y me lo llevara.

Obedecí y bajé corriendo la escalera con el muñeco en brazos. Lo dejé sobre la mesa de la cocina y regresé a la habitación de Flora.

Flora estaba sollozando en la cama. Crispin no se encontraba en la habitación, pero regresó casi inmediatamente, removiendo el contenido de un vaso.

Se lo ofreció a Flora y ésta bebió dócilmente.

—Ahora todo irá mejor —dijo Crispin, dirigiéndose más a mí que a Flora.

Me pareció un poco raro que hubiera conseguido encontrar en seguida lo que se utilizaba para calmarla cuando se disgustaba.

—No pasa nada —añadió en voz baja—. Ahora se tranquilizará y se quedará dormida.

Volví a sorprenderme de que estuviera tan familiarizado con la manera de tratarla.

Permanecimos de pie junto a su cama y, en menos de cinco minutos, dejó de gemir.

—Ahora ya casi no recuerda nada. Esperaremos un poco.

Qué extraño me resultaba estar en aquella casita con Flora tendida en la cama y Crispin a mi lado. Éste debía de conocer muy bien la casita y a sus moradoras. Se había encaminado directamente al lugar donde Lucy guardaba la medicina que su hermana debía de necesitar de vez en cuando. Se comportaba como si fuera el amo del lugar, tal como solía hacer en todas partes.

Flora no tardó mucho en quedarse dormida.

Crispin me miró, dándome a entender que le acompañara a la planta baja.

En la cocina me preguntó:

—¿Qué estabas haciendo aquí?

—Vine a ver a Flora. Lo suelo hacer. Subió al piso de arriba y yo entré con ella.

—La señorita Lucy no estaba.

—No. Supongo que habrá salido a comprar.

—Lo que ahora tenemos que hacer es librarnos de eso —señaló el muñeca de la mesa—. Hay que sustituirlo en seguida. Me voy a la ciudad a comprar el más parecido que pueda encontrar. Flora no despertará hasta el anochecer. Para entonces el muñeco nuevo tiene que estar aquí. Tiene que haber otro tendido en la cuna.

—Pero ella se acordará...

—Se le dirá que ha tenido una pesadilla. La señorita

Lucy sabrá cómo hacerlo. Pero tiene que haber otro muñeco con el mismo vestido. Hay una juguetería... no en Harper's Green... tendremos que ir un poco más lejos. Le dejaré una nota a la señorita Lucy, informándole de lo ocurrido y diciéndole que estaremos de vuelta en cuestión de una hora.

—¿Estaremos...? —pregunté.

—Quiero que me acompañes para elegir el muñeco. Nos llevaremos el que se ha roto y tú podrás elegirlo con más facilidad que yo.

—Tendré que decírselo a mi tía. Se preocupará.

Crispin me miró con aire pensativo.

—Voy por el coche. Tú vuelve en seguida a tu casa. Cuéntale a tu tía lo que ha ocurrido y dile que vienes conmigo para elegir el muñeco. Has visto el muñeco muchas veces. Yo nunca me fijé demasiado en él, por consiguiente, necesito tu ayuda.

Estaba emocionada. Aquello era una aventura.

—Sí, muy bien —dije.

—Llévate el muñeco y yo me reuniré contigo en seguida.

Corrí a casa. Por suerte, tía Sophie no había salido. Le conté casi sin resuello lo que había pasado.

Tía Sophie me miró perpleja.

—¡Jamás había oído una cosa semejante! Pero, ¿qué es lo que ha hecho? Mira que romper el muñeco. ¡Válgame el cielo! Eso la va a matar.

—Crispin le tiene miedo.

—Dios mío, cuánto alboroto.

—Quiero ir con él. No podría soportar que le ocurriera algo a Flora.

—Sí. Hay que sustituir el muñeco cuanto antes. Es lo más sensato, como él sugiere.

Antes de que yo terminara de contarle a tía Sophie

lo ocurrido, Crispin llegó con el coche. Salí a toda prisa de la casa y me senté a su lado.

El coche iba tirado por dos caballos muy rápidos. Me parecía emocionante... correr de aquella manera para salvar la vida de una persona, pensé. Era el segundo rescate en el que ambos nos veíamos envueltos y la forma en que él había asumido el mando de la situación me había impresionado profundamente.

Crispin apenas dijo nada durante el viaje. Al cabo de unos treinta minutos, llegamos a la ciudad. Crispin entró en el patio de una posada donde, al parecer, le conocían y respetaban muchísimo.

Me ayudó a bajar y nos dirigimos a la tienda.

Allí dejó los restos del muñeco de Flora sobre el mostrador y anunció:

—Quiero un muñeco. Tiene que parecerse a éste.

—Ésos no se fabrican desde hace varios años, señor.

—Bueno, pues lo que más se le parezca. Tiene que haber algo parecido.

Examinamos distintos muñecos, pero Crispin me dejaba la iniciativa a mí, lo cual me llenó de orgullo.

—No tiene que parecer una niña —dije—. El roto llevaba el cabello corto. Y la ropa le tiene que ir bien.

Tardamos un buen rato en encontrar algo lo suficientemente parecido al muñeco roto como para poder sustituirlo, pero, aun así, yo no estaba demasiado segura.

Le pusimos el vestido al muñeco nuevo y abandonamos la tienda.

—Tenemos que regresar en seguida —dijo Crispin.

Iniciamos en seguida el camino de vuelta.

—El cabello es del mismo color —dije yo—, pero se lo tendremos que cortar un poco. Ése parece un poco una niña.

—Tú misma lo puedes hacer o podemos decirle a la señorita Lucy que lo haga ella.

Quería hacerlo yo. Deseaba participar en aquella aventura todo el tiempo que pudiera. Cuando llegamos a la casita, salió Lucy muy preocupada.

—Tranquilízate —le dijo Crispin, dándole una palmada en el brazo—. Hemos encontrado un sustituto. Dará resultado siempre y cuando el muñeco esté aquí cuando ella despierte y no advierta la diferencia.

—Lo pondré en la cuna —dijo Lucy.

Me permitieron cortarle el cabello al muñeco y, una vez lo hube hecho, éste no se diferenció demasiado del antiguo.

Lucy se lo llevó al piso de arriba. Crispin y yo nos quedamos solos en la cocina. Vi que Crispin me miraba detenidamente y me pregunté si todavía me encontraría fea.

—Me has ayudado mucho —dijo Crispin mientras yo rebosaba de orgullo—. La señorita Flora sufre una grave enfermedad mental —me explicó—. Tenemos que ser muy cuidadosos con ella. Para ella el muñeco es un niño.

—Sí, lo sé. Cree que es usted cuando era pequeño.

Crispin sonrió. No hubiera podido imaginar a nadie menos parecido a un muñeco que él.

—La tendremos que tratar con mucho cariño. Esperemos que no recuerde lo ocurrido. Se trastornaría muchísimo.

Bajó Lucy.

—Está durmiendo tranquilamente —dijo—. La vigilaré porque quiero estar a su lado cuando se despierte.

—Muy bien —dijo Crispin, mirándola con una sonrisa que a mí me pareció de profunda ternura.

Me sorprendí muchísimo porque jamás le había visto sonreír de aquella manera. Crispin era para mí una fuente constante de sorpresas.

La quiere mucho, pensé. Es natural, me dije, ella fue su niñera cuando Flora se puso enferma.

Ahora Crispin me estaba mirando a mí atentamente.

—Supongo que tu tía ya te estará esperando en casa —dijo.

—Sí, es verdad —contesté a regañadientes.

—Bueno, pues adiós y gracias por todo lo que has hecho.

Era una especie de despedida, pero, aun así, yo experimenté un inmenso alborozo mientras regresaba corriendo a casa.

Dos días más tarde no pude resistir la tentación de volver a la Casa de las Siete Urracas. Flora estaba sentada en el jardín en su lugar de costumbre, con el cochecito del muñeco a su lado. La llamé desde la valla y me acogió con una sonrisa.

—¿Qué tal... se encuentra... esta tarde? —pregunté con cierto recelo.

—Durmiendo como un angelito. El muy picaruelo me despertó a las cinco de la madrugada. Allí estaba él, gorjeando y riéndose solito... después de haberme despertado, claro.

Me acerqué y miré al muñeco. El vestido y el corte de pelo acentuaban el parecido con el anterior, pero, aun así, me extrañó que Flora no hubiera notado la diferencia.

—Está igual que siempre —dije cautelosamente.

Su rostro se ensombreció.

—Tuve una pesadilla —dijo mientras los labios le empezaban a temblar.

—Una pesadilla —repetí yo—. Pues no me la cuentes. Estas cosas mejor olvidarlas.

—No importa —Flora me miró con expresión suplicante—. Yo no lo hice, ¿verdad? Yo lo sujetaba con fuerza, ¿verdad? Por nada del mundo... hubiera permitido que le ocurriera algo malo a mi niño.

—No, claro que no, está perfectamente bien. Basta con mirarlo...

Interrumpí mis palabras. No eran las más apropiadas. Flora contempló la morera.

—Fue una pesadilla, ¿verdad? —preguntó—. Nada más que eso.

—Por supuesto que sí —contesté en tono tranquilizador—. Todos sufrimos pesadillas algunas veces.

Estaba pensando en aquellos horribles momentos en el bosque antes de que llegara Crispin... y después.

—¿Tú también? —preguntó Flora—. Pero tú no estabas allí.

No comprendí a qué se refería. Estaba presente cuando se le cayó el muñeco al suelo; decidí llevarle la corriente.

—No te preocupes —le dije—. Míralo. No le ocurre nada.

—No —musitó Flora—. No le ocurre nada. Está aquí... siempre ha estado.

Cerró los ojos, los volvió a abrir y dijo:

—Es cuando lo miro... y le veo... veo su cuerpecito...

Estaba desvariando. El hecho de que se le hubiera caído el muñeco al suelo la habría trastornado.

—Bueno, ahora ya todo se ha arreglado —me limité a decirle.

Ella sonrió, asintiendo con la cabeza.

Me pasé un rato hablando con ella hasta que pensé que Lucy estaría al volver. Entonces me despedí de ella y le dije que regresaría muy pronto.

Al salir de la casita, vi a Crispin St. Aubyn. Se acercó a mí cuando apenas había dado unos pasos.

—Has vuelto a la casita —me dijo—. Creo que nuestro pequeño subterfugio dio resultado.

—No creo que lo haya olvidado por completo.

—¿Por qué lo dices?

—Parece un poco alterada.

—¿En qué sentido? —preguntó Crispin con cierta aspereza.

—No estoy segura. Su manera de hablar.

—¿Qué ha dicho?

—Algo sobre que él no está allí sino aquí.

—Tiene la mente trastornada. No hay que tomarse en serio lo que dice.

—No, pero parece que siempre sigue la misma pauta.

—¿La misma pauta? ¿A qué te refieres?

—Me refiero a que lo que dice un día parece que guarda relación con lo que pueda decir al siguiente.

—Veo que eres una damita muy perspicaz.

¡Damita! Eso ya me gustaba más. Ya no era simplemente una niña. Tenía la impresión de que Crispin respetaría más a una damita que a una niña.

—Bueno, es que visito muy a menudo la Casa de las Siete Urracas.

—¿La qué?

—Quiero decir la casa de las hermanas Lane.

—¿Y por qué la llamas así?

—Hay un cuadro en el cuarto infantil...

—¿Y llamas así a la casa por el cuadro?

—Creo que el cuadro tiene un significado especial para Flora.

—¿Cómo lo llamas?

—Las Siete Urracas. Usted ha estado en aquel cuarto. Tiene que haberlo visto. Hay siete urracas posadas en lo alto de un muro.

—¿Y qué tiene de especial?

—Los versos. Flora dijo que era una ilustración de un libro y que Lucy la había arrancado y se la había enmarcado. Puede que usted conozca los versos de las urracas. «Una para el dolor, dos para la alegría» y todo lo demás. Y siete son para un secreto que nunca se contará.

Flora se sabe los versos de memoria. Me los ha repetido más de una vez.

Crispin permaneció en silencio un instante. Después me preguntó con frialdad:

—¿Y tú crees que eso tiene algún significado especial?

—Pues sí. Por la cara que puso Flora cuando me lo dijo.

—¿Por eso tienes tanto interés?

—Supongo que, en parte... sí. Me da mucha lástima de Flora. Creo que hay algo que le preocupa.

—¿Y tú quieres averiguar qué es?

—Me gusta descubrir cosas.

—Sí, ya lo veo. A veces, sin embargo... —Crispin dejó la frase sin concluir, pero, al ver que yo esperaba que siguiera, añadió—: A veces te puedes meter en dificultades.

Le miré con asombro.

—No comprendo cómo...

—A menudo no se ven llegar los problemas hasta que se producen.

—¿Es eso cierto o es lo que la gente suele decirles a los entrometidos?

—Creo que, en determinadas circunstancias, podría ser cierto.

Ya habíamos llegado a los Rowans.

—Adiós —me dijo Crispin.

Entré pensando en él. Durante todo el período de vacaciones, abrigué la esperanza de volver a verle y supuse que él me buscaría para hablar conmigo. Pero no fue así. Tamarisk me dijo que se había ido al extranjero. No pude evitar preguntarme si lady Fiona lo habría acompañado.

Poco después, regresamos al internado. Habíamos iniciado nuestro último curso. De vez en cuando me preguntaba qué iba a ocurrir cuando termináramos. Yo había cumplido diecisiete años en el mes de mayo. Ya era una edad de merecer, decía Tamarisk, añadiendo que seguramente se celebrarían muchas fiestas en St. Aubyn, todas ellas con el propósito de presentarla en sociedad. Rachel tenía ciertas dudas.

Ahora se celebraban algunas fiestas en Bell House donde todo era muy distinto. De hecho, le dije a tía Sophie, tiene la sensación de que la señora Dorian estaba haciendo todo lo posible por olvidar a su marido.

Tía Sophie estaba de acuerdo conmigo.

Harper's Green se quedó de una pieza ante la noticia de la boda. No la de Crispin y lady Fiona. Ésa se esperaba, pero no se había producido. La que se buscó un nuevo marido fue la señora Dorian.

Se trataba de un tal Archie Grindle, un viudo de unos cincuenta años, propietario de una granja de la zona. Ahora les había cedido la granja a sus dos hijos y él se instalaría en Bell House con su nueva esposa.

Era un hombre corpulento, de rostro rubicundo y sonora carcajada, tan distinto del señor Dorian como la tía Hilda, convertida ahora en la señora Grindle, lo era de la mujer que antes había sido. Lo único que no había cambiado eran las cuadras donde nadie quería entrar a causa de los malos recuerdos.

Tía Hilda seguía luciendo vestidos de vivos colores y una peineta en el cabello, y siempre estaba contenta y se reía. Y a Rachel le gustaba Archie, por lo que la situación contrastaba fuertemente con la anterior.

Sin embargo, yo sentía la presencia del espíritu del señor Dorian y me preguntaba qué pensaría éste si supiera lo que estaba ocurriendo en su antiguo hogar. Jamás podría olvidarle, dado el destacado papel que yo había desempeñado en su tragedia.

Tía Sophie se alegraba mucho porque, tal como ella misma decía, Hilda se merecía disfrutar un poco de la vida después de todo lo que había tenido que sufrir; y Hilda gozaba de la vida a manos llenas.

La boda causó un gran revuelo en todo el pueblo.

—Una boda tira de otra —vaticinó Lily.

Pero no hubo ninguna noticia sobre el compromiso entre Crispin y lady Fiona.

Los días escolares ya habían tocado a su fin, lo cual constituiría un problema para nuestras respectivas guardianas. La señora St. Aubyn no quería molestarse demasiado en presentar en sociedad a su hija; la tía de Rachel no tenía ni idea de cómo hacerlo y tía Sophie, que sí la tenía gracias a su propia experiencia en Cedar Hall, carecía de los medios necesarios para llevarla a la práctica.

Tía Sophie decidió por ello convocar una reunión, dispuesta a hacer todo lo que las circunstancias le permitieran.

Entre tanto, yo veía de vez en cuando a Crispin, el cual me miraba y sonreía con una expresión que a mí se me antojaba de una cierta complicidad. A fin de cuentas, ambos habíamos vivido un encuentro dramático, aunque eso jamás se mencionaba, y habíamos colaborado en la adquisición del nuevo muñeco. Yo seguía visitando a Flora Lane. Como Lucy no me recibía muy bien, procuraba hacer las visitas cuando ella no estaba, recordando que iba a ver a Flora y ésta siempre se alegraba de verme.

Al final, decidieron organizar un baile. Tía Sophie colaboraría activamente y la fiesta se celebraría en St. Aubyn's por ser el lugar más apropiado... teniendo en cuenta, además, que la mansión contaba con un salón de baile.

Incluso la señora St. Aubyn pareció animarse. Sería como en los viejos tiempos que tía Sophie solía llamar «vida de jarana». Todas estábamos tremendamente emocionadas. Yo esperaba que Crispin asistiera. Tendría que hacerlo, tratándose del baile de su hermana... aunque, en realidad, lo habían organizado para las tres.

Nadie hablaba últimamente de lady Fiona y yo creía que el pueblo ya la habría olvidado. La boda de la tía de Rachel con Archie Grindle había sido el acontecimiento que más se comentaba.

Yo visitaba a menudo Bell House, convertida ahora en un lugar agradable y acogedor. Sólo las cuadras me traían malos recuerdos. No creía que los demás pensaran en aquellas cosas tanto como yo. Las cuadras nunca se utilizaban porque no había caballos en Bell House. Una vez entré, dejé que la puerta se cerrara a mi espalda y permanecí unos segundos contemplando las alfardas. Fue horrible. Me pareció de pronto que su cuerpo colgante se hacía nuevamente realidad... y que sus ojos me miraban con la misma aterradora expresión con que me habían mirado cuando me encontraba indefensa y tendida en el suelo de Barrow Wood.

Di media vuelta y eché a correr. Era una tontería. Él ya no podía causarme daño. Estaba muerto. Se había matado porque no pudo soportar que descubrieran cómo era realmente.

Regresé temblando a los Rowans y me hice el propósito de no volver a entrar jamás en aquel lugar. El episodio había terminado y tenía que olvidarlo en la medida de lo posible. Crispin me había salvado y ambos nos habíamos hecho amigos... hasta cierto punto. Gracias al muñeco de Flora, por supuesto, aunque yo imaginaba que no le desagradaba mi presencia.

Tamarisk había dicho una vez que los hombres apreciaban a las personas a las que habían hecho algún bien porque, cada vez que las miraban, pensaban en lo buenos que eran. Pues bien, Crispin me había salvado de una cosa horrible y puede que Tamarisk tuviera razón y que, cada vez que me veía, Crispin pensara en lo bueno que había sido conmigo.

Las tres amigas apenas hablábamos de otra cosa que no fuera el baile. Tía Sophie nos llevó a Salisbury para comprar las telas de nuestros vestidos. Yo elegí un malva azulado, Tamarisk un rojo encendido y Rachel un azul aciano. Tía Sophie se puso un poco nostálgica, pensando sin duda en la modista de la corte que le hubiera confeccionado el vestido de su presentación en sociedad. Mi madre me había contado todas aquellas cosas. Mary Tucker, la modista del pueblo, se encargaría de confeccionarnos los nuestros.

—Hará un buen trabajo —dijo tía Sophie—. Cómo me gustaría que...

Yo solía visitar cada vez con más frecuencia Bell House. Archie Grindle era un hombre muy simpático y tía Hilda no cabía en sí de felicidad. Iba de un lado para otro cantando sin cesar y se alegraba de poder lucir bonitos vestidos. Yo contemplaba aquel cambio sin apenas poder creerlo.

Daniel Grindle también visitaba la casa muy a menudo. Era el hijo mayor de Archie y se había hecho cargo de la granja junto con su hermano Jack.

Daniel era alto y desgarbado y parecía que nunca sabía dónde poner las manos. Yo le tenía simpatía y le llamaba el Gigante Gentil debido a su elevada estatura; apenas hablaba y su padre aseguraba que se entendía con los animales como jamás había visto entenderse con nadie.

—Nuestro abuelo era igual —decía Jack Grindle—. Dan se parece a él.

Jack era más bajo y tendía a la gordura, como su padre; y, al igual que éste, era muy hablador. Ambos daban la impresión de saber disfrutar de la vida.

Jack Grindle fue el introductor de Gaston Marchmont en nuestro círculo.

Gaston Marchmont causó una gran conmoción, y tanto Tamarisk como Rachel hablaban constantemente de él. Era alto, espigado (casi cimbreño), muy bien parecido y con un aire extremadamente mundano, según decía Tamarisk. Tenía el cabello oscuro, casi negro, unos brillantes ojos castaños oscuros, y era extremadamente elegante.

Jack le había conocido viajando por el continente europeo; ambos habían cruzado juntos el canal de la Mancha y, como Gaston Marchmont se iba a hospedar durante algún tiempo en un hotel, Jack le había invitado a pasar unos días en la granja Grindle.

Jack parecía considerar un honor que Gaston hubiera aceptado. Y no es que Gaston lo diera a entender. Muy al contrario. Era un joven que rebosaba encanto y amabilidad. Sin embargo, yo comprendí muy bien por qué razón los Grindle, que eran de humilde origen, aunque ricos y prósperos, se consideraban honrados por el hecho de que un alto personaje como Gaston Marchmont se hubiera dignado alojarse en su casa.

Jack no tardó mucho en presentar a aquel fascinante caballero a la sociedad local. Así supimos que la madre de Gaston era francesa... de ahí el nombre de Gaston. Y que él había ordenado sus asuntos en Francia y ahora tenía que resolver ciertos detalles relacionados con una finca que había heredado en Escocia a través de su padre recién fallecido.

Vestía con exquisito gusto y natural elegancia. El corte de sus impecables trajes era el típico de Savile Road, me dijo Tamarisk, y, vestido con atuendo de montar, parecía un dios; era el encanto personificado. La señora

St. Aubyn lo acogió inmediatamente con agrado, coqueteaba con él y él correspondía galantemente. Repetía constantemente que tenía que irse a Escocia, pero todo el mundo, incluido Jack Grindle, le instaba a que se quedara un poco más.

—Me tentáis —decía él— y yo soy muy débil.

Tamarisk le dijo que tendría que quedarse para el baile, de lo contrario, ella jamás se lo perdonaría.

—Mi querida señorita —contestó él—, no puedo rechazar la súplica de estos bellos ojos. Entonces, sólo hasta el baile.

Tamarisk y Rachel no paraban de hablar de Gaston. Yo no participaba en las conversaciones. Creo que estaba un poco ofendida porque, aunque Gaston no me desdeñara por completo, casi nunca me dedicaba cumplidos. Me incluía también a mí cuando se refería a nosotras llamándonos las Tres Gracias, pero eso no era más que una muestra de cortesía; había observado que sus miradas raramente se posaban en mí y que Tamarisk y Rachel eran el objeto de casi toda sus sonrisas.

Era un hombre sumamente apuesto. A su lado, Crispin parecía un tanto desabrido y los jóvenes Grindle semejaban unos patanes de pueblo. Pero eso era injusto. Los jóvenes Grindle eran muy simpáticos y la dulce sonrisa de Daniel me resultaba mucho más agradable que todo el encanto de Gaston Marchmont.

Mary Tucker nos estaba confeccionando los vestidos en el cuarto de costura de St. Aubyn. Un día en que entramos para unas pruebas, Tamarisk y Rachel estaban hablando como de costumbre de Gaston Marchmont y yo les dije:

—No creo que hable en serio la mitad de las veces.

—Es verdad que no siempre habla en serio —replicó Tamarisk—. Lo que ocurre es que tú estás celosa porque apenas se fija en ti.

Me detuve a pensarlo. ¿Sería cierto?

Rachel fue la primera de nosotras en tener un auténtico admirador en la persona de Daniel Grindle. Rachel era muy bonita y poseía un aire indefenso capaz de despertar el instinto protector de un hombre como Daniel.

Observé la expresión soñadora de los ojos de Daniel cuando miraba a Rachel. Tamarisk también la observó. No podía comprender que un joven mirara a otra estando ella presente. Era una mirada de ternura como la que yo le había visto en una ocasión en que fui a la granja y le vi sosteniendo en sus brazos a un cordero recién nacido.

—¡Bueno! —dijo Tamarisk—. No es más que un granjero.

—No hay nada de malo en ello —lo defendió Rachel con vehemencia—. Es muy bueno y tía Hilda está muy contenta de haberse casado con su padre.

—¿A ti te gusta? —le preguntó Tamarisk.

—No está mal —contestó Rachel.

—¿Te casarías con él?

—¡Vaya una pregunta! —exclamó Rachel.

—¡Te casarías! ¡Te casarías! Bueno, para ti podría ser adecuado.

Rachel no contestó porque le daba vergüenza.

Intuí que Tamarisk estaba comparando a Daniel con Gaston Marchmont. Hablaba de él en todo momento y decía que se alegraba mucho de que se quedara para el baile.

—Le dije que jamás le perdonaría que no se quedara y entonces me contestó:

»—En tal caso, no me deja usted ninguna alternativa.

»—¿No os parece bonito?

—Siempre dice cosas muy bonitas —reconoció Rachel.

—Es un jinete extraordinario —añadió Tamarisk—.

Cuando cabalga parece formar una sola cosa con la montura... como uno de aquellos antiguos dioses.

—Parece un cruce entre un salteador de caminos y un caballero —dije yo—. Ya me lo imagino diciendo: «—¡Alto ahí, entreguen todo lo que lleven!». O combatiendo contra Cromwell.

—Nunca me gustó Cromwell —dijo Tamarisk—. Era un aguafiestas espantoso. Mandaba clausurar los teatros y todas esas cosas... aborrezco a los aguafiestas.

—Ni haciendo un gran esfuerzo de imaginación podrías llamar aguafiestas a Gaston Marchmont —dije yo.

—¡No creo! —replicó Tamarisk, esbozando una enigmática sonrisa y añadiendo que sin duda era un aristócrata.

Rachel sonrió con expresión soñadora y dijo:

—Siendo tan maravilloso, me pregunto por qué se molesta en quedarse aquí.

—Tal vez —contestó misteriosamente Tamarisk— tiene sus motivos.

Faltaban muy pocos días para el baile. Nuestros vestidos ya estaban listos. Tamarisk me comentó que utilizarían plantas del invernadero para adornar el salón de baile y que la cena se serviría en el comedor... sería un bufet y los invitados se servirían ellos mismos de las bandejas. Habían contratado una orquesta y la madre de Tamarisk daba cada día un pequeño paseo por el jardín para estar fuerte y poder asistir al baile. Se había hecho confeccionar un vestido especial para la ocasión y las invitaciones ya se habían enviado. Era la primera vez que se celebraba un baile desde la muerte de la esposa de Crispin.

—Ahora todo será distinto —dijo Tamarisk—. Ya soy mayor. Crispin no tendrá más remedio que darse cuenta.

Decidí ir a ver a Flora. Me senté en el jardín junto

a la morera y le hablé del baile. No creo que siguiera el hilo de lo que le estaba contando, pero le gustaba oír mi voz. De vez en cuando, me interrumpía con algún comentario del tipo «Anoche estaba un poco intranquilo. Creo que le molestan los dientes». Pero daba igual. Yo le seguía hablando de lo mío y ella me miraba sonriendo y parecía muy contenta de tenerme a su lado.

Al salir, me tropecé con Crispin. Creo que se dirigía a la casita, tal como me constaba que hacía de vez en cuando, pues siempre que ocurría algún percance se presentaba allí de inmediato.

Yo recordaba con simpatía su inquietud cuando Flora rompió el muñeco. Me gustaba que se preocupara por sus antiguas niñeras.

—Hola —me dijo—. Creo que ya sé de dónde vienes.

—A ella le gusta que vaya a verla.

—¿Cuando la señorita Lucy no está?

Me ruboricé lentamente.

—Bueno —dije a la defensiva—, parece que a Flora le gusta que la visite.

—¿Te hace alguna confidencia?

—¿Confidencia? No, más bien no.

—¿Quieres decir que en cierto modo sí?

—Bueno, me habla constantemente del muñeco como si fuera un niño de carne y hueso.

—¿Y eso es todo?

—Sí, creo que sí.

—No pareces muy segura.

—Bueno, es que a veces dice unas cosas muy raras.

—¿Qué clase de cosas?

—Sobre la morera, por ejemplo. Repite constantemente que no está allí.

—¿Que no está allí?

—Sí, la mira incesantemente y me parece que está un poco angustiada por lo que hay allí.

—Comprendo. Bueno, es bonito que hayas venido a verla a pesar de lo ocupadas que estáis todas con eso del baile.

—Todo el mundo está deseando que llegue el día.

—¿Tú también?

Asentí con la cabeza.

—Creo que será divertido.

—Tengo entendido que el deslumbrante héroe piensa asistir.

—¿Se refiere a...?

—Ya sabes a quién me refiero. ¿Te resultará especialmente agradable?

—Creo que la gente se alegra de que venga.

—¿La gente? ¿En eso te incluyes tú también?

—Sí, por supuesto.

—Comprendo. Bien, no debo entretenerte más.

Crispin me dirigió una breve sonrisa, se quitó el sombrero, se inclinó levemente y se fue a visitar a las hermanas Lane.

La víspera del baile fui a Bell House para ver a Rachel. Estaba distinta y parecía irradiar felicidad. Pensé que iba a revelarme algo, pero observé que dudaba. Recordé la vez que estaba tan asustada y había recurrido a mí. No se parecía para nada a Tamarisk; era retraída y desconfiada y se guardaba los secretos.

Volví a contemplar su vestido. El mío lo había admirado por lo menos cincuenta veces.

—Lo va a gastar con la vista —me había dicho Lily—. Téngalo por seguro, cariño. Estará preciosa con él.

Me embargaba un cierta inquietud. ¿Querría alguien bailar conmigo? Habíamos practicado los pasos de bailes una y otra vez y ahora ya éramos unas auténticas expertas, pero lo que a mí me preocupaba eran la parejas. Tamarisk tendría admiradores por docenas, no sólo por su belleza y encanto sino también porque el baile se celebraba en su casa y su madre era la anfitriona, a pesar de todo lo que se había esforzado tía Sophie por hacerlo realidad; los caballeros se sentirían obligados a bailar con Tamarisk. Y Rachel saldría airosa de la prueba. Su indefensa fragilidad despertaba mucho interés. Pero, ¿y yo? Quizá me sacaría a bailar Jack Grindler, o Daniel. ¿Y Crispin? No me lo imaginaba bailando.

De pronto, Rachel me dijo:

—Daniel me ha pedido que me case con él.

La miré con asombro y pensé inmediatamente: «Es la primera de nosotras que recibe una proposición de matrimonio». A Tamarisk no le va a gustar. Pensará que ella hubiera tenido que ser la primera.

—¡Qué emocionante! —exclamé.

—No sé. Es algo muy difícil.

—Es muy amable y simpático. Te llevarías muy bien con él. ¿Le has contestado que sí?

Rachel sacudió la cabeza.

—¿Por qué? ¿No te gusta?

—Sí me gusta. Siempre fuimos amigos, incluso antes de que su padre se casara con mi tía, pero de un tiempo a esta parte nos hemos visto mucho más. Hace poco... —Rachel dejó la frase sin terminar y frunció el ceño—. A mí... mm... me gusta mucho —dijo al final.

—Lo sé —dije yo—. Es demasiado pronto. Acabamos de dejar la escuela. Claro que algunas personas se casan muy jóvenes y vosotros os conocéis desde hace tiempo.

—Sí, pero eso es distinto...

—¿Qué le has dicho?

—No quería decirle que no podía. Parecía tan... bueno, ya sabes, tan simpático. Siempre ha sido amable conmigo. Me sentía segura con él... después de...

Sabía exactamente a qué se refería. La imaginaba en su dormitorio, oyendo las pisadas que se acercaban y... se detenían delante de su puerta, afortunadamente cerrada bajo llave la segunda vez, y oyendo aquella afanosa respiración. Ansiaba sentirse segura después de aquello... tal como lo había ansiado yo después de aquellos aterradores momentos en el bosque.

—Mira —añadió Rachel—, a él le parece que todo irá bien porque somos muy amigos.

—Y tiene que ir bien. Lo que ocurre es que todavía es pronto. Aún no estás preparada.

La mirada de Rachel se perdió en la lejanía.

—No creo que ahora pueda...

—Pero si dices que te gusta mucho.

—Sí... es verdad... pero...

—Necesitas tiempo —dije, pensando que ése hubiera sido el comentario que hubiera hecho tía Sophie—. ¡Ya verás cuando Tamarisk se entere!

—No se lo diré. Por favor, tú tampoco digas nada, Freddie.

—Por supuesto que no. Pero me encantaría ver la cara que pondría. Ella quiere ser la primera en todo.

Esbocé una sonrisa y tuve el absoluto convencimiento de que Rachel se casaría con Daniel. Todo quedaría en familia si ella se casara con el hijastro de tía Hilda. Estaba segura de que Rachel sería tan dichosa como su tía. Sería un venturoso final después de todo lo que ambas habían sufrido en aquella Bell House dominada por el señor Dorian.

El salón de baile de St. Aubyn ofrecía un aspecto espléndido. Las palmeras en macetas y los arbustos floridos de los invernaderos habían sido distribuidos artísticamente y el suelo se había abrillantado con arcilla francesa; en un estrado del fondo estaban los músicos con sus camisas rosa pálido y sus esmóquines negros. Todo resultaba grandioso e impresionante.

La señora St. Aubyn, milagrosamente restablecida para la ocasión, recibió a los invitados. Sólo hubo una concesión a su anterior estado: permaneció majestuosamente sentada en un soberbio sillón mientras la gente se acercaba a ella con gran deferencia.

Las tías Sophia y Hilda se situaron a su lado como si quisieran recordarles a los invitados que sus protegidas tenían la misma importancia que Tamarisk, si bien era lógico que, estando en St. Aubyn's Park, la señora St. Aubyn fuera considerada la principal anfitriona. Rachel y yo habíamos tenido simplemente el privilegio de participar.

Rachel y yo nos sentamos a ambos lados de Tamarisk; tía Sophie se acomodó a mi lado y tía Hilda lo hizo al lado de Rachel. Yo me sentía mucho menos segura de lo que me había sentido en mi dormitorio cuando tía Sophie y Lily me dijeron que estaba guapísima.

—La beldad del baile, ésa serás tú —me dijo tía Sophie.

Y Lily comentó:

—Mire, señorita Fred, nunca pensé que un vestido pudiera realzar tanto los encantos de una chica. Está usted preciosa, vaya si lo está.

Sin embargo, al lado de Tamarisk, llamativamente vestida de gasa roja, y de Rachel, con su suave vestido de *crêpe de Chine* de color azul, me di cuenta de que distaba mucho de ser la Beldad del Baile, y comprendí que no estaba ni mucho menos tan preciosa en aquel elegante salón de baile como había estado en mi dormitorio.

En cuanto se inició el baile, Gaston Marchmont se acercó a nosotras, elevó los ojos al cielo e hizo un comentario sobre el trío de hechiceras. Después le preguntó a Tamarisk si le concedería el honor de aquel baile. Era lo que ella esperaba en su calidad de señorita St. Aubyn. Mientras se alejaba airosamente con Gaston, se acercaron los hermanos Grindle. Daniel sacó a bailar a Rachel y yo bailé con Jack.

Jack era un hábil bailarín. Comentó la calidad del suelo y el tamaño del salón y dijo que, ahora que Tamarisk ya estaba creciendo, esperaba que hubiera otras ocasiones como aquélla. Fue una conversación totalmente intrascendente.

Cuando terminó el primer baile, Gaston Marchmont bailó con Rachel, Tamarisk lo hizo con Daniel y yo bailé con un amigo de mediana edad de los St. Aubyn que me habían presentado en cierta ocasión.

Pensé que a continuación bailaría con Gaston. Me sentí un poco molesta por el hecho de que éste se considerara obligado a bailar con las tres. No quería que me eligieran por cuestión de protocolo o por sentido del deber o lo que fuera. Sabía que a Gaston no le apetecía bailar conmigo. Cuando mi pareja me acompañó a mi asiento, observé con asombro que Crispin estaba conversando con las tías.

Crispin se levantó al ver que me acercaba y, justo en aquel momento, Gaston Marchmont regresó con Rachel. Rachel estaba arrebolada y parecía muy feliz.

—Ha sido muy agradable —dijo Gaston—. Debo felicitarla por su habilidad en la pista de baile, señorita Rachel.

Rachel contestó algo en voz baja e inmediatamente empezó a sonar la música del siguiente baile. Gaston me miró y estaba a punto de hablar cuando Crispin apoyó la mano en mi brazo y dijo con firmeza:

—Éste me lo has prometido a mí.

Nos dirigimos a la pista de baile mientras Gaston nos miraba sorprendido.

—Espero no haberte decepcionado por el hecho de arrancarte de los brazos del fascinante Marchmont —me dijo Crispin.

Me eché a reír. Estaba sinceramente complacida y emocionada.

—Oh, no —contesté—. Me iba a sacar a bailar por pura obligación.

—¿Estás segura de que es tan considerado en estas cosas?

—En esto, estoy segura de que sí.

—Eres un poco enigmática. ¿Quieres decir que, en otras cosas, podría no estar tan dispuesto a cumplir con su deber?

—Yo no he dicho nada de todo eso. Creo simplemente que se debe de comportar de manera impecable en cuestiones de tipo social.

—Veo que no estás tan profundamente impresionada como las otras. Y me alegro. Me temo que yo no bailo tan bien como él. Es un bailarín de primera. Hablando de baile, temo que yo te resulte un poco torpe. ¿Nos sentamos? Me parece que será más cómodo para ti.

Sin esperar mi respuesta, me acompañó a dos sillones colocados entre unas macetas de palmeras.

Nos sentamos y contemplamos en silencio a los demás bailarines durante un segundo. Vi a Gaston bailando con una de las invitadas.

Crispin lo siguió con los ojos y dijo:

—Sí, es un bailarín de primera. Dime, ¿sabes si a la señorita Flora le gusta el nuevo muñeco que le compramos? ¿Crees que lo ha aceptado?

—A veces, creo que sí. Otras, en cambio... no estoy tan segura. Me parece que a veces lo mira como si supiera que es sólo un muñeco. Y hace como una mueca.

—Y después, ¿qué?

—Simplemente eso.

—¿Lo hacía antes también? Me refiero a la muñeca.

—No estoy segura. Es posible.

—¡Pobre Flora! —Crispin hizo una pausa y después añadió—: Veo que sigues visitando periódicamente la casa.

—Sí.

—Es difícil hablar con tanto ruido. Tendremos que sentarnos juntos durante la cena. Después vendré a buscarte. ¿Tienes una tarjeta o algo así?

Le entregué mi carné de baile y él garabateó sus iniciales en el espacio reservado al baile inmediatamente anterior a la cena.

—Ahí tienes —dijo—. Tendrás múltiples ocasiones de bailar con personas que saben hacerlo. Pero ese baile es mío.

Me decepcionó que sólo me hubiera pedido aquel baile y, al mismo tiempo, me molestaron sus modales un tanto autoritarios. No me había pedido mi consentimiento sino que simplemente había dado por sentado que yo estaría de acuerdo. Era algo muy típico también de Tamarisk.

No pude evitar preguntarle:

—¿Siempre le dice a la gente lo que tiene que hacer?

Me miró fijamente, arqueó las cejas y sonrió.

—Es una manera rápida de conseguir lo que uno quiere —contestó.

—¿Y siempre da resultado?

—Por desgracia, no.

—¿Y si yo ya hubiera tenido comprometido el baile de la cena con otra persona?

—Pero no lo tenías, ¿verdad? No lo he visto anotado en tu carné.

—Bueno, es que acababa de empezar y...

—O sea que todo va bien, ¿no es cierto? Me gustaría que cenáramos juntos. Quiero hablar contigo.

Me sentí halagada y observé que, cuando me acompañaba de nuevo a mi asiento, varias personas nos miraron con interés.

Bailé una vez con Gaston. Se acercó poco después de que Crispin se hubiera retirado. Creo que a éste no le gustaba el baile y que más bien despreciaba dicha actividad, sin duda porque no era muy diestro en ella.

Le vi más tarde conversando con un hombre que debía de ser uno de los administradores de la finca y posteriormente con un anciano que, segun me dijeron, era propietario de unas tierras situadas a varios kilómetros de St. Aubyn y había acudido al baile en compañía de su esposa y su hija.

Gaston era un bailarín tan experto que me hacía sentir como si yo también fuera una consumada bailarina. Me dijo que estaba encantadora y que el color de mi vestido era su preferido. Adiviné que, cuando bailaba con Tamarisk, el rojo encendido debía de ser su preferido y que, cuando lo hacía con Rachel, debía de ser el azul aciano. Bueno, puede que no fuera sincero, pero, por lo menos, intentaba ser amable, cosa que no podía decirse de Crispin.

Me habló de St. Aubyn's Park y de Crispin. Era una finca enorme, ¿verdad? Probablemente una de las más grandes de Wiltshire.

—Tamarisk me ha contado que está usted muy interesada por unas ancianas que viven en una casa de la finca.

—¿Se refiere usted a las señoritas Lucy y Flora Lane?

—¿Así se llaman? ¿Qué es eso del muñeco que lleva constantemente una de ellas, pensando que es un niño?

—Es verdad.

—Qué curioso.

—La situación dura desde hace mucho tiempo.

—¿Y cree que el muñeco es el señor de la mansión?

—Fue su niñera cuando él era pequeño.

—Y él cuida de las hermanas con especial esmero.

—Ambas fueron niñeras suyas en otros tiempos y la gente suele encariñarse mucho con sus niñeras. Es muy amable de su parte y dice mucho en su favor.

—Muy generoso, en efecto. Tamarisk me dice que se lleva usted muy bien con la loca y tiene un especial interés por todo este asunto.

—Me da lástima de ellas.

—Veo que tiene usted muy buen corazón y que las visita a menudo. Tamarisk me ha contado que va usted a ver a la loca cuando la otra hermana, la que está cuerda, no se encuentra en la casa y que está empeñada en descubrir por qué motivo aquella pobrecilla perdió la razón.

—¿Tamarisk le ha dicho eso?

—¿Acaso no es cierto?

—Bueno...

—Por supuesto que todos queremos llegar al fondo de las cuestiones —dijo Gaston—. Tiene que haber algo que le trastornó el cerebro, ¿no cree?

—No sé.

—Puede que, con sus investigaciones, usted lo descubra.

El baile había terminado.

—Tenemos que volver a bailar —dijo Gaston—. Ha sido muy agradable. Supongo que tendrá todos los bailes comprometidos.

—Me queda un par —contesté mientras me acompañaba a mi asiento.

Después bailé con varios jóvenes y me pregunté qué interés podía tener Gaston Marchmont en las dos hermanas. Tamarisk le habría hablado de ellas con su habitual dramatismo. Siempre exageraba. Aunque no cabía duda de que lo de Flora y su muñeco era algo de lo más insólito.

Pronto me olvidé de Gaston. Estaba esperando con

impaciencia el baile de la cena. Temía que Crispin se hubiera olvidado, pero, en cuanto se anunció el baile, éste apareció como por arte de ensalmo.

Me tomó del brazo y me acompañó a la pista donde la gente ya había empezado a bailar. Evolucionamos una vez por el salón y después Crispin me dijo:

—Ahora iremos a elegir la mesa que más nos guste. De lo contrario, la tendríamos que compartir con otros.

Me acompañó a los dos sillones en los que previamente nos habíamos sentado. A su lado habían colocado una mesa con copas y cubiertos.

—Ésa nos irá bien —dijo—. Pon tu tarjeta sobre la mesa para que la gente sepa que ya está ocupada. Después ven conmigo e iremos a comer algo.

En el comedor habían instalado una larga mesa sobre caballetes con velas encendidas y gran abundancia de comida: pollo frito, salmón, varias clases de carne y ensaladas. Habíamos sido los primeros en llegar y todo resultaba deliciosamente tentador.

Crispin tomó la iniciativa y nos servimos lo que más nos apeteció. Cuando regresamos a la mesa, encontramos una botella de champán en un cubo con hielo.

La música había cesado y la gente ya estaba abandonando el salón de baile para dirigirse al comedor.

—¡Qué previsión! —exclamé yo—. Haber sido los primeros.

—En efecto. De esta manera, hemos evitado las aglomeraciones y ahora tenemos la mesa a nuestra entera disposición.

Nos sentamos el uno frente al otro. Se acercó uno de los criados y nos sirvió el champán.

Crispin me miró inquisitivamente y levantó su copa.

—Por Frederica y su presentación en sociedad —dijo—. ¿Estás contenta de haber dejado atrás tu infancia?

—Creo que sí.

—¿Qué te propones hacer ahora?

—No lo he pensado demasiado.

—Casi todas las chicas se quieren casar. Parece su máximo objetivo. ¿Qué me dices de ti?

—No se me había ocurrido.

—Vamos, mujer, eso se les ocurre a todas las chicas.

—A lo mejor, usted no conoce a todas las chicas. Sólo a algunas.

—Y, a lo mejor, tú tienes razón. En cualquier caso, te encuentras en el umbral. Tu primer baile. ¿Te ha gustado?

—Mucho.

—Parece que te sorprendes.

—Es que no sabe una lo que va a pasar y teme que nadie la saque a bailar.

—Sería una situación de lo más embarazosa. Apuesto a que no te gusta esperar a que te elijan. Querrías ser tú la que eligiera.

—Eso le gustaría a cualquiera.

—Entonces le podrías pedir a Gaston Marchmont que bailara contigo.

—No haría tal cosa.

—Ah, ¿no? Había olvidado que tú no eres tan impresionable como algunas que yo me sé. Eres muy perspicaz.

—Creo que lo soy... un poco.

—Y entonces voy yo y te pido que me reserves el baile de la cena —dijo Crispin, mirándome detenidamente—. Tú y yo hemos tenido unos encuentros un poco insólitos, ¿verdad? ¿Recuerdas cuando fuimos a comprar el muñeco? Y... lo que ocurrió en Barrow Wood.

Me estremecí. ¿Que si me acordaba? Era algo que jamás podría olvidar. Podía sentirme transportada a aquel lugar en un abrir y cerrar de ojos. No me lo podía quitar de la cabeza.

Crispin extendió la mano y tomó brevemente la mía.

—Lo siento. No hubiera debido mencionarlo.

—No importa —contesté—. Pero no es algo que se pueda olvidar.

—Fue una experiencia terrible. ¡Gracias a Dios que yo pasé por allí!

—Él murió... por eso —dije yo—. Tampoco lo puedo olvidar.

—Fue lo mejor que le pudo ocurrir. No tuvo el valor de enfrentarse con el hecho de haber dejado al descubierto lo que era realmente, tratándose de un hombre que siempre llevaba puesta la máscara de santo para ocultar lo que había debajo.

—Debía de estar desesperado cuando fue a la cuadra y se ahorcó.

—No pienses en eso. Alégrate simplemente de que yo apareciera en el momento oportuno. Yo no tengo ningún remordimiento.

—¿Nunca piensa que él murió porque sabía que usted le despreciaba? Allá en el bosque yo pensé que lo había matado. Lo dejó tirado. ¿No se preocupó por lo que pudiera ocurrirle?

—No. Era un cobarde... un hipócrita que se las daba de santurrón cuando, en realidad, era capaz de comportarse como el peor de los animales. Me alegro de haber aparecido en aquel momento y de lo que ocurrió después como consecuencia de ello. Lo mejor que hizo fue librar al mundo de su aborrecible presencia... y debo decirte, mi querida Frederica, que tu bienestar era mucho más importante que su miserable vida. Piensa en eso y no te compadecerás de aquella despreciable criatura. Mejor que el mundo se haya librado de él. Yo hubiera podido matarle en justicia, pero fue mucho mejor que lo hiciera él mismo.

El rostro de Crispin no revelaba la menor simpatía, pese a lo cual yo no podía evitar pensar que el señor Dorian había sido sincero en su afán de ser bueno.

—Perdóname —añadió Crispin—. No hubiera debido comentarlo. Quería asegurarme de que no estabas triste pensando en eso. No debes estarlo. La vida puede ser desagradable algunas veces. Tienes que comprenderlo. Recuerda lo placentero y olvida lo que no lo sea.

Me miró con una benévola sonrisa y entonces recordé lo que Tamarisk había dicho una vez a propósito de los que rescataban a una persona de alguna horrible situación y después le apreciaban porque les hacía recordar lo buenos y nobles que eran.

—¿Te apetece un poco más de salmón?

—No, gracias.

—Bueno, pues ahora dime lo que piensas de la señorita Flora. Ella habla contigo, ¿no es cierto?

—Un poco. Pero ya le he dicho que lo que me cuenta no tiene demasiado sentido.

—¿Y tú crees que a veces se da cuenta de que le han cambiado el muñeco?

—Es que, en realidad, no se parece mucho al antiguo, ¿no le parece? El primero lo tenía desde hacía mucho tiempo y los que ahora fabrican son de otro estilo.

—Pero, ella no ha dicho que...

—No. Simplemente parece un poco desconcertada... aunque eso antes también solía ocurrirle a menudo.

—¿Como si tratara de recordar algo?

—En cierto modo. Aunque más bien como si tratara de no recordar.

—Como si tratara de decirte algo.

Vacilé un instante mientras Crispin me estudiaba con atención.

—¿Sí? —me espoleó—. Como si tratara de decirte algo.

—Siempre mira el cuadro del cuarto del muñeco y mueve los labios —dije—. Le leo los labios y sé que está diciendo para sus adentros... «un secreto que nunca se contará».

—O sea que es el cuadro...

—No lo sé. Supongo que es por lo que éste representa.

Recordé mi conversación con Gaston Marchmont aquella misma noche y añadí:

—Le debió de ocurrir algo que le hizo perder la razón... algo muy dramático. A lo mejor, se refiere a un secreto que nunca se deberá contar.

Crispin se quedó súbitamente muy serio y contempló su plato mientras yo añadía:

—Creo que debió de ocurrir hace mucho tiempo cuando usted era pequeño. Se debió de llevar un susto tan grande que no puede aceptarlo. A lo mejor, ella tuvo la culpa y se comporta como si no hubiera sucedido... y quiere regresar a la época en que todavía no había sucedido. Por eso quiere que usted siga siendo un niño.

—Es una teoría interesante —dijo Crispin muy despacio.

—Aunque yo creo que, si hubiera ocurrido algo, la gente se hubiera enterado. A menos que fuera algo que sólo ella supiera. Todo es muy misterioso. Una o dos veces le he oído mencionar a Gerry Westlake.

—¿Gerry Westlake?

—Creo que ése es el nombre.

—Hay unos Westlake por esta zona. Un matrimonio con una hija que sirve no sé dónde y un hijo que se fue al extranjero. Australia o Nueva Zelanda, creo. No sé gran cosa de ellos.

—Bueno, yo sólo le he oído pronunciar el nombre en voz baja una o dos veces.

—Me parece que te tiene simpatía.

—Estoy segura de que le gusta que la visite.

—Sólo cuando la señorita Lucy no está en casa.

—Tengo la impresión de que a la señorita Lucy no le gusta que la gente las visite. A lo mejor, teme que Flora se ponga nerviosa.

—Pero eso a ti no te arredra.

—Me gusta hablar con Flora y sé que a ella le gusta hablar conmigo. No veo nada malo en ello.

—Y eres curiosa por naturaleza.

—Creo que sí.

—Y estás intrigada por el secreto de aquellas urracas y le preguntas si está en la raíz de lo que le hizo perder el juicio a la pobre señorita Flora.

—Pienso que la causa pudo ser un terrible sobresalto. Son cosas que ocurren.

—Y la señorita Frederica Hammond se ha convertido en un sabueso a ratos perdidos y está decidida a desentrañar el misterio.

—Eso es una exageración.

Crispin se rió.

—Pero, ¿contiene una pizca de verdad?

—Bueno, supongo que cualquier persona sentiría interés.

—Y algunas más que otras —Crispin levantó su copa— Creo que debo desearte éxito en tu empresa.

—Cuando se conoce la causa de algo, hay más posibilidades de resolverlo.

—¿Y si la revelación de la verdad fuera demasiado atroz? En tal caso, se podría agravar la situación.

—Es una posibilidad.

—Nos hemos pasado el rato hablando de los demás. Háblame de ti. ¿Qué haces cuando no visitas a la señorita Flora?

—Hace tan poco tiempo que he salido de la escuela que, en realidad, todavía no he hecho nada.

—Habrá otras ocasiones como la de esta noche. Te mantendrán ocupada. Creo que le están preparando otras fiestas a mi hermana y supongo que tú y Rachel también participaréis.

—Las tres hemos estado juntas dede que yo vine a vivir aquí.

—¿Eres feliz en Harper's Green?

—Muy feliz. Mi tía Sophie ha sido maravillosa conmigo.

—Lamenté mucho lo de tu madre.

—Fue una pena, porque nunca disfrutó de la vida. Mi padre se fue y ella hubiera querido regresar a la mansión de su familia, pero ya la habían vendido. No era feliz viviendo en una casa desde la cual no tenía más remedio que ver constantemente su antiguo hogar.

—O sea que Harper's Green ha sido para ti un lugar mucho más agradable.

—Tuve mucha suerte de poder contar con tía Sophie.

—¿Tu padre...?

—Jamás le he visto. Él y mi madre se separaron.

Crispin asintió con la cabeza.

—Son cosas que ocurren.

Me pregunté si estaría pensando en la esposa que lo había abandonado.

—Bueno, cuando te cases, espero que seas tan feliz como eres ahora en los Rowans.

—Gracias. Espero que usted también sea feliz.

—Ya sabes lo que pasó. Hay muy pocos secretos en Harper's Green, aparte del que a ti tanto te interesa. Mi esposa me abandonó. Tal vez no se le hubiera podido reprochar que lo hiciera.

Hablaba con amargura y pensé que convendría cambiar de tema, pero, como no se me ocurría nada, permanecimos en silencio.

—Cuánto esfuerzo habrá costado preparar todo eso —dije al final, levantando el brazo para señalar el salón.

—Tenemos un ama de llaves y un mayordomo muy eficientes. Tienen mucha práctica en estas cosas y se han alegrado mucho de poder demostrar sus aptitudes. Ella me dejó por otro y después murió en un accidente de ferrocarril —añadió Crispin.

—Debió de ser un golpe terrible para usted.

—A qué te refieres, ¿a su fuga o a su muerte?

—A ambas cosas —contesté.

Crispin no dijo nada.

—No se preocupe —dije con cierta torpeza—. Puede que encuentre a otra persona.

Estaba pensando en lady Fiona que, según decían, era muy apropiada para él. Me di cuenta de que la conversación estaba adquiriendo un sesgo un tanto insólito y que ambos nos sentíamos levemente turbados.

—Claro —dijo Crispin—. ¿Piensas en alguien?

No tuve más remedio que seguir adelante.

—Se comentó algo de una tal lady Fiona.

Crispin se echó a reír.

—La gente comenta muchas cosas, ¿no crees? Somos buenos amigos, pero nunca se habló de matrimonio. De hecho, se casó hace poco y yo asistí a su boda. Su marido es amigo mío.

—O sea que no fueron más que rumores.

—Siempre corren rumores. De eso no te quepa duda. Cuando la gente piensa que un hombre tiene que sentar la cabeza, le busca una esposa.

Experimenté una sensación de alivio y me sorprendí de mis sentimientos.

El reloj dio las doce y la gente empezó a abandonar las mesas.

—Por desgracia, este agradable intermedio está tocando a su fin —dijo Crispin—. Gracias por conversar conmigo.

—Ha sido un placer.

—¿No te ha molestado mi insistencia en que me acompañaras?

—Ha sido lo mejor de la velada —contesté con toda sinceridad.

Crispin esbozó una sonrisa y, levantándose, me condujo hacia un grupo que se estaba formando en el centro del salón de baile. La orquesta interpretó el tradicional *Auld Lang Syne** y todos nos unimos al canto, juntando las manos y estrechándolas con fervor.

Archie Gridle nos acompañó a tía Sophie y a mí a casa antes de regresar a Bell House con Rachel y su tía.

Lily nos estaba esperando.

—Les tengo a punto un poco de leche caliente —dijo—. ¿Qué tal ha ido el baile?

—Francamente bien —contestó tia Sophie—. Esta leche caliente nos vendrá de perilla. Nos ayudará a dormir después de tantas emociones. ¿Dónde nos la vamos a tomar?

—En la cocina —contestó Lily—. Vengan conmigo. Ya está todo preparado.

Nos sentamos a tomar la leche y contestamos a las preguntas de Lily.

—Apuesto a que se habrán peleado para bailar con usted —me dijo Lily.

—Exageras un poco —le dijo tía Sophie—. Pero ha tenido muchas parejas. ¿Y a que no sabes una cosa? La ha monopolizado el señor de la mansión.

—¡No me diga! —exclamó Lily.

—Lo que oyes. No es muy aficionado a bailar, pero

* *Los tiempos pasados*, canción escocesa. (*N. de la T.*)

el baile de la cena se lo pidió a nuestra dama con mucha anticipación para que nadie se le adelantara. ¿No es cierto, Freddie?

—Sí, lo es.

—Vaya, quién lo hubiera imaginado —dijo Lily.

—Y además, la ha inundado de champán.

—¡Qué me dice! ¡Champán! Eso se sube a la cabeza.

—Todo ha sido fabuloso, te lo aseguro. Recuerdo los bailes de Cedar Hall. Hubo un tiempo en que me aterrorizaban. Siempre temía que no me sacaran a bailar hasta que, al final, pensé que me importaba un bledo y que, si los chicos no querían bailar conmigo, yo tampoco quería bailar con ellos.

—Bien hecho —sentenció Lily—. Eran unos tontos. No sabían lo que se perdían, desde luego. Pero veo que a la señorita Fred no le ha ocurrido lo mismo.

—Por supuesto que no. ¿De qué has hablado con Crispin St. Aubyn, Freddie?

Traté de recordarlo.

—En realidad, nos hemos pasado casi todo el rato hablando de las hermanas Lane —contesté—. Siente un gran interés por ellas y quería saber qué opinaba yo de Flora.

—La verdad es que se porta muy bien con ellas —dijo tía Sophie, tomando un sorbo de leche y recordando sin duda los tiempos de Cedar Hall en que los jóvenes sacaban a bailar a mi madre y no a ella.

Convine con Lily en que debían de ser unos chicos muy tontos.

Y sentí que la quería más que nunca.

El rapto

Al día siguiente del baile, Tamarisk y yo fuimos invitadas a tomar el té en Bell House. Nunca entraba en aquella casa sin asombrarme del cambio que había experimentado. Parecía que hubieran querido borrar todas las huellas de su anterior ocupante. Sólo la siniestra puerta de las cuadras me lo recordaba. Vi que estaba cerrado bajo llave y me pregunté si alguien entraría allí alguna vez.

Muy pronto me sumergí en la conversación. Tamarisk nos habló de sus triunfos. El baile había sido todo un éxito y su madre estaba encantada. Había comentado que había sido exactamente igual que en los viejos tiempos y que deberían repetirlo.

Tamarisk había bailado seis veces con Gaston Marchmont. Lástima que precisamente aquel día se tuviera que ir a Escocia para resolver unos asuntos relacionados con las propiedades que allí tenía.

—Me pregunto si volverá —dije.

Tanto Rachel como Tamarisk me miraron con asombro.

—¡Por supuesto que volverá! —contestó Tamarisk.

—Tiene que volver —dijo Rachel.

Mientras tomábamos el té, entró Daniel y se sentó

al lado de Rachel. Le pregunté si se había divertido en el baile.

—Creo que todo salió muy bien —contestó cautelosamente—. Todo el mundo parecía opinar lo mismo.

—Fue un éxito extraordinario —le aseguró Tamarisk.

Entró tía Hilda y yo recordé el aspecto que antes tenía, con su perenne expresión de inquietud en el rostro y sin bonitos vestidos ni peinetas en el cabello. El señor Grindle debía de ser muy distinto del señor Dorian. Crispin tenía razón. Lo que era bueno para tantas personas no podía estar mal.

Observé la frialdad de Tamarisk hacia Daniel. No podía perdonarle que hubiera prestado más atención a Rachel que a ella.

Jack Grindle se incorporó más tarde a la reunión y nos dijo que había acompañado en su coche a Gaston Marchmont y que le había dejado en el tren de Londres.

—Se irá directamente a Escocia —dijo—. Parece que tiene que resolver ciertos asuntos.

—Pero volverá —dijo confiadamente Tamarisk.

—Supongo que debe de ser un hombre muy ocupado. Dice que volverá y se quedará algún tiempo aquí. Lo ha pasado muy bien entre nosotros —añadió Jack— y nos ha animado a todos con su presencia.

—Sin duda —convino Tamarisk con una sonrisa.

Me pregunté si sabría algo más que nosotros acerca de los planes de Gaston Marchmont.

Tal vez sí, pues Gaston Marchmont regresó al cabo de tres semanas. Se dirigió a la granja de los Grindle y preguntó si podría hospedarse allí algún tiempo. En caso de que no fuera posible, se buscaría un hotel, pero lo había pasado tan bien allí que abrigaba la esperanza de que le permitieran disfrutar un poco más de su compañía.

Jack contestó que estarían encantados de que se alojara en su casa y que se tomarían a mal que no lo hiciera.

Habían transcurrido unos cinco días del regreso de Gaston Marchmont. Yo apenas le había visto durante aquel tiempo. Estaba ayudando a tía Sophie en el jardín cuando, de pronto, oí el rumor de los cascos de un caballo y Lily salió corriendo al jardín.

—Está aquí el señor St. Aubyn —anunció—. Quiere ver a la señorita Fred.

Crispin ya había salido al jardín.

—Tamarisk ha desaparecido —dijo—. ¿Tienen ustedes alguna idea de adónde puede haber ido?

—¿Que ha desaparecido? —repitió tía Sophie—. Pero, ¿adónde se ha ido?

—Eso es lo que yo quiero saber —contestó Crispin, mirándome—. ¿Sabes tú dónde puede estar?

—¿Yo? No.

—Pensé que, a lo mejor, te lo habría dicho.

—No me ha dicho nada.

—Bueno, pues no está en casa. Debió de irse anoche a última hora. No ha dormido en su cama.

Sacudí la cabeza.

—La vi ayer y es cierto que parecía muy nerviosa.

—¿No le preguntaste por qué?

—No. Cuando ocurre algo, lo suele comentar, por consiguiente, no le di demasiada importancia.

Crispin estaba visiblemente preocupado, pero, al ver que yo no podía ayudarle, se fue.

Nos pasamos toda la mañana hablando de aquel asunto.

—Todo eso es muy raro —dijo tía Sophie—. A saber lo que habrá ocurrido. Supongo que Tamarisk está tramando algo.

Hicimos muchas conjeturas sobre su posible paradero, pero no llegamos a ninguna conclusión razonable. Yo abrigaba la esperanza de que Tamarisk apareciera más tarde. A lo mejor, se había enfadado por algo. Tal vez había discutido con su madre.

Más tarde, Jack Grindle comunicó que Gaston Marchmont también se había ido. Aunque no había desaparecido sin más como Tamarisk. Había dejado una nota, señalando que había tenido que marcharse por un asunto urgente y que ya lo explicaría cuando regresara, cosa que esperaba hacer muy pronto.

La gente estableció un nexo entre la desaparición de Tamarisk y la de Gaston Marchmont, y los rumores se dispararon.

Decidí ir a Bell House para hablar con Rachel. Tía Hilda me dijo que estaba en el huerto. El jardín de Bell House tenía una extensión de aproximadamente una hectárea, con un prado bastante grande que se utilizaba algunas veces para las fiestas organizadas por la iglesia cuando, por alguna razón, los jardines de St. Aubyn's no estaban disponibles; algunas partes del jardín se encontraban en estado más bien selvático y abundaban los árboles cerca del huerto donde yo sabía que Rachel se refugiaba a menudo.

Allí la encontré.

—¿Te has enterado de la noticia? —le pregunté mientras me acercaba.

—¿Noticia? ¿Qué noticia?

—Tamarisk y Gaston Marchmont han desaparecido. Tienen que haberse ido juntos.

—¡Oh, no! —exclamó Rachel.

—Es una coincidencia muy sospechosa... que los dos se hayan ido al mismo tiempo de esta manera.

—No pueden estar juntos.

—¿Por qué no?

—No creo que él...

—Bailó más que ningún otro con ella durante la fiesta.

—Eso fue porque no tenía más remedio, porque el

baile se celebraba en St. Aubyn's. Tenía que bailar a menudo con Tamarisk.

—Yo creo que están juntos.

—Lo sabremos cuando regrese Gaston. Estoy segura de que volverá.

—Pero ambos han desaparecido... ¡juntos!

—Tiene que haber alguna explicación.

Rachel contempló el pequeño riachuelo que discurría por el huerto. Su expresión era de profunda inquietud. O puede que fuera de desolación.

Rachel tenía razón. Gaston regresó y lo hizo en compañía de Tamarisk.

Tamarisk estaba radiante de felicidad. Lucía una sortija de oro en el anular de la mano izquierda y declaró que la vida era maravillosa. Se había convertido en la esposa de Gaston Marchmont. Ella y Gaston se habían fugado a Gretna Green donde la gente se podía casar sin ningún alboroto porque así lo habían decidido de común acuerdo. No habían querido aguardar a que se hicieran todos los preparativos necesarios para la ceremonia. Querían estar juntos sin tardanza.

Se armó un revuelo tremendo en Harper's Green. Era el acontecimiento más sonado desde que Josiah Dorian se ahorcara en las cuadras de Bell House.

—¡La de cosas que ocurren en este lugar! —dijo Lily—. Siempre se pregunta una qué va a pasar a continuación.

Tía Sophie comentó que todo aquello le parecía muy raro.

—¿Por qué razón tenían que fugarse? Si él es lo que dice ser, no hubiera habido el menor reparo a la boda. La organización de una boda por todo lo alto hubiera sido un auténtico tónico para la señora St. Aubyn y no puedo creer que a Tamarisk le disgustara tal cosa. Se me antoja un poco sospechoso, como si el caballero no quisiera que indagaran demasiado.

Gaston Marchmont se instaló en St. Aubyn's con su esposa hasta que resolviera todos sus asuntos y ambos pudieran disponer de una residencia propia.

Al día siguiente del regreso de los enamorados, me encontré con Crispin que volvía de Devizes. Al verme, se detuvo y desmontó.

—¿Estás segura de que no sabías nada de los planes de Tamarisk? —me preguntó.

—Absolutamente segura.

—¿O sea que ella no te hizo la menor alusión?

—Por supuesto que no.

Crispin parecía muy enojado.

—Creo que es muy feliz, ¿no le parece? —dije—. Es lo que ella quería.

—Es una ignorante total —contestó Crispin con la mirada perdida en la lejanía y una torva expresión en el rostro—. Es un acto impulsivo que puede destrozar su vida. Acaba de salir de la escuela.

—¡Pero están enamorados! —dije.

Sentí que mi indignación crecía por momentos. Eso era lo que pensaba de mí. Un niña recién salida de la escuela.

—Puede que usted no lo crea, pero algunas personas se enamoran.

Crispin me miró con impaciencia.

—Si te hizo alguna alusión a lo que pensaba hacer, hubieras tenido que avisarme, o decírselo a alguien.

—Le repito que no me dijo nada, pero, aunque me hubiera dicho algo, ¿por qué motivo hubiera tenido que avisarle? Usted hubiera tratado de impedirlo.

Me alejé, muy disgustada. A Crispin no le importaban los sentimientos de los demás. Había empezado a pensar que sentía cierto interés por mí, muy leve, por supuesto, pero debía de ser tan sólo por el hecho de que yo visitaba a Lucy y Flora Lane. Seguía siendo el mismo hombre que había dicho de mí, «¿Quién es aquella niña tan fea?».

No había visto a Rachel desde el regreso de Tamarisk, y una tarde fui a verla a Bell House.

La encontré donde ya sabía: en el huerto junto a la orilla del riachuelo. Me asusté al verla tan abatida. Me senté a su lado y le pregunté:

—¿Qué te ocurre, Rachel?

—Ya te habrás enterado de que Tamarisk y Gaston se han casado.

—No se habla de otra cosa.

—No podía creerlo, Freddie. Cuando se fueron juntos...

—Hubiéramos tenido que suponerlo —al ver que no decía nada, pregunté—: Rachel, ¿estabas enamorada de él? —la rodeé con mi brazo y noté que se estremecía. Con súbita inspiración, añadí—: ¿Y él te indujo a creer que...?

Rachel asintió con la cabeza.

—Yo nunca creí que fuera sincero —dije—. Hablaba de aquella manera tan extravagante con todas las chicas, incluso con tía Sophie y la señora St. Aubyn. Pero se notaba que no significaba nada.

—Para nosotros significaba algo —dijo Rachel.

—¿Quieres decir que...?

—Me dijo que me amaba y, sin embargo, estaba pensando en Tamarisk.

—Bailó mucho con ella durante la fiesta y cenaron juntos.

—Yo pensé que era porque...

—¿No comprendiste que todos aquellos halagadores cumplidos no significaban nada?

—Es que no fue eso, Freddie... en nuestro caso fue distinto. Fue algo muy serio. Y después va y se casa con Tamarisk.

—Pobre Rachel. No lo comprendiste. No significaba nada.

—Te digo que sí. ¡Te aseguro que sí! Lo sé.

—Pues entonces... entonces, ¿por qué se casó con Tamarisk?

—Supongo que por ser ella quien es. Es muy rica, ¿no? No tiene más remedio que serlo. Es una St. Aubyn.

—Bueno, si ésta es la razón, alégrate de haberte librado de él. No es como Daniel. Daniel te quiere de verdad aunque tú no aportes nada al matrimonio.

—Hablas como una anciana tía, Freddie. No lo entiendes.

—Lo que entiendo es que te indujo a creer que estaba enamorado de ti y después se casó con Tamarisk.

—Sí, sí —dijo Rachel, desesperada—. Eso es lo que ha hecho.

—Bueno pues, buen provecho. Es a Tamarisk a quien debemos compadecer.

—Daría cualquier cosa por estar en su lugar.

—Sé razonable. Daniel te quiere. Y a ti te gusta. Será un buen marido porque es un hombre bueno. Ya sé que no baila bien y no viaja por ahí y no sabe cómo comportarse en los círculos más altos de la sociedad, pero eso no importa demasiado. Lo más importante es la bondad... y la fidelidad.

—No sigas por este camino, Freddie. Me suena a sermón y no puedo soportarlo.

—Muy bien —dije—. Pero me alegro de que no se haya casado contigo. En realidad, creo que Tamarisk ha cometido un grave error. Y Crispin St. Aubyn también lo cree.

Ambas permanecimos sentadas un buen rato, contemplando la corriente en silencio.

Rachel me inspiraba una profunda inquietud.

La señora St. Aubyn despertó de su letargo. La boda en Gretna Green le parecía muy bien, pero ella deseaba ver una boda en nuestra iglesia tal como estaba mandado.

Tanto Tamarisk como Gaston se mostraron de acuerdo y así se dispuso.

La salud de la señora St. Aubyn había mejorado extraordinariamente. Tenía previsto organizar más bailes para Tamarisk en un intento de lanzar a su hija en sociedad, pero Tamarisk se le había adelantado, haciendo innecesarios sus esfuerzos.

La boda no sería, por supuesto, lo que ella hubiera deseado; de haber tenido más tiempo, todo hubiera sido mejor, pero ella quería que la ceremonia se celebrara cuanto antes por si algunos pensaban que la sencilla boda que ya había tenido lugar no era del todo válida.

Se leyeron las amonestaciones en la iglesia. Yo fui dama de honor de la novia y el reverendo Hetherington presidió la ceremonia. Tamarisk lució el vestido de boda de seda y encaje que había lucido su madre en su propia boda y la señora St. Aubyn, que no se sintió con ánimos para ir a la iglesia, atendió después a los invitados durante la recepción que se ofreció en St. Aubyn.

Ahora nadie podría poner en duda que Tamarisk y Gaston Marchmont estaban debidamente casados.

Rachel no estuvo presente en la iglesia. Nos dijeron que se encontraba indispuesta. Estaba más unida a mí de lo que jamás hubiera estado de Tamarisk y yo me sentía muy preocupada por ella. No podía quitarme de la cabeza su imagen, sentada a la orilla del riachuelo con aquella expresión de infinita tristeza en los ojos.

Durante la recepción, no pude dejar de pensar en ella ni un solo instante.

Cuando tía Sophie y yo regresamos a casa, Rachel seguía estando presente en mis pensamientos. Tenía la premonición de que algo terrible estaba a punto de ocurrir.

Al anochecer, comprendí que no podría estar tranquila hasta que viera a Rachel. Abandoné subrepticiamente los Rowans y me dirigí corriendo a Bell House.

Tuve que pasar por delante de las cuadras y, al hacerlo, el corazón me dio un vuelco de angustia en el pecho. La puerta siempre estaba cerrada y ahora, en cambio, estaba abierta.

Me detuve a mirarla. Experimentaba una invencible repugnancia y me invadía una profunda sensación de terror. Pensaba que, si empujaba aquella puerta y entraba, vería al señor Dorian ahorcado, mirándome con expresión acusadora. Sus ojos me dirían: esto me ha ocurrido por tu culpa.

Pero era una tontería pensarlo. No había sido por mi culpa. Crispin me lo había explicado con toda claridad. No tenía que pensar tal cosa.

Permanecí inmóvil sin saber qué hacer. Una suave brisa agitaba la puerta y yo la oí crujir levemente.

¿Por qué iba alguien a abrir aquella puerta? ¿Por qué había experimentado el extraño impulso a dirigirme a Bell House?

Intuía que Rachel se encontraba en peligro y me necesitaba.

Me armé de valor. Me acerqué a la puerta de las cuadras, la empujé y entré.

—¡Rachel! —llamé.

Rachel se encontraba sentada en el suelo, sosteniendo una soga en las manos.

—¿Qué estás haciendo? —grité.

—¿Qué estás haciendo tú aquí? —me replicó con dureza.

—Tenía que verte. Sentí que me llamabas. Después he visto la puerta de las cuadras abierta.

—Mejor que te vayas.

—No, no pienso hacerlo. ¿Qué estás haciendo en este horrible lugar?

Rachel contempló la soga que sostenía en las manos y no contestó.

—¡Rachel! —grité.

—Lo ha hecho —dijo—. Pensó que era la única solución.

—Pero, ¿de qué estás hablando?

—Freddie, ya no quiero seguir aquí por más tiempo. No puedo. Es demasiado espantoso.

—¿Qué estás diciendo?

—No puedo soportarlo. No podré resistir lo que va a suceder después.

—Dices tonterías. La gente tiene que resistir cualquier cosa que ocurra. Es por lo de Tamarisk y Gaston Marchmont, ¿verdad? Te hizo creer que eras la elegida. Pues mira, creo que has tenido suerte de no mezclarte con él. Piénsalo bien.

—No sabes lo que dices.

—No debes pensar en eso —añadí—. Este sitio es espantoso. No lo soporto. Salgamos fuera. Ven conmigo. Vamos al huerto y hablaremos.

—No hay nada de que hablar. Ahora ya no hay remedio.

—A lo mejor, se nos ocurre alguna cosa.

Rachel sacudió la cabeza.

—Bueno, pues yo quiero intentarlo —insistí—. Pero no aquí. No puedo resistir este lugar. Ven conmigo. Salgamos de aquí.

Le quité la soga de las manos y la arrojé a un rincón. Después, la tomé del brazo.

—¿Tienes la llave de las cuadras? —le pregunté.

Se la sacó del bolsillo del vestido y me la entregó. La acompañé a la puerta y me volví a mirar las alfardas casi esperando ver la lasciva sonrisa del señor Dorian.

Empujé la puerta a mi espalda, la cerré y me guardé la llave en el bolsillo.

—Bueno, pues ahora iremos al huerto y charlaremos un rato.

Nos sentamos. Rachel estaba temblando y yo tuve que hacer un esfuerzo para no imaginarme su cuerpo colgando de aquellas alfardas. ¿Lo hubiera hecho? Ése parecía ser su propósito. Se sentía tan desdichada que no deseaba vivir.

Había llegado justo a tiempo. Había intuido que me necesitaba. Nos unía una amistad muy especial y ahora tenía que cuidar de ella.

—Cuéntamelo todo —le dije con firmeza.

—Es peor de lo que te imaginas. Tú crees que simplemente me han dejado plantada.

—¿Te dijo que se iba a casar contigo?

—Bueno, no exactamente...

—¿Lo dio a entender?

Rachel asintió con la cabeza.

—Pensé que nos íbamos a casar. Por eso... me pareció todo tan natural. Mira, Freddie, no es simplemente el hecho de que se haya casado con Tamarisk. Yo... yo voy a tener un hijo.

Me quedé de una pieza y contemplé la corriente horrorizada. No me atrevía a mirar a Rachel, por temor a que adivinara mi sobresalto.

—¿Qué... qué vas a hacer? —balbucí.

—Ya viste lo que iba a hacer. Me pareció la única solución.

—Oh, no, ésa no es una solución.

—¿Y qué otra cosa puedo hacer?

—La gente tiene hijos.

—Pero suele estar casada. Entonces sería maravilloso. Si no lo estás... es terrible. Quedas deshonrada para siempre.

—No para siempre... A veces, se puede resolver. ¿Lo sabe Tamarisk?

—Por supuesto que no. No lo sabe nadie más que yo... y ahora tú.

—¿Él... tampoco? ¿No lo sabe?

—No.

—Es un ser... despreciable.

—Es inútil hablar así. No sirve de nada.

—Es cierto. Ahora él está casado con Tamarisk. Oh, Rachel, ¿qué podemos hacer?

—No veo ninguna salida, Freddie. Por eso...

—No debes hacerlo. Todo el mundo se enteraría. Y entonces, ¿de qué serviría?

—Yo no estaría aquí para verlo.

—Tiene que haber algún medio.

—¿Cuál? Yo no conozco ninguno.

—¿Y si se lo dijeras?

—¿Y eso de qué serviría?

—¡Oh, pobre Rachel! Ya se nos ocurrirá algo. Lástima que no haya sido con Daniel.

—¡Daniel!

—Daniel es un chico muy bueno. Jamás se comportaría como Gaston Marchmont. Es un hombre insensible. No comprendo cómo alguien puede quererle.

—Es encantador... distinto de los demás.

Ni siquiera la escuchaba; se me acababa de ocurrir una idea. Tenía que reflexionar y guardármela sólo para mí hasta que la hubiera meditado bien.

—No veo ninguna salida —dijo Rachel—. Freddie,

no puede enfrentarme con eso. Ya me imagino el revuelo... el escándalo... todo Harper's Green hablando de ello.

—No hagas nada por ahora —le dije—. No digas nada. ¿Me lo prometes? No hagas nada hasta que volvamos a vernos mañana. ¿Me lo prometes?

—¿Qué vas a hacer?

—Puede que haya una salida.

—¿Qué quieres decir?

—Todavía no lo sé. Sólo quiero que me prometas una cosa. Que no harás nada hasta que tengas noticias mías.

—¿Y cuándo las tendré?

—Pronto. Te lo prometo.

—¿Mañana?

—Sí, mañana. Es un secreto. Por favor, no hagas nada todavía. Creo que puede haber una solución.

—¿No se te habrá ocurrido ir a ver a Gaston?

—No. ¡Por supuesto que no! No quiero volver a verle. Por favor, confía en mí, Rachel.

—Francamente, Freddie, yo no veo...

—Mira, ¿por qué entré en las cuadras hace un rato? Fue porque algo me indujo a hacerlo. Comprendí que era importante que entrara en ellas. Y eso se debe al vínculo especial que hay entre nosotras. Tengo la sensación de que todo se podrá resolver. Por favor, haz lo que te digo. Confía en mí, Rachel.

Rachel asintió con la cabeza.

—Hasta mañana entonces.

Me retiré y acaricié la llave que guardaba en el bolsillo mientras me dirigía corriendo a la granja Grindle.

¡Recé durante todo el camino para que Daniel estuviera allí! Por favor, por favor, Dios mío, que esté en casa.

Mi plegaria fue escuchada. Fue la primera persona que vi cuando llegué a la granja.

—¡Oh, Daniel! —dije con la voz entrecortada por

el esfuerzo—. Cuánto me alegro de verte. Tengo que hablar contigo. Es muy importante.

—Mi querida Freddie... —me contestó él.

—Es por Rachel —dije—. Estoy muy preocupada por ella. ¿Dónde podemos hablar?

Al oír mencionar el nombre de Rachel, Daniel se alarmó.

—Ven a mi taller —dijo—. Está aquí mismo.

Entré con él. En el cuarto había dos taburetes y un banco con algunas herramientas encima.

—Bueno pues, ¿de qué se trata?

—Rachel... ha intentado matarse.

—¿Cómo?

—Temo que lo haga, Daniel. Se siente profundamente desdichada. Sé que tú la quieres. Yo también. Es mi mejor amiga. No podría soportar que...

—Pero, ¿qué es todo eso?

—Es por Gaston Marchmont.

Daniel palideció y apretó la mano en puño.

—¿Qué ha hecho?

—Se ha casado con Tamarisk.

—¿Y Rachel?

—Pensaba que iba a casarse con ella.

—Dios mío —dijo Daniel en un susurro.

—Sí, es un... seductor... cortejó a Rachel... —vacilé y volví a rezar en silencio. Por favor, Dios mío, ayúdame a hacerlo bien. Tengo que explicárselo... por Rachel. Ayúdame a hacerlo de la mejor manera y haz que él lo comprenda. Es el único medio. Si él no colabora, Rachel se matará. Hice acopio de todo mi valor—. Ella... ella va a tener un hijo. La encontré en las cuadras donde se ahorcó el señor Dorian. Algo me llevó hasta allí. Somos muy amigas. Daniel, yo sería capaz de hacer cualquier cosa por Rachel. Y he pensado que, a lo mejor, tú también lo serías.

Me miró con expresión de incredulidad. Está escandalizado y horrorizado, pensé. No la ama tanto como yo pensaba.

—No puede enfrentarse con la situación, Daniel —dije en tono suplicante—. No puede enfrentarse con ella... estando sola.

—En las cuadras —musitó Daniel—. Donde su tío...

—Por eso se le debió de ocurrir la idea. Iba a hacerlo. Daniel. Si yo no hubiera entrado...

—Rachel... —dijo Daniel en voz baja.

—Se sentía tan desgraciada. ¡Oh, cuánto aborrezco a este hombre!

El silencio parecía prolongarse indefinidamente. Al final, añadí:

—Ojalá no hubiera venido jamás. Pensé que tú la querías lo bastante. Le pediste que se casara contigo.

—No me aceptó. Y por culpa de este hombre...

—Las personas se equivocan con respecto a los demás, Daniel. Si tú la quisieras de verdad... pensé que la querías. Por eso he venido. Ahora lo lamento. Pensé que, si la quisieras de verdad, te podrías casar con ella. Entonces lo del niño ya estaría arreglado.

Estaba yendo demasiado lejos. El sentido del importante papel que yo tenía que desempeñar, mejor dicho, que había decidido desempeñar en aquella tragedia estaba desapareciendo rápidamente. Mi pretensión de organizar las vidas de los demás era una muestra de arrogancia. Me estaba entrometiendo en lo que no me incumbía... y la vida de Rachel corría peligro.

—Pensarás sin duda que eso no es asunto mío —dije—. Pero se trata de mi amiga. Le tengo mucho... aprecio. No puedo permitir que se mate, habiendo una solución.

—Eres una buena chica —dijo Daniel al final—. Hiciste bien en venir.

—Oh, Daniel, ¿lo dices en serio? Entonces, ¿la ayudarás? Oh, gracias... gracias.

—Iré a verla —dijo.

—No nos queda mucho tiempo... temía dejarla. Daniel... ¿quieres venir ahora?

—Sí —contestó—. Iré ahora.

Me sentó delante suyo a lomos de su caballo y nos dirigimos a Bell House.

En cuanto llegamos y desmontamos, me dijo:

—Ahora vete a casa, Freddie. Yo entraré a ver a Rachel. Iré a verte antes de regresar a la granja.

—Oh, Daniel... gracias... gracias.

Me temblaban los labios y rezaba en mi fuero interno para que Daniel hiciera lo que yo esperaba.

Me miró un instante y vi que estaba muy conmovido. Después me dio un leve beso en la frente y repitió lo que antes me había dicho:

—Eres una buena chica.

Dio media vuelta y yo regresé a casa, encerrándome inmediatamente en mi habitación. No quería comentarle a nadie lo ocurrido... ni siquiera a tía Sophie.

Un mes más tarde Rachel y Daniel se casaron. Fue una boda sencilla y apenas hubo tiempo para leer las amonestaciones en la iglesia. Comprendí que, a su debido tiempo, la gente menearía la cabeza y murmuraría que la razón de las prisas estaba muy clara.

Daniel era feliz y yo me alegraba. Me sentía orgullosa de que se me hubiera ocurrido aquella solución y estaba muy contenta de que todo hubiera llegado a buen fin. Era lo bastante madura y juiciosa como para haber comprendido que Daniel era un hombre insólito. Fue una suerte que lo tuviera a mano y él hubiera podido resolver aquella situación. Había sido testigo de un singular fenómeno... un ejemplo de amor desinteresado; y pensé en la suerte que había tenido Rachel al haber sido objeto de semejante amor.

Se lo comenté y ella estuvo de acuerdo conmigo. Me dijo que jamás olvidaría lo que Daniel había hecho por ella... y, por si fuera poco, sin el menor reproche. Intentaría compensarle durante todo el resto de su vida.

¿Y Tamarisk? ¿Cómo sería su vida?

Ella y Gaston seguían viviendo en St. Aubyn. Gaston colmaba de atenciones a la señora St. Aubyn, la cual se había encariñado mucho con él según me habían contado. Entre él y Crispin, en cambio, reinaba una cierta frialdad. Yo tenía la impresión de que Crispin era de talante receloso y se estaría preguntando qué motivo había tenido Gaston para casarse con tantas prisas.

Por mi parte, me pregunté qué hubiera dicho de haber sabido que el hijo que iba a tener Rachel era de Gaston.

Unos años antes yo había conocido bruscamente el lado más desagradable de la vida en Barrow Wood. Ahora mis conocimientos se habían ampliado.

Rachel se había casado sin duda en insólitas circunstancias, pero, ¿qué decir de Tamarisk? Puede que, de momento, fuera feliz, pero, ¿cómo sería su vida con un hombre como Gaston?

Pensaba a menudo en cómo éramos las tres amigas cuando estuvimos en el baile, soñando con nuestra «presentación en sociedad», los pretendientes, la boda y el máximo objetivo de vivir felices para siempre. Me pregunté cuántas veces se debía de cumplir aquel sueño.

Allí estaba Rachel con aquel niño todavía en camino. Para ella siempre habría recuerdos. Y Daniel, el bondadoso Daniel, por muy comprensivo que fuera, no tendría más remedio que imaginarse a Gaston y Rachel juntos cuando naciera el niño.

Y Tamarisk tendría que vivir con el hombre que, a pesar de haberle manifestado un amor imperecedero, se había acostado con otra.

La actitud de Crispin hacia Gaston era tan fría que llegué a pensar que había descubierto algo. Tenía la sensación de que Gaston era capaz de cualquier engaño. ¿Dónde estaban las grandes fincas de Francia y Escocia? ¿Existían realmente? ¿Quiso asegurarse a Tamarisk y su fortuna antes de que se descubriera que no era lo que pretendía ser?

Me parecía muy posible.

Fui a ver a Tamarisk. Había cambiado un poco. Se la veía más sofisticada, se reía mucho y parecía muy feliz, pero yo me pregunté si no estaría fingiendo en parte. Ella aseguraba que su vida era maravillosa. Pero, ¿su entusiasmo no sería tal vez excesivo?

Le pregunté si ella y Gaston seguirían viviendo en St. Aubyn.

—Oh, no —contestó—. Lo estamos pensando. ¡Todo es tan divertido! Aún no estamos seguros de dónde vamos a vivir. St. Aubyn's nos parece suficiente hasta que lo decidamos.

—¡A mí me parece más que suficiente, desde luego! —dije yo—. No os iréis a vivir al extranjero, ¿verdad? Lo digo por las fincas de Francia.

—Ah, no lo sabes. Gaston las ha vendido. Puede que compremos otra por allí.

—¿Y las de Escocia? —inquirí.

—Ésas también están a la venta. De momento, nos quedaremos aquí. Mi madre está muy contenta porque adora a Gaston.

—¿Y Crispin? —pregunté.

—Oh, ya conoces a Crispin. Él sólo adora la finca.

¿Era feliz o acaso experimentaba una sombra de inquietud que trataba de disimular?

En cuanto a mí, reinaba una cierta incertidumbre. Tía Sophie abrigaba la esperanza de que se organizaran más bailes en St. Aubyn y de que asistieran a ellos los mejores partidos de la región. La boda de Tamarisk había echado por tierra aquella posibilidad.

La señorita Hetherington me apresó en sus garras. Tendría, me dijo, que «dejar sentir todo mi peso» y hacer lo que pudiera por el bien de Harper's Green. Lo cual significaba que debería incorporarme al círculo de costura y confeccionar prendas para los pobres y los desnudos de algún remoto lugar de África. Debería contribuir a promocionar el bazar y la fiesta anual y debería colaborar en la organización del concurso de repostería, y convertirme en miembro de la clase de arreglos florales.

A tía Sophie le hizo gracia al principio, pero después empezó a preocuparse un poco. No era lo que tenía previsto para mí.

—Me siento en el deber de hacer algo —le dije—. Quisiera buscarme un trabajo. Al fin y al cabo, soy una carga para ti.

—¡Una carga! En mi vida había oído semejante tontería.

—Bueno, no puedes vivir con tanto desahogo como antes de que yo viniera. Por consiguiente, tengo que ser una carga.

—No hay tal cosa. Eres más bien una gratificación.

—Y tú eres un encanto —le repliqué—. Pero yo quiero hacer algo. Y ganar un poco de dinero a ser posible. Me das muchas cosas.

—Tú también me las das a mí. Pero ya sé a qué te refieres. No quieres entontecerte ni convertirte en una mártir de la vida del pueblo, no quieres ser otra Maud Hetherington.

—Me he estado preguntando qué podría hacer. Tal

vez buscarme un trabajo de institutriz o señorita de compañía.

Tía Sophie me miró horrorizada.

—Reconozco que apenas hay nada más que pueda hacer una distinguida señorita. Pero no te veo en el papel de institutriz de un niño desobediente o en el de acompañante de una anciana gruñona.

—Podría ser interesante durante algún tiempo. A fin de cuentas, yo no soy como algunas. Podría dejarlo si no me gustara. Tengo un poco de dinero propio.

—Quítate esta idea de la cabeza. Te echaría demasiado de menos. Ya encontraremos algo.

Estaba a punto de nacer el niño de Rachel. Decidí ir a verla.

—Sería imposible no estar contenta con este niño. Quiero profundamente a este hijo, Freddie. Es extraño, teniendo en cuenta que...

—No es extraño en absoluto. Es natural. El niño es tuyo y, cuando nazca, será de Daniel. Sólo nosotros tres lo sabemos y no se lo diremos a nadie.

—Un secreto que nunca se contará —dijo Rachel.

Pensé inmediatamente en el cuarto infantil de la casa de las hermanas Lane y en la ilustración de los siete pájaros.

—El antiguo verso —dije.

—Lo sé. Siempre me he preguntado cuál debía de ser el secreto —dijo Rachel—. ¿A qué crees tú que se refería el poeta?

—A un secreto cualquiera, supongo.

Rachel asintió con aire pensativo.

Recordé que tenía que ir a ver a Flora. Pobre Flora. El paso del tiempo no significaba nada para ella. Vivía permanentemente en el pasado.

—Estoy tratando de olvidarlo todo —estaba diciendo Rachel—. Fui una tonta al creer en él. Ahora lo comprendo con toda claridad. Creo que se casó con Tamarisk por su dinero.

—Pobre Tamarisk —dije yo.

—Sí. Ahora puedo decirlo.

—En cambio, tú, Rachel, tienes a alguien que te quiere de verdad.

Rachel asintió con la cabeza. No era enteramente feliz, pero había dejado atrás a la chica a la que yo había encontrado en las cuadras con una soga en las manos.

Poco después, volví a visitar a Tamarisk. Lucía un atuendo de seda y encaje color espliego y estaba muy guapa.

—¿Tú qué estás haciendo, Freddie? —me preguntó.

—Acabo de abandonar el círculo de costura.

Tamarisk hizo una mueca.

—¡Qué emocionante! —exclamó en tono burlón—. ¡Te compadezco! No creo que Maud Hetherington esté dispuesta a soltarte sin más.

—Es una mandona.

—¿Cuánto tiempo vas a permitir que te domine?

—No demasiado. Estoy pensando en buscarme un trabajo.

—¿Qué clase de trabajo?

—Aún no lo he decidido. ¿Qué hacen las señoritas instruidas y de escasos medios? ¿No lo sabes? Bueno, pues yo te lo diré. Se buscan un puesto de institutrices o señoritas de compañía. Es una tarea muy humilde, pero, por desgracia, no hay otra cosa.

—Vamos, cállate —dijo Tamarisk—. ¡Mira! Ahí viene Crispin.

Crispin entró en la estancia y me dijo:

—Te he visto llegar y he pensado que habrías venido a ver a Tamarisk.

—Me estaba diciendo que piensa buscarse un trabajo de institutriz o señorita de compañía —le dijo Tamarisk.

—Cuidando de los hijos de los demás o atendiendo a una vieja.

—Enseñar a unos niños podría ser muy satisfactorio —dije.

—Para los niños que se beneficiarían de tus enseñanzas tal vez. Pero, ¿para ti? Cuando una institutriz ya no es necesaria, la echan.

—¿Y eso se aplica en todos los casos?

—El período de utilidad de una institutriz es necesariamente limitado. Yo jamás le recomendaría a nadie este trabajo.

—Las opciones son muy escasas. Parece que sólo hay dos salidas... institutriz o señorita de compañía.

—La segunda sería peor que la primera. Las personas que necesitan compañía suelen ser exigentes y quisquillosas.

—A lo mejor, algunas son amables.

—Si yo fuera una joven en busca de trabajo, no elegiría eso.

—Pero no lo es —dije.

Tamarisk se rió. Crispin se encogió de hombros y cambiamos de tema.

Poco después regresé a los Rowans, me senté junto a la ventana y contemplé Barrow Wood.

Tía Sophie estaba tomando el té en el salón cuando entré. Venía de la iglesia, donde había colaborado en los arreglos florales supervisados por Mildred Clavier, la cual tenía antepasados franceses y era famosa por su exquisito gusto.

Me sentía cansada... no tanto por el agotamiento físico cuanto por una sensación de inutilidad. Me preguntaba, tal como solía hacer veinte veces al día, adónde iba.

Para mi asombro, Crispin se encontraba tomando el té con tía Sophie y ésta parecía muy complacida.

—Oh, aquí está Frederica —dijo mi tía—. El señor St. Aubyn me ha estado exponiendo una idea que se le ha ocurrido.

—Siento molestar —dije—. No sabía que tenías visita.

—Es algo que se refiere a ti. Ven a sentarte. Supongo que te apetecerá una taza de té.

Me la sirvió y yo la tomé. Después miró sonriendo a Crispin.

—Es una idea que se me ha ocurrido —dijo Crispin—. Pensé que podría ser interesante. Puede que hayas oído hablar de los Merret. Él fue uno de los dos administradores adjuntos de la finca. La señora Merret le ayudó mucho en su labor. Se van a Australia a finales de esta semana. Su hermano tiene una granja allí y los ha convencido de que se reúnan con él. Al final, han decidido hacerlo.

—Algo me han contado de ellos —dije.

—Merret es un buen hombre. Alguien ocupará su lugar; por consiguiente, no se trata de eso. Me refiero a la señora Merret. Le ayudó mucho en su tarea y por tanto a nosotros también nos fue muy útil.

—Las esposas lo suelen ser —comentó tía Sophie—, pero raras veces se les reconoce el mérito hasta que ya no están.

Crispin sonrió un poco a regañadientes.

—Sí, bien puede decirlo. Merret era estupendo, pero su esposa tenía algo especial. Supongo que lo podríamos llamar el toque femenino. Merret era a veces un poco brusco. Un hombre de pocas palabras que, cuando hablaba, decía lo que pensaba mientras que su mujer era más diplomática y sabía cómo manejar a la gente. También sabía lo que era más adecuado para las casas... me refiero a las de estilo isabelino que hay en los confines de la finca. Ella cuidaba de que no perdieran su carácter mientras que Merret quizá les hubiera hecho alguna reforma poco en consonancia con su estilo con tal de que fuera barata. Su mujer hacía que los inquilinos se sintieran orgullosos de vivir en aquellas casas. ¿Comprendes lo que quiero decir?

Tía Sophie se reclinó en su asiento con aire relamido y yo me pregunté a qué vendría todo aquello.

—El caso es —añadió Crispin— que, al oírte hablar de tu intención de convertirte en institutriz o señorita de compañía, pensé que eso te podría ir mejor.

—¿Ir mejor? ¿A qué se refiere?

—Pensé que tú podrías asumir la tarea de la señora Merret. Tendrías que conocer algo sobre las propiedades, pero, más que nada, sobre la gente. Para poder tratarla con tacto. James Perrin ocupará el puesto de Merret y tú colaborarías con él. ¿Qué te parece?

—Estoy sorprendida. No sé muy bien qué se espera de mí y no sé si estaría capacitada para hacerlo.

—Bueno, a ti siempre te han interesado los edificios antiguos —dijo tía Sophie—. Y te llevas bien con la gente.

—Podrías probarlo —terció Crispin—. Si no te gusta, lo dejas. El sueldo lo convendrías con Tom Masson. Él es el que se encarga de esas cosas. ¿Por qué no pruebas? Creo que te podría gustar más que los niños díscolos y las viejas cascarrabias.

—Tendría que saber algo más al respecto —dije—. No sé si reúno las condiciones necesarias.

—Eso lo averiguaremos en seguida. Creo que te podría interesar. Algunos edificios de la finca son muy antiguos. Tenemos que procurar que resulten acogedores y se pueda vivir en ellos sin estropear sus rasgos característicos. La gente empieza a valorar estas casas. Son muy sólidas, porque antiguamente se construía muy bien. No hay más que ver cómo han resistido el paso de los años.

—No comprendo muy bien cuál sería mi labor.

—Muy sencillo. Tienes que conocer a la gentes y visitar las casas en tu calidad de representante oficial de la propiedad. Entonces los inquilinos te hablarán de sus viviendas y tú los escucharás amablemente. Tenemos que mantener las casas en buen estado. Los inquilinos suelen pedir muchas cosas. Tú les explicarás por qué eso o aquello no se puede hacer. Tú misma lo verás sobre la marcha. En cualquier caso, no lo sabrás hasta que lo pruebes, ¿no crees?

—A mí me parece interesante —dijo tía Sophie.

—¿Cuándo quiere que empiece? —pregunté.

—Cuanto antes mejor. ¿Por qué no vas a ver a Tom Masson y a James Perrin? Ellos te darán todos los detalles.

—Gracias —dije—. Ha sido usted muy amable al pensar en mí.

—Pues claro que he pensado en ti —dijo Crispin—. Necesitamos a alguien que sustituya a la señora Merret.

Cuando se fue, mi tía y yo nos reclinamos en nuestros asientos escuchando el rumor de los cascos de su caballo por la carretera hasta que éstos se perdieron en la lejanía.

—¡Bueno! —dijo tía Sophie, riéndose—. ¿Qué te ha parecido?

—Casi no puedo creerlo.

—Parece un trabajo muy cómodo.

—Es sorprendente. ¿Qué puedo saber yo de viviendas?

—¿Y por qué no puedes aprender?

—¿Qué quieres decir con eso?

—Nunca se sabe dónde quiere ir a parar. Supongo que siempre hay algo detrás de casi todo lo que hace.

—¿Y qué hay detrás de esto?

—Tengo la impresión de que le interesas —contestó mi tía, mirándome con aire de experta—. No le gusta la idea de que te vayas. Cuando le comentaste tu intención de trabajar como institutriz, se le ocurrió esta idea.

—¿Quieres decir que se ha inventado este trabajo sólo para matenerme aquí? Eso me suena un poco descabellado, incluso viniendo de ti, tía Sophie.

—No cabe duda de que tiene sus motivos. Estoy segura de que siente la necesidad de vigilarte. Por algo que sucedió en el pasado...

—¿Te refieres a Barrow Wood?

—Eso es algo que ninguno de nosotros podrá olvidar y me refiero tanto a él como a nosotras dos. Digamos que, a causa de lo ocurrido, siente un interés especial por ti y no considera conveniente que te vayas a buscar una quimera por ahí.

—¡Ser institutriz no es una quimera!

—Él lo cree y no olvides que te salvó. Esas cosas la gente se las suele tomar muy en serio.

—Es difícil imaginar que se pueda tomar en serio otra cosa que no sea la finca.

—Ahora piensa en la finca, en sus preciosas casas isabelinas y todo lo demás.

Permanecimos un buen rato sumidas en un pensativo silencio.

—Reconozo —dije al final—, que todo eso me interesa bastante.

—A mí también —dijo tía Sophie.

Al día siguiente me dirigí a la oficina de la finca de St. Aubyn's para ver a Tom Masson, un hombre alto y de mediana edad, de modales un tanto enérgicos.

—El señor St. Aubyn me comunicó que iba a venir —dijo—. Cree que la señora Merret era una gran ayuda en el trabajo de su marido, cosa indudablemente cierta y por la cual la echaremos de menos. Trabajará usted como ayudante de James Perrin. La señora Merret vendrá en seguida. Es mejor que hable usted con ella sobre la tarea que deberá realizar.

—Tendré mucho gusto en hablar con ella —dije—. De momento, no sé muy bien lo que se espera de mí.

—Creo que no le resultará demasiado difícil. Nos dimos cuenta de que las cosas iban mejor estando ella aquí. Conviene que hable directamente con ella. Entre tanto, nos encargaremos de otros detalles.

Me habló de las normas de la finca. El horario laboral sería flexible. Los inquilinos podrían necesitar verme a cualquier hora del día y yo debería estar disponible para los casos urgentes. Pondrían un caballo a mi disposición y, siempre que hiciera falta, dispondría de un coche y una jaca. Hablamos del salario y Masson me preguntó si necesitaba alguna aclaración. No necesitaba ninguna. Pensé que me quedaban muchas cosas por descubrir.

Al final, llegó la señora Merret.

—¿Qué tal, señorita Hammond? —dijo—. Tengo entendido que va usted a ocupar mi puesto.

—Sí, y estoy deseando saber qué se espera de mí. No tengo demasiada seguridad.

La señora Merret poseía un rostro muy agraciado y unos modales muy amables. Comprendí por qué razón la gente la apreciaba.

—Pues, verá, todo empezó de la manera siguiente —me explicó—. Empecé a ayudar a mi marido y descubrí ciertas cosas que no me parecían bien en las relaciones con los inquilinos. El tema me resultaba cada vez más interesante. Hay varios edificios ocupados por personas que trabajan en la finca y tenemos que cerciorarnos de que los conservan en buen estado. Algunas personas piensan que sólo vivirán allí mientras dure el trabajo y eso las hace ser descuidadas. Hay que procurar que nos avisen cuando ocurra algo para que, de esta manera, se puedan hacer las necesarias reparaciones antes de que sea demasiado tarde. Después hay que atender las quejas y las protestas. Y clasificarlas, por supuesto. Hay que conocer a la gente... algunas personas se quejan con razón y otras lo hacen por vicio. Yo siempre he procurado tener a todo el mundo contento y he intentado que los inquilinos se sintieran orgullosos de vivir en las casas. Eso es muy importante. Una de mis tareas consistía en enviarles por Navidad una cesta con todo lo necesario. Había gente con el armario lleno de mantas, pues las recibían cada año cuando escaseaba el carbón. Los inquilinos se sienten orgullosos... por lo menos, casi todos. Después están los gorrones, por supuesto. Y los prudentes que no se atreven a pedir lo que necesitan. ¿Me entiende lo que quiero decir?

—Sí, desde luego.

—Lo irá aprendiendo a su debido tiempo. Nuestra finalidad es que la gente se encuentre a gusto en la finca. Es la mejor manera de que las cosas marchen bien. Le daré mis cuadernos de notas. Contienen algunas observaciones sobre las personas.

—Muchas gracias.

—No se preocupe. Tendrá muchas cosas que hacer. Apuesto a que el señor Perrin le encomendará muchas tareas. Mi marido me las encomendaba. Hace falta alguien que eche una mano y estoy segura de que estará usted muy ocupada.

—Parece un trabajo un tanto insólito.

—¿Para que lo haga una mujer quiere decir? A veces, los hombres piensan que no estamos a la altura de las circunstancias. Pero el señor St. Aubyn no es así. Comentó una vez que yo comprendía a la gente y que eso tenía algo que ver con el instinto femenino. Tendrá éxito, estoy segura.

Me entregó los cuadernos de notas. Los hojeé y vi

que había una breve referencia a la Casa de la Morera.

—Es la casa de las hermanas Lane —dije.

—Pobre Flora. No me daban ningún trabajo. El propio señor St. Aubyn cuida de ellas. Es su deseo.

—Sé que las cuida muy bien.

—La señorita Lucy fue su niñera... y antes lo fue la señorita Flora. Es una situación muy penosa.

—Usted debe de conocerlas desde hace tiempo.

—Desde que me casé y vine a vivir aquí.

—¿Y siempre ha visto a la señorita Flora en el mismo estado en que ahora se encuentra?

—Sí, se volvió así cuando el señor St. Aubyn era un bebé.

—A menudo me pregunto si no se podría hacer algo por la señorita Flora.

—¿Y qué cree usted que se podría hacer?

—No sé si habría algún medio de hacerle comprender que el muñeco que tanto aprecia no es un niño... sino tan sólo un muñeco.

—Pues no lo sé. Sin duda su hermana lo hubiera hecho si pensara que eso podía servir de algo. La cuida con mucho esmero.

Le pregunté a la señora Merret qué sentía al marcharse.

—Una mezcla de sensaciones confusas. Mi marido está deseando irse. Cree que hay muchas oportunidades allá abajo. Su hermano se fue y ahora es propietario de una próspera finca. La tierra es barata y, si uno trabaja duro, dicen que puede hacerse rico.

—Es un gran desafío, supongo.

La señora Merret asintió con la cabeza.

Llegó el señor Perrin y mantuve una larga conversación con él.

Me pareció muy joven, de unos veintitantos años. Tenía una simpática sonrisa y en seguida comprendí que no tendría ningún reparo en trabajar con él.

—Podrá usted ayudarme a llevar las cuentas —me dijo—. No es que haya muchas en nuestra sección, pero tenemos algunas de vez en cuando y los números no se me dan muy bien. Y habrá cartas. Merret me dice que habrá mucho que hacer y necesitaré que me echen una buena mano.

—Me temo que yo no tengo demasiada experiencia.

—Bueno, estoy seguro de que nos vamos a llevar muy bien.

Cuando regresé a casa, tía Sophie me estaba esperando con ansia. Le dije que, al parecer, había mucho trabajo que hacer y añadí que su impresión de que Crispin buscaba una excusa para mantenerme allí no era más que una fantasía.

—Te aseguro que no es ninguna prebenda —le dije con firmeza—. Creo que voy a estar muy ocupada.

—Bueno, pues me alegro —replicó mi tía—. No me gustaba que te fueras. Y no creo que el trabajo de institutriz sea demasiado adecuado para ti.

Danielle

Así empecé a trabajar en la finca de St. Aubyn's.

La primera mañana James Perrin estuvo muy amable y servicial. Me dio a leer unos documentos, eché un vistazo a los libros de la contabilidad y escribí algunas cartas siguiendo sus instrucciones. Después, James me mostró un mapa de la finca, la cual era mucho más extensa de lo que yo imaginaba.

—¿Por qué no va a ver las casas? —me sugirió—. Ya sabe, la hilera de casas de estilo Tudor que hay en el límite de la finca. Puede decirles a los inquilinos que va usted a ocupar el lugar de la señora Merret. Todos la apreciaban mucho. Tenía un carácter muy comprensivo y veo que usted también lo tiene; por eso la habrá elegido el señor Aubyn para esta labor. Mire, yo mismo la acompañaré y la presentaré.

Me pareció una excelente idea.

—¿Qué clase de caballo prefiere? —me preguntó mientras nos dirigíamos a las caballerizas.

—Uno que no sea demasiado fogoso. Monto sólo desde que vine a Harper's Green y de eso hace apenas cinco años.

—Ah, comprendo. Bueno, ya encontraremos la montura más apropiada. Pronto se familiarizará con ella. Hablaré con Dick o Charlie. Puede estar segura de que ellos sabrán escogerla mejor.

Recorrimos la finca a caballo y Perrin me mostró varios lugares de interés que, a su juicio, convenía que yo conociera.

—Hay mucho trabajo en una propiedad como ésta —me explicó—. No llevo aquí mucho tiempo, pero me he dado cuenta de que el señor St. Aubyn lo tiene todo muy bien cuidado. Creo que su padre no se ocupaba demasiado de la finca.

—Sí, lo he oído decir.

—Por consiguiente, es muy bueno para la finca que el señor St. Aubyn no se parezca a su padre. La mayoría de las casas que hay en St. Aubyn pertenecen a la finca, si bien el padre del señor St. Aubyn vendió algunas granjas. La granja Grindle, por ejemplo. Archie Grindle la compró y le ha ido muy bien.

—Hace poco se casó con la tía de una amiga —le dije.

—Ah, sí. Ahora vive en Bell House, pero los hijos llevan la granja. Ya estamos llegando a las casas Tudor a las que vamos a dedicar la mañana.

Las casas estaban preciosas bajo el sol, con sus antiguos ladrillos de color rojo, sus ventanas con celosías y sus frontones. Imaginé que los interiores serían bastante oscuros. Había seis casas, cada una de ellas rodeada por un pequeño jardín. Las había visto muchas veces. Las llamaban las Casas Antiguas.

—Son muy bonitas —dije.

—Sabían construir en aquellos tiempos. Fíjese lo bien que han resistido la acción de los elementos durante tantos años... a pesar de su tamaño. Son maravillosas. Claro que algunos se quejan de que no les entra mucha luz.

—Pero estas ventanas no se pueden cambiar.

—Sería un crimen, ¿no cree?

—Desde luego. La luz es muy agradable, por supuesto, pero, en sitios así, hay que sacrificarse un poco en aras de la belleza.

—Pronto conocerá a los inquilinos. El señor St. Aubyn quiere que todo el mundo esté satisfecho. Dice que es la mejor manera de conseguir que la gente trabaje bien. Muchas de estas personas trabajan en las granjas... casi todas ellas pagan el diezmo... excepto los viejos y fieles servidores que ocuparán sus viviendas hasta que se mueran. Primero visitaremos a la señora Penn. Seguro que está en casa porque la pobrecilla no puede levantarse de la cama. Su marido trabajaba en la finca y ella era cocinera en la mansión. Le gusta mucho que la visiten. La puerta permanece cerrada sólo con la aldaba casi todo el día y su nuera le trae una comida caliente al mediodía. Se queja un poco, pero, ¿quién no lo haría en su lugar?

James levantó la aldaba de la puerta y llamó:

—Señora Penn. Aquí James Perrin con la señorita Hammond. ¿Podemos entrar?

—Parece que ya están dentro —contestó una chirriante voz.

Perrin esbozó una sonrisa.

—Bueno, pues diga que se alegra de vernos.

—Pasen —dijo la voz— y cierren la puerta.

La cama estaba junto a la ventana para que su ocupante pudiera mirar a través de ella. Recostada en unos almohadones, la anciana tenía el rostro muy arrugado y llevaba el blanco cabello recogido en dos trenzas.

—O sea que la señora Merret se nos va a Australia —dijo—. Qué lugar tan extravagante. Antiguamente lo llamaban Botany Bay y enviaban allí a los prisioneros.

—Eso era en otros tiempos, señora Penn —dijo alegremente James Perrin—. Ahora es muy distinto. Muy civilizado. A fin de cuentas, nosotros también vivíamos en cavernas antiguamente... y éramos poco más que monos.

—No diga disparates —la anciana me estudió con interés—. Me gustaba la señora Merret —añadió—. Siempre escuchaba lo que le decías.

—Yo prometo escucharla —dije.

—Lástima que se haya ido.

—Estoy aquí para ocupar su lugar. Ahora seré yo quien venga a verla.

James había acercado dos sillas y nos sentamos.

—A partir de ahora, le expondrá usted todas sus quejas a la señorita Hammond —dijo.

—Bueno —anunció la señora Penn—, pues le dirá usted a la señora Potter que no me gusta el pastel de semillas aromáticas. Prefiero un buen bocadillo de mermelada... pero una mermelada que no tenga semillas. Se te meten entre los dientes.

Tomé nota de ello en un cuaderno que llevaba al efecto.

—¿Qué hay de nuevo, señora Penn? —preguntó James. Volviéndose hacia mí, explicó—: La señora Penn es una fuente de información. La gente viene aquí a hablar con ella, ¿no es cierto, señora Penn?

—Así es. Me gusta enterarme de lo que ocurre. El sábado por la noche hubo jaleo. Esta Sheila...

—¿Qué pasa con Sheila? —una vez más James se volvió hacia mí para darme una explicación—. Es Sheila Gentry y vive en la última casita... la última de la hilera, quiero decir. La señora Gentry murió hace unos nueve meses y Harry Gentry todavía no lo ha superado.

—Se preocupa demasiado por Sheila —dijo la señora Penn—. Y que conste que motivos no le faltan. Ésa es muy frívola. Y aún no tiene ni quince años. Apuesto a que un día va a tener un disgusto con ella... y este día no queda muy lejos.

—Pobre Harry Gentry —dijo James—. Es uno de los mozos de cuadra. Los cuartos que hay junto a las caballerizas están totalmente ocupados de momento, por eso se aloja en una de estas viviendas. Iremos a visitarle, aunque no creo que esté en casa. Bueno, señora Penn, ya ha conocido usted a nuestra señorita.

—Es un poco joven —dijo la señora Penn, hablando como si yo no estuviera presente.

—Su juventud no influirá en su capacidad de cumplir debidamente con su obligación, señora Penn.

La señora Penn soltó un gruñido.

—Muy bien pues —dijo—. Recuerde, querida, que se acerca mi cumpleaños y me enviarán un pastel desde la mansión. Dígales que no quiero semillas. ¡Un bocadillo de mermelada que no tenga semillas!

—Lo haré —le prometí.

Se abrió la puerta y una mujer asomó la cabeza.

—¿Cómo está usted, señora Grace? —preguntó James.

—Muy bien, señor. No quisiera interrumpir.

—No se preocupe. Ya nos íbamos. Tenemos mucho que hacer ahora.

La señora Grace entró en la estancia y Perrin me la presentó.

—Es la esposa del jefe de los jardineros y la nuera de la señora Penn.

—Y usted es la sobrina de la señorita Cardingham. Recuerdo cuando vino aquí.

—Entonces tenía trece años.

—Y ahora ya es como si fuera de aquí.

—Así me considero.

—Tenemos que irnos —dijo James.

Estreché la mano de la señora Grace y nos fuimos.

—Pobre mujer —dije—. Debe de ser muy triste estar postrada en la cama.

—La nuera la cuida y creo que a ella le gusta que

la sirvan. Ésa es la casa de Wilbur. Dick es carpintero y Mary trabaja en las cocinas; por consiguiente, no creo que ninguno de los dos esté en casa en este momento. Llamaremos por si acaso.

Llamamos y no había nadie.

—Ésa es la casa del viejo John Greg. Supongo que estará en su huerto. Trabajaba en los huertos hasta hace unos años. Ahora se pasa el rato aquí.

Llamamos y el anciano nos mostró sus espléndidas rosas y sus hortalizas. Después nos ofreció un repollo a cada uno y me dijo que el viejo roble del jardín les quitaba el sol a algunas de sus hierbas. Le gustaría podarlo un poco, pero eso se tenía que hacer con una escala de mano y el reúma se lo impedía.

Tomé nota y le dije que le pediría a uno de los jardineros que se encargara de ello.

Visitamos a todos los inquilinos, pero hubo una persona que me llamó la atención por encima de todas las demás, y ésa fue Sheila Gentry. Su padre estaba trabajando y ella se encontraba sola en la casa. Era una bonita muchacha de ensortijado cabello castaño y mirada traviesa. Me dio la impresión de que andaba buscando guerra.

—Supongo que le encomendarán algún trabajo en la casa —me dijo James—. Su madre trabajaba allí cuando necesitaban que alguien les echara una mano. Creo que era una repostera excelente.

Sheila nos abrió la puerta y dijo que su padre estaba trabajando. Observé que me miraba con mucho detenimiento. Me explicó que había dejado la escuela y llevaba la casa de su padre, aunque no pensaba hacerlo toda la vida.

Al salir, James me dijo:

—Ahora comprenderá sin duda por qué Harry Gentry está tan preocupado por esta chica.

Le dije que lo comprendía.

—¿Y la casa de las hermanas Lane? —pregunté cuando ya nos íbamos.

—Bueno, ése es un caso aparte. Ya sabe usted lo de Flora.

—Sí, la he visitado muchas veces. ¿Le parece que vayamos a verlas?

—¿Por qué no?

—Flora estará en casa, aunque puede que Lucy haya salido.

—El señor St. Aubyn se encarga de ellas personalmente. Tiene un interés especial, ¿sabe?, porque fueron sus niñeras cuando era pequeño.

—Sí, lo sé.

Cruzamos la verja del jardín donde Flora estaba sentada en su lugar de costumbre. Al vernos juntos, pareció sorprenderse un poco.

—Hoy vengo en plan oficial —le expliqué.

Me miró sin comprender.

Casi inmediatamente salió Lucy de la casa.

—Me enteré de que iba usted a ocupar este puesto —dijo—. No es necesario que nos incluya.

—Ya sé que el señor St. Aubyn cuida muy bien de ustedes —dijo James.

—En efecto —convino Lucy.

—Quería simplemente informar de que ahora ocuparé el lugar de la señora Merret —dije.

—Es muy amable de su parte —dijo Lucy—. Ella siempre ha sido una persona muy considerada y nunca se ha entrometido en los asuntos de los demás... usted ya me entiende.

Comprendí a qué se refería. Había sido excesivamente curiosa. Tendría que visitar a Flora cuando Lucy no estuviera en casa... tal como siempre había hecho.

James Perrin fue muy servicial durante los primeros días. Me hizo sentir útil; de lo contrario, hubiera podido pensar, tal como me había ocurrido al principio, que aquello no era un verdadero trabajo.

James disponía de un pequeño apartamento encima del despacho de la finca. La vivienda constaba de tres habitaciones, una cocina y todos los servicios necesarios. La casa de los Merret sería ocupada por un matrimonio que necesitaba una vivienda tan pronto como terminaran de arreglarla.

A medida que James me iba explicando las actividades de la finca, mi interés se intensificaba; ahora comprendía por qué razón Crispin estaba tan enfrascado en todo aquello. Al volver a casa, le contaba a tía Sophie mil detalles fascinantes y ella me escuchaba con atención.

—¡Tanta gente trabajando allí! —exclamaba—. ¡Imagínate! Así se ganan el sustento. Y después están las personas como la anciana señora Penn que ocupan las viviendas con carácter vitalicio y son atendidas en todas sus necesidades por eso que se llama «la Finca» y que, en el fondo, quiere decir nuestro señor Crispin. Él es el gran benefactor.

—Sí, todo está en perfecto orden. Ya me imagino cómo debía de estar todo eso antes de que él tomara las riendas. Su padre descuidó la finca y todas aquellas personas debieron de correr el peligro de perder su medio de vida.

—Tiene la costumbre de presentarse en el momento adecuado —dijo tía Sophie con la cara muy seria.

Un día Crispin entró en el despacho de la finca y me vio sentada junto a mi escritorio a lado de James, el cual me estaba mostrando uno de los libros de cuentas.

—Buenos días —dijo, mirándome—. ¿Todo bien?

—Muy bien —contestó James.

—El señor Perrin me está ayudando mucho —dije yo.

—Estupendo —dijo Crispin, retirándose.

Al día siguiente, James y yo nos dirigimos a una de las granjas.

—Hay un tejado en mal estado —me explicó James—. Pero será mejor que me acompañe. Así conocerá a la señora Jennings. Una de sus tareas consiste en mantener las buenas relaciones con las esposas de los trabajadores.

Por el camino, nos tropezamos nuevamente con Crispin.

—Vamos a la granja de los Jennings —le dijo James—. Hay un problema con un tejado.

—Comprendo —dijo Crispin—. Que tengan ustedes un buen día —añadió antes de alejarse en su caballo.

Al día siguiente yo regresaba de las casas donde había visitado a la señora Wilbur, la cual se había producido una quemadura en un brazo mientras trabajaba en la cocina de St. Aubyn's.

Crispin se acercó cabalgando en dirección contraria.

—Buenos días —me dijo—. ¿Cómo está la señora Wilbur?

—Un poco asustada —contesté—. La quemadura fue bastante seria.

—Estuve en el despacho y Perrin me dijo adónde habías ido.

Pensaba que seguiría su camino, pero no lo hizo. En su lugar, añadió:

—Me gustaría saber cómo te va. Podríamos almorzar juntos en algún sitio... un sitio donde pudiéramos hablar con tranquilidad. ¿Te apetecería?

Yo solía llevarme un bocadillo que me comía en el despacho, y a veces me preparaba una taza de té o café en la cocina de James. James tenía que salir muchas veces del despacho, pero, cuando estaba allí, comíamos juntos.

—Sería muy agradable —contesté.

—Conozco un lugar en la carretera de Devizes. Vamos hacia allá y así me contarás qué tal van las cosas.

Me sentía alborozada. Algunas veces, creía que era cierta la reacción inicial de tía Sophie a su ofrecimiento de trabajo y que lo había hecho porque no quería que me fuera. Ahora me alegraba de ver que sentía verdadero interés por mí. Otras veces, en cambio, pensaba que mi trabajo era necesario y que yo le era totalmente indiferente. Sin embargo, puesto que me había pedido que almorzara con él, empecé a preguntarme si no habría algo de verdad en lo que tía Sophie había pensado.

El camino pasaba por delante de Barrow Wood, un lugar que siempre me causaba una fuerte impresión. Ambos guardamos silencio mientras cabalgábamos por allí. Los árboles ofrecían un siniestro aspecto y a través de ellos, me pareció vislumbrar una de las sepulturas. Jamás lo olvidaré, pensé. Era algo grabado indeleblemente en mi mente.

—La posada en la que yo estaba pensando —me dijo Crispin— es La Pequeña Raposa. ¿La has visto? Fuera tiene un rótulo con una raposa muy simpática.

—Creo que la conozco. Está un poco apartada de la carretera.

—Tienen buenas cuadras y preparan unos platos muy sencillos, pero extremadamente sabrosos.

Tenía razón. La comida era muy sabrosa. Pedimos jamón.

—Ellos mismos lo curan —me explicó Crispin—. Tienen una pequeña granja y les va muy bien. Allí cultivan sus propias verduras y hortalizas.

Como acompañamiento tomamos lechuga, tomates y patatas asadas con su piel.

Crispin me preguntó si quería tomar vino o sidra y yo contesté que tenía que trabajar por la tarde y quizás el vino me daría un poco de sueño.

—Eso se aplica a los dos —dijo Crispin sonriendo—. Tomaremos sidra —una vez nos hubieron servido los platos, añadió—: Ahora cuéntame qué tal va el trabajo.

—Muy bien, gracias. El señor Perrin es muy amable y servicial.

—He observado que trabajáis a gusto juntos.

—Y, sin embargo —dije, mirándole fijamente a los ojos—, a veces me parece...

—¿Qué te parece? —me preguntó.

—La señora Merret ayudaba a su marido tal como hacen muchas esposas. En realidad, no era su trabajo por así decirlo. Ella era simplemente... una auxiliar.

Crispin arqueó las cejas.

—No creo que se sintiera muy halagada si te oyera.

—Sé que era muy querida por todo el mundo y que lo hacía muy bien, pero a veces tengo la sensación de que el trabajo que estoy haciendo se creó... bueno, para darme algo que hacer.

—¿Quieres decir que tú no estás suficientemente ocupada?

—Estoy ocupada, pero a veces pienso que todo es un poco ficticio. Quiero decir que no sé si a usted le interesa realmente que alguien recorra la finca y averigüe que la señora Penn prefiere un bocadillo de mermelada en lugar de un pastel de semillas.

—¿Es eso lo que has descubierto?

—Es una de las cosas, sí.

Crispin se echó a reír.

—Puede que le resulte divertido —me apresuré a añadir—, pero me gustaría sinceramente saber si lo que hago merece la pena... o simplemente me tuvo usted compasión. Usted sabía que quería hacer algo.

—Tu tía no quería que te fueras.

—No. Y yo no quería quedarme y ser una carga para ella.

—¿Una carga? Siempre pensé que estaba encantada de tenerte a su lado.

—No es una mujer rica.

—No sabía que tuviera dificultades económicas.

—Y no las tiene. Disfruta de una desahogada posición.

—En ese caso, ¿por qué ibas a ser una carga?

—Es que...

—¿Una cuestión de orgullo? —preguntó Crispin.

—En cierto modo, sí. Tengo un poco de dinero propio. La casa de mi madre se vendió para pagar mis estudios, pero, como mi padre se hizo cargo de estos gastos, el dinero se invirtió y me proporciona una pequeña renta.

—O sea que eres independiente —dijo Crispin—. Pero la vida del pueblo te resultaba un poco aburrida.

—Las personas tienen que hacer algo. Usted está muy ocupado. ¿Comprende que yo quiera hacer algo más que arreglar flores y coser ropa para los necesitados?

—Lo comprendo perfectamente.

—Hábleme del trabajo que estoy haciendo.

—Es más adecuado para ti que ser la institutriz de un mocoso malcriado y llorón.

—Bueno, los niños bien educados no son mocosos y raras veces lloran.

—Es una ocupación indigna de una joven orgullosa y yo no podía permitir que te encontraran en semejante situación, pudiendo evitarlo.

—¿Que usted no podía permitirlo?

—Pensé en el efecto que te produciría. Créeme, hubiera sido una gran equivocación.

—¿Cómo lo sabe?

—Atribúyelo a la experiencia que tengo del mundo. Siempre me ha parecido que la vida de las institutrices y las señoritas de compañía era muy triste. Están a la merced de los niños y muy a menudo a la de unos ancianos exigentes. No, pensé. Ésa no es la vida más apropiada para Frederica Hammond.

—¿Y entonces creó este trabajo para ella?

—Es un trabajo que merece la pena. La señora Merret lo demostró y, puesto que íbamos a perderla, se me ocurrió que tú podrías seguir felizmente sus huellas. No tuve que crear el puesto. Estaba ahí y tú lo podías ocupar.

Crispin esbozó una sonrisa mientras yo le miraba inquisitivamente. De pronto, extendió la mano sobre la mesa, tomó la mía y le dio unas suaves palmadas.

—Supongo —dijo— que siento un interés especial por ti.

—¿Quiere decir por lo de Barrow Wood?

—Tal vez —contestó Crispin, soltando mi mano como si el hecho de sostenerla en la suya lo turbara—. ¿Te sigue preocupando?

—A veces, lo recuerdo.

—¿Esta mañana, por ejemplo, al pasar por allí?

—Sí.

—Cualquier día de ésos tú y yo iremos allí. Permaneceremos de pie... en el mismo lugar donde ocurrió y exorcizaremos el recuerdo. Tienes que olvidarlo.

—Creo que jamás lo conseguiré por completo.

—Bueno, pero no ocurrió nada, ¿no?

—Él se mató —dije.

—Era un desequilibrado. No se puede juzgar a estas personas con criterios normales. Fue lo mejor que podía suceder. Fíjate cómo ha cambiado Bell House. La señora Grindle es una mujer felizmente casada. Y Rachel también lo es. Del mal surgió el bien. Considéralo así.

—Supongo que tiene usted razón.

—Ahora me encargaré de que te olvides de todo eso y que dejes de preocuparte por lo que haces en la finca. Merece la pena, te lo aseguro. Soy un hombre de negocios y no hago nada que no sea útil para mis negocios.

Parecía una persona distinta del hombre que yo conocía y me alegré repentinamente de ello. Seguía pensando que se había inventado aquel trabajo para mí. ¿Qué sabía él de la vida de las institutrices y las señoritas de compañía? Muy poco, estaba segura. Me había ofrecido aquel trabajo porque quería retenerme allí.

—Hay pastel de jengibre con natillas, manzana con tarta de moras y crema, y manjar blanco. Yo tomaré manzana y tarta de moras.

—Yo también.

Cuando nos sirvieron el postre, Crispin me dijo:

—Hay algo de lo que quería hablarte. Es Tamarisk. Ahora no os veis tanto como antes, ¿verdad?

—Yo trabajo y ella está casada.

—Claro. Estoy un poco preocupado por ella. Bueno, en realidad, algo más que un poco.

—¿Por qué?

—Creo que no todo marcha bien.

—¿En qué sentido?

Crispin frunció el ceño.

—Me parece que su marido no es lo que nos hizo creer que era.

—¿Qué quiere decir?

—Tal vez no te lo debería comentar, pero creo que tú puedes ayudarme.

—¿Cómo?

—Puede que ella te haga alguna confidencia. Fuisteis juntas a la escuela.

—Antes me hablaba mucho de sus cosas, pero últimamente...

—Creo que lo volverá a hacer. Ve a verla y averigua lo que siente. Tengo la sensación de que no todo es tal como esperábamos. En realidad, sé que...

Esperé que siguiera; tras una pausa, añadió:

—Tú y yo vivimos la experiencia que hace un rato

comentábamos. ¿Me equivoco al pensar que eso creó un vínculo especial entre nosotros?

—Supongo que no.

—Yo estoy seguro. Mira, somos muy pocos los que lo sabemos. Tu tía, tú y yo fuimos los únicos. Convenía guardar el secreto. Conviene guardar los secretos cuando con ello se consigue algún beneficio. Y, entre los que lo conocen, se crean unos sentimientos especiales.

—¿Sí?

—Tú y yo...

Crispin sonrió casi con expresión suplicante.

—Puede confiar en mí —me apresuré a decirle.

—Muy bien. He dicho que no estaba satisfecho de esta boda. No me gustó de buenas a primeras. No vi ninguna necesidad de que todo se hiciera con tantas prisas. Pensé que era una estúpida muestra de romanticismo. Él quiso deslumbrar a mi hermana con el rapto. Ahora parece que hay otro aspecto. He estado haciendo averiguaciones. No existe ninguna propiedad ni en Francia ni en Escocia. Dudo incluso que se llame Gaston Marchmont. Aún no lo he comprobado del todo, pero creo que su verdadero nombre es George March. Es un impostor... un aventurero.

—Pobre Tamarisk. Ella que estaba tan orgullosa de él.

—Es una insensata. La han engañado. Bueno, ahora está casada y, por desgracia, este farsante y embustero es su marido. Él sabía que haría investigaciones y organizó el rapto antes de que yo pudiera descubrir la verdad. Ahora Tamarisk está casada y tenemos que aceptarle. Puede que siente la cabeza, por supuesto. Tenemos que darle esta oportunidad. Si ella es feliz a su lado... —Crispin se encogió de hombros—. Quisiera saberlo. Creo que no es enteramente feliz. Puede que se haya dado cuenta de que no es el gentil caballero que él le indujo a creer que era. Pero si él está dispuesto a cambiar la vida y a sentar la cabeza...

—¿Le buscará usted alguna ocupación en la finca?

—Es posible. Pero tengo que andarme con mucho cuidado. Primero tendría que estar muy seguro de sus intenciones. Tal como comprenderás, yo lo vigilaría con mucho recelo. Es una situación muy desagradable. Por eso quiero que sondees a Tamarisk. Y que descubras lo que siente. ¿Está realmente enamorada de él? Tenemos que encontrar una salida razonable.

Me pregunté qué diría Crispin si supiera que Gaston Marchmont era el padre del hijo que Rachel estaba a punto de alumbrar. No se lo podía decir. Era el secreto de Rachel y no me correspondía a mí divulgarlo.

—No estoy muy segura de que Tamarisk me haga confidencias.

—Puedes intentarlo. Es necesario averiguar cuál es exactamente la situación. Temo que haya cosas muy desagradables.

—Haré lo que pueda —le prometí.

—Gracias —Crispin se reclinó en su asiento y me miró con una sonrisa en los labios—. Creo —añadió— que el trabajo de esta mañana ha sido muy fructífero.

Al día siguiente fui a ver a Tamarisk.

—¿Cómo estás? —le pregunté.

—Maravillosamente bien —me contestó—. Todo es perfecto.

—¿Y Gaston?

—Tan maravilloso como siempre.

Tamarisk hablaba entre risas, pero yo me preguntaba si me estaría diciendo toda la verdad.

—Y tú estás trabajando, ¿verdad? —añadió—. Haces algo que se llama «Relaciones con los arrendatarios».

Suena muy importante. ¿Te llevas bien con James Perrin?

—¿Quién te lo ha dicho?

—No hay necesidad de que pongas esta cara de culpable, ¿o acaso sí? Ya sabes cómo corren los rumores en un sitio como éste. Me han dicho que os ven a menudo juntos.

—Porque trabajamos juntos.

—Parece una situación muy agradable.

—Lo es. Pero háblame de ti. ¿Te gusta de veras la vida de casada?

No me pasó inadvertida la breve pausa que se produjo antes de que Tamarisk contestara:

—Es una delicia.

Comprendí en aquel momento que no me iba a hacer ninguna confidencia. Si efectivamente le ocurría algo, Tamarisk aún no estaba preparada para confesarlo.

—Supongo que pronto tendréis una casa propia —dije.

—Sí, claro. Aunque, de momento, nos encontramos muy a gusto aquí. Mi madre adora a Gaston. Él sabe complacerla. Armaría un alboroto si le insinuáramos que queremos irnos.

—¿Dónde pensáis vivir cuando os vayáis?

—Lo estamos pensando. Puede que primero viajemos un poco. Gaston quiere enseñarme Europa. París, Venecia, Roma, Florencia y todo eso.

—Será maravilloso. O sea que la vida de casada es estupenda, ¿verdad?

—Ya te lo he dicho, es maravillosa. ¿Por qué insistes tanto?

—Perdona. Quería simplemente cerciorarme.

—¿Acaso piensas lanzarte tú también a esta vida? —me preguntó en tono socarrón.

—Ni siquiera se me había ocurrido la idea, por obvias razones —contesté secamente.

Me fui muy abatida. Se había operado un cambio en

Tamarisk. No se comportaba con naturalidad y yo había comprendido instintivamente que no era la misma muchacha atolondrada de antes, tan segura de sí misma y tan convencida de que todo le iba a salir bien.

Sabía ahora que Gaston Marchmont era un Don Juan que había hechizado por completo tanto a Tamarisk como a Rachel. Crispin había descubierto demasiado tarde que era un auténtico bribón. ¡Pobre Tamarisk! Por lo menos, Rachel era amada por un hombre bueno aunque yo me temía que tampoco era enteramente feliz.

Regresé al despacho de la finca por el camino de las casas antiguas, pensando en Tamarisk y en las preocupaciones de Crispin a propósito de su hermana.

Cuando me acercaba a la hilera de casas, vi para mi sorpresa a Gaston. Se encontraba junto a la casa de los Gentry, conversando con Sheila.

Al verme, se adelantó hacia mí.

—Hola —me dijo jovialmente.

—Buenas tardes —le contesté—. Vengo de ver a Tamarisk.

—Estupendo. Se habrá alegrado mucho. ¿Cómo está usted? Tengo entendido que últimamente es una dama muy ocupada. Le sienta bien, porque está preciosa.

—Gracias —dije con frialdad.

—¿Me permite que la acompañe?

—Voy simplemente al despacho.

—Ha hecho novillos, ¿eh?

—En absoluto. Tengo un horario flexible.

—Es la mejor manera de trabajar. Pasaba por aquí cuando vi a esta chiquilla. Creo que vive en esta casa. Le estaba preguntando por su padre.

—¿Acaso está indispuesto?

—Me parecía haber oído decir que estaba enfermo, pero, por lo visto, se trata de otro.

Me sentía incómoda a su lado. Sabía demasiadas cosas de él como para poder hablar con normalidad; lancé un suspiro de alivio cuando llegamos al despacho.

Rachel estaba a punto de dar a luz y yo la visitaba con frecuencia.

Llevaba varias semanas sumida en aquel estado de serenidad que yo había observado tantas veces en las mujeres embarazadas. No pensaba más que en su hijo y esperaba con ansia su llegada.

Pero, ahora que se acercaba el momento, me había dado cuenta de que sentía una cierta desazón.

Nuestra amistad se había consolidado a partir de su boda. Me constaba que tanto ella como Daniel me consideraban su mejor amiga. Rachel me había dicho una vez:

—Tú sabes qué papel tan importante desempeñaste en nuestras vidas, ¿verdad? ¿Y si no me hubieras encontrado? ¿Y si yo me hubiera...?

—La vida siempre es así, ¿no crees? Ocurren determinadas cosas porque las personas están en determinado lugar en determinado momento.

—Pero lo que hiciste fue maravilloso.

—Fue una audacia. Dudé un poco, pero algo me dijo que Daniel te amaba lo bastante y era lo bastante fuerte como para superarlo. Tienes suerte de ser su esposa, Rachel. Él es el que ha hecho todas estas cosas por ti, no yo.

—Daniel te aprecia tanto como yo.

—Me alegro. Es agradable dar un paso atrevido y acertar.

—Hemos tenido mucha suerte; de no ser por ti...

Rachel se estremeció.

—Tenéis suerte por partida doble porque sois conscientes de ello. Muchas personas no se dan cuenta.

—Ahoras ya está todo a punto de terminar. Hay una cosa, Freddie.

—¿De qué se trata?

—Daniel se ha portado extraordinariamente bien, pero...

—Pero, ¿qué?

—Es el niño. Si fuera suyo, sería una maravilla. Pero no lo es. Eso no se puede cambiar por muy bueno que él sea... y por mucho que finja.

—¿Que finja?

—Amar al niño. Siempre se acordará. Temo que pueda odiarlo... no, odiarlo no es la palabra. Él sería incapaz de odiar a nadie, y tanto menos a una criatura inocente... pero lo mirará y se acordará. Y yo no podré soportarlo. Ya quiero a este hijo. No me importa que no tenga derecho a estar aquí. Es mi hijo y sé que no podré resistir que Daniel no le quiera.

—Daniel es un hombre bueno, uno de los mejores.

—Lo sé. Se esforzará, pero el recuerdo estará ahí. Recordará lo que ocurrió cada vez que lo mire. No podrá evitarlo, ¿no crees?

—Lo sabe desde un principio.

—Pero será distinto cuando nazca el niño. Quiero que todo esté en su sitio y creo que quiero a este hijo con mayor intensidad porque sé que va a necesitar un cariño y un cuidado especial. Estoy deseando que nazca y, sin embargo, temo ver la cara de Daniel. Es incapaz de disimular sus sentimientos. No sé cómo reaccionará cuando vea al niño. Freddie, tú eres nuestra mejor amiga. Nadie sabe lo que hubo entre Gaston y yo... sólo tú. Todo el mundo cree que el hijo es de Daniel y que por eso tuvimos que casarnos a toda prisa. Hablan en susurros y algunos fingen escandalizarse, pero creen que nos redimimos porque nos casamos a tiempo. Tú eres la única que conoce la verdad, Freddie. Ya sabes a qué me refiero. Podemos hablar con entera libertad.

—Tienes que olvidarte de Gaston. Eso ya terminó.

Alégrate de la suerte que tuviste. Te casaste con Daniel y fue lo mejor que pudiste hacer... para los dos. Tienes que pensar en el lado bueno de las cosas, Rachel.

—Lo sé. Pero quería preguntarte una cosa. ¿Estarás aquí cuando nazca el niño? Quiero que acompañes a Daniel y que le digas que le amo con todo mi corazón. Que le hagas comprender que era joven e insensata y cedí fácilmente a los halagos. Ahora lo comprendo. Él es un hombre muy modesto y cree que Gaston es mucho más atractivo. Ahora ya no me lo parecería tanto. Sabría adivinar sus intenciones. Quiero que Daniel lo sepa y temo que aún no esté convencido. Quiero que estés a su lado cuando nazca el niño. Quiero que le digas lo que te acabo de decir. Es posible que tú se lo puedas hacer entender.

—Estaré aquí, Rachel —dije—. Haré todo lo que pueda.

Rachel se inclinó hacia mí y me dio un beso en la mejilla.

Unos días más tarde, cuando estábamos desayunando, se presentó uno de los hombres de la granja Grindle para comunicarme que la señora Godber, la comadrona, se encontraba en la granja porque aquel día se esperaba el nacimiento del hijo de la esposa de Daniel.

Fui el despacho, informé a James de lo que ocurría y le dije que estaría en la granja Grindle en caso de que hubiera algún asunto urgente y necesitara ponerse en contacto conmigo.

Después me dirigí a casa de Rachel.

Se hallaba tendida en la cama; estaba muy pálida y un poco asustada.

—Oh, Freddie —me dijo—. Me alegro de que estés aquí. Sabía que vendrías.

—¿Cómo te encuentras?

—Bien. Ya ha empezado. ¿Está Daniel aquí?

—Sí. Estaremos juntos.

Su rostro se contrajo en una súbita mueca de dolor y la señora Godber se acercó inmediatamente a la cama.

—Será mejor que se retire, señorita —me dijo—. He mandado avisar al médico. Me parece que ya viene.

Miré con una sonrisa a Rachel y abandoné la estancia. Me crucé con Daniel en la escalera.

—Me ha pedido que viniera —le dije.

—Lo sé —dijo Daniel—. ¿Crees que todo irá bien?

—Por supuesto que sí. Tenéis a la señora Godber. Goza de merecida fama y el médico acaba de llegar. ¿Adónde quieres que vayamos?

—Podríamos ir a mi despacho y esperar allí. ¿Cuánto durará?

—No creo que estas cosas tengan una duración establecida. Tendremos paciencia.

—Cuesta mucho tenerla.

Me acompañó a una pequeña estancia de la planta baja. Las estanterías de las paredes estaban llenas de libros mayores y de obras de agricultura y ganadería. Había varias sillas y el escritorio aparecía cubierto de papeles y material de escribir.

—No me apetece la compañía de los demás —dijo—. La tía de Rachel está al llegar. Es muy buena, pero arma mucho alboroto y me saca un poco de quicio.

—¿No te molesta que yo haya venido?

—No... no.

—Rachel me pidió que estuviera a tu lado. Está preocupada por ti.

—¿Por mí?

—Bueno, dicen que algunos maridos sufren tanto como sus esposas en tales ocasiones.

—Creo que todo irá bien.

—No me cabe la menor duda. Es joven y fuerte y

no ha habido ninguna complicación. Nacen niños todos los días, ¿sabes?

—Sí, pero éste es el de Rachel.

—Todo irá bien.

—Rezo para que así sea.

—Ahora ella es muy feliz, Daniel, tú la has hecho muy feliz.

—A veces me lo pregunto. Veo tristeza en sus ojos. Creo que a veces mira hacia atrás... y se arrepiente.

—Tú conoces el motivo, Daniel. Mira hacia atrás y se arrepiente de lo que ocurrió. Desearía con toda su alma que este hijo fuera tuyo.

—Yo también.

—Y está preocupada. Este hijo es suyo, Daniel, forma parte de ella.

—Quiero por encima de todo que ella sea feliz —dijo Daniel con la cara muy seria.

—Lo será y tú también lo serás... si ninguno de vosotros pone obstáculos.

—Pero ella siempre mirará hacia atrás y yo...

—Tienes que mirar hacia adelante, Daniel. Ya le has demostrado lo mucho que la amas. Nadie más que ella lo sabe. Tienes que seguir haciéndolo. Tienes que olvidar lo que ocurrió. Tienes que conseguir que este hijo también sea tuyo. Eso es lo que ella teme. Cree que el recuerdo creará una barrera entre tú y el niño y empañará la felicidad que habéis construido juntos.

—No podré olvidar quién es el padre de este niño.

—El niño será tuyo en cuanto nazca. Así lo tienes que ver.

—No podré. ¿Podrías tú hacerlo si estuvieras en mi lugar?

—Lo intentaría. Lo intentaría con todas mis fuerzas; de lo contrario, la felicidad sería imposible.

—Sé que tienes razón —dijo Daniel—. ¿Y qué ocurrirá con Rachel?

—Todo dependerá de ti, Daniel. No es difícil querer a un niño pequeñito. Y ése es de Rachel. Recuérdalo. Está aquí porque tú amas a su madre.

—Has hecho mucho por nosotros. Jamás lo olvidaré.

—Creo que Rachel y tú habéis tenido mucha suerte, Daniel —dije.

Permanecimos sentados en silencio, escuchando el tic tac del reloj de pared. Ambos nos estábamos preguntando cuánto rato tendríamos que esperar.

La criatura nació hacia el anochecer. Bajó el médico y la expresión de su rostro fue suficiente para hacernos comprender que todo había ido bien. Parecía radiante de felicidad.

—Tiene usted una hijita, señor Grindle —anunció—. Una hijita muy sana.

—¿Y... mi esposa?

—Cansada, pero triunfante. Puede ir a verla un momento. Necesita más que nada descansar.

Subimos al dormitorio. Rachel estaba muy pálida, pero triunfante, tal como había dicho el médico. La señora Godber sostenía a la criatura, envuelta en un chal por el que sólo asomaba una carita arrugada y enrojecida. En seguida depositó a la niña en brazos de Daniel.

Esperé con inquietud. Todo dependía de aquel encuentro. Rachel observó detenidamente a su marido.

—Es preciosa —dijo Daniel—. Nuestra hija.

Todo era como debía ser. Noté que se me llenaban los ojos de lágrimas.

Rachel me estaba mirando.

—Has venido, Freddie.

—Pues claro que he venido. Quería ver a tu retoño. No puedes monopolizarla, Daniel.

Tomé a la niña en brazos, aquella criatura que había

ejercido una influencia tan grande en sus vidas, y repetí una y otra vez para mis adentros, todo irá bien, todo irá bien.

Hubo el consabido revuelo en Harper's Green. La vida estaba hecha de nacimientos y muertes. Todo el mundo sentía interés por la criatura de los Grindle, cuyo bautizo se celebraría en la iglesia. La gente se alegraba del nacimiento de la niña, aunque ésta hubiera venido al mundo con cierta precipitación.

Yo pasaba muchos ratos con Rachel. La iba a ver a la hora del almuerzo y me tomaba una comida ligera en su compañía. La niña crecía a ojos vista.

—Daniel la quiere mucho —me dijo Rachel—. No puede evitarlo. Es una niña perfecta.

Yo opinaba lo mismo. Su aspecto había cambiado mucho desde la primera vez que la había visto y ahora ya parecía una chiquilla en lugar de un anciano caballero de noventa años. Tenía los ojos azules y el cabello oscuro y, afortunadamente, no se parecía para nada a Gaston Marchmont, por lo menos, de momento.

La cuestión de los nombres fue objeto de prolongadas discusiones.

—Si hubiera sido un niño —dijo Rachel—, lo hubiera llamado Daniel. De esta manera, Daniel hubiera sentido que el hijo también era suyo.

—Hubiera sido una buena idea. Estoy segura de que a Daniel le hubiera gustado.

—Tengo la sensación de que ya la considera su hija. Freddie, creo que le voy a poner tu nombre.

—¡Frederica! ¡Oh, no! Fred... Freddie... ¡piénsalo bien! Yo jamás le pondría mi nombre a una hija mía.

—Has estado a nuestro lado en todo eso.

—No es motivo suficiente para que la pobre niña tenga

que cargar con un nombre como el mío. Se me ocurre una idea. Hay un nombre de mujer. Es francés, creo, pero no importaría. Sería algo muy parecido a lo que tú habías pensado y creo que es estupendo. Estoy pensando en Danielle.

—¡Danielle! —exclamó Rachel—. Suena casi como Daniel. Pero creo que tendría que ser Frederica.

—No, no. Sería una equivocación. Sería en cierto modo un recordatorio. Y aquí se trata de romper completamente con el pasado. La niña es tuya y de Daniel... de eso se trata. Tiene que llamarse Danielle.

—Comprendo lo que quieres decir.

A su debido tiempo, el reverendo Hetherington bautizó a la hija de Rachel. Casi todos los habitantes de Harper's Green estuvieron en la iglesia. Una vez finalizada la ceremonia, Daniel regresó a la granja Grindle, sosteniendo en sus brazos a la pequeña Danielle con posesivo orgullo.

Asesinato en Harper's Green

Desde que trabajaba en la finca, disponía de muy poco tiempo libre para el círculo de costura y todo lo demás y hasta la señorita Hetherington lo comprendía. Aprobaba lo que hacía, pues opinaba que las mujeres deberían desempeñar un papel más destacado en los negocios y en todas las cuestiones en general.

Tía Sophie estaba, por supuesto, encantada.

—Era justo lo que necesitabas —decía—. Nunca le agradeceré bastante a Crispin St. Aubyn que te lo propusiera.

Disfrutaba oyendo los detalles que yo le contaba sobre los inquilinos de las casas y apreciaba a James Perrin a quien había invitado varias veces a tomar el té.

De hecho, muchas personas se intercambiaban miradas cuando me veían en compañía de James y yo adivinaba lo que pensaban y me sentía levemente turbada.

Visitaba a Tamarisk de vez en cuando, pero me daba cuenta de que ésta no me recibía con mucho agrado. Intuía que no todo iba bien y que ella no me lo quería comentar. A menudo iba a la granja Grindle donde la niña se estaba criando muy sana y tanto Daniel como Rachel se mostraban visiblemente satisfechos de ella.

Era un sábado por la tarde... un día que solía tener libre a no ser que surgiera algún problema urgente. Llevaba algún tiempo sin visitar a Flora Lane y pensé que ya era hora de que lo hiciera.

Me acerqué a la casa por la parte de atrás y no vi a nadie en el jardín. El cochecito vacío del muñeco se encontraba junto al banco de madera donde Flora acostumbraba sentarse. Observé que la puerta de atrás estaba abierta y pensé que Flora habría entrado en la casa para ir en busca de algo.

Me acerqué a la puerta y pregunté:

—¿Hay alguien en casa?

Justo en aquel momento salió Flora con el muñeco. Para mi asombro, la acompañaba Gaston Marchmont.

—Hola —me dijo Flora—. Llevabas mucho tiempo sin venir por aquí.

—Veo que tienes visita.

Gaston Marchmont inclinó la cabeza.

—Pasaba por aquí —dijo—. He estado hablando con la señorita Lane y ella me ha enseñado el cuarto infantil donde cuida a su precioso niño.

Flora sonrió, contemplando el muñeco que sostenía en brazos.

Mi sorpresa debió de ser muy evidente. Me parecía muy raro que Flora se hubiera hecho amiga de Gaston hasta el extremo de invitarle a entrar en la casa. Yo había tenido que visitarla muchas veces antes de que me concediera semejante privilegio.

Flora depositó el muñeco en el cochecito y se acomodó en el banco mientras yo y Gaston nos sentábamos uno a cada lado.

—No esperaba verme aquí —me dijo Gaston.

—Pues no.

—Me interesa la finca y todos los que viven en ella. A fin de cuentas, ahora soy un miembro de la familia.

Me pareció que hablaba con cierta insolencia.

—Me gusta saber lo que ocurre —añadió Gaston.

—Llevabas mucho tiempo sin venir por aquí —repitió Flora.

—Es que ahora trabajo y estoy más ocupada —le expliqué.

—La señorita Hammond es una dama muy singular, ¿sabe usted? —terció Gaston Marchmont—. Es una pionera. Quiere demostrarnos algo que ya hubiéramos tenido que aprender hace mucho tiempo. Las mujeres valen tanto como los hombres... sólo que lo hacen todo mucho mejor.

Flora le miró con aire distraído.

—Aún no se le ha ido el resfriado. Todavía no se lo ha quitado de encima. Lo llevé arriba para darle un poco de aquella medicina. Está hecha con hierbas y lo alivia mucho, ¿verdad, precioso mío?

Gaston arqueó las cejas y me miró como si la situación le hiciera gracia. Sabiendo lo que sabía de él, sentí que el desprecio que me inspiraba se intensificaba por momentos.

—Qué cuarto infantil tan bonito tiene la señorita Lane en el piso de arriba —dijo Gaston.

Pensé que no debía de ser la primera vez que la visitaba. Deduje que Gaston habría entrado igual que yo y que, mientras conversaba con él, a Flora se le habría ocurrido la idea de que el niño estaba indispuesto y necesitaba tomarse la medicina. Entonces habría subido al piso de arriba y él la habría seguido.

—La señorita Lane ha tenido la amabilidad de enseñarme el cuarto infantil —añadió Gaston—. Menos mal que este pequeño como se llame ya está mejor. ¿Ha visto usted aquellos pajarracos tan siniestros de la pared, señorita Hammond?

Me quedé helada ante la repentina y profunda curiosidad que reflejaban sus ojos.

Los pájaros ejercían cierto efecto en mí y me recordaban los antiguos versos del secreto que jamás se debería contar. Por lo visto, a él le había ocurrido lo mismo.

—Las urracas —dijo Flora—. Lucy las enmarcó para mí. Enseñan que hay un secreto... que nunca se contará. Eso es lo que dicen.

—¿Y usted conoce el secreto? —le preguntó Gaston.

Flora le miró horrorizada.

—Eso significa que sí —dijo Gaston con aire triunfal—. ¿Y si nos lo contara? Sería divertido, ¿no cree? No se lo diríamos a nadie, no se preocupe.

Flora se puso a temblar.

—La está disgustando —le dije en voz baja a Gaston.

—Lo siento —musitó Gaston—. Hoy hace un día muy bonito. Qué bien se está en el jardín.

Observé que Flora estaba muy alterada y comprendí que no nos lo podíamos tomar a la ligera.

—Creo que debemos irnos —dije—. He venido simplemente para ver cómo estabas —añadí, dirigiéndome a Flora—. Tu hermana estará al volver, supongo.

Gaston me miró fijamente.

—Sí, creo que deberíamos irnos —repetí con firmeza.

Flora asintió contemplando el muñeco y empezó a mover el cochecito hacia adelante y hacia atrás. Después se levantó y lo empujó en dirección a la casa.

—Adiós —dije.

—Adiós —murmuró Flora sin volverse a mirarme.

Gaston me acompañó hacia la verja.

—Qué barbaridad —dijo mientras nos alejábamos—. Está loca de atar.

—Ha perdido el juicio. No tendría que haberle hablado de los pájaros.

—Fue ella quien me habló a mí. Me acompañó al piso de arriba y me los enseñó. Me pareció que no le importaba.

—Hay que andarse con cuidado con las personas como ella.

—Está... totalmente chiflada. ¡Mire que pensar que ese muñeco es un niño! Y cree que es nada menos que Crispin. Eso es lo más descabellado. ¡Por ahí anda él, pavoneándose como el amo del cotarro, y ella cree que es un muñeco de porcelana!

—Fue su niñera. Vive todavía... en aquella época.

—Compadezco a su pobre hermana.

—Se quieren mucho y Crispin se porta muy bien con ellas.

—Creo que usted me acusa de lo que ha ocurrido.

—Bueno, es que le ha hablado de los secretos y de todo eso.

—Pensé que sería mejor que se desahogara. Tanto hablar de secretos... me pareció que era eso lo que más le preocupaba... o lo que pueda quedar de eso.

—Creo que es mejor dejarla en paz... seguirle la corriente... y simular con ella que el muñeco es un niño. Es lo que hace su hermana y también Crispin. Ellos la conocen mejor que nadie. Su hermana estaba presente cuando perdió la razón, y Crispin... bueno, él la conoce desde hace mucho tiempo.

—La conoce porque fue su querida niñera, supongo.

—Flora no lo fue. Él sólo contaba unos meses cuando ella tuvo que dejar el trabajo. Entonces la sustituyó Lucy.

—Una historia extraordinaria, ¿no cree? Y muy curiosa. Yo sólo pretendía animar un poco a la pobre mujer, ahora que tanto me interesa todo lo de aquí.

—Entonces, ¿piensa quedarse?

—Eso, mi querida señorita Frederica, está en las manos de los dioses.

Me alegré cuando llegamos a los Rowans y él se despidió de mí para regresar a St. Aubyn's.

Tía Sophie me dijo una mañana a la hora del desayuno:

—Gerry Westlake ha vuelto a casa.

—¿Quién es Gerry Westlake? —pregunté.

El nombre me sonaba vagamente.

—Ya conoces a los Westlake. Viven en una casa de Cairns Lane.

—¿Y Gerry?

—Es su hijo. Se fue hace años. Hace veinte... no, hace diecisiete años o así. Se fue a Australia de repente. Decidió emigrar. No, no fue a Australia sino a Nueva Zelanda. Al parecer, tenía un amigo allí.

—Me pregunto qué tal les debe ir a los Merret en Australia.

—Más tarde o más temprano escribirán a alguien y entonces lo sabremos. Supongo que les irá bien. Ambos eran muy trabajadores.

Cuando llegué al despacho, una de las primeras cosas que me dijo James fue:

—El hijo de los Westlake ha regresado a casa.

—Tía Sophie me ha contado algo de él. Se llama Gerry, ¿verdad? ¿Usted lo conoció?

—No, por Dios. No creo que hubiera nacido cuando él se fue. Pero muchas personas de Harper's Green lo recuerdan y comentan su regreso, naturalmente. Tengo que ir por allí para supervisar unas obras y he pensado visitar a los Westlake para conocer a este joven. ¿Por qué no me acompaña?

Vacilé, sabiendo que la gente comentaba el hecho de que estuviéramos siempre juntos. Apreciaba mucho a James, pero no me gustaba que me relacionaran con él. Me pregunté si se habría enterado de los chismorreos que corrían y si le habrían parecido desconcertantes.

—¿Le parece justificado? —le pregunté.

—Pues claro que sí. Es una buena oportunidad para que conozca a la señora Westlake. Su marido es uno de los maestros de obras que trabajan en la finca... a ratos perdidos porque ahora ha prosperado. Aquí siempre hay algo que hacer. Me gustaría saber lo que cuenta Gerry.

Decidí acompañar a James.

Los Westlake vivían en una pulcra casita con un jardín muy bien cuidado y pasamos con ellos una mañana muy agradable.

La señora Westlake sacó su mejor vino de bayas de saúco y yo tuve ocasión de conocer a Gerry, un hombre muy simpático con una esposa y una hija de aproximadamente mi edad.

Me contaron que era su primera visita a Inglaterra y Gerry me explicó los distintos trabajos que solía hacer en la finca. Acababa de cumplir los diecisiete años cuando decidió irse a Nueva Zelanda. Fue una decisión muy arriesgada, pero él pensó que en un nuevo país se le ofrecerían más posibilidades. Se había estado carteando con un amigo que había emigrado allí y eso fue lo que le hizo decidirse.

Frunció levemente el ceño al recordar el pasado.

—Supongo que fue lo más acertado para usted —le dije yo.

—Desde luego, aunque no lo tuve fácil al principio. Sin embargo, allí necesitaban jóvenes y daban muchas facilidades a los inmigrantes. Viajé en la bodega de un barco, por supuesto... una cosa un poco primitiva, pero, ¿qué más da eso a los diecisiete años? Fue muy emocionante. Además, mi amigo me estaba esperando. Me llevaba diez años. Al final, todo salió bien.

La anciana señora Westlake miró con una sonrisa a su hijo.

—Te gustaba mucho una de las chicas de aquí —dijo—. Fue una suerte que te fueras.

—Sí —dijo el marido—. Pobre chica. Se volvió un poco rara cuando te fuiste.

—¡Yo no tuve la culpa de eso, madre!

—Bueno, me imagino que algo debió de pasar antes de que te fueras. De todos modos, eras un mozo muy guapo.

Gerry se puso un poco nervioso.

—Ha transcurrido mucho tiempo —dijo—. ¿Cómo está... el señor Crispin St. Aubyn?

—Creo que muy bien —contesté yo.

—¿Goza de buena salud?

—Jamás he oído lo contrario, ¿verdad, James? —dije.

—Un hombre de excelente figura, supongo.

—Así lo describiría yo —contestó James—. ¿Y usted? —me preguntó.

—Sí, yo también —contesté.

—Alto, bien plantado y totalmente sano —murmuró Gerry.

—Totalmente.

Gerry sonrió complacido.

Su madre había sacado unos pastelillos para acompañar el vino.

—Eso es toda una celebración —dijo James.

—Verá, señor Perrin —contestó el anciano señor Westlake—, no ocurre todos los días que un hijo regrese a casa desde Nueva Zelanda para vernos.

Fue una mañana de lo más interesante.

Iba a visitar a Flora cuando, para mi gran consternación, estando ya muy cerca de la casa, me crucé con Gaston Marchmont.

—Buenos días —me dijo alegremente—. Me parece que ya adivino adónde va. Mire, yo también pensaba ir allí.

—Comprendo —dije en tono distante.

—Creo que le gusta que la visiten. Por lo menos, eso parece. Lo siento mucho por la pobrecilla.

—No creo que a su hermana le haga mucha gracia ver gente por allí.

—¿Por eso usted la visita cuando la otra ha salido? ¿Eso de que... «Cuando el gato no está...»?

Sus palabras me molestaron. Justo en aquel momento vi a Gerry Westlake cruzando la verja. Él también había visitado la casa. Todo aquello era muy raro.

—Hola —dijo Gerry.

Le devolví el saludo y, volviéndome hacia Gaston Marchmont, añadí:

—Es el señor Gerry Westlake.

—Lo sé —dijo Gaston—. Debe de haber sido muy emocionante regresar al viejo país para ver a la familia.

—En efecto —dijo Gerry.

—¿Piensa marcharse muy pronto?

—Mañana. Ha sido muy agradable, pero, por desgracia, todo lo bueno se acaba.

—Supongo que no tardará en regresar —dijo Gaston.

—Es un viaje muy largo y tuvimos que ahorrar muchos años para poder hacerlo.

—Muy bien, pues, le deseo buena suerte —le dijo Gaston.

—Y un buen viaje de vuelta —añadí yo.

Gerry se alejó.

En cuanto vi a Flora, comprendí que algo le ocurría. Parecía trastornada y su rostro estaba contraído en una mueca.

—¡Flora! —exclamé—. ¿Qué ha pasado?

Me miró como aturdida, meneando la cabeza de uno a otro lado.

—Dime, Flora, ¿qué ha pasado?

Flora contempló el muñeco que sostenía en sus brazos.

—No lo es... no lo es, es sólo un muñeco —murmuró.

De repente, arrojó el muñeco lejos de sí y éste fue

a parar al cochecito donde quedó tendido al través con su exánime sonrisa de porcelana.

No podía creerlo. Flora estaba regresando a la realidad.

Reinaba un profundo silencio a nuestro alrededor. Contemplé el torturado rostro de Flora y la ávida curiosidad que reflejaba el de Gaston.

—¿Por qué? —preguntó Gaston—. ¿A qué viene este cambio?

Apoyé una mano en su brazo para impedir que le hiciera preguntas.

En aquel momento, vi a Lucy saliendo de la casa.

—¿Qué ha pasado? ¿Qué ha pasado? —preguntó, alarmada.

—Es sólo un muñeco —dijo Flora con voz lastimera.

Lucy miró a su hermana con inquietud y movió los labios como si rezara. Después, la rodeó con su brazo.

—Ven, querida —le dijo—. Tranquilízate. Nada ha cambiado.

—Es un muñeco —musitó Flora.

—Has estado soñando —le dijo Lucy.

—¿Sólo un sueño? —murmuró Flora—. Ha sido sólo un sueño.

Lucy se volvió a mirarnos.

—La llevaré dentro e intentaré calmarla —dijo en voz baja—. A veces tiene estos arrebatos.

Entró en la casa con Flora; Gaston y yo nos las quedamos mirando desde el jardín.

—Tenemos que irnos —dije.

Cruzamos la verja y salimos al camino.

—¿Qué piensa usted de todo eso? —preguntó Gaston.

—Supongo que a veces tiene destellos de realidad.

—Parece que a su hermana Lucy no le ha hecho demasiada gracia.

—Está muy preocupada por Flora. Debe de ser una responsabilidad terrible.

—Acababa de recibir una visita —dijo Gaston—. Supongo que debió de tener una revelación. Me pregunto qué le habrá dicho nuestro pionero colonizador.

No podía quitarme a Flora de la cabeza, por lo que unos días más tarde decidí visitarla de nuevo. En aquella ocasión Lucy estaba en casa.

—Me alegro de que haya venido —me dijo.

Flora se encontraba en el jardín junto al cochecito del muñeco.

—Ahora ya está bien, ¿verdad, querida? —le dijo Lucy.

Flora asintió con la cabeza mientras movía el cochecito hacia adelante y hacia atrás.

—Con este balanceo, se duerme en seguida —dijo.

Al parecer, todo había vuelto a la normalidad.

Lucy me acompañó a la verja.

—Se ha recuperado —dijo.

Pensé que la palabra «recuperación» no era la más adecuada para describir la situación. Por un momento, Flora había estado en el presente. ¿Acaso no era ésa una buena señal?

—Le ha ocurrido otras veces —me explicó Lucy—. No es bueno para ella. Después se encuentra mal. Se excita demasiado y sufre pesadillas. Tengo un medicamento tranquilizante que le recetó el médico.

—Parece que, por un instante, vio las cosas tal como son en realidad.

—No, no es eso exactamente. Se encuentra mejor tal como está ahora. En realidad, está serena y calmada.

—Algo se lo debió de provocar —apunté yo.

Lucy se encogió de hombros.

—No sé si tuvo algo que ver con Gerry Westlake —añadí.

Lucy pareció sobresaltarse.

—¿Y eso por qué?

—Pues porque vino a verla. Le vimos salir.

—Oh, no. Él lleva fuera de aquí veintisiete años o más.

—Espero que todo vaya bien.

—Gracias. Yo cuidaré de que así sea.

Regresé a casa un poco más tranquila.

Me quedé consternada al ver a Tamarisk. Adiviné que algo ocurría tras mi conversación con Crispin y había intentado repetidas veces ganarme su confianza. Gaston Marchmont me inspiraba una creciente antipatía. Además, su interés por Flora me causaba una extraña desazón. Al parecer, la situación le hacía gracia, pero a mí me preocupaba que la visitara.

En aquella ocasión Tamarisk no se mostró tan reservada como otras veces. Observé que había estado llorando. Debía de haber comprendido que era inútil seguir disimulando.

—Tamarisk —le dije—, ¿por qué no me lo cuentas? A veces, es un alivio.

—Nada me puede aliviar.

—¿Se trata de Gaston?

Tamarisk asintió en silencio.

—Os habéis peleado.

Tamarisk se echó a reír.

—Siempre nos peleamos. Ya ni siquiera se esfuerza.

—¿Qué ha sucedido?

—Todo. Ha dicho que yo era una estúpida y que prefería a Rachel. Ha dicho que ella era una bobalicona y lo sabía y que yo también lo era, pero no lo sabía. Ésa es la única diferencia entre nosotras. Crispin le aborrece y él aborrece a Crispin. Y creo que también me aborrece a mí. Tiene un carácter violento, yo que le creía tan encantador...

—¡Pobre Tamarisk!

—No sé qué hacer. Creo que a Crispin le gustaría que nos divorciáramos.

—¿Por qué motivo? No te puedes divorciar de una persona simplemente por el hecho de que de pronto descubras que ya no te gusta tanto como antes.

—Por adulterio, supongo.

—¿Con qué pruebas?

—Estoy segura de que encontraríamos alguna. Dice que fue amante de Rachel antes de que nos casáramos. Dice que la hubiera preferido a ella. Sé por qué se casó conmigo. Es por todo esto. Cree que soy rica. Y algo tengo, desde luego. Le gustaría ser el dueño de todo esto. Envidia a Crispin. Dice que mi hermano no sabe disfrutar de la vida.

—Y él sí sabe, claro... haciendo desgraciada a la gente... engañando y mintiendo.

Pensaba en lo que Tamarisk me acababa de decir sobre Rachel. ¿Y si llegara a conocerse la verdad? Sería el final de la felicidad en el hogar de los Grindle. ¿Y qué pasaría con la pequeña Danielle que era la alegría de sus corazones? No podría soportar que Gaston lo estropeara todo. Pero no lo haría porque él mismo saldría perjudicado... ¡sería el hombre que había seducido y abandonado a una confiada muchacha!

—Crispin está tratando de encontrar el medio de librarse de él. Nos ha engañado desde el principio. Incluso con el nombre. Tampoco tiene propiedades. Es un aventurero sin un céntimo. Oh, Fred, estoy tan avergonzada...

—Bueno, supongo que no eres la única que ha sido engañada por él. Tiene mucha labia.

—Bebe demasiado. Y entonces se le suelta la lengua. Habla mucho de Rachel y dice que, si quisiera, podría conseguir que ella lo abandonara todo y se fuera con él.

—¡Eso es un disparate!

—Lo sé, pero creo que es verdad lo que dice sobre ellos dos. Sé que Rachel estaba muy encaprichada con él.

—Rachel está felizmente casada. Tiene una niña. Estoy segura de que le despreciaría si él le hiciera alguna proposición.

—Se comportaría como una buena esposa. Y, además, hay que pensar en la niña. Por aquellas fechas, Rachel debía de mantener también unos tratos muy amistosos con Daniel.

No podía permitir que Tamarisk siguiera por aquel camino.

—¿Qué vas a hacer Tamarisk? —me apresuré a preguntar para cambiar de tema.

—No lo sé. Creo que Crispin encontrará alguna solución. Es muy inteligente y está trabajando en ello. No creo que tolere la presencia de Gaston en esta casa. Gaston sigue cortejando a mi madre y diciéndole que es más guapa que la mayoría de las chicas. Ella está de su parte, pero no le servirá de nada. Estoy segura de que Crispin no tardará en hacer algo.

Pensé en Crispin y me pareció conveniente comunicarle que Tamarisk me había hecho ciertas confidencias.

Cuando acudió al despacho, tuve ocasión de decírselo.

—Muy bien —dijo—. ¿Podrías reunirte a almorzar conmigo a la una en punto en La Pequeña Raposa?

Contesté que allí estaría.

Le conté lo que Tamarisk me había dicho.

—¿Qué va usted a hacer?

—Lo mejor será librarnos de él. Pero eso es imposible. No nos hará el favor de marcharse. La otra salida que nos queda es el divorcio. No me parece enteramente satisfactoria, pero no se me ocurre ninguna otra.

—¿Por qué motivo?

—Adulterio seguramente. Por lo que sabemos de él, estoy seguro de que podríamos encontrar alguna prueba.

Que no la encuentren en Rachel, pensé. Sería algo insoportable. Pero aquello había ocurrido antes de la boda y no sería válido. Sin embargo, saldría a la luz en caso de que se hicieran indagaciones. La felicidad de Rachel no podía sacrificarse.

—¿Sabe usted con certeza que es un calavera? —pregunté.

—Estoy casi seguro. En realidad, lo estoy haciendo vigilar. Es un secreto. Él no lo sabe, pero si lo sospechara... bueno, estaría sobre aviso.

—¿Cree que podrá descubrir algo?

—Es muy imprudente. A pesar de ser muy listo y de tener la vista puesta en la mejor oportunidad, puede ser muy insensato. Se casó con Tamarisk porque pensó que ella le proporcionaría una vida de comodidades, tal como efectivamente ha ocurrido hasta ahora. Sin embargo, el esfuerzo de tener que simular ser un amante esposo ha sido demasiado para él. Es un sinvergüenza, un impostor y un aventurero sin escrúpulos. Es listo, pero no lo suficiente. Frederica, tengo que conseguir sacarle de la casa. Me alegro mucho de que Tamarisk haya empezado a hacerte confidencias. Raras veces habla conmigo y, cuando lo hace, se muestra muy comedida. Tú me podrás decir exactamente lo que siente. Tenemos que vernos más a menudo.

Me miró con una cordial sonrisa en los labios y yo experimenté una oleada de placer, como siempre me ocurría cuando él parecía mostrar algún interés por mí.

—¿Te sigues llevando bien con Perrin? —me preguntó.

—Sí, por supuesto, es muy amable y servicial.

—Tú ya sabes que te tengo un aprecio especial, ¿verdad, Frederica?

—Después de lo de Barrow Wood. Sí. Lo comprendo —no pude evitar añadir—: Aunque antes apenas se fijaba en mí.

—Me fijé la primera vez que acudiste a St. Aubyn's para las clases.

—Jamás olvidaré la primera vez que le vi —le dije.

—¿De veras?

—Fue en la escalinata. Yo estaba con Tamarisk y Rachel. Estábamos bajando y usted se disponía a subir. Nos saludó brevemente con una inclinación de cabeza y, cuando todavía se encontraba al alcance de nuestro oído, preguntó con una voz que todas pudimos escuchar con absoluta claridad:

»—¿Quién es aquella niña tan fea?

»—Y se refería a mí.

—No —dijo Crispin.

—Sí, es verdad.

—¿Te dolió?

—Muchísimo. Tía Sophie tuvo que pasarse mucho rato tratando de sanar mi vanidad herida.

—Lo siento, pero no puedo creerlo. Lo que de verdad quería decir era «¿Quién es aquella niña tan interesante?».

—Cuando una tiene trece años, le duele que la llamen niña y, por si fuera poco, que la insulten diciéndole que es fea.

—Nunca me lo has perdonado.

—Bueno, es que yo creía que era fea.

—Ibas peinada con dos severas trenzas y tenías una mirada penetrante.

—Y usted tenía una voz penetrante.

—Créeme que lo siento de veras. Fui un estúpido... y un tonto. Hubiera tenido que comprender que eras una joven muy atractiva. Las personas más vulgares suelen convertirse en auténticas bellezas. Ya sabes lo del patito feo que se convirtió en cisne.

—No es necesario que se disculpe. Yo era fea. Y, ¿sabe una cosa?, a partir de aquel momento empecé a cuidar mi aspecto. O sea que, al final, todo fue para bien. Usted me hizo un bien.

Crispin extendió la mano sobre la mesa y tomó la mía con fuerza.

—Y te lo quiero seguir haciendo —dijo—. Siempre.

Pensé que iba a añadir algo más, pero dudó y pareció cambiar de idea.

—Entonces hemos sellado un pacto —dijo—. Nos reuniremos a menudo. Tú me dirás lo que descubras y buscaremos una salida a todo esto.

Nos pasamos un buen rato hablando de la finca, sobre la cual yo estaba muy bien informada. Crispin se alegró de que así fuera y pareció animarse.

Cuando nos despedimos me dijo:

—Estoy preocupado por Tamarisk, pero ya encontraremos alguna solución. De momento, hemos pasado un rato muy agradable juntos.

Yo seguía visitando muy a menudo la granja Grindle. Danielle era una niña encantadora y yo mostraba un interés muy especial por ella. Rachel también era feliz. Creo que estaba consiguiendo olvidar el pasado y que una de las principales razones era la pequeña Danielle.

Por desgracia, la felicidad no duró demasiado.

Poco después de mi conversación con Crispin en La Pequeña Raposa, fui a ver a Rachel y me di cuenta de que algo ocurría.

—Freddie —me dijo Rachel—. Ha estado aquí. Gaston ha estado aquí.

—¿Para qué?

—Dijo que quería que volviéramos a ser amigos.

—¡Qué impertinencia!

—Oh, Freddie, ha sido horrible. Tengo miedo.

—¿Qué ha pasado?

—Ha dicho: «Antes nos queríamos, ¿no te acuerdas?»

—Le dije que se fuera y que no quería volver a verle. Ha sido horrible. Ha intentado rodearme con sus brazos. He pasado mucho miedo.

—¿Cómo entró?

—Llamó y una de las criadas lo hizo pasar al salón donde yo me encontraba en aquel momento. Pensé que no se iría jamás.

—¿Se lo dijiste a Daniel?

—Sí. Se enfadó muchísimo. Creo que lo mataría si le viera. Daniel no suele enfadarse casi nunca, pero esta vez se enfadó. Oh, espero que Gaston no vuelva nunca más. Si lo hace...

—No puede causarte ningún daño.

—Estoy pensando en Danielle.

—¿Acaso sabe algo?

—Sí. Le dije que iba a tener un hijo y entonces me pareció que no le importaba... con tal de que no estropeara sus planes de boda con Tamarisk.

—Ahora ya no puede hacerte daño, Rachel.

—Podría decirle a la gente que Danielle es hija suya. Podría provocar un terrible escándalo. Piensa en lo que eso supondría para la niña. La gente se pasaría años comentándolo. Oh, Freddie, ¡qué desastre tan espantoso!

—Todo se arreglará. No te puede hacer nada.

Rachel me apretó el brazo.

—Tengo miedo. Muchísimo miedo.

No se lo dije, pero yo también lo tenía.

¡Cuánto odiaba a aquel hombre! Causaba la desdicha dondequiera que fuera. Pensé que todo se había resuelto cuando Daniel aceptó a la niña y se encariñó con ella. Comprendí con toda claridad el daño que podía hacerles Gaston. Le insultaba en mi fuero interno. ¡Ojalá se marchara! Pero no cabía esperar tal cosa. Apreciaba demasiado el lujo de que disfrutaba en St. Aubyn's. Había logrado casarse con Tamarisk e instalarse allí... y tenía el propósito de quedarse. Lucharía por quedarse y no le importaría lo que les ocurriera a los demás con tal de que él consiguiera sus propósitos.

En el pueblo se había producido una nueva conmoción. Harry Gentry había descubierto que Gaston Marchmont mostraba interés por su hija Sheila, la cual tenía apenas dieciséis años. Los había descubierto juntos en la leñera del jardín.

Harry adivinó las intenciones de Gaston con respecto a su hija y se enfureció, afirmando que le mataría. Gaston trató de disculparse, pero Harry entró en la casa y volvió a salir con la escopeta que utilizaba para matar conejos.

Gaston huyó, pero Harry disparó al aire para advertirle de lo que ocurriría en caso de que volviera a acercarse a Sheila. Los vecinos oyeron los disparos, salieron y presenciaron la escena.

La gente comentaba las desavenencias de St. Aubyn's.

«Aquella fuga a Gretna Green fue muy romántica, desde luego, pero fijaos en las consecuencias. El señor Crispin se estará preguntando ahora cómo van a librarse de este sujeto.»

Rachel estaba cada vez más asustada. No podría soportar que su familia se viera envuelta en un escándalo. A Gaston Marchmont no le importaría. Sería capaz de perjudicar a cualquiera con tal de que ello pudiera reportarle alguna ventaja.

Crispin acudió al despacho una tarde en que sabía que James Perrin no estaría allí.

—Las cosas van de mal en peor —dijo—. Tenemos que hacer algo para librarnos de este individuo.

—¿Se le ha ocurrido alguna idea?

Crispin sacudió la cabeza.

—Anda persiguiendo a las mujeres por ahí. Puede que no sea difícil descubrir alguna prueba contra él.

Temblé por Rachel. Hubiera querido pedirle a Crispin que evitara mezclarla en todo aquello, pero no podía hacerlo sin que ella me diera permiso para revelarle la verdad, y sabía que jamás me lo daría.

Crispin se sentó en el borde del escritorio, moviendo la pierna hacia adelante y hacia atrás mientras fruncía el ceño con la mirada perdida en la lejanía. Su actitud era de rabia y desesperación. Le comprendía perfectamente porque era lo mismo que yo sentía.

—Me comentó usted el otro día que le había mandado vigilar —dije.

—Sí. Pero sus pequeños devaneos con Sheila no nos van a servir de mucho.

Llamaron a la puerta.

—Adelante —dijo Crispin.

Era uno de los trabajadores de la finca.

—Pasaba por delante de la casa cuando la señorita Lucy me llamó —dijo tartamudeando—. Me ha dicho que viniese y le pida que vaya allí inmediatamente, señor. Ha ocurrido algo.

—Iré en seguida —dijo Crispin.

Salió y saltó inmediatamente a su caballo.

—Le seguiré por si pudiera ayudarla —dije.

Al llegar, corrí a la casa. Flora se encontraba con Lucy y Crispin en la cocina.

Flora parecía muy alterada.

—Ya pasó todo, Flora. Ya pasó todo —le repetía Lucy una y otra vez.

Crispin estaba tratando también de calmarla, pero todo era inútil.

—Se ha llevado al niño, se lo ha llevado —decía Flora, llorando—. Le quería hacer daño. Dijo que le haría daño si yo no... si yo no...

—No llores —dijo Crispin—. Ya pasó todo.

Flora sacudió la cabeza.

—No, no. Él me dijo: «Dímelo... dímelo... y te devolveré al niño».

—Y tú se lo has dicho —dijo Lucy en tono apagado.

—Ahora ya no es un secreto. Que nunca se contará... pero lo hice por el niño... le quería hacer daño.

Comprendí instintivamente a quién se refería. Se trataba de Gaston, por supuesto. ¿Acaso yo no le había visto allí varias veces? Mostraba mucho interés por Flora. Estaba intrigado... quería descubrir el secreto que nunca se contaría. Y había encontrado el medio de conseguirlo. ¡Oh, pobre Flora! Le había enseñado la ilustración de las urracas tal como antes me la había enseñado a mí, y él le había arrancado el secreto a la fuerza.

¿Por qué le interesaban tanto los delirios de Flora? ¿Por qué, siendo así que a él sólo le interesaban las cosas capaces de reportarle alguna ventaja?

Lucy acompañó a Flora a su habitación. Crispin se quedó para ayudarla y yo me fui porque no podía hacer nada.

Me pasé todo el día pensando en lo ocurrido y aquella noche tuve una terrible pesadilla. Me encontraba tendida en el suelo en Barrow Wood sin poder moverme y el señor Dorian se estaba acercando a mí. Pedía auxilio. Entonces oía un murmullo entre los árboles, pero no era el señor Dorian quien se acercaba sino las siete urracas. Se posaban en un árbol, me miraban con aire siniestro y yo me moría de terror, como me había ocurrido al ver al señor Dorian.

Me desperté presa del pánico. Sólo había sido un confuso y estúpido sueño. ¿Cómo era posible que me hubiera asustado tanto por unos cuantos pájaros inofensivos?

Pasó el día. Hubiera deseado ir a ver a Flora, pero temía no ser bien recibida. Esperaba que Crispin pasara por el despacho, pero no lo hizo. Me alegré de que James no se percatara de mi inquietud.

A la mañana siguiente, a la hora del desayuno, llamó el cartero. Cuando tenía tiempo para tomarse una taza de té, Lily se la ofrecía en la cocina. Esta vez, Lily le hizo pasar al salón. Tenía los ojos desorbitados por el horror y el sobresalto que sólo las malas noticas son capaces de provocar.

—Tom me acaba de decir que Gaston Marchmont ha sido encontrado muerto de un disparo entre los arbustos de St. Aubyn's.

Pensé que me iba a desmayar.

—Sí —añadió Tom—. Lo han encontrado esta mañana entre los arbustos. Ya saben, los que hay en la parte posterior de la casa. Uno de los jardineros lo encontró. Habrá estado allí toda la noche.

—Eso va a traer muchas complicaciones —dijo Lily.

—¿Cómo? ¿Quién? —balbucí.

—Eso es algo que tendrán que averiguar —contestó Tom.

O sea que, al final, había ocurrido. Varias personas querían quitárselo de en medio. Yo tenía miedo de que el culpable del asesinato fuera alguien a quien yo conociera.

Mi primer pensamiento se dirigió a Daniel. No podía creer que aquel hombre tan bondadoso fuera capaz de matar a alguien. La idea me resultaba insoportable. Hubiera sido el final de la felicidad de Rachel.

¿Y Harry Gentry? Había amenazado a Gaston Marchmont con una escopeta. E incluso había efectuado unos disparos.

¿Tamarisk? Le odiaba porque la había engañado y humillado. Era una persona imprevisible y atolondrada y aborrecía por encima de todo que la humillaran.

Crispin le odiaba. Más de una vez había dicho que deseaba librarse de él. Era una amenaza para todo el mundo. Incluso había trastornado a la pobre Flora. Provocaba situaciones desagradables dondequiera que fuera.

Que no haya sido Crispin, repetía yo para mis adentros. Sería para mí lo más insoportable que pudiera pasar.

Por primera vez, me enfrentaba cara a cara con los verdaderos sentimientos que Crispin me inspiraba. Me había sentido atraída por él en cuanto le vi y su desafortunado comentario me hizo más daño, precisamente por venir de él. ¿Barrow Wood? Bueno, aquello nos había afectado profundamente a los dos. Por mi parte, jamás olvidaría su cólera cuando apartó de un empujón al señor Dorian. Tampoco podría olvidar su ternura cuando se volvió hacia mí y me ayudó a levantarme. ¡Qué bien lo pasaba almorzando con él en La Pequeña Raposa! Había tratado de ocultarme incluso a mí misma el placer que sentía cuando se presentaba en el despacho.

Sin embargo, percibía una barrera, algo que no acertaba a comprender. A veces, me parecía intuir una especie de afecto en su actitud hacia mí y pensaba que me apreciaba; pero después volvía a mostrarse indiferente. Aunque la indiferencia no la reservaba exclusivamente para mí, sino para todo el mundo. Estaba totalmente inmerso en la finca y me parecía comprensible que así fuera, pues ésta constituía una grave responsabilidad para él. Pero me daba la impresión de que ocultaba algo... algún secreto.

¡Los secretos! Veía secretos por todas partes a causa

de mis visitas a las hermanas Lane y de aquella inquietante ilustración de las urracas. Incluso las había soñado.

Tía Sophie apenas hablaba de otra cosa que no fuera la muerte de Gaston Marchmont; aunque, en realidad, todo el mundo hablaba de lo mismo en Harper's Green.

¿Quién había matado a Gaston Marchmont? Ésa era la pregunta que se hacía todo el mundo. Había expectación en el aire. La gente pensaba que pronto se conocería la respuesta.

Lily estaba segura de que había sido Harry Gentry.

—Se la tenía jurada —decía—. Desde que lo sorprendió con la joven Sheila. Aunque hay que reconocer que la chica no le hacía ascos. Si quieren que les diga la verdad, yo creo que los dos tuvieron un poco la culpa. Bueno, él ya tiene su merecido y a ella le servirá de lección.

—Espero que el pobre Harry no esté mezclado en eso —dijo tía Sophie—. Se mire como se mire, es un asesinato. Ya sé que tiene un temperamento muy exaltado, pero dudo que le esperara al acecho y que lo matara a sangre fría de esta manera. Es un hombre muy juicioso. No, yo creo que habrá sido alguien perteneciente al pasado de aquel hombre. Porque me imagino que su pasado debía de ser muy borrascoso.

Tía Sophie se mostraba muy solícita conmigo, temiendo que yo estuviera preocupada por Crispin. Tal vez había comprendido mis sentimientos mejor que yo misma. Sabía muy bien que Crispin odiaba a Gaston Marchmont y que estaba deseando echarlo de St. Aubyn's. Yo prefería imaginar que alguien de su pasado había asesinado a Gaston Marchmont.

La policía se pasó varios días visitando Harper's Green. Se habían divulgado las amenazas proferidas por Harry Gentry y éste había sido interrogado varias veces.

Al parecer, tenía una coartada. Había estado pintando la casa de un vecino hasta las nueve de la noche y después el vecino le acompañó a su casa, donde ambos tomaron cerveza y unos bocadillos que les preparó Sheila y posteriormente estuvieron jugando al póker hasta pasada la medianoche.

Se calculaba que el disparo que había provocado la muerte de Gaston se había efectuado entre las diez y media y las once de aquella noche. Por consiguiente, Harry Gentry estaba a salvo, por así decirlo.

Fui a ver a Rachel. Me alegraba de que su relación con Gaston no fuera públicamente conocida. Daniel, Tamarisk y yo éramos los únicos que conocíamos el secreto.

Rachel lanzó un suspiro de alivio al verme.

—Sabía que vendrías en algún momento.

—Hubiera querido venir antes... pero no estaba segura...

—Freddie, ¿no pensarás que fue Daniel?

Guardé silencio.

—No es verdad —dijo Rachel con vehemencia—. Regresó a última hora de la tarde y permaneció en casa hasta la mañana siguiente. Jack estuvo aquí y lo puede confirmar.

—Oh, Rachel no sabes lo preocupada que estaba.

—Y yo también... o, mejor dicho, lo hubiera estado de no haber sabido que Daniel no salió de casa en ningún momento. Ocurrió aquella noche entre las diez y las once, ¿verdad? Estuvo tendido allí... mucho rato sin que nadie lo descubriera.

—¿Por qué Daniel iba a hacer eso? —dije—. ¿Por qué te iban a relacionar con Gaston? Nadie sabe que pudiera haber un motivo.

—Tienen que saberlo, Freddie. Tienen que saberlo.

—Nadie sabe lo que hubo entre tú y Gaston más que nosotros y... Tamarisk.

Rachel me miró consternada.

—Él se lo dijo —le expliqué, añadiendo inmediatamente—: Pero ella no dirá nada. No querrá que se sepa que, mientras la cortejaba a ella, Gaston hacía el amor contigo. No ocurrirá nada. No te preocupes. Tía Sophie piensa que puede haber sido alguien de su pasado. Un hombre como él debía de tener un pasado más bien misterioso. Debía de tener enemigos. En el poco tiempo que vivió aquí tuvo muchos.

—Oh, Freddie, sé que no está bien, pero me alegro de que ya no viva entre nosotros. Jamás hubiera habido paz. Me alegro, no sabes cuánto me alegro.

—Comprendo lo que sientes. En realidad, no veo ninguna razón para que te relacionen con eso.

Rachel me arrojó los brazos al cuello y me estrechó con fuerza.

—Me alegro de que estés aquí, Freddie. Me alegro de que seas mi amiga. Daniel comenta a menudo lo maravillosamente bien que te has portado con nosotros. Cuando pienso que...

—No pienses en eso. Olvídalo. Ahora ya no importa. Te has librado de él. Quería simplemente asegurarme de que Daniel no...

—Él no lo hizo. Te juro que estuvo aquí en todo momento.

Deseaba con toda mi alma creerla. Mientras permanecí a su lado la creí, pero, cuando me fui, pensé en el odio que debía de sentir Daniel por aquel hombre a quien Rachel había amado al principio. La niña a la que tanto quería no era suya. Y, no contento con eso, Gaston había regresado a la casa para amenazar su felicidad.

Daniel era inocente. Rachel había jurado que era inocente. Sin embargo, una vocecita me decía en mi fuero interno: «Bueno, es natural que ella lo diga, ¿no?».

Fui a ver a Tamarisk y me dijeron que se encontraba en su habitación y no recibía a nadie.

—¿Será tan amable de decirle que he venido? —dije—. Si desea verme, puedo venir cuando ella quiera.

Esperé mientras la criada subía al piso de arriba. Ésta bajó a toda prisa cuando ya estaba a punto de irme.

—La señora Marchmont dice que quiere verla, señorita Hammond —me miró sacudiendo la cabeza—. Pobrecilla. La policía ha venido otra vez a molestarla. Está destrozada.

—Ya me lo imagino —dije—. No me quedaré mucho rato, a menos que ella quiera.

Tamarisk se encontraba tendida en la cama. Estaba totalmente vestida, pero llevaba el largo cabello suelto sobre los hombros. Su rostro mostraba una intensa palidez.

—O sea que has venido, Fred —me dijo.

—Hubiera querido venir antes, pero no estaba segura de que quisieras ver a nadie. Hoy han estado a punto de rechazarme.

—No quería ver a casi nadie, pero me apetece hablar contigo.

Me senté junto a la cama.

—¿No te parece horrible lo que ha ocurrido? —me preguntó.

Asentí con la cabeza.

—No puedo creer que jamás volveré a verle. No puedo creer que haya muerto. Ha venido la policía. No hacen más que preguntas. Han interrogado a Crispin... a mi madre... y a algunos criados. Mi madre está muy afectada. Le apreciaba profundamente.

—Tamarisk, ¿cómo te encuentras?

Su mirada pareció perderse en el espacio mientras sus labios se contraían en una displicente mueca.

—Sé que no debería decirlo... —contestó— pero sólo

te lo digo a ti. Me alegro. Ésa es la verdad. Le odiaba con toda mi alma.

La miré sorprendida mientras ella esbozaba una amarga sonrisa.

—Eso no se lo dije a la policía, claro. Hubieran pensado que le había matado yo. Te aseguro que algunas veces hubiera deseado hacerlo.

—¡No hables así, Tamarisk!

—No es prudente, ¿verdad? En realidad, parece que sospechan de mí... aunque no lo han dicho de una manera explícita. He sido una estúpida, Fred. Pero tú siempre lo supiste, ¿no es cierto? Me creí todo lo que me dijo. Y, mientras me juraba que no miraría a ninguna otra, mantenía un idilio con Rachel.

—Tamarisk, por favor, no hables así. Piensa en lo que eso significaría para ella y Daniel. Hay que pensar en la niña.

—Pero es la verdad —dijo.

—Mira, Gaston hizo mucho daño en vida. Ahora ya ha muerto. Dejemos que todo termine.

—¡Que todo termine! ¿Y qué me dices del acoso de la policía?

—Eso es inevitable. Ha habido un asesinato.

—Sospechan de Harry Gentry. Al parecer, Gaston iba detrás de su hija Sheila. ¡Oh, qué grandísimo sinvergüenza! No le reprocharía a Harry Gentry que lo hubiera hecho.

—¿Qué te ha dicho la policía?

—Bueno, han estado muy amables. Uno, hablando conmigo con mucha consideración y otro tomando notas en un cuadernito. Tuve que hablarles de nuestro matrimonio y decirles que apenas le conocía. Sabían que se había presentado con un nombre falso. Sabían algo de él. Al parecer, se había metido en algún lío... bajo otro nombre. Me siento humillada, sabiendo que me dejé engañar como una tonta.

—No te preocupes. Muchas personas se dejan engañar y tú eras muy joven.

—Lo publicarán en todos los periódicos. Me pregunto quién habrá sido. Dicen que Harry Gentry estaba con un vecino suyo cuando mataron a Gaston. Yo estuve aquí todo el rato. Y Crispin también. Hubo un momento en que me pregunté si Crispin...

—¡Jamás hubiera hecho tal cosa! Tiene demasiado sentido común.

—Eso creo. Pero le odiaba. Sea como fuere, Crispin estuvo en casa. Supongo que algún día lo sabremos. La policía lo descubrirá, ¿no crees?

—Seguro que sí. Es lo que suele ocurrir normalmente.

—Me alegro de que hayas venido, Fred. Me gusta hablar contigo. Nada dura eternamente, ¿verdad? Eso terminará algún día. Y entonces seré libre.

—Tamarisk, espero que todo se resuelva satisfactoriamente.

—Lo sé. Me das muchos ánimos. Adiviné que vendrías con tus sensatos refranes de costumbre. «A cada puerco le llega su San Martín.» «No hay mal que por bien no venga.» «Nunca es tarde si la dicha es buena.» Será un nuevo comienzo. Tendré que olvidar. Una de las cosas que me repito constantemente es que ahora soy libre.

Sí, pensé. Tienes la suerte de haberte librado de él. Debe de haber varias personas que se alegren de que Gaston Marchmont haya muerto.

A la mañana siguiente, cuando llegó con la correspondencia, el cartero tenía más noticias que contarnos. Lucy lo hizo pasar mientras desayunábamos.

—Ocurre algo en St. Aubyn's —nos dijo—. Están cavando entre los arbustos.

—¿Para qué? —preguntó tía Sophie.

—No me lo pregunte, señorita Cardingham. Pero está allí la policía.

—¿Y eso qué significado puede tener? —murmuró tía Sophie—. ¿Qué esperan encontrar?

—Creo que lo sabremos muy pronto.

Cuando el cartero se fue, comentamos las novedades y, más tarde, James Perrin me preguntó nada más verme:

—¿Se ha enterado? Están llevando a cabo una investigación.

—Están cavando en St. Aubyn's —le dije—. El cartero nos ha comunicado la noticia a la hora del desayuno.

—Todo eso es muy lamentable.

—Tiene que ser algo relacionado con el asesinato. No sé cómo va a terminar. Corren muchos rumores y hay forasteros merodeando por la zona en la esperanza de poder ver el lugar donde se cometió el asesinato.

—Ojalá ese hombre no hubiera aparecido jamás por aquí.

—No creo que sea usted el único en pensarlo. Es extraño. Transcurren años sin que ocurra nada y, de pronto, se produce un cambio. Hubo la muerte del pobre señor Dorian, el rapto, la venida de ese hombre y ahora este asesinato.

Me pregunté qué hubiera pensado James si yo le hubiera contado lo que ocurrió en Barrow Wood.

—Espero que Crispin no tenga ningún problema —dijo James.

—¿Qué quiere decir? —le pregunté con inquietud.

James frunció el ceño y no contestó. Sospecha de Crispin, pensé. Me vino a la memoria el recuerdo de Crispin en Barrow Wood... y la mirada de sus ojos cuando levantó al señor Dorian. «Hubiera podido matarle», le dije más tarde. Y el contestó que no hubiera sido ninguna pérdida. ¿Era eso lo que pensaba ahora sobre Gaston?

Aquel día me alegré de regresar a casa. Tía Sophie me estaba esperando. Tenía algo importante que decirme. Antes de que tuviera ocasión de hablar, una idea cruzó fugazmente por mi mente, ¿qué habrán encontrado entre los arbustos?

—Crispin ha venido —me dijo—. Quiere verte. Es importante.

—¿Cuándo? —pregunté ansiosamente.

Tía Sophie miró el reloj de la repisa de la chimenea.

—Dentro de media hora.

—¿Dónde?

—Vendrá él aquí. Sabía a qué hora regresarías a casa. Dijo que volvería. Puedes hablar con él en el salón.

—¿Qué ha pasado con los arbustos?

—No lo sé.

—¿Aún están cavando?

—No. Creo que ya han interrumpido la tarea. Bueno, él está a punto de llegar. Dijo que quería hablar a solas contigo.

Me lavé, me peiné y esperé. Al final, oí el rumor de los cascos de su caballo y tía Sophie le hizo pasar al salón.

—¿Le apetece una copa de vino? —le preguntó.

—No, gracias —contestó Crispin.

—Muy bien, estaré por aquí si necesita algo.

Cuando tía Sophie se retiró, Crispin se acercó a mí y tomó mis dos manos entre las suyas.

—Por favor, dígame... ¿qué ha ocurrido? —le pregunté.

Me soltó las manos y nos sentamos.

—Han encontrado el arma —contestó Crispin en voz baja—. Estaba enterrada entre los arbustos, no lejos del lugar donde descubrieron el cuerpo. Está claro que es la que se utilizó para cometer el delito. No cabe la menor duda.

—¿Y cómo se les ocurrió cavar allí?

—Observaron que la tierra había sido removida recientemente.

—¿Les servirá de algo?

—Es una de las armas que hay en la sala de armas de St. Aubyn's.

Le miré consternada.

—¿Y eso qué significa?

—Que alguien tomó un arma de la sala de armas, la utilizó y, en lugar de volver a dejarla en su sitio, la enterró entre los arbustos.

—¿Por qué?

Crispin se encogió de hombros.

—¿Creen que fue alguien de la casa? —pregunté.

—Ésa parece ser una de las conclusiones.

—Pero, ¿por qué iba alguien de la casa a tomar un arma y no dejarla después en su sitio?

—Es un misterio.

—¿Qué significado le atribuyen?

—No lo sé. Hasta que descubran al culpable, sospechan de todo el mundo. Es evidente que fue alguien que tenía acceso a la casa.

—O sea que la idea de que pudiera ser alguien de su pasado ya no es válida.

—¿Un enemigo del pasado?

—Es algo que se le ocurrió a tía Sophie. Pensó que un hombre como Gaston Marchmont debía de tener enemigos dondequiera que fuera y que quizás uno de ellos le dio alcance aquí.

—Es una teoría interesante. Ojalá fuera cierta.

—¿Qué ocurrirá ahora?

Crispin sacudió la cabeza.

—¿Estás preocupada?

—Lo estoy. Cada vez se van acercando más a la casa. Pero, ¿por qué razón tomó alguien el arma y después la enterró... por lo visto, de una forma un tanto chapucera? Es extraño.

—Puede que averigüen el motivo —Crispin me miró—. Hace tiempo que quería hablar contigo. Tal vez éste no sea el momento más oportuno, pero ya no puedo esperar más.

—¿Qué quería decirme?

—Te habrás dado cuenta de que, desde hace algún tiempo, me intereso mucho por ti.

—¿Quiere decir después de aquello tan terrible que ocurrió...?

—Por aquello también. Pero me refiero a antes. Ya desde un principio.

—¿Desde que se fijó en aquella niña tan fea?

—Eso ya está perdonado y olvidado. Te amo, Frederica. Quiero que te cases conmigo.

Retrocedí, asombrada.

—Sé que no es el momento —añadió Crispin—. Pero ya no podía callarlo. He estado a punto de decírtelo muchas veces y creo que he perdido mucho tiempo —me miró inquisitivamente—. ¿Quieres que siga?

—Sí —contesté ansiosamente.

—¿Eso significa que...?

—Significa que deseo oírlo.

Crispin se levantó y tomó mis manos para que me levantara. Después, me estrechó en sus brazos y, a pesar de todos mis temores y recelos, experimenté una profunda sensación de felicidad.

Me besó con apasionada fuerza, dejándome casi sin respiración. Me parecía que estaba soñando. Habían ocurrido cosas muy extrañas y aquélla era la más inesperada de todas ellas.

—Temía enfrentarme con mis propios sentimientos

—me dijo—. Lo que ocurre en el pasado siempre influye en nosotros, ¿no es cierto? Piensas que todo está podrido. Pero ahora...

—Sentémonos a hablar un momento —dije.

—Primero dime si me aprecias.

—Por supuesto que sí.

—Entonces soy feliz. A pesar de todo lo que pueda ocurrir... soy feliz. Estaremos juntos. Nos enfrentaremos con lo que sea.

—Estoy un poco confusa —le dije.

—¡Pero tú conocías mis sentimientos!

—No estaba segura. Cuando hablé de irme, tú insististe en que me quedara.

—Claro, porque no podía consentir que te fueras.

—Y yo aborrecía la idea de irme.

—Y, sin embargo, te proponías hacerlo.

—Pensaba que sería lo mejor.

—He sido un poco arrogante, ¿verdad?

—Frío. Indiferente.

—Era una especie de defensa —Crispin se rió súbitamente—. Y ahora... en medio de todo lo que está pasando...

—Puede que sea precisamente por lo que está pasando —dije.

—Tenía que sacármelo de dentro. No podía ocultarlo por más tiempo, Frederica. ¡Qué nombre tan rimbombante tienes!

—Sí, a mí también me lo parece. Mi madre me lo puso porque estaba muy orgullosa de nuestra familia. Hubo varios Fredericks de cierta fama... generales, políticos y cosas por el estilo. Ella hubiera preferido un varón. Entonces me hubiera llamado Frederick.

¿Por qué estábamos hablando de cosas intrascendentes? Era como si intentáramos apartar de nosotros algo que nos diera miedo. Yo recordaba su cólera y su furia contra el señor Dorian y la forma en que había hablado de Gaston y de su deseo de librarse de él. Había elegido aquel momento, en medio de todo aquel barullo, cuando se acababa de descubrir el arma asesina entre los arbustos, para hacerme una proposición de matrimonio.

Quise saber por qué.

—Llevo mucho tiempo enamorado de ti —me dijo—. Deseo por encima de todo que tú también me ames. Pero no podía creer que pudieras quererme. Yo no tengo tanto encanto como...

Su rostro se ensombreció y yo volví a sentir miedo.

—Crispin, yo te amo —le dije—. Deseo casarme contigo y quiero que todo sea perfecto entre nosotros, ahora y siempre. Quiero saberlo todo de ti. No quiero que haya ningún secreto entre nosotros.

—Yo también quiero lo mismo, por supuesto —dijo Crispin tras una leve vacilación y una pausa.

Algo me ocultaba. Recé en mi fuero interno para que no estuviera implicado en aquellos terribles acontecimientos. No hubiera podido soportarlo.

Me pareció que sólo quería hablar de nuestro amor y que deseaba apartar a un lado todo lo demás para centrarse únicamente en la maravillosa revelación del mutuo afecto que nos unía.

—Me alegro de que me aprecies —dijo casi en tono de súplica—. Y de que te guste la finca —frunció el ceño e hizo un gesto con la mano—. Todos estos... trastornos... terminarán muy pronto. Descubrirán quién lo hizo y todo se arreglará. Tenemos que olvidarlo. Estaremos juntos y será maravilloso. Tú me has hecho cambiar, cariño, ¿lo sabías? Me has cambiado la visión de la vida. Yo era un ser melancólico. No creía en las cosas buenas. Quiero que comprendas... lo de mi primer matrimonio.

—Eso ocurrió hace tiempo.

—Pero influyó mucho... en mi manera de ser. Sólo

tras haberme enamorado de ti empecé a librarme de todo aquello. Debes comprenderlo. No estaré tranquilo hasta que lo comprendas —Crispin apretó mi mano con fuerza y añadió—: Yo era muy joven. Dieciocho años, iba a cumplir diecinueve. Estudiaba en la universidad y llegó a la ciudad una compañía de cómicos. Ella formaba parte de la compañía. Debía de tener unos veinticinco años por aquel entonces, aunque ella confesaba veintiuno. Fui al espectáculo... una comedia musical... un espectáculo de cantos y bailes. Ella formaba parte del coro y me pareció muy guapa. Estuve allí la primera noche... y, a la siguiente, le envié unas flores y ella accedió a recibirme. Me había encaprichado totalmente de ella.

—Es algo que les habrá ocurrido infinidad de veces a muchos otros chicos.

—Lo cual no justifica mi locura.

—No, pero es un consuelo saber que no eres el único.

—Tú siempre buscarás alguna excusa para disculparme, ¿verdad?

—Supongo que es lo que se suele hacer cuando se ama a una persona.

Crispin me atrajo hacia sí y me besó.

—¡Cuánto me alegro de habértelo dicho! No puedo creer que me ames. Ahora cuidarás de mí por siempre jamás.

—Tú eres el más fuerte. Eres tú quien debe cuidar de mí.

—Lo haré con todo mi corazón... y... en mis momentos de debilidad, tú estarás ahí.

—Siempre que tú quieras —dije.

Permanecimos unos momentos en silencio mientras él me abrazaba y me besaba el cabello.

—Me estabas diciendo algo —le recordé.

—Me avergüenzo de ello, pero debes saberlo puesto que...

Vaciló momentáneamente y yo tuve miedo otra vez.

—Quiero saberlo todo, Crispin —le dije con firmeza—. Por favor, no me ocultes nada. Lo comprenderé... cualquier cosa que sea.

Hubo otra breve vacilación.

—Bueno, pues —añadió finalmente Crispin—, en contra de los consejos de mis amigos, me casé con ella y dejé los estudios. Al fin y al cabo, tenía la finca. Siempre me había interesado. Pensé que sentaría la cabeza. Kate... no creo que ése fuera su verdadero nombre... no había nada de verdad en ella. Todo era falso. Kate Carvel. Se moría de aburrimiento en la finca. No quería vivir en el campo. Perdí la ilusión. Me di cuenta de que había cometido un error, pero sentirte un estúpido a la edad de diecinueve años es muy humillante. A veces, es como una mutilación... que te impide vivir. Fue lo que me ocurrió hasta que apareciste tú. Entonces creo que empecé a cambiar.

—Me alegro mucho, Crispin.

—No quiero justificarme, pero nadie se preocupaba por mí excepto Lucy Lane. Por eso caí tan fácilmente en las redes de Kate. Ella sabía disimular muy bien. Mis padres jamás se habían ocupado ni de Tamarisk ni de mí. Estaban tan inmersos en su propia vida que no les quedaba sitio para nosotros. Lucy siempre fue maravillosa conmigo.

—Y tú has sido maravilloso con ella.

—Me he limitado a cumplir con mi deber.

—Creo que la has cuidado espléndidamente bien... lo mismo que a su hermana.

—Lancé un suspiro de alivio cuando Kate se fue. No puedo explicar lo que sentí.

—Lo comprendo.

—Ya sabes lo del accidente. Me llamaron para que la identificara. Había sufrido unas lesiones gravísimas.

Por suerte, llevaba una sortija que yo le había regalado antes de casarnos. Pertenecía a la familia desde hacía muchos años y tenía un timbre heráldico bellamente labrado. Ahora la tengo yo. Fue suficiente. También llevaba una capa de piel con sus iniciales bordadas en el forro. Aquel episodio ya terminó.

—Y tú debes olvidarlo.

—Ahora ya puedo. El hecho de que me quieras me ha devuelto la confianza en mí mismo.

Me eché a reír.

—Siempre creí que eso era lo único que no te faltaba. En realidad...

—Yo era muy arrogante, estamos de acuerdo.

—Bueno, es posible.

—No tienes por qué medir las palabras conmigo, cariño. Quiero siempre la verdad de ti.

—Y yo de ti —repliqué, volviendo a sentir una leve punzada de inquietud.

—Tenía la finca y me entregué a ella en cuerpo y alma —añadió Crispin—. No puedes imaginarte lo mucho que eso me ayudó a superar aquel período.

—Lo comprendo muy bien.

—Será maravilloso. Nos casaremos... en cuanto todo esto termine.

—Espero que sea muy pronto. James me ha dicho que hay forasteros rondando por aquí; sienten curiosidad por ver el lugar donde fue asesinado un hombre.

—Ah, James —dijo Crispin, mirándome inquisitivamente—. James es un buen chico.

—Lo sé.

—Te aprecia mucho. Te aseguro que a veces he tenido celos de él.

—No había razón.

—La gente le hubiera considerado un buen marido.

—Estoy segura de que algún día lo será para alguien.

—¿Sientes algo por él?

—Le aprecio.

—El aprecio puede transformarse en algo más fuerte. Pero eso ahora ya está descartado. Dímelo. Descubrirás que siempre necesito que me den seguridades.

—Y las tendrás.

Crispin se levantó de repente y, tomándome las manos para que me levantara a mi vez, me estrechó contra sí sin que yo le pudiera ver el rostro.

—Ya está todo resuelto —dijo—. Sobran todas las explicaciones. Conoces mi pasado y, a pesar de todo, sigues queriéndote casar conmigo. Siento deseos de ponerme a bailar en esta habitación, pero tú ya conoces mis dotes de bailarín y no creo que tengas muy buena opinión de ellas.

—Pero yo no me caso contigo por tus dotes de bailarín —le dije alegremente.

Sentía su mejilla contra la mía y hubiera deseado acallar los temores que me asaltaban. Qué feliz hubiera sido sin ellos.

—Tía Sophie se estará muriendo de curiosidad —le dije—. ¿Te parece que la llamemos y se lo digamos?

—Sí, faltaría más. Quiero que todo el mundo lo sepa.

Entró tía Sophie.

—Tenemos una noticia para ti —le dije—. Crispin y yo nos hemos comprometido en matrimonio.

Mi tía abrió enormemente los ojos y yo comprendí que estaba contenta.

Después me besó y besó también a Crispin.

—Que Dios os bendiga a los dos —dijo—. Lo sabía... estaba segura. ¡Pero habéis tardado tanto!

Cuando Crispin se fue, tía Sophie y yo nos sentamos a conversar.

Mi tía comentó que se sentía muy dichosa por la noticia.

—Siempre pensé que Crispin tenía muy buenas cualidades —dijo— y, cuando os vi juntos, me pareció que así debería ser. Cuando te buscó un trabajo, lo consideré una buena señal y sentí deseos de ponerme a saltar de contento. Crispin tenía a su espalda aquel primer matrimonio tan desgraciado. Era muy joven y lo peor es que, cuando uno es joven, cree saberlo todo. Después te haces mayor y comprendes que no sabes nada. Pero todo lo que ocurre te sirve de experiencia y, cuando recibes un golpe, aprendes a no repetir lo que hiciste. Me alegro mucho por ti, Freddie, y también por mí. Estarás aquí... a un tiro de piedra. Es lo mejor que hubiera podido suceder. Siempre temía que algún día te fueras y me dejaras sola de nuevo.

Le comenté el hallazgo entre los arbustos. Se puso muy seria y observé que la alegría se esfumaba parcialmente de su rostro.

—¡Un arma de la sala de armas! —exclamó—. ¿Qué demonios significa eso?

—Nadie lo sabe.

—El disparo lo debió de hacer alguien de St. Aubyn's.

—Alguien pudo entrar y tomar el arma.

—Tuvo que ser alguien que conocía muy bien la casa.

—Muchas personas la conocen.

—Pero, ¿por qué enterrarla? ¿Por qué no devolverla a su sitio?

—Es un misterio. Oh, estoy deseando que todo este desdichado asunto termine.

—No terminará hasta que descubran quién mató a ese hombre.

Tía Sophie me miró con inquietud.

Hubiera querido gritarle que no había sido Crispin, que éste había permanecido en la casa en todo momento. Las personas no mataban a sus cuñados por el simple hecho de que no les fueran simpáticos.

Adiviné los pensamientos que se agolpaban en la mente de tía Sophie. ¿Por qué había elegido Crispin aquel momento para pedirme que me casara con él?

Llegó el día de la investigación. Crispin y yo no habíamos anunciado oficialmente nuestro compromiso. Llegamos a la conclusión de que no era lo más adecuado y tía Sophie se mostró de acuerdo con nosotros.

La sospecha se cernía sobre Harper's Green; la noticia del hallazgo en los terrenos de St. Aubyn's había saltado a los titulares de la prensa y circulaban comentarios para todos los gustos. Ya me imaginaba las extravagantes conclusiones a que habría llegado la gente. Todos estábamos extremadamente preocupados.

Fui al despacho por la mañana. James estaba muy pensativo.

—Es horrible —dijo—. No puedo soportar la presencia de todos estos mirones. Todo el mundo quiere echar un vistazo a los arbustos. Ojalá encontraran al asesino y terminaran de una vez.

—Cuando lo encuentren, se armará un revuelo —le recordé—. Y tendrá que celebrarse un juicio.

—Espero que no esté mezclado en ello nadie de aquí —dijo James con inquietud—. ¡Pobre señora Marchmont! Debe de ser un suplicio para ella.

—No sale de casa —dije—. Y lo está pasando muy mal.

—Tendrá que someterse a un interrogatorio, por supuesto... y el pobre Harry Gentry también. Y los criados... por lo menos, algunos. Me pregunto qué efecto tendrá todo eso en la finca.

—¿Y qué efecto podría tener?

—Estaba pensando que, si no descubren al asesino, habrá mucha inseguridad. Yo aspiraba a ser propietario de una pequeña granja... un lugar que yo pudiera dirigir a mi antojo. No hay nada como ser el amo.

—Supongo que no.

—Al principio, podría alquilarla y más tarde quizá la podría comprar —me explicó James mirándome con expresión expectante.

—De momento —le dije—, aquí lo está haciendo muy bien. Me pregunto qué ocurrirá en la investigación.

—Ojalá no hubieran encontrado el arma enterrada entre los arbustos.

—Yo esperaba que fuera un desconocido —dije—. Alguien de su pasado.

—Un pasado que debió de ser muy misterioso. Sí, hubiera sido una buena solución.

No sé cómo pasé aquel día. Dejé el despacho lo antes que pude.

Tía Sophie estaba esperando el veredicto con tanta ansia como yo. Estaba segura de que, adivinando mi inquietud, Crispin acudiría inmediatamente a los Rowans.

Así lo hizo.

—El veredicto es de asesinato, por supuesto —nos dijo—. Asesinato perpetrado por una o unas personas desconocidas.

—¿Qué otra cosa podía ser? —dijo tía Sophie.

—Y ahora, ¿qué? —pregunté yo.

—La policía estará muy ocupada —contestó Crispin—. Todos lo hemos pasado mal durante los interrogatorios. La pobre Tamarisk estaba destrozada. Harry Gentry lo ha superado muy bien. Amenazó a Marchmont y efectuó disparos con su escopeta... aunque disparó al aire. Y varias personas fueron testigo de ello. Pero es evidente que el arma con la que se disparó el tiro mortal no era suya. Todo el mundo ha declarado que Marchmont era un tipo muy desagradable, lo cual no autoriza a nadie a asesinarle, claro. Aún quedan muchos puntos por aclarar. La cuestión del arma ha suscitado mucho interés. Parece que tiene que ser alguien de por aquí. Me han hecho muchas preguntas sobre el arma y la sala de armas. Ahora casi nunca las usamos. Antes se cazaba mucho en la finca. El detalle más extraño es que alguien tomara el arma y la enterrara. Si lo hubiera hecho alguien que tenía acceso a la casa, lo más fácil hubiera sido dejarla nuevamente en su sitio.

—Tuvo que ser alguien que tenía acceso a la casa, pero no vivía en ella —dije con cierto alivio.

Crispin me miró con una sonrisa, adivinando mis pensamientos.

—Creo que ésa fue la impresión que tuvieron —dijo—. Habrá sorpresas, no me cabe la menor duda. Me temo que aún no hemos llegado al final de este desgraciado asunto, pero, por lo menos, la investigación ha terminado.

Un fantasma del pasado

Estábamos a finales de septiembre y se iba a celebrar una cena en St. Aubyn's en cuyo transcurso Crispin y yo anunciaríamos nuestro compromiso.

—Es lo que querrá mi madre —dijo Crispin—. Siempre ha habido una cierta afición a la etiqueta en mi familia.

La gente seguía comentando el asesinato. Lejos de acallar el interés por el tema, la investigación lo había aumentado. «Una persona o unas personas desconocidas.» La frase tenía un carácter siniestro. En las tiendas y en los hogares todo el mundo se hacía la misma pregunta: «¿Quién mató a Gaston Marchmont?».

Las sospechas se circunscribían a una o dos personas: Crispin era una de ellas, Tamarisk y Harri Gentry también lo eran, aunque muchos se inclinaban por la posibilidad de que hubiera sido alguien perteneciente al pasado de Gaston. A fin de cuentas, ¿por qué no hubiera podido alguien entrar en la casa, tomar el arma y no tener después la oportunidad de dejarla nuevamente en su sitio? La teoría tenía cierta verosimilitud.

Entre tanto, se celebraría la cena y la comunidad se vería sacudida por otra noticia.

La señora St. Aubyn decidió asistir a la cena. Desde

la llegada de Gaston, su salud había mejorado tanto que ahora ya había dejado de ser la inválida que antaño fuera. Gaston la halagaba diciéndole que parecía una muchachita y ella se comportaba como tal. Había adquirido la costumbre de comer con el resto de la familia y ahora no podía caer de nuevo en la invalidez después de la desaparición de Gaston. Entonces, Gaston ha hecho una buena obra, pensé para mis adentros. La señora St. Aubyn debía de ser la única persona que le lloraba, pues no cabía duda de que estaba sinceramente afligida por su muerte.

Asistieron a la fiesta los Hetherington y otros amigos de la zona, entre ellos, el médico y su mujer y un abogado de Devizes que representaba los intereses de la familia. Aparte tía Sophie, como es natural.

Crispin ocupó la cabecera de la mesa, yo me senté a su derecha y la señora St. Aubyn lo hizo a su izquierda. Aunque estaba muy triste, ya no era la inválida que siempre comía en su habitación. Tamarisk también se encontraba presente. Había cambiado mucho y ya no era una chiquilla atolondrada y despreocupada.

El fantasma de Gaston Marchmont parecía cernirse sobre todos nosotros y, aunque los invitados trataron de no referirse a los recientes acontecimientos y de comportarse como si nada hubiera ocurrido, tal cosa no fue posible.

Una vez finalizada la cena, Crispin se levantó y, tomando mi mano, se limitó a decir:

—Tengo que comunicarles una noticia. Frederica, la señorita Hammond, y yo hemos decidido casarnos.

Todo el mundo nos felicitó y brindamos con el champán que el maryordomo había subido de la bodega.

Yo hubiera podido ser muy feliz de no haber sido por la presencia de aquel fantasma. Me preguntaba si alguna vez nos dejaría en paz.

Más tarde me senté en el salón al lado de Tamarisk.

—A mí no me hacía falta el anuncio oficial —me dijo Tamarisk—. Se respiraba en el aire.

—¿Tanto se notaba?

—Bastante. Sobre todo, cuando empezaste a trabajar en el despacho. Él lo dispuso todo, claro.

—Fue muy bueno conmigo.

—¿Bueno? Lo hizo en su propio interés —dijo Tamarisk.

—Tamarisk, ¿cómo estás?

—Pues no lo sé. A veces, me siento muy triste. Otras veces me siento avergonzada. Otras me alegro... me alegro de que haya muerto... a pesar de que, en cierto modo, todavía está aquí. Lo estará hasta que encuentren a la persona que lo mató. Ojalá... ojalá no le hubiera conocido jamás.

Apoyé mi mano sobre la suya.

—Éramos como hermanas en cierto sentido —dijo—. Eso me resulta consolador.

—Me alegro.

—Rachel, tú y yo. Nosotras tres... siempre estábamos juntas, ¿verdad? Parece que a ti te han ido mejor las cosas que a nosotras dos. Tú y Crispin. ¿Quién hubiera podido imaginar que Crispin se enamoraría de ti?

—Rachel es muy feliz en su matrimonio.

—Pobre Rachel.

—Todo terminó. Ahora es feliz. Pero, ¿qué me dices de ti, Tamarisk?

—Me repondré cuando todo eso termine. Si por lo menos lo hubiera matado un desconocido, podríamos olvidarlo más fácilmente. Estarán merodeando por aquí hasta que lo descubran. Me refiero a la policía. No se olvidarán de este asunto sin más después de la investigación.

—Tenemos que seguir adelante como si nada hubiera ocurrido.

—Algunas personas creen que lo hice yo. Y siempre

lo creerán. Ya comprendes a qué me refiero cuando digo que siempre estará aquí.

—No lo estará. Encontrarán la respuesta.

—Pero, ¿y si la respuesta no es la que nosotros quisiéramos?

—¿Qué quieres decir?

—Ya sabes lo que quiero decir. Vamos a intentar ser felices o a fingir que lo somos. Puede incluso que lo consigamos durante algún tiempo. Pero de pronto aparecerá. Estallará de repente, Fred. No tendrán más remedio que descubrir quién lo hizo. Eso no terminará hasta que lo descubran.

Tía Sophie se acercó a nosotras con una radiante sonrisa en los labios; parecía muy satisfecha, pero detrás de su sonrisa yo adiviné una cierta inquietud.

Sí, el fantasma de Gaston Marchmont nos acompañaba aquella noche.

Me sorprendió el interés que despertó nuestra futura boda, y no simplemente entre los habitantes de Harper's Green. Eso hubiera sido plenamente previsible.

Ocurrió a los pocos días de la cena. Cuando bajé a desayunar, tía Sophie ya estaba sentada a la mesa, leyendo el periódico de la mañana. Cuando me saludó, observé en su rostro una cierta consternación.

—Buenos días, tía Sophie —me acerqué a ella y le di un beso—. ¿Ocurre algo?

Tía Sophie se encogió de hombros.

—Supongo que no será nada.

—Te veo preocupada.

—Es por eso.

Empujó el periódico hacia mí y vi una fotografía de Crispin en la primera plana.

—¿Qué es eso? —exclamé.

—La debieron de tomar en algún momento de la investigación. La prensa siempre anda acechando por todas partes. Le acompaña el inspector Burrows. El que estuvo aquí, ¿recuerdas?

> «Próxima boda. Se ha anunciado el compromiso entre el señor Crispin St. Aubyn y la señorita Frederica Hammond, vecina suya desde hace años. El señor St. Aubyn es el terrateniente de Wiltshire en cuya finca se descubrió recientemente el cuerpo sin vida de Gaston Marchmont. El arma con la que se efectuó el disparo mortal fue sacada de la sala de armas de St. Aubyn's. Ésta será la segunda boda del señor St. Aubyn. Su primera esposa, la actriz Kate Carvel, murió en un accidente ferroviario poco después de la boda.»

Tía Sophie me miró.

—¿Por qué sacan ahora todo esto? —pregunté.

—Porque piensan que a la gente le interesará leerlo —contestó tía Sophie.

—Pero aquel primer matrimonio...

—Añade un poco más de dramatismo a la historia.

—¿Y qué le importa eso a la gente?

—El caso tuvo repercusión nacional, como puedes suponer.

Sí, pensé, y aquel periódico no era local. Se distribuiría por todo el país. Pensé en los miles de personas que leerían la noticia.

Se olvidará con el tiempo, me dije. Pero siempre habría alguien que lo recordaría. No habría escapatoria.

A Crispin no le preocupó demasiado la noticia del periódico.

—Hasta que todo eso no se resuelva, seguirán acosándonos. Tenemos que olvidarlo. Pensemos en cosas agradables. No veo ninguna razón para un aplazamiento. Casémonos cuanto antes. Mi madre ya está haciendo planes. Dice que tiene que ser una boda según la tradición de St. Aubyn's y que no debo olvidar que soy el jefe de la familia y todo eso. Personalmente, yo preferiría el camino más rápido. Quiero simplemente estar contigo... y asegurarme de que siempre... estaremos juntos.

—Yo también lo deseo —dije—. Pero supongo que la boda despertará el interés de la prensa.

—Creo que no tendremos más remedio que aceptarlo.

—Tal vez si esperáramos un poco... no demasiado. Por si hubiera alguna novedad.

Crispin me miró horrorizado.

—Algún descubrimiento —añadí—. Alguna revelación.

—¡Oh, no! —exclamó Crispin con vehemencia.

Frunció el ceño y yo lo rodeé con mis brazos y lo estreché con fuerza mientras él se aferraba a mí casi como si me pidiera protección.

—No me dejes nunca. No hables de aplazamientos.

Me conmoví profundamente, pero tuve la sensación de que no había conseguido llegar hasta él. Se interponía una barrera entre nosotros.

—Crispin —le dije—, aquí hay algo...

—¿A qué te refieres? —preguntó.

¿Advertí en su voz una nota de temor o fueron sólo figuraciones mías?

—No tiene que haber ningún secreto entre nosotros —le dije impulsivamente.

Crispin retrocedió y volvió a ser el de siempre... el hombre capaz de dominar cualquier situación.

—¿A qué te refieres, Frederica? —repitió.

—Me ha parecido que tal vez había algo importante que yo ignorara.

Crispin se echó a reír y me besó.

—Eso es lo más importante... lo más importante del mundo para mí. ¿Cuándo nos casamos?

—Tenemos que hablar con tu madre y con tía Sophie.

—Creo que tía Sophie se dejará convencer.

—Estará de acuerdo con cualquier decisión que tomemos, claro, pero comentó que, a la vista de... todo lo que ha ocurrido... convendría no celebrar una boda por todo lo alto tal como tu madre desea. Es demasiado pronto después de lo que ha pasado.

Crispin guardó silencio.

—Tiene razón —añadí—. Tu cuñado ha muerto. Ha habido una defunción en la familia. Lo normal es esperar un año.

—¡Imposible! Nadie lo ha lamentado.

—Fue un asesinato. Creo que heriríamos muchos sentimientos si celebráramos una gran ceremonia después de esta desgracia. ¿A qué conclusiones llegaría la gente?

—¿Y qué más nos da eso a nosotros?

—Recuerda que la situación es muy delicada. Y que, hasta que el caso se aclare, puede que algunos sospechen toda clase de cosas, Crispin.

Crispin me miró con aire pensativo.

—¿Quieres decir que, a tu juicio, deberíamos esperar un año?

—Tanto como eso, no. Pero, ¿no crees que deberíamos ver cómo se desarrollan los acontecimientos?

—Estoy deseando irme —dijo Crispin—. ¿Adónde quieres que vayamos, cariño?

—Adonde tú quieras.

—Lejos de aquí... de todos los rumores... y todos los recuerdos... Sólo deseo pensar en nosotros y nada más.

—Será una delicia.

Una vez más tuve la sensación de que estaba deseando decirme algo que llevaba dentro. Un terrible temor se apoderó de mí sin que yo pudiera hacer nada por desterrarlo de mi mente. Me preguntaba una y otra vez qué papel habría desempeñado Crispin en aquel asesinato. ¿Por qué no me decía lo que pensaba? ¿Acaso no se atrevía?

Pensé en lo feliz que sería si pudiéramos estar juntos y nada se interpusiera entre nosotros y nuestra felicidad y yo pudiera imaginar el futuro con confianza y esperanza. Sin embargo, no podía olvidar aquel cuerpo entre los arbustos y el arma que alguien había sacado de la sala de armas de St. Aubyn's.

Crispin se refirió a la luna de miel. Italia era uno de sus lugares preferidos. ¿Acaso no era uno de los países más bellos del mundo? Conservaba muchos vestigios del pasado, y Florencia, Venecia y Roma eran algo extraordinario. Austria también le atraía. Podríamos ir a Salzburgo, la patria de Mozart. ¿Y Francia con sus castillos del Loira? Crispin siempre había sentido deseos de visitar el *Château* Gaillard con sus recuerdos de Ricardo Corazón de León.

Mientras conversábamos, yo no podía dejar de pensar: «Hay algo que no puede ocultar por entero. Lo veo en sus ojos».

¿Por qué no me lo dice? No se lo puedo preguntar porque no quiere reconocer su existencia. Sin embargo, a pesar de que le conozco y le amo, me doy cuenta.

Lily estaba muy orgullosa de mí.

—Conque la casa grande, ¿eh? ¡La señora de todo aquello! Ya veo que se le subirán los humos a la cabeza y no querrá venir a visitarnos a los Rowans.

Tía Sophie y yo nos reímos de ella.

—Tú sabes que eso no será verdad, Lily, lo sabes muy bien —le dije.

—Claro que sí. Usted siempre será nuestra pequeña señorita Freddie, ¿no es cierto, señorita Sophie?

—Por supuesto. Cuando seamos unas ancianas achacosas y ella sea una dama de edad madura, para nosotras seguirá siendo nuestra pequeña señorita Freddie.

Tía Sophie hablaba a menudo del pasado.

—Recuerdo a Crispin cuando era pequeño —dijo—. Un buen chico. La manera en que cuida de las Lane... dice mucho en su favor. Yo le veía de vez en cuando. Sus padres casi nunca paraban en casa. Siempre se iban de juerga a Londres o al continente... mientras la propiedad se venía abajo. Menos mal que tenían un buen administrador. Cuando Crispin se hizo cargo de todo, la situación cambió totalmente. Eso ocurrió cuando se casó y dejó la universidad para ponerse al frente de la finca. Ya era hora de que lo hiciera. Es curioso, pero todo tiene siempre su lado bueno. Aquel matrimonio lo obligó a regresar a casa y, desde entonces, la finca va viento en popa.

—Debiste de ver a menudo a su mujer.

—Pues sí, la vi. ¡Madre mía, qué sobresalto nos produjo a todos! Fue un desastre desde un principio. Me pregunté cómo era posible que hubiera ocurrido. Una locura de juventud, supongo. Se la veía mucho más mayor que él... más de lo que ella confesaba.

—¿Era guapa?

—Para mi gusto, no. Mucho colorete y muchos polvos y un cabello demasiado dorado para ser natural. En cuanto la vi, comprendí que la cosa no podría durar.

—Quiero que me hables de todo eso, tía Sophie.

—No tienes nada que temer de ella, querida. A veces, en los segundos matrimonios, la segunda esposa se inquieta por la primera y piensa que su marido echa de menos el pasado. Eso a ti no te ocurrirá. Crispin se alegró de librarse de ella. Todo el mundo lo sabe.

—¿Cómo era St. Aubyn's mientras ella estuvo allí?

—Era muy aficionada a las fiestas, los saraos y cosas por el estilo.

—Como los padres de Crispin.

—Ellos estaban casi siempre en el extranjero y las fiestas que ella organizaba eran distintas. Las de sus padres eran acontecimientos elegantes. En cambio, las suyas eran vulgares y ruidosas. Con mucha gente del mundo de la farándula, si no recuerdo mal. A los vecinos no les gustaban demasiado. Creo que incluso se armaban peleas. Pobre Crispin. Pronto se dio cuenta del error. Al final, ella se cansó y se fue. Poco después se produjo el accidente en el que murió. La gente comentó que había sido una suerte para Crispin.

—Creo que todo eso le afectó profundamente.

—Es natural. Pareció encerrarse en sí mismo y sólo pensaba en la finca. Una o dos personas tenían los ojos puestos en él.

—¿Te refieres a personas como lady Fiona?

—Tal vez. Hubo otras, pero, al parecer, no le interesaban. Hasta que se enamoró de ti. Oh, Freddie, creo que todo va a ser maravilloso para ti. Crispin ha cambiado mucho. Ya no tiene la misma mirada perdida de antes y ya no es tan arrogante y orgulloso. Parece como si quisiera desafiar al destino. Había llegado a la conclusión de que era un necio por haberse dejado atrapar de aquella manera y se despreciaba a sí mismo; toda su altivez no era más que un escudo para protegerse.

—Sí —dije—, no me cabe duda de que tienes razón, pero creo que algo se interpone entre nosotros... algo que me impide acercarme a él tal como yo quisiera.

—Claro, querida, tardará algún tiempo en romper completamente con el pasado. Pero va por buen camino y yo me alegro muchísimo. Estoy segura de que es adecuado para ti y deseo por encima de todo tu felicidad.

—Mi queridísima tía Sophie, no sé ni cómo empezar a darte las gracias por todo lo que has hecho por mí. Desde que vine aquí, has sido maravillosa conmigo.

Vi un brillo de lágrimas en sus ojos.

—Mi querida niña, tú eres mi sobrina y...

—¿Y la hija de mi padre? Dime una cosa, ¿le has escrito?

—Efectivamente, le he comunicado tu compromiso matrimonial.

—¿Crees que eso le interesará? A fin de cuentas, no sabe nada de Crispin. Y a mí prácticamente no me conoce.

—Te conoce muy bien a través de mis cartas. Siempre está deseando saber cosas de ti. En estos momentos se encuentra en una isla del otro confín del mundo.

—Yo creía que estaba en Egipto.

—Se fue hace algún tiempo. Es un remoto lugar llamado Casker's Island. Al parecer, lo descubrió un hombre llamado Casker hace unos años. Pocas personas han oído hablar de él. Yo lo busqué infructuosamente en el mapa. Pero lo encontré en un atlas. Un minúsculo punto negro en el mar. Supongo que es demasiado insignificante como para que figure en los mapas.

—¿Y qué hace allí?

—Vive con una tal Karla. Una polinesia, creo. La menciona de vez en cuando. No sé por qué se fue de Egipto. Debió de tener sus motivos, pero no me los ha revelado.

—Me parece maravilloso que os hayáis mantenido en contacto a lo largo de todos estos años.

—Éramos muy amigos, todavía lo somos y supongo que siempre lo seremos —me contestó tía Sophie.

Crispin y yo estábamos juntos casi a diario. Recorríamos la finca y recibíamos parabienes en todas partes. Crispin deseaba que yo aprendiera más cosas sobre la propiedad. Mi trabajo en el despacho me había permitido adquirir muchos conocimientos y convertirme casi en una experta. Era la vida de Crispin y él quería compartirla conmigo, cosa que yo también deseaba con toda mi alma. Eran días felices.

Fuimos muy felices durante aquellos días. Crispin había experimentado un cambio muy sutil y yo descubría en su carácter unas nuevas facetas que me encantaban. Poseía una capacidad de disfrute que antes solía disimular y la vida parecía una fuente constante de diversión; nos reíamos a cada momento y su risa parecía surgir de la felicidad.

Ahora todo se arreglará, pensaba yo.

Hicimos una visita a la granja Grindle. Rachel se alegró mucho de vernos y nos mostró a Danielle para que comprobáramos lo guapa que estaba. En determinado momento, me aparté con Rachel y ésta me manifestó lo mucho que se alegraba por mí.

—¿Ya no estás preocupada? —le pregunté.

—De vez en cuando, lo pienso. Es inevitable. Ojalá encontraran al asesino de Gaston y todo se resolviera de una vez. Creo que no estaremos enteramente tranquilos hasta que lo encuentren. Parece que la policía ha perdido interés por el caso.

—Supongo que será eso que se llama un crimen sin resolver. Estoy segura de que hay muchos.

—Sí. Desaparecen de la memoria de las personas, por mucho interés que antes hayan despertado. Es lo que ocurrirá ahora. Pero yo quisiera que todo se arreglara.

—Eso queremos todos.

Crispin y yo abandonamos la granja.

Fueron unos días muy felices, hasta que empecé a observar un cambio. Conocía tan bien a Crispin que difícilmente hubiera podido engañarme. Su risa tenía una nota falsa y en sus ojos se advertía de vez en cuando una expresión de inquietud. Estaba preocupado por más que tratara de disimularlo.

—¿Ocurre algo? —le pregunté.

—No. Nada. ¿Por qué?

Cuánto hubiera deseado que me lo contara todo. Una vaga sensación de desasosiego volvió a apoderarse de mí.

Hubiera querido decirle: «Tiene que haber una confianza absoluta entre nosotros. Dime qué te preocupa. Vamos a compartirlo».

Algunas veces la inquietud brotaba de él como una llama, pero yo me preguntaba si no serían figuraciones mías.

Unos días más tarde Crispin dijo que tenía que trasladarse a Salisbury por un asunto de negocios y que estaría ausente un día. Comenté que ojalá pudiera acompañarle, pero él señaló que estaba citado con varias personas y me tendría que dejar sola.

—Es sólo por un día —añadió.

Sin embargo, al despedirse de mí aquella noche, me abrazó con fuerza como si no quisiera apartarse de mí.

—Te veré pasado mañana —le dije.

—Sí —contestó él sin soltarme.

—Me parece que no tienes muchas ganas de ir —le dije en tono burlón.

—Nunca permitiré que te separes de mí —me contestó con ardor.

Por la mañana tía Sophie me dijo:

—Esta tarde voy a Devizes. ¿Por qué no me acompañas?

—Tengo que ir a echar un vistazo al despacho —le contesté.

—Bueno, pues no te preocupes. Tomaré el coche. Necesito un par de cosas. Regresaré antes del anochecer.

Fui al despacho y me encontré con James Perrin. Su actitud hacia mí había cambiado desde el anuncio de mi compromiso con Crispin. Se mostraba más comedido y reservado. Yo sabía que en su fuero interno abrigaba la esperanza de casarse conmigo. Jamás me hubiera casado con él aunque Crispin no hubiera existido, pero, aun así, le tenía un profundo aprecio.

Me habló de los arrendatarios y de lo preocupado que estaba por los muros de la parte norte de algunas de las casas.

—Creo que se tendrán que examinar cuidadosamente —dijo.

Se disponía a hacerlo en aquel momento y yo me alegré de que no me pidiera que lo acompañara.

Le pregunté por la granja que pensaba alquilar.

—Lo voy a dejar de momento —me contestó—. Ya saldrá otra cosa más adelante. En realidad, alguien ha alquilado la granja que a mí me gustaba.

Cuando llegó la hora de regresar a casa, me alegré. Comprendí una vez más lo vacíos que me resultaban los días sin Crispin.

Al llegar a casa, tía Sophie aún no estaba de vuelta. Bueno, había dicho antes del anochecer. Algo la habría retrasado.

Regresó cuando ya eran casi las siete y yo ya estaba empezando a preocuparme. Parecía cansada y un poco nerviosa.

—¿Te encuentras bien? —le pregunté con inquietud.

—Estoy agotada. El viaje es muy largo. Me voy directamente a mi habitación.

—¿Le digo a Lily que te suba algo?

—No. No me apetece comer nada. Tomé algo en Devizes. Es que estoy muerta de cansancio.

—Pero, ¿qué ha pasado?

—Nada... nada. Ya te lo contaré en otro momento.

Ahora sólo quiero irme a la cama. Me debo de estar haciendo vieja.

—¿Puedo hacer algo?

—No... no. Será mejor que me vaya a la cama.

—¿Seguro que no quieres que Lily te suba alguna cosa? ¿Un poco de leche caliente quizá?

—No, no —contestó tía Sophie frunciendo el ceño.

Me pareció un comportamiento muy impropio de ella y fui en busca de Lily.

—Finalmente ha vuelto —dijo Lily—. Voy a preparar la cena.

—No quiere nada. Se ha ido directamente a la cama.

—Le habrá ocurrido algo en Devizes.

—Parece muy cansada y sólo quiere acostarse.

—¿Que no quiere nada? Le subiré un poco de leche.

—Ha dicho categóricamente que no quiere nada. Sólo quiere dormir.

Fue una velada muy sombría. Empezó a llover y se oyeron unos truenos. Yo esperaba que, al volver, tía Sophie me contaría con su habitual gracejo los pormenores de su visita a Devizes. Aquello era muy raro y me tenía muy preocupada.

No pude resistir el impulso de subir a su habitación. Estaba acostada y mantenía los ojos fuertemente cerrados, pero, aun así, no parecía ella. Temía que se pusiera enferma.

Fui en busca de Lily y le dije:

—Espero que no le ocurra nada. Acabo de verla.

—Yo también. Está simplemente agotada. Muerta de cansancio. Eso le servirá de lección para otra vez. Siempre hace más de lo que debe.

Tuve que conformarme con eso.

Me fui a mi habitación. Eran aproximadamente las nueve y media. Qué distinto parecía todo sin tía Sophie. No podría soportar que le ocurriera algo.

Me senté y miré a través de la ventana. Las nubes mostraban unos lívidos reflejos. Bajo aquella luz Barrow Wood resultaba siniestramente amenazador, aunque para mí siempre lo era... incluso bajo el sol. Se oía en la distancia el fragor de los truenos. Había sido un día muy poco satisfactorio, me decía. Hubiera tenido que acompañarla a Devizes.

Me desnudé y me acosté. No podía dormir. De pronto, creí oír unas pisadas. No era nada, me dije. Los Rowans era una casa antigua y a veces crujía el entarimado. A menudo se oían crujidos en la quietud de la noche. Pero, ¿qué era aquello?, ¿el sonido de una puerta abriéndose sigilosamente?

Me puse la bata y las zapatillas, me acerqué a la puerta y presté atención.

Sí, alguien andaba por la planta baja. ¿Sería Lily? Había dicho que se retiraría temprano, pero, a lo mejor, había bajado a la cocina en busca de algo.

Decidí ir a ver. Bajé a la cocina de la planta baja y abrí la puerta. Sobre la mesa había una vela encendida y, sentada junto a ella, vi a tía Sophie.

La expresión de su rostro era de profundo abatimiento. Permanecía inclinada hacia adelante y se sostenía el rostro con las manos mientras su mirada parecía perderse en el espacio.

—Tía Sophie —dije.

Me miró alarmada.

—¿Qué ha pasado? —le pregunté.

—Pues que no podía dormir —contestó—. Decidí bajar y prepararme una taza de té. Puede que eso me ayude.

—Ha ocurrido algo, ¿verdad?

Tía Sophie no dijo nada.

—Tienes que decírmelo. ¿Qué ha sido?

Silencio.

—Así no podemos seguir —dije—. Sé que ha pasado algo y tienes que decírmelo.

—No sé qué hacer. Puede que me haya equivocado. No, no me he equivocado. Pero podría ser.

—¿Equivocado en qué? ¿Dónde ha sido? ¿Qué has visto? ¿Ha sido en Devizes?

Tía Sophie asintió con la cabeza. Después se volvió a mirarme y me rodeó con sus brazos. Comprendí que había decidido decírmelo.

—Los vi —me dijo—. Salieron juntos del hotel.

—¿Quiénes, tía Sophie?

—Me decía a mí misma que no podía ser. Pero sé que es verdad.

—Tienes que contármelo todo.

—Era Crispin. Y estaba con Kate Carvel.

—¿Su mujer? Murió.

—Experimenté un sobresalto terrible. Pensé que estaba soñando. Pero, no. Ella no es una persona que se pueda olvidar fácilmente. No cabía ninguna duda.

—No puedes haberla visto, tía Sophie. Está muerta. Murió en un accidente ferroviario hace mucho tiempo.

Tía Sophie me miró fijamente a los ojos.

—No sabía si decírtelo o no. He estado dudando desde que la vi. No podía enfrentarme contigo. Tenía que tomar yo sola la decisión.

—Tienes que estar confundida.

—No. No estoy equivocada. Tenía el mismo cabello dorado. No ha cambiado. Es la misma... y salieron juntos del hotel. Después subieron a un coche.

—No puede ser.

—Bueno, pues te digo que los he visto. ¿Qué piensas de eso?

—Tiene que haber sido otra persona.

—No puede haber dos personas como ella en todo

el mundo. Era Kate Carvel, Freddie. Lo cual significa... que está viva.

—No puedo creerlo.

—Es su mujer. Él se casó con ella. Oh, Freddie, ¿cómo puede casarse contigo?

Me senté, presa del horror y el temor, tratando de comprender el significado de todo aquello, pero sólo podía repetirme una y otra vez: «No es verdad».

El estampido de un trueno me sobresaltó. Estaba desconcertada y me sentía insegura. Tenía toda la noche por delante. El reloj de la repisa de la chimenea me decía que eran sólo las diez y media. Al día siguiente lo vería, pero, ¿cómo podría resistir aquella noche? Tenía que verle inmediatamente. Tenía que oír de sus propios labios que tía Sophie había cometido un terrible error.

—Voy a verle —dije, levantándome.

—¿Esta noche?

—Tía Sophie, no puedo pasarme la noche sin saberlo. Tengo que averiguar... ahora mismo... si estás en lo cierto.

—No hubiera tenido que decirte nada. Sé que no hubiera tenido que decírtelo.

—Tenías que decírmelo. Es mejor que lo sepa. Voy hacia allá.

—Te acompaño.

—No. No, tengo que ir sola. Necesito verle. Necesito saberlo.

Fui a mi habitación, me calcé las botas y me puse un grueso abrigo. Después bajé y salí a la noche, corriendo bajo la lluvia hasta llegar a St. Aubyn's. Llamé y un criado me abrió la puerta.

—Quiero ver al señor St. Aubyn —le dije.

El criado me miró con asombro.

—Pase, señorita Hammond —me dijo.

Justo en aquel momento apareció Crispin.

—Frederica —exclamó.

—Tenía que venir —dije—. Tenía que verte.

—Ya puedes retirarte, Groves —le dijo Crispin al criado. Dirigiéndose a mí, añadió—: Entra aquí.

Me acompañó a una salita y quiso ayudarme a quitarme el abrigo, pero yo se lo impedí. Con las prisas, casi no me había vestido.

—Tenía que venir —le dije—. Tenía que saber si es cierto. No podía esperar.

Crispin me miró alarmado.

—Dime de qué se trata.

—Tía Sophie estuvo hoy en Devizes. Está trastornada. Dice que te vio allí con Kate Carvel.

Crispin palideció y yo comprendí inmediatamente que tía Sophie no se había equivocado.

—¿Entonces es cierto? —pregunté.

Crispin parecía debatirse en la duda.

—Por favor, Crispin, tengo que conocer la verdad —añadí.

—No te preocupes —dijo—. Todo irá bien. Vamos a casarnos. Te digo que todo irá bien.

Sabía que no me estaba diciendo la verdad. Me dice lo que quiere que yo crea, pensé. Un miedo espantoso se apoderó de mí.

—Todo está arreglado —añadió Crispin—. Lo he resuelto todo. Todo se hará tal como lo teníamos previsto.

—Dijiste que ibas a Salisbury —le recordé—. Y, sin embargo, tía Sophie te vio en Devizes.

Crispin permaneció en silencio y yo comprendí que se había reunido con Kate Carvel en Devizes y que tía Sophie no se equivocaba al decir que los había visto juntos allí.

—Mira —dijo Crispin, apoyando tiernamente las manos sobre mis hombros—, no hay necesidad de que te preocupes por eso. Ya lo he arreglado todo. Tú y yo haremos lo que teníamos previsto. No podría soportar otra cosa. Estoy firmemente decidido.

—Si me ocultas algo, Crispin, si no me dices lo que yo sé que te afecta profundamente, jamás podrá haber una auténtica intimidad entre nosotros. Tengo que saber la verdad. Tía Sophie te vio salir del hotel con la mujer con quien te casaste. Ella está muerta, según parece. ¿Cómo es posible si ha estado contigo en Devizes?

Crispin me rodeó con sus brazos y me estrechó con fuerza.

—Te diré lo que ha pasado, pero eso no cambiará la situación. Ella guardará silencio. Lo he podido arreglar y sanseacabó.

—¡Guardará silencio! —exclamé horrorizada.

—Ya veo que tendré que contártelo todo. Hace unos días recibí una carta suya.

—Sabía que algo había ocurrido —dije—. Oh, Crispin... ¿por qué no me lo dijiste?

—No podía. Temía las consecuencias. Estoy decidido a no perderte. Frederica, no debes dejarme. Ella quería dinero. Siempre quiso dinero. Por eso será fácil... callarle la boca y conseguir que se esté quieta... para evitar que nos...

—Pero ella está ahí. Es tu mujer.

—Leyó la noticia de nuestra boda. Así empezó todo. De no haber sido por eso, jamás se hubiera enterado. Yo hubiera seguido creyendo que había muerto y nada de todo eso hubiera ocurrido. Cuando recibí la carta, no sabía qué hacer.

—¿Por qué no me lo dijiste? Quiero saberlo todo.

—No podía decírtelo. Tenía que asegurarme de que todo siguiera adelante según lo previsto. Fue un error por mi parte reunirme con ella en Devizes. Estaba demasiado cerca de aquí. Hubiera tenido que pensarlo. Me cité con ella en aquel hotel. Fue horrible. La odiaba y me odiaba a mí mismo por haber estado relacionado con ella. Me alegré de que se fuera y, cuando supe que había muerto, pensé, como es lógico, que jamás volvería a verla y que aquello sería el final del error más estúpido que jamás hubiera cometido un hombre.

—Pero ella no ha muerto.

—No. Me lo ha explicado.

—Sin embargo, tú la identificaste después del accidente.

—Vi la sortija y la estola de piel que yo le había regalado. La chica que yo vi tenía la cara... tremendamente desfigurada. No hubiera podido asegurar que era Kate, pero la sortija y la estola así parecían confirmarlo. Lo consideraron una identificación satisfactoria.

—Crispin, ¿acaso fue porque tú querías estar seguro?

—Estaba seguro. La sortija y la estola... fueron suficientes. Me ha dicho que vendió la sortija y la estola a una compañera suya. Una chica que había abandonado su hogar para probar fortuna en el teatro. Al parecer, no tenía familia o había perdido el contacto con ella. Su muerte pasó inadvertida. Kate leyó el relato de la muerte de mi mujer en el periódico y decidió no decir nada. Sin duda debió de pensar que más adelante podría beneficiarse de la situación. Cuando leyó la noticia de nuestra boda en el periódico, decidió aprovechar la oportunidad.

—¿Y tú qué hiciste, Crispin?

—De una cosa estaba seguro. No pensaba permitir que volviera a destrozarme la vida. Acordé reunirme con ella en el hotel de Devizes y allí la encontré. ¡Cuánto la odiaba! Se burló de mi consternación. Sentí deseos de matarla. Pensó que me tenía atrapado. Dijo que jamás me concedería el divorcio y que, si yo intentaba divorciarme de ella, lucharía con todas sus fuerzas. Comprendí que sólo me quedaba una salida. Le daría dinero para que se fuera y jamás regresara aquí.

—¡Y tú creíste que lo haría!

—Le dije que, como volviera, avisaría a la policía y la denunciaría por chantaje.

—¿Y pensaste que eso sería suficiente?

—Es posible que lo sea.

—Pero, si te has sometido al chantaje una vez, ¿qué impedirá que ella vuelva a intentarlo?

—Sé cómo tratarla.

—Crispin, ¿pero es que no te das cuenta de que es una equivocación?

—¿Y qué otra cosa puedo hacer?

—Aceptar la verdad, supongo.

—¿Sabes lo que eso significaría?

—Sí, lo sé. Pero no hay más remedio. Es inútil simular lo contrario. Ella no ha muerto. Tú la has visto.

—Se ha ido. Me ha asegurado que se irá a Australia. Dice que jamás volveré a saber de ella.

—¿Y tú la crees?

—Quiero creerla.

—Pero no puedes creer por el solo hecho de quererlo. Ella es una chantajista y tú has cedido al chantaje. ¿Es que no lo ves? si simularas una boda conmigo, no sería un verdadero matrimonio. Ella lo sabría y volvería... con una razón todavía más poderosa para someterte a chantaje.

—Ya lo resolveré con ella como lo intente. Ahora te he encontrado a ti y por primera vez en mi vida soy feliz. Sé lo que quiero para el resto de mi vida. Te amo, Frederica, y haré cualquier cosa... lo que sea... con tal de no perderte.

Me conmovió la vehemencia de su emoción. Estaba desconcertada por lo que había oído. Me alegraba de que el amor que sentía por mí fuera tan intenso, pero comprendía con más fuerza que nunca que no le conocía y que había muchas cosas que me ocultaba.

—¿Y tú hubieras seguido adelante con nuestra boda a pesar de lo ocurrido? —le pregunté.

—Sí —me contestó.

—¿Y no me hubieras dicho nada?

—No podía correr el riesgo de decírtelo. No estaba seguro de tu reacción. Te amo. Te quiero y no pensé en nada más. Serás mi esposa a todos los efectos... con independencia de lo que signifique la ceremonia. Eso no son más que unas palabras. Los sentimientos que me inspiras llegan más hondo que las palabras.

—Me lo hubieras ocultado —dije.

—Sólo porque temía que no estuvieras de acuerdo.

—Creo —dije muy despacio— que eso es lo que más me angustia. Tengo la sensación de que existen unos secretos que no conozco.

—¿Unos secretos? —preguntó Crispin.

El tono alarmado de su voz hizo que el corazón me diera un vuelco en el pecho.

—Crispin —le dije—, ¿por qué no me lo cuentas todo? ¿Tal como me has contado eso?

—No hay nada más que contar —contestó.

No dijo nada, pero pensé: «Eso me lo has dicho porque no has tenido más remedio. Tía Sophie te vio. Si no te hubiera visto, yo no me habría enterado. Hubiera pasado por un simulacro de boda contigo y tú lo hubieras consentido. Me hubieras engañado hasta ese extremo».

—Frederica —estaba diciendo Crispin—, yo te amo, cariño y tú lo sabes. Te quiero a mi lado día y noche... y para siempre. No hay nada... nada en este mundo que pueda causarme daño estando contigo.

—Estoy sorprendida —murmuré—, perpleja.

—Es un sobresalto muy fuerte, pero no tienes por qué preocuparte. Yo me encargaré de todo. No se lo diremos a nadie. A nadie le incumbe más que a nosotros. Ella se irá y, si volviera, yo sabría cómo tratar con ella.

Yo sólo acertaba a pensar: «Su mente está llena de secretos». Me lo hubiera ocultado. Si tenemos que estar unidos, ¿cómo es posible?

No sabía qué decir. Tenía que irme, necesitaba pensar. Nada era como yo creía.

Una idea me martilleaba el cerebro: se hubiera casado conmigo sin decir nada... sabiendo lo que sabía. Hubiera sido otro secreto en nuestras vidas.

¿Otro secreto? ¿Cuál sería el otro?

Pensé en Gaston Marchmont, que se había adentrado entre los arbustos y había sido encontrado muerto de un disparo efectuado con un arma de la sala de armas de St. Aubyn's.

Me hubiera hablado de su amor. El amor le había inducido a actuar de aquella forma. Yo quería aquel amor. Me complacía en él y deseaba creer que duraría eternamente. Pero ya no me atrevía a esperarlo. Tenía que irme. Tenía que pensar con lógica. Tenía que plantearme muchas preguntas.

—Crispin —dije, tratando de hablar con calma—, tengo que pensar en todo esto. Ha sido un golpe muy fuerte. Tengo que irme a casa.

—Por supuesto, cariño —me dijo—. No debes preocuparte. Déjalo todo de mi cuenta —me estrechó con fuerza y me besó con ternura—. Te acompañaré a casa.

—No, no... iré sola.

—Es muy tarde. Prefiero acompañarte. Está lloviendo mucho. Voy por el coche.

Dejé que se fuera. Le miré desde el porche y, en cuanto desapareció, eché a correr.

Crispin tenía razón. Estaba lloviendo a cántaros. Los truenos retumbaban y los relámpagos cruzaban el cielo. Seguí corriendo. El cabello se me pegaba a la cara formando una húmeda nube. Tenía la ropa empapada. Apenas llevaba nada bajo el abrigo. Ni siquiera me daba cuenta de mi situación. Sólo podía pensar que un acontecimiento casual en Devizes había dejado al descubierto algo que de otro modo yo hubiera desconocido, a pesar de su trascendental importancia para mí.

No me hubiera dicho nada, me repetía una y otra vez.

Llegué a los Rowans, donde tía Sophie me estaba esperando muy preocupada.

—Estás empapada hasta el tuétano —exclamó—. Entra en seguida. No hubieras tenido que ir.

Me acompañó a mi habitación, me quitó la ropa mojada, salió corriendo y regresó con toallas y mantas.

Después llamó a Lily.

—Enciende la chimenea —le dijo.

—¡Válgame Dios! —dijo Lily—. Pero, ¿qué es todo esto?

—Ha salido bajo la lluvia.

—¡Que Dios nos ayude! —rezó Lily.

Yo temblaba de pies a cabeza, pero no estaba segura de que fuera por culpa del frío. Jamás en mi vida había sufrido un golpe tan duro. Pusieron botellas de agua caliente en mi cama y encendieron inmediatamente la chimenea. Amontonaron varias mantas sobre mi cama y Lily trató de obligarme a beber leche caliente.

La rechacé. Sentía unos terribles escalofríos.

Se pasaron toda la noche cuidándome y por la mañana avisaron al médico.

El médico dijo que estaba muy enferma y que había pillado un resfriado muy fuerte. Deberían procurar que no se transformara en una congestión pulmonar.

La enfermedad tuvo en cierto modo sus ventajas. Mi mente estaba alterada y sufría delirios. Imaginé que estaba casada con Crispin, pero no podía ser feliz. Veía con toda claridad la sombra de una mujer desconocida en segundo plano. Aunque yo estuviera casada con Crispin, no era su mujer. Su mujer era aquella sombra amenazadora. Ansiaba estar con él. Quería decirle, tal como él me había dicho a mí, olvidemos que ha vuelto. Si tía Sophie no hubiera estado en Devizes aquel día, todo hubiera sido distino y yo no me hubiera enterado de nada.

A veces, me apetecía permanecer en la cama, pues me sentía demasiado débil y cansada como para pensar. Aquella especie de limbo me producía un cierto consuelo. No podía emprender ninguna acción. Estaba demasiado enferma como para poder hacer algo.

Tía Sophie permanecía constantemente a mi lado, lo mismo que Lily. Vi flores en la habitación y adiviné quién las había enviado. No vi a Crispin aunque supe que acudió a la casa, pues una o dos veces oí su voz.

En determinado momento, me pareció oír a tía Sophie diciendo:

—Será mejor que no. Se podría disgustar.

Después oí a Crispin, hablando en tono suplicante.

Me pregunté si subiría a pesar de tía Sophie, pero no lo hizo. Recordaba sin duda la escena que había tenido lugar antes de que yo echara a correr bajo la tormenta.

Mi estado empezó a mejorar. Querían obligarme a comer. Me había quedado muy delgada, decía Lily. Si había alguien capaz de tentar el apetito de cualquiera, era Lily.

Me servía en la cama unos platos exquisitos, diciéndome:

—Y ahora cómaselo si no quiere llevar a su pobre tía a la tumba de un disgusto.

Y yo me lo comía.

A medida que mejoraba, me preguntaba qué debería hacer. No estaba segura. No acertaba a imaginarme la vida sin Crispin. A veces, me sentía débilmente sumisa y deseaba que él se encargara de resolverlo todo. Pero en seguida recordaba el secreto que había querido ocultarme y lo que había estado dispuesto a hacer, y me decía: «Creo que jamás llegaré a conocerle. Hay cosas que no me dice. Es como si una pantalla se interpusiera entre nosotros». Pero no se trataba sólo de eso, sino también de otra cosa.

Sentada junto a mi cama, tía Sophie me dijo:

—Has mejorado mucho. Menudo susto nos diste.

—Lo siento.

—Ojalá lo hubiera sufrido yo en tu lugar, cariño.

Comprendí que se refería a algo más que la enfermedad.

—¿Qué voy a hacer, tía Sophie?

—Sólo tú debes decidirlo. Puedes hacer lo que él te dice o...

—No estaría verdaderamente casada con él.

—Eso es cierto.

—Si hubiera hijos... nunca podríamos estar seguros de que ella no volviera.

—Ahí está.

—Y, sin embargo, nunca podré ser feliz sin él.

—La vida cambia, querida. Si tienes alguna duda, piénsalo. Por eso considero conveniente que te alejes de aquí. Estando cerca, no puedes ver las cosas con claridad. Y en estas cosas no se puede tener prisa. Necesitas tiempo. Es maravilloso lo que puede hacer el tiempo.

—Me siento muy cansada —dije—. Tía Sophie, quiero hacer lo que él diga. Nadie lo sabrá. Podríamos seguir adelante con el proyecto.

—No es contrario a la ley. Si tú ignorabas que su primera esposa vivía, nadie te lo podría reprochar. Pero irías al altar sabiendo que su esposa vive.

—No debo hacerlo.

—Lo que debes hacer es irte de aquí y reflexionar. Aún no estás totalmente restablecida. Tendremos que hablar de ello... una y otra vez. Sé que no puedes soportar la idea de perderle. Comprendo lo que sientes, querida. Puede que encontremos alguna salida.

Unos días más tarde llegó la carta.

—Es de tu padre —dijo tía Sophie, sentándose junto a mi cama.

La miré fijamente y vi esperanza en sus ojos.

—Le escribí en cuanto empezó todo esto porque adiviné lo que iba a ocurrir. Las cartas tardan mucho en llegar allí. Debió de contestar en cuanto la recibió. Quiere que te reúnas con él.

—¿Que me reúna con él? ¿Dónde?

—Te leeré lo que dice. «Este lugar es algo totalmente original. El resto del mundo parece muy lejano. Hay mucho sol y todo será distinto. Es como una vida nueva, algo que jamás había soñado. Aquí podrá pensar y decidir lo que debe hacer. Ya es hora de que me reúna con mi hija. Debe de hacer casi veinte años que no la veo. Estoy segura de que será lo mejor para ella. Convéncela, Sophie...»

Me quedé de una pieza. Siempre había deseado ver a mi padre y ahora él me sugería que viajara a aquella lejana isla.

Tía Sophie dejó la carta y me miró.

—Debes ir —me dijo.

—¿Cómo?

—Tomas un barco en Tilbury o Southampton... un sitio así, y zarpas.

—¿Dónde está la isla?

—¿Casker's Island? Casi al otro lado del mundo.

—Me parece una idea descabellada.

—Pero no imposible, Freddie. Tienes que pensarlo. Lo considero la mejor alternativa. Tienes que conocer a tu padre.

—Si hubiera querido verme, lo hubiera podido hacer antes.

—No pudo mientras tu madre vivió y después... bueno, vivía muy lejos. Pero ahora tú necesitas ayuda y él te la puede ofrecer.

—Sin embargo, una propuesta así tan de repente...

—Es lo que necesitas. Te hace falta algo que te sirva de barrera contra toda esta incertidumbre. Tienes que tomar una decisión y lo harás mejor lejos de aquí.

—¡Pero tan lejos!

—Cuanto más lejos, mejor.

—Tía Sophie... suponiendo que me fuera... ¿tú querrías acompañarme?

Tía Sophie vaciló levemente y después contestó con firmeza:

—No, tengo demasiadas cosas que hacer aquí. Y él no ha sugerido que yo te acompañe.

—¿Quieres decir que tendría que ir sola? Creía que apreciabas a mi padre.

—Le apreciaba y le aprecio, pero sé que no es el momento —contestó, apartando el rostro para que no leyera sus pensamientos.

Me sentía perpleja. La proposición había sido tan repentina que la idea de abandonar Inglaterra y de irme a una remota isla situada al otro lado del mundo, tal como había dicho tía Sophie, se me antojó al principio demasiado absurda como para que me la pudiera tomar en serio.

Casker's Island. ¿Dónde demonios estaba? No era más que un nombre... ¡Y nada menos que para reunirme con un padre a quien no recordaba, pero que a lo largo de los años había mantenido una esporádica correspondencia con tía Sophie por medio de la cual ésta le había dado noticias de su hija!

Ambos habían sido buenos amigos en otros tiempos y su amistad había perdurado. Mi tía siempre me había dicho que mi padre se preocupaba por mí, pero lo cierto era que nunca se había tomado la molestia de ir a verme. ¿Tal vez a causa de la animosidad que existía entre él y mi madre? Pero ahora mi madre había muerto y él vivía en una remota isla. Había llegado a pensar que jamás le vería. Y ahora él me invitaba a Casker's Island para que allí pudiera reflexionar con más calma y tomar la mejor decisión.

Tía Sophie se acercó a mi cama con unos mapas.

—Aquí está —dijo—. Eso es Australia. ¿Ves este puntito en el océano? Eso es Casker's Island. Demasiado pequeña e insignificante como para figurar en algunos mapas. Mira, hay otros puntitos iguales. Son otras tantas islas. ¡Imagínate, estar allí con todo este mar alrededor!

—Sería una experiencia muy extraña.

—Es justo lo que ahora necesitas. Necesitas irte a un lugar totalmente distinto.

—¿Sola? —pregunté.

—Estarías con tu padre.

—Tendré que pensarlo. Está muy lejos.

—Eso se puede arreglar. Dicen que un cambio de mar es lo más beneficioso que hay.

—Tengo muchas dudas.

—Es natural. Hay que pensarlo mucho. Pero él desea con toda su alma que vayas, Freddie.

—¿Después de tanto tiempo? ¿Cómo es posible?

—Lo he intuido en sus cartas. Lleva mucho tiempo esperando. Sé que es lo mejor para ti.

—Si tú me acompañaras...

—Eso sería un recordatorio. Necesitas un cambio completo. Me parece que ya lo estás empezando a pensar en serio.

Crispin me visitó y yo le tendí las manos.

Las tomó entre las suyas y las besó con fervor. Fue entonces cuando adopté la decisión. Si me quedara, haría lo que él quisiera. Imaginé nuestra vida en común, viviendo bajo aquella sombra. ¿Cuándo regresaría para pedir más dinero?

Era inevitable que lo hiciera. La amenaza y el temor me acompañarían siempre... destruyendo nuestra posibilidad de ser felices. Yo deseaba con toda mi alma tener hijos y creía que Crispin también lo deseaba. ¿Qué sería de ellos? Y, sin embargo, ¿cómo podía dejarle? Estaba muy triste y desconcertado. La suplicante mirada de sus ojos debilitaba mi determinación.

—He estado muy preocupado —me dijo.

—Lo sé.

—Huíste bajo la lluvia. Me dejaste. Y después no me permitieron venir a verte.

—Ahora ya estoy mejor, Crispin, y pienso marcharme.

Me miró anonadado.

—¿Marcharte?

—Lo he pensado mucho y creo que es lo mejor. Tengo que alejarme durante algún tiempo. Necesito reflexionar.

—No —dijo Crispin—, no debes irte.

—Tengo que hacerlo, Crispin. No se me ocurre otra cosa.

—Si me quieres...

—Te quiero. Pero tengo que reflexionar. Tengo que tomar la mejor decisión.

—Volverás.

—Pienso reunirme con mi padre.

Me miró con asombro.

—Pero él vive muy lejos, ¿no es cierto?

—Sí. Allí podré pensar con tranquilidad.

—¡No te vayas! ¿Qué voy a hacer yo? Piensa en mí.

—Pienso en los dos. Pienso en el futuro.

No quiero recordar aquella escena. Me duele demasiado, incluso ahora, a pesar del tiempo transcurrido. Me suplicó y estuve a punto de ceder. Pero mi determinación era muy fuerte. Tenía que irme.

Tía Sophie escribió a mi padre y le adjuntó una carta mía. Deseaba verle. Después de tantos años, se convertiría para mí en una persona real... y dejaría de ser una fantasía.

Tía Sophie se entregó en cuerpo y alma a los preparativos, a pesar de la tristeza que le producía mi partida. La sorprendía a veces con lágrimas en los ojos y, en más de una ocasión, rompíamos juntas a llorar.

—Pero es lo mejor —decía—. Sé que es lo mejor.

Tamarisk me visitó.

—O sea que te vas, ¿eh? —me dijo.

—Sí.

—Al... otro lado del mundo.

—Más o menos.

—Sé que algo ha ocurrido entre tú y Crispin. Y supongo que es por eso.

Al ver que yo no contestaba, añadió:

—Está clarísimo. Ibas a casarte con él y ahora te vas. No puedes disimularlo. Supongo que no querrás contármelo.

—Así es —dije—. No quiero.

Tamarisk se encogió de hombros.

—Y te vas sola. ¿No te parece una temeridad?

—¿Y eres tú quien habla de temeridad, Tamarisk?

Tamarisk esbozó una leve sonrisa.

—Fred, quiero ir contigo.

La miré con asombro.

—No me digas que no puedo. Nada es imposible. Basta con proponérselo y hacerlo. ¿Recuerdas a la señorita Blake de la escuela?: «Chicas... si os proponéis tener éxito y os esforzáis por alcanzar este objetivo, lo alcanzaréis». Fred, tengo que ir contigo.

—Pero eso es tan...

—Lo sé. Tan repentino, ibas a decir. En realidad, no lo es. Hace mucho tiempo que quiero marcharme y esto de ahora es justo lo que yo quería. No puedo quedarme aquí, Fred, no puedo resistirlo. Cada día es un recordatorio. Quiero olvidar... todas las cosas que me rodean. Aquí... no puedo huir de ellas. Cada vez que veo los arbustos... es horrible. Si descubrieran quién lo hizo, sería distinto. La gente sospecha y, como es natural, todo el mundo piensa que fue su esposa. Sabemos que era infiel, falso y embustero. ¿Quién sufría las consecuencias? Su mujer. ¿Por qué razón no iba a entrar en la sala de armas, tomar una y pegarle un tiro?

—¡Ya basta, Tamarisk! Te estás poniendo histérica.

—Tengo que irme. No puedo soportarlo por más tiempo. Me iré contigo. No puedes ir sola. Necesitas a alguien. Siempre hemos sido amigas. Escríbele a tu padre, dile que no puedes viajar sola y que una amiga tuya necesita desesperadamente marcharse de aquí.

Permanecí en silencio, tratando de imaginar lo que ello supondría. Sabía que Tamarisk necesitaba cambiar de aires. Estaba muy claro. Había vivido una tragedia y estaba sufriendo las consecuencias lo mismo que Crispin. Conocía su estado de ánimo y me preguntaba si no sería bueno tener una compañera.

Tamarisk me leyó el pensamiento.

—Eso se arregla fácilmente, Fred. Nos sería muy beneficioso estar juntas. Mira, ya me encuentro mejor. La vida ha sido muy dura conmigo... desde que comprendí la equivocación que había cometido... y desde que le mataron. Por favor, déjame ir contigo.

—Tenemos que pensarlo.

—No tengo que pensar nada. Sé que quiero irme. Cuando me enteré de que te ibas, sentí deseos de acompañarte. Me pareció una oportunidad llovida del cielo. Oh, Fred, dame la ocasión de alejarme de todo esto... y de empezar de nuevo. ¡Por favor, Fred, por favor!

—Lo discutiremos con tía Sophie.

Me miró consternada.

—Es muy comprensiva —le dije—. Comprenderá exactamente lo que sientes y te querrá ayudar.

—De acuerdo.

Llamé a tía Sophie. Cuando entró en la habitación, le pedí a Tamarisk que ella misma se lo dijera.

Lo hizo, hablando con elocuencia y explicando su desdichada situación y su incapacidad de vivir en St. Aubyn's, donde todo le recordaba el terrible misterio que se cernía sobre ella.

Tía Sophie la escuchó con la cara muy seria y dijo a continuación:

—Tamarisk, creo que tú y Freddie os tenéis que ir juntas. Comprendo que necesitas marcharte. Me preocupaba el hecho de que Freddie tuviera que irse sola. Creo que os podréis ayudar mutuamente.

Cediendo a un repentino impulso, Tamarisk corrió hacia tía Sophie y le arrojó los brazos al cuello.

—Es usted un encanto —le dijo—. Y ahora, ¿qué hacemos? Tendremos que reservar pasaje en seguida... ¿verdad?

—Lo primero que hay que hacer es escribir al padre

de Freddie y decirle que irá con una amiga. No podemos esperar su respuesta. No hay tiempo. Estoy segura de que no pondrá ningún reparo, pues ya había manifestado su deseo de que alguien la acompañara. Pero tal vez tú necesites un poco de tiempo antes de tomar una decisión, Tamarisk.

—Llevo tanto tiempo pensándolo que sé exactamente lo que quiero.

—En tal caso, tenemos que reservar inmediatamente tu pasaje.

—Será maravilloso. Ya me siento distinta —dijo Tamarisk, besándonos a las dos—. Ahora me voy. Tengo que preparar muchas cosas. Os quiero mucho a las dos. Sois las mejores amigas que jamás he tenido. Que Dios os bendiga. ¿Cuándo nos vamos?

—Eso aún no se sabe —contestó tía Sophie—. En cualquier caso, ya está decidido que os iréis juntas.

Cuando se fue, tía Sophie comentó:

—Pensé que las circunstancias la habían cambiado, pero en el fondo sigue siendo la misma. Me alegro de que vuelva a ser la de antes. Pobre chica, lo ha pasado muy mal. Creo que a eso lo llaman el bautismo de fuego. Quería disfrutar de la vida a manos llenas. Y se quemó las manos. Me alegro de que vaya contigo. Así seréis dos y yo me quitaré un peso de encima.

Decidimos abandonar Inglaterra un mes más tarde. Tamarisk estaba un poco molesta por el retraso y visitaba constantemente los Rowans. Teníamos muchas cosas de qué hablar.

Había cambiado mucho y se había librado de la melancolía que le rodeaba y que tanto contrastaba con su verdadera naturaleza. El entusiasmo que ponía en todos los preparativos influía inevitablemente en mí y contribuía a levantarme el ánimo.

Nuestra partida estaba fijada para comienzos de enero.

Crispin estaba muy abatido, temiendo que yo no volviera. Intenté volvérselo a explicar. Necesitaba tiempo para pensar con claridad y tenía que hacerlo. Estaban en juego demasiadas cosas. Sin embargo, recordaba a menudo nuestros ratos juntos y sentía la tentación de quedarme, aunque inmediatamente me imaginaba a los hijos que ambos deseábamos. Crispin tendría que esforzarse en comprenderlo.

Fue una separación muy triste.

—Tengo la sensación de que volveré muy pronto, Crispin —le dije—, y entonces ya sabremos lo que tenemos que hacer.

No nos sirvió de consuelo a ninguno de los dos.

Tía Sophie y James Perrin viajarían con nosotras hasta el puerto para despedirnos. Crispin decidió no acompañarnos. Ambos sabíamos que hubiera sido demasiado doloroso para los dos.

Mi querida tía Sophie estaba un poco cabizbaja, pero trataba de disimularlo. James Perrin estuvo muy amable. Me constaba que me tenía simpatía y creí adivinar sus pensamientos; puesto que algo había ocurrido entre Crispin y yo, tal vez a su debido tiempo me fijaría en él. En cierto modo, me resultaba conmovedor y consolador.

Pasamos una noche en Londres y, al día siguiente, nos trasladamos a Southampton, en cuyos muelles me despedí de tía Sophie y de James.

Tía Sophie estaba al borde de las lágrimas y lo mismo me ocurría a mí. Estaba a punto de alejarme de todo lo que amaba, dejando atrás el futuro que antes parecía abrirse ante mí. Sin embargo, la decidida sonrisa de tía Sophie me tranquilizó, haciéndome comprender que había elegido lo mejor. En aquella remota isla y en compañía de mi padre, vería con más claridad el camino a seguir.

—Tenemos que subir a bordo —dijo Tamarisk con una punta de impaciencia.

Nos despedimos por última vez. Abracé a tía Sophie y le di un firme apretón de manos a James, el cual se inclinó impulsivamente hacia adelante y me besó.

—Gracias por todo, James —le dije.

—Volverá pronto —me dijo—. Lo sé.

Tía Sophie y yo nos volvimos a abrazar.

—¿Cómo podré agradecerte todo lo que has hecho por mí, mi querida tía Sophie? —le dije.

Ella sacudió la cabeza sonriendo.

—Tú procura ser feliz, cariño. Volverás a casa algún día, estoy segura.

Nos dijimos adiós y Tamarisk y yo subimos a bordo de *The Queen of the South*, el barco que nos conduciría al otro lado del mundo.

La partida al extranjero

Teníamos un camarote de cubierta. Era de muy reducidas dimensiones, pero ya lo esperábamos. Había dos literas, cada una de ellas adosada a la pared y con un espacio intermedio, de tal manera que podíamos vernos cuando nos tendíamos en ellas. El camarote disponía, además, de una portilla, un tocador con espejo, una jofaina y un armario. Observé que había muy poco espacio para la ropa, pues Tamarisk llevaba un vestuario considerable.

Aún no nos habían llevado el equipaje, por lo que, tras haber examinado el camarote, salimos a inspeccionar el barco.

Reinaba un gran bullicio por todas partes y la gente iba apresuradamente de un lado para otro en todas direcciones. Los equipajes estaban amontonados en los pasillos de las cubiertas a la espera de ser repartidos a los distintos camarotes. Subimos por la escalera de cámara y echamos un vistazo a las salas de uso público. Había una sala para fumadores, una sala de lectura, una sala de música y otra sala destinada a los bailes y otras diversiones. Nos quedamos muy impresionadas. Al regresar a nuestra cubierta, vimos que los mozos ya estaban distribuyendo los equipajes.

—No sé si el nuestro ya estará en el camarote —dijo Tamarisk, inspeccionando el montón.

—Las etiquetas te indican adónde va la gente —dijo—. Fíjate en ése. «J. Barlow. Pasajero a Melbourne.» ¿Cómo será este J. Barlow? «Sra. Craddock, pasajera a Bombay.» No veo el nuestro. A lo mejor, ya lo tenemos en el camarote. ¡Oh, mira éste! «Luke Armour, pasajero a Sydney y Casker's Island.» ¡Imagínate! —exclamó—. ¡Va a nuestra isla! No puede haber muchos pasajeros que vayan allí.

—Es bonito saber que hay uno.

—Luke Armour. ¿Qué pinta tendrá?

—Es muy posible que lo descubramos durante la travesía.

Regresamos a nuestro camarote y descubrimos que ya nos habían llevado el equipaje. Deshicimos las maletas, nos lavamos y bajamos a cenar. Nos sentamos a una alargada mesa junto con otros pasajeros. Conversamos un poco y pudimos averiguar algo acerca de nuestros compañeros de viaje, aunque algunos estaban demasiado cansados para hablar y, como nosotras, se sentían abrumados por la tensión del embarque.

En cuanto pudimos, regresamos a nuestro camarote.

El movimiento del barco nos indicó que habíamos zarpado. Permanecimos tendidas en nuestras literas charlando hasta que la voz de Tamarisk sonó cada vez mas adormilada y, al final, se perdió.

Yo no podía dormir, recordando los ojos llenos de lágrimas de mi pobre tía Sophie al despedirse de mí y pensando en James Perrin, tan convencido de que pronto regresaría a su lado.

Pero, sobre todo, pensaba en Crispin y en aquella mirada suya de súplica y de desesperado anhelo que siempre me acompañaría dondequiera que fuera.

La evocación de aquellos primeros días me resulta ahora un poco borrosa. Vivíamos la aventura de conocer aquel barco en el que siempre nos extraviábamos. Había tantas salas que explorar, tanta gente que conocer y tantas novedades que descubrir...

Recuerdo muy bien lo movido que estuvo el mar después de la primera noche. Tamarisk y yo permanecimos tendidas en nuestras literas, temiendo más de una vez que el vaivén nos arrojara al suelo y preguntándonos si habríamos hecho bien en emprender aquella travesía.

Pero aquello pasó y pudimos levantarnos de nuevo, dispuestas a seguir explorando el ambiente que nos rodeaba. Me consoló mucho la compañía de Tamarisk y estoy segura de que a ella le ocurrió lo mismo con respecto a mí.

Nuestra amable camarera Jane nos aseguró que lo veríamos todo de otra manera en cuanto cambiara el tiempo. La bahía* era famosa por su costumbre de gastar bromas pesadas, pero ella la había conocido también tan apacible como un lago.

—Depende de cómo sople el viento. Bueno, señoras, pronto la dejaremos atrás y entonces podrán ustedes empezar a disfrutar.

Tuvo razón, por supuesto. Pasó la turbulencia y empezó la aventura. No tardé mucho en darme cuenta de que, a pesar de la añoranza que sentía por Crispin, el hecho de lanzarme a una nueva e insólita experiencia era la mejor manera de alejarme de mis inquietudes para, de este modo, poder analizarlas con más serenidad. Por otra parte, me alegraba de que la aventura también estuviera resultando beneficiosa para Tamarisk.

Comíamos cada día junto a la alargada mesa en com-

* La autora se debe de referir al golfo de Vizcaya (*bay of Biscay*, en inglés).

pañía de otros pasajeros; muy pronto nos acostumbramos a conversar con ellos como si fuéramos amigos de toda la vida. Casi todos parecían dispuestos a contarnos sus experiencias en otros barcos y a revelarnos adónde se dirigían. Muchos de ellos abandonarían el barco en Bombay por tratarse de funcionarios del gobierno o de militares que se reincorporaban a sus puestos tras un período de permiso. Casi todos eran expertos viajeros.

Algunos iban a visitar a sus parientes en Australia o eran australianos que regresaban a casa tras haber visitado a su familia o sus amigos de Inglaterra. Aún no nos habíamos tropezado con nadie que se dirigiera a Casker's Island... aparte de Luke Armour que, de momento, no era más que un nombre en la etiqueta de un equipaje.

El capitán era muy amable y tenía por costumbre conversar con los pasajeros siempre que se le ofrecía la ocasión.

Le gustaba saber adónde se dirigía la gente y arqueó las cejas al enterarse de que nuestro destino era Casker's Island.

Le expliqué que íbamos a visitar a mi padre.

—Ah, ¿sí? No hay muchos pasajeros que se dirijan allí. Supongo que ya lo tendrán todo arreglado. Desembarcarán en Sydney, claro. Allí sale un barco el mismo día hacia Cato Cato y, desde allí, tomarán un transbordador que las llevará a Casker's. ¡Menudo viajecito!

—Sí, ya nos lo han dicho.

—No hay mucha gente que se dirija allí. Creo que el transbordador no sale con mucha frecuencia de Cato Cato. Transporta mercancías y pasajeros, si hay alguno. Pero usted me ha dicho que va a ver a su padre. Seguramente tendrá algún negocio allí. De copra, supongo. Los cocos tienen muchas aplicaciones. La gente no se imagina lo útiles que son. Creo que constituyen la principal industria de Casker's.

—No lo sé. Yo sólo sé que allí vive mi padre.

—Muy bien, pero cuidaremos de ustedes hasta Sydney. Permaneceremos allí unos días antes de iniciar la travesía de vuelta a casa. ¿Les gusta mi barco?

—Mucho.

—Confío en que todo el mundo las atienda debidamente.

—Sí, muy bien, muchas gracias.

—Me alegro.

Cuando el capitán se hubo retirado, Tamarisk comentó:

—Parece que nuestro capitán piensa que nos dirigimos a uno de los lugares más remotos de la Tierra.

Nuestra primera escala fue Gibraltar. Para entonces ya habíamos hecho amistad con el mayor Dunstan y su esposa, los cuales se dirigían a Bombay donde el mayor se incorporaría a su regimiento. Eran unos curtidos viajeros que habían hecho el viaje de ida y vuelta a la India varias veces. Creo que a la señora Dunstan le escandalizó un poco el hecho de que dos inexpertas jóvenes viajaran solas, motivo por el cual decidió vigilarnos.

Nos dijo que, al llegar a Gibraltar, en caso de que quisiéramos bajar a tierra, cosa que sin duda nos apetecería hacer, convendría que ella y su marido nos acompañaran. Un pequeño grupo abandonaría el barco y contrataría a un guía para que le mostrara un poco la ciudad. Aceptamos encantadas.

Al despertar por la mañana vimos a través de la portilla la majestuosa mole del Peñón de Gibraltar. Era un espectáculo impresionante. Salimos a cubierta para verlo mejor. Allí estaba en todo su esplendor, como una desafiante fortaleza vigilando la entrada del Mediterráneo.

El mayor Dunstan se acercó a nosotras.

—Soberbio, ¿verdad? El hecho de que nos pertenezca constituye para mí un constante motivo de orgullo.

El barco lo rodeará hacia el oeste, supongo. Ya verán. Sí, ya estamos empezando a movernos.

Permanecimos en la cubierta mientras el barco se situaba al oeste de la península en la cual se levanta Gibraltar. Allí la ladera era menos inclinada y varias hileras de casas sobresalían por encima de la muralla de defensa. Al entrar en la bahía, vimos el arsenal y las fortificaciones.

—Hay que defender este lugar —agregó el mayor—. Cuánto ajetreo allí abajo, ¿verdad?

Contemplé con asombro las pequeñas embarcaciones que se estaban acercando para saludar nuestro barco. Desde una de ellas, varios chiquillos nos miraban con expresión suplicante.

—Quieren que les arrojen monedas al agua para que ellos puedan zambullirse y atraparlas. No debieran permitirlo. Es muy peligroso.

Me compadecí de ellos. Parecían ansiosos de que les echaran algo. Algunos pasajeros les arrojaron monedas y ellos se lanzaron al agua y nadaron como peces mostrando con aire triunfal las monedas cada vez que conseguían atraparlas. Ahora ya se veía la ciudad. Parecía muy pintoresca e interesante. Ni Tamarisk ni yo habíamos visto jamás un lugar como aquél.

—Tendremos que dirigirnos a tierra en una de estas pequeñas embarcaciones —nos explicó el mayor—. El barco es demasiado grande para acercarse al puerto. Estarán ustedes a salvo con nosotros. Tengan cuidado con esta gente. Tienen costumbre de cobrar más de la cuenta a los turistas.

Cruzamos la bahía a bordo de una de las pequeñas embarcaciones, bajo la protección de nuestros amigos los Dunstan y los demás componentes del grupo. Fue una experiencia emocionante que me hizo olvidar momentáneamente todas mis preocupaciones. Comprendí que lo mismo le debía de ocurrir a Tamarisk. Era bueno que pudiéramos disfrutar de una tregua, por muy corta que ésta fuera.

Una vez en tierra, nos vimos inmediatamente rodeados por la muchedumbre. Varios pasajeros del barco se mezclaban con las gentes del lugar. Había muchos musulmanes que, vestidos con sus chilabas, fezes y turbantes, conferían un toque de exotismo al ambiente. Abundaban también los españoles, los griegos y los ingleses. Todos ellos armaban un gran alboroto y hablaban a gritos entre sí.

En las angostas callejuelas se levantaban los tenderetes en los que se exhibían toda clase de mercancías... baratijas, anillos, pulseras, collares y artículos de marroquinería entre los que destacaban unos grandes bolsos de suave piel con dibujos delicadamente repujados; las tahonas en las que se cocía el pan más bien semejaban cuevas y exhibían al público unas hogazas adornadas con pequeñas semillas de color negro. También se vendían fezes, turbantes y sombreros de paja, zapatos, sandalias morunas, algunas de ellas con las punteras curvadas hacia arriba, y suaves babuchas de piel.

Tamarisk se detuvo ante uno de los tenderetes, fascinada por uno de los sombreros. Era un sombrero de paja como los de los barqueros, ribeteado con una cinta azul y adornado con un ramito de nomeolvides.

Lo tomó mientras el vendedor la miraba y la señora Dunstan la observaba con aire levemente divertido.

—Usted no se puede poner eso, querida —le dijo la señora Dunstan.

Yo conocía a Tamarisk lo suficiente como para saber que bastaba con que alguien le dijera que no podía hacer alguna cosa para que pusiera especial empeño en hacerla.

Tamarisk se puso el sombrero y el hombre del tenderete la contempló con admiración, clavando en ella sus penetrantes ojos negros. Después juntó las manos y elevó los ojos al cielo, dando a entender con ello el arrobamiento que le había producido la belleza de Tamarisk, tocada con aquel sombrero de paja.

Se la veía más joven y me hacía recordar a la Tamarisk colegiala. La pesadilla de los últimos meses la había dejado intacta... de momento.

—Es divertido —aseguró—. Me lo quiero comprar. ¿Cuánto vale?

La señora Dunstan se acercó a ella y se inició un pequeño regateo, que aquélla cerró autoritariamente, contó el dinero que Tamarisk había conseguido cambiar y Tamarisk se puso el sombrero, guardándose en el bolso el pequeño tocado que llevaba. Proseguimos nuestra marcha.

El mayor nos dijo que teníamos que ver los monos de Berbería. Era algo absolutamente esencial. Tendríamos que practicar un poco el alpinismo, pues vivían en las laderas más altas.

—Son muy graciosos. Llevan cientos de años aquí. Queremos que gocen de buena salud. Hay una leyenda según la cual, mientras los monos estén aquí, los británicos también lo estarán. Una tontería, por supuesto, pero estas cosas influyen en la gente. Por lo tanto, nos interesa que los monos estén sanos.

Eran ciertamente unos animalitos muy graciosos y vivarachos que miraban con ojillos inquisitivos y estaban acostumbrados a los visitantes, pues, tal como había dicho el mayor, cuando uno va a Gibraltar tiene que ir a ver a los monos.

Se acercaron a nosotros casi con aire juguetón y sin el menor temor. Al parecer, les gustaba llamar la atención y la presencia de los visitantes constituía para ellos una fuente de diversión.

—Cuidado con lo que llevan —nos advirtió la señora

Dunstan—, tienen la costumbre de quitarte las cosas y huir con ellas.

Mientras hablaba, se acercó uno de los monos sin que nos diéramos cuenta. De pronto, Tamarisk lanzó un grito. El mono le había arrebatado el sombrero de la cabeza y había escapado con él.

—¡En fin! —balbució Tamarisk mientras los demás nos reíamos de su desconcierto.

—Era muy vistoso —dijo la señora Dunstan—. Habrá despertado su curiosidad. No importa. Ahora ya no hay remedio.

Seguimos caminando y, no habíamos llegado demasiado lejos, cuando se acercó un hombre corriendo con el nuevo sombrero de Tamarisk en la mano.

—Vi lo que ocurrió —dijo el hombre riéndose—. Perdió usted el sombrero. El mono fue muy rápido. Son casi humanas estas criaturas. Se detuvo cerca de mí y se volvió a mirar. Eso me ofreció la oportunidad de quitarle el sombrero.

—¡Qué listo ha sido usted! —exclamó Tamarisk.

Todo el mundo se rió. Otras personas se nos acercaron.

—Ha sido divertidísimo —comentó una de las damas—. El mono se ha quedado perplejo y después se ha encogido de hombros y ha echado a correr.

—Es un sombrero muy favorecedor —dijo el desconocido, mirando con una sonrisa a Tamarisk.

Era alto, rubio y muy bien parecido, y tenía unos modales extremadamente amables.

—No sé cómo darle las gracias —dijo Tamarisk.

—Ha sido muy fácil. El muy taimado sólo ha podido disfrutar de su trofeo unos segundos.

—Me alegro de haberlo recuperado.

—Bueno —terció la señorita Dunstan—, bien está lo que bien acaba. Pero yo de usted no me lo volvería a poner, Tamarisk. La segunda vez puede que no tuviera a mano a un galante libertador.

Proseguimos nuestro camino en compañía del desconocido. Yo estaba segura de que debía pertenecer al grupo de pasajeros del barco.

La señora Dunstan confirmó mi suposición, diciendo:

—Usted viaja en el *Queen of the South*, claro.

—Sí —contestó el hombre—. Parece que casi toda la gente que hoy está en Gibraltar viaja en el *Queen of the South*.

—Siempre ocurre lo mismo cuando el barco hace escala —añadió el mayor.

—Creo que ya sería hora de que empezáramos a bajar —dijo la señora Dunstan—. Podríamos tomarnos un refresco. ¿Qué te parece aquel sitio donde estuvimos la última vez, Gerald? —preguntó, dirigiéndose a su marido—. ¿No te acuerdas? Te gustaron mucho aquellos pastelillos especiales que tenían.

—Me acuerdo muy bien —contestó el mayor—. Y estoy seguro de que a todos les gustaría probarlos. Podemos ver pasar el mundo mientras descansamos.

Bajamos en compañía del desconocido, nos dirigimos al café y seis de nosotros nos sentamos en un lugar desde el cual se podía ver la calle. El rubio se acomodó entre Tamarisk y yo.

Pedimos café con pastas.

—Es curioso que en el reducido espacio de un barco no conozcamos a todos los compañeros de viaje —dijo Dunstan.

Era una clara invitación al joven para que se presentara.

—Me llamo Luke Armour —dijo el desconocido—. Y voy a Sydney.

Tamarisk y yo nos miramos muy contentas.

—Qué interesante... —dijo Tamarisk.

La señora Dunstan la miró como preguntándole, ¿en qué sentido?

Tamarisk lo explicó:

—Vimos la etiqueta de su equipaje el día en que embarcamos. Sus maletas estaban amontonadas junto con las de los demás pasajeros. Vimos que se dirigía a Casker's Island.

—Así es —dijo el rubio en tono expectante.

—Y el caso es que nosotras también nos dirigimos allí.

—¿De veras? ¡Cuánto me alegro! Deben de ser ustedes las únicas, aparte yo mismo. ¿Y por qué van allí?

—Mi padre vive en la isla —contesté yo—. Vamos a verle.

—Ya.

—¿La conoce usted bien? —le pregunté.

—Jamás he estado allí.

—La gente siempre se extraña cuando se entera de que vamos allí —dijo Tamarisk.

—Bueno, es que casi nadie sabe nada sobre esta isla. Yo he intentado averiguar algo, pero parece ser que no hay mucho que averiguar. Sólo sé que es una isla descubierta por un hombre apellidado Casker hace unos trescientos años. El hombre vivió allí hasta su muerte. Por eso se llama Casker's Island. ¿Dice que su padre vive allí?

—Sí, y nosotras vamos a verle.

El hombre me miró con expresión inquisitiva, como extrañándose de que yo supiera tan pocas cosas sobre el lugar en el que vivía mi padre. Sin embargo, debió de comprender que mis relaciones con mi padre eran un tanto insólitas y tuvo la delicadeza de no seguir indagando.

—¿Cómo se desplazará allí? —le pregunté.

—Parece que sólo hay un medio. Desembarcar en Sydney, tomar un barco hasta un lugar llamado Cato Cato y, desde allí, tomar el transbordador hasta Casker's.

—Es lo que vamos a hacer nosotras.

—Bueno, es agradable encontrar a alguien que vaya a este sitio tan poco conocido.

—Bastante consolador —dijo Tamarisk.

—Estoy de acuerdo —añadí yo con una sonrisa.

Ambas nos alegrábamos de haber descubierto la identidad de Luke Armour y de que éste fuera tan simpático.

Luke estaba muy bien informado y nos dijo que, cuando visitaba lugares desconocidos, le gustaba aprender todo lo que podía sobre ellos. Por eso lamentaba no haber podido averiguar gran cosa sobre Casker's.

—Ver mundo es maravilloso —dijo—. Conoces ciertos lugares por lo que te han contado en la escuela, pero los lugares sólo cobran vida cuando los ves en la realidad. Me gusta imaginarme la llegada de Tarik ibn Ziyad a este lugar hace muchos años... en el 711, si no me equivoco. Hace casi mil doscientos años. ¡Imagínense! Como a los ingleses el nombre de Yebel Tarik (monte de Tarik) les resultaba demasiado enrevesado para su gusto, el nombre se transformó en Gibraltar.* Y ahora este lugar se encuentra en manos británicas... y es la única entrada al Mediterráneo desde el océano Atlántico, por lo que hay que defenderlo como una de las fortalezas más importantes del mundo.

—¡Muy cierto! —dijo el mayor—. ¡Ojalá permanezca mucho tiempo en nuestras manos!

—Y ahora —dijo la señora Dunstan—, si todo el mundo ha terminado, creo que ya es hora de que regresemos a nuestro barco.

Aquella noche todo el mundo estaba muy cansado. Tamarisk y yo permanecimos tendidas en nuestras literas, comentando las aventuras de la jornada.

* Obviamente, la autora está confundida. El nombre «Gibraltar» es una castellanización del nombre árabe y, por tanto, muy anterior a la presencia inglesa (1704; la conquista castellana fue en 1309). *(N. del E.)*

—Ha sido maravilloso —dijo Tamarisk—. Es lo mejor que...

—Muy interesante —convine yo.

—Los momentos más emocionantes han sido cuando Luke Armour se ha presentado con el sombrero y cuando ha dicho que el nombre que figuraba en la etiqueta del equipaje era el suyo. ¡Y se dirige a Casker's! ¿No te parece maravilloso?

—Bueno, ya sabíamos que tenía que estar en el barco.

—Pero es curioso que fuera él quien le arrebatara mi sombrero al maldito mono. Ha sido tremendamente emocionante. Y después, cuando nos ha dicho quién era, he sentido deseos de romper a reír. Es simpático, ¿verdad? Tiene algo.

—Todavía no lo conoces.

—Bueno, pero lo conoceré —dijo—. Estoy firmemente decidida... y no creo que él tenga nada en contra.

A partir de aquel momento, le vimos muy a menudo. No nos explicó por qué razón iba a Casker's y nosotras no se lo preguntamos. Como los tres nos dirigíamos al mismo sitio, sabíamos que ya nos enteraríamos a su debido tiempo.

Nos atraíamos mutuamente. Solíamos sentarnos a conversar en la cubierta. Luke sabía muchas cosas sobre las islas, pues había vivido varios años en las Antillas y un año en Borneo; sin embargo, Casker's era un lugar mucho más remoto y no sabía apenas nada de él.

Cuando llegamos a la siguiente escala, que era Nápoles, ya nos habíamos hecho muy amigos, por cuyo motivo él se ofreció a acompañarnos a las ruinas de Pompeya. La señora Dunstan, que también había cultivado la amistad de Luke Armour, no puso ningún reparo.

Fue un día muy interesante e instructivo. Luke Armour ya nos había dicho que le gustaba estar informado sobre los lugares que visitaba y la verdad es que nos contó un montón de cosas y nos hizo revivir el trágico año 79 de nuestra era, en que el Vesubio entró en erupción, destruyendo las prósperas ciudades de Herculano y Estabia. Las ruinas parecieron cobrar vida y yo me imaginé el pánico y desconcierto de los habitantes tratando de huir de aquella destrucción.

Cuando regresamos al barco, Tamarisk comentó:

—¡Qué serio es nuestro Luke Armour! Se le veía muy entusiasmado por todas aquellas antiguas ruinas y por la gente que vivió allí.

—¿No te ha parecido interesante?

—Sí, pero exagera un poco. A fin de cuentas, todo eso pertenece al pasado, ¿no?

—Es muy serio. Me gusta.

—Nuestro encuentro con él fue muy divertido... pero ahora parece...

—Está claro que no es amante de las frivolidades, aunque yo pensaba que a estas alturas serías un poco precavida con las personas que son aparentemente encantadoras, pero que, en el fondo, carecen de valor.

Más tarde lamenté habérselo dicho. Mis palabras le hicieron efecto y se pasó varias horas bastante apagada. Sin embargo, cuando volvimos a ver a Luke Armour, estuvo muy amable con él.

Ambas estábamos deseando cruzar el canal de Suez y no sufrimos ninguna decepción. Me encantaron las doradas orillas y la ocasional visión de los pastores cuidando de sus rebaños. Parecían imágenes sacadas de la Biblia que teníamos en Lavender House. Vimos también algunos camellos avanzando con paso desdeñoso por la arena y unos hombres con largas vestiduras y sandalias, cuya presencia añadía a la escena un toque extremadamente pintoresco.

Fue muy agradable contemplar aquel espectáculo sentadas tranquilamente en cubierta.

Luke Armour se acercó y se sentó a mi lado.

—Estimulante, ¿verdad? —me preguntó.

—Es una experiencia maravillosa. Nunca pensé ver nada semejante.

—¡Qué hazaña tan extraordinaria... la construcción de este canal! ¡Y qué ventaja para la navegación!

—En efecto.

—Bueno, y nosotros seguimos adelante con nuestra travesía.

—Debe de estar usted muy acostumbrado a viajar. Imagínese qué experiencia para los que nunca la habían vivido.

—La primera vez que se hace una cosa siempre tiene algo especial.

—Sí. Me pregunto cómo será el otro barco.

—No tan grande como éste y menos cómodo, supongo. El *Golden Dawn* que nos llevará a Cato Cato puede que se le parezca, aunque será mucho más pequeño. Y tengo cierta experiencia con los transbordadores. No son tan buenos.

—Habrá conocido usted muchos lugares en sus viajes de negocios.

—Sí, lugares muy exóticos. Como su padre.

Dudé un poco, pero después decidí contárselo, sabiendo que, a su debido tiempo, se enteraría puesto que también se dirigía a Casker's Island.

—Nunca he visto a mi padre —le expliqué—. Se fue de casa cuando yo era demasiado pequeña para recordarlo. Él y mi madre se divorciaron. Mi madre murió hace algún tiempo y yo vivo con mi tía. Ahora voy a verle.

Luke asintió con la cabeza con semblante muy serio y ambos permanecimos en silencio un buen rato.

—Supongo que se estará preguntando qué asuntos me llevan allí —dijo Luke al final—. Soy misionero —al ver mi expresión de asombro, me preguntó riéndose—: Le extraña, ¿verdad?

—¿Extrañarme? ¿Por qué?

—La gente suele extrañarse a veces. Supongo que porque parezco un hombre corriente que se dedica a negocios corrientes. No doy la imagen de lo que soy.

—Me parece una tarea muy estimable.

—Lo considero mi destino... por así decirlo.

—Y por eso se dirige a estos lugares tan lejanos.

—Para difundir la fe cristiana. Tenemos una misión en Casker's Island con sólo dos personas... unos hermanos llamados John y Muriel Havers. Se han instalado allí hace poco y tienen dificultades. Por eso voy a echarles una mano, si puedo. Ya lo he hecho en otro sitio... y ahora intentaré hacer lo mismo allí.

—Debe de ser muy agradable cuando se alcanza el éxito.

—Todo es agradable cuando se alcanza el éxito.

—Pero, en este caso, mucho más.

—Procuramos ayudar a la gente en todo lo que podemos. Les enseñamos medidas de higiene, el cultivo de las plantas más adecuadas para la tierra... y procuramos que aprendan a llevar unas existencias útiles y provechosas. Tenemos intención de construir una escuela.

—¿Son amables los nativos?

—Por regla general, lo son, aunque a veces recelan un poco y se comprende. Nosotros les queremos dar a conocer la doctrina cristiana... y queremos que aprendan a perdonar a los enemigos y a amarse los unos a los otros.

Me empezó a hablar de sus proyectos e ideales y me sentí atraída por su celo.

—Tengo mucha suerte —añadió—. Puedo hacer el trabajo que más me gusta. Mi padre me dejó una pequeña renta y, por consiguiente, soy más o menos libre. Ésa es la vida que he elegido.

—Tiene suerte de saber lo que quiere hacer en la vida —le dije.

—¿Y usted y la señora Marchmont?

—Bueno... tuvimos ciertas dificultades en casa y pensamos que eso nos podría ser beneficioso.

—Había intuido una cierta tristeza... incluso en la señora Marchmont.

Esperó, pero yo no le dije nada más. Poco después, se retiró.

Tamarisk me estaba esperando en el camarote para salir.

—Acabo de hablar con Luke Armour —le dije—. Me ha dicho que es misionero.

—¿Cómo?

—Es misionero y piensa trabajar en Casker's Island.

—¿Quieres decir en la conversión de los nativos?

—Algo así.

Tamarisk hizo una mueca.

—¿Sabes una cosa?, cuando recuperó mi sombrero, pensé que lo íbamos a pasar bien con él.

—Puede que lo pasemos.

—No tenía ni idea —dijo Tamarisk—. Pensaba que era un hombre corriente. Creo que lo voy a llamar san Lucas.

—Eso me suena un poco a blasfemia.

—¡Mira que ser misionero! —musitó Tamarisk por lo bajo.

Estaba claro que había sufrido una decepción.

Los días transcurrían casi todos de la misma manera hasta que hacíamos escala en algún puerto; entonces nos sumergíamos en las nuevas impresiones de un mundo que parecía muy distante de Harper's Green.

Mi amistad con Luke Armour se iba consolidando cada vez más. Era un compañero extremadamente encantador y divertido, contaba interesantes historias sobre los lugares que había visitado y raras veces hablaba de su vocación a no ser que se le hiciera alguna pregunta concreta. Una vez me dijo que, cuando la gente se enteraba de su vocación, su actitud hacia él cambiaba de inmediato. Algunos lo esquivaban y otros le pedían que les diera sermones. Había observado que la actitud de la señora Marchmont no era la misma desde que sabía que era misionero.

Tamarisk se había llevado efectivamente una sorpresa. Le había encantado la forma en que él había arrebatado el sombrero al mono y se lo había devuelto. Me comentó que era una manera interesante de iniciar una amistad, sobre todo, teniendo en cuenta que él también se dirigía a Casker's Island. Me sorprendía que, después de sus recientes experiencias, pudiera pensar en coqueteos. Seguramente se preguntaba ahora cómo podía coquetear con un misionero.

Todo lo que ha ocurrido no la ha hecho cambiar, pensé para mis adentros.

Los Dunstan nos dejaron en Bombay y creo que hubo una cierta tristeza en la despedida por ambas partas. Habían sido muy buenos amigos y nos habían iniciado en todos los secretos de la existencia a bordo de un barco.

En cuanto ellos se fueron, Tamarisk y yo bajamos a tierra con un grupo de conocidos. Nos sorprendió la belleza de los edificios y la pobreza de las calles. Había mendigos por todas partes. Hubiéramos querido darles algo, pero no podíamos ayudar a todos los que nos rodeaban; pensé que tardaría mucho tiempo en olvidar aquellos suplicantes ojos negros. Las mujeres con sus saris de vistosos colores y los hombres vestidos con elegantes trajes se mostraban indiferentes ante la apurada situación de los mendigos, y el contraste entre la riqueza y la pobreza resultaba no sólo doloroso sino también deprimente.

En Bombay vivimos una aventura que a punto estuvo de acabar en desastre. Estábamos recorriendo las angostas callejuelas con el grupo de pasajeros del barco. Los Dunstan nos habían dicho que era imprudente bajar a tierra sin nuestros compañeros del barco, insistiendo en que no fuéramos solas a ninguna parte. En las callejuelas había toda clase de tenderetes. A Tamarisk solían llamarle siempre la atención y yo debo confesar por mi parte que los artículos me intrigaban. Había objetos de plata, saris con preciosos bordados, baratijas y toda clase de objetos de cuero.

A Tamarisk le gustaron especialmente unas pulseras de plata. Tomó algunas, se las probó y decidió comprarlas. Hubo ciertas dificultades con el dinero y, una vez finalizada la transacción, descubrimos que habíamos perdido de vista a los demás componentes del grupo.

Agarré a Tamarisk del brazo y le dije:

—Los otros se han ido. Tenemos que encontrarles en seguida.

—¿Por qué? —contestó Tamarisk—. Podemos encontrar algún medio de transporte que nos traslade al barco con la misma facilidad con que lo harán ellos.

Seguimos recorriendo las calles. Estábamos con una tal señora Jennings que había vivido en Bombay y conocía bien la ciudad. Nos había acogido bajo su protección y, ahora que habíamos perdido de vista al grupo, yo no podía evitar sentir una cierta inquietud.

Había enormes multitudes por todas partes y no era fácil abrirse camino entre la gente que nos empujaba. Al llegar al final de la calle, no vi a nadie de nuestro grupo.

Miré angustiada a mi alrededor, pero no vi ningún vehículo que nos pudiera trasladar al barco.

Un chiquillo tropezó conmigo y otro pasó corriendo por mi lado. Me quedé un poco sorprendida. Cuando desaparecieron, me di cuenta de que el bolsillo en el que llevaba el dinero ya no colgaba de mi brazo.

—Nos han robado el dinero —grité—. ¡Fíjate en la hora que es! El barco zarpará dentro de una hora y nos dijeron que subiéramos a bordo media hora antes.

Ambas nos asustamos. Nos encontrábamos en un país desconocido y sin dinero, estábamos bastante lejos del barco y no teníamos ni idea de cómo regresar.

Les pregunté a dos personas el camino del puerto. Me miraron sorprendidos sin comprender. No sabían de qué les hablaba. Busqué desesperadamente algún rostro europeo.

Varias posibilidades cruzaron por mi mente. ¿Qué podíamos hacer? Nuestra situación era desesperada... y todo por culpa de la compra de Tamarisk.

Subimos por otra calle más ancha.

—Probemos por aquí —dije.

—No vinimos por este camino —replicó Tamarisk.

—Tiene que haber alguien que nos indique el camino del puerto.

Justo en aquel momento le vi y le llamé a gritos:

—¡Señor Armour!

Luke se acercó corriendo a nosotras.

—He visto a la señora Jennings —nos dijo—. Me ha dicho que se habían extraviado ustedes en el mercado y he salido en su busca.

—Hemos perdido el dinero —le explicó Tamarisk—. Unos chicos desalmados nos lo robaron.

—No es prudente ir solas por estas calles.

—¡Cuánto me alegro de verle! —dijo Tamarisk—. ¿Tú no, Fred?

—¡Ya se puede usted figurar! Tenía un miedo espantoso.

—¿Miedo de que zarpáramos sin ustedes? Hubiera ocurrido, por supuesto.

—Es usted nuestro salvador, señor Armour —dijo Tamarisk, asiéndole del brazo y mirándole con una sonrisa—. Ahora nos conducirá al barco, supongo.

—Tendremos que ir un rato a pie y después tomaremos un vehículo —dijo Luke—. Aquí no hay nada de interés. Pero no estamos muy lejos del muelle.

Mi alivio era inmenso. La perspectiva de quedarnos solas en aquel lugar nos aterraba a las dos; menos mal que, de pronto, había aparecido nuestro libertador y nos había salvado.

—¿Cómo pudo encontrarnos tan pronto? —preguntó Tamarisk.

—La señora Jennings me dijo que las había perdido en el mercado. Conozco el lugar y adiviné hacia dónde se habrían dirigido... basándome en las indicaciones de la señora Jennings. Decidí recorrer la zona y, como ven, dio resultado.

—Es la segunda vez que viene usted en mi ayuda —le recordó Tamarisk—. Primero lo del sombrero y ahora esto. Espero tenerle a mano la próxima vez que me encuentre en peligro.

—Espero encontrarme siempre a mano para ayudarla cuando me necesite —contestó él.

Experimenté una sensación casi de felicidad cuando subimos por la escalerilla del barco. Había sido un rescate prodigioso y todavía me estremecía al pensar en la otra alternativa. Me alegraba también de que nos hubiera salvado Luke Armour, por quien sentía una creciente simpatía.

Tamarisk también le tenía simpatía, aunque seguía llamándole san Lucas.

Su actitud hacia él había vuelto a cambiar. En una o dos ocasiones la vi en la cubierta con él. Yo solía unirme a ellos y los tres nos pasábamos un buen rato conversando animadamente.

Se acercaba el momento en que deberíamos abandonar el barco; Tamarisk se alegraba de que no fuéramos las únicas en dirigirnos a Casker's Island y de que nos acompañara san Lucas. Era un hombre muy ingenioso y sin duda nos ayudaría muchísimo.

Tamarisk me dijo que Luke le había explicado incluso lo que iba a hacer en Casker's Island. No tenía ni idea de lo que encontraría allí, pero estaba seguro de que sería algo totalmente distinto de cualquier otro lugar que hubiera conocido. La misión estaba en sus comienzos y la fase inicial era siempre la más difícil. Tendrían que hacerle comprender a la gente que pretendía ayudarla y no entrometerse en sus asuntos.

—Es un hombre singular —me dijo Tamarisk—. Jamás conocí a nadie como él. Es muy sincero y honrado. Le conté todo lo que me había ocurrido, mi enamoramiento de Gaston... la boda... y todo lo demás... incluso el asesinato de Gaston. Me escuchó con mucha atención.

—Es una historia que cualquiera escucharía con atención, supongo —dije yo.

—Me pareció que comprendía mis sentimientos... la angustia de no saber... de preguntarme quién pudo hacerlo... y de encontrarme yo misma bajo sospecha. Dijo que la policía no debe de sospechar de mí, ya que, en tal caso, no me hubieran permitido abandonar el país. Le contesté que, al parecer, todos estábamos a salvo... yo, mi hermano y el hombre a cuya hija había seducido Gaston. Por eso nos resultaba tan angustioso el hecho de no saber nada. Le dije que, a mi juicio, era alguien perteneciente al pasado de Gaston, alguien que debía de tener alguna cuenta pendiente con él... Me prometió rezar por mí y yo le dije que rezaba mucho sin que hasta ahora mis plegarias hubieran surtido demasiado efecto, pero que tal vez las suyas serían más eficaces porque él tenía unas relaciones privilegiadas con los de arriba. Pareció que se molestaba un poco.

—No hubieras tenido que decírselo.

—Lo comprendí más tarde, pero, en cierto modo, hablaba en serio. Es tan bueno que es lógico suponer que sea mejor escuchado que yo. Si hay justicia, así debe ser. Es la clase de persona cuyas plegarias deberían ser escuchadas y estoy segura de que reza por los demás con tanta insistencia como por sí mismo. Es un buen hombre nuestro san Lucas. Le aprecio de verdad.

Estábamos recorriendo la costa australiana... primero Fremantle y después Adelaida y Melbourne, lo cual significaba que muy pronto abandonaríamos el *Queen of the South*.

Al final, llegamos al espléndido puerto que, al decir del capitán Cook, era uno de los más bellos del mundo. Fue maravilloso pasar a través de los Heads y contemplar la ciudad que no mucho tiempo antes había sido una simple colonia, extendiéndose majestuosamente ante nuestros ojos.

No tuvimos tiempo de ver muchas cosas porque en todo el barco reinaba el normal ajetreo de la inminente travesía de vuelta. Nos teníamos que despedir de las personas con las que habíamos viajado a lo largo de todas aquellas semanas y con las que nos habíamos sentado a comer tres veces al día.

—A nuestras amistades de casa no las vemos tan a menudo —le comenté a Tamarisk.

—Ahora desaparecerán de nuestras vidas para siempre y casi todas ellas se convertirán en un simple recuerdo.

Luke Armour actuó con mucha diligencia. Quería asegurarse de que trasladaran todo nuestro equipaje al *Golden Dawn* y de que los tres subiéramos a bordo juntos.

Fue una lástima que no pudiéramos visitar Sydney con más detenimiento... lo poco que vimos nos permitió comprender que era una ciudad muy hermosa. Sin embargo, lo más importante para nosotras era proseguir satisfactoriamente nuestro viaje.

—¡Qué eficiente es nuestro santo varón! —dijo Tamarisk.

Siempre se advertía un tono de burla en su voz cuando hablaba de Luke. Y lo más curioso era que le apreciaba, pero el hecho de que hubiera decidido seguir su vocación no le permitía considerarle un hombre como los demás.

Al final, subimos a bordo del *Golden Dawn* para cubrir la última etapa de nuestro viaje. Se trataba de un buque de carga que transportaba ocasionalmente algún pasajero.

La travesía del mar de Tasmania fue bastante movida, por lo que nos pasamos casi todo el rato en la cama hasta que finalmente llegamos a Wellington. Nuestra estancia allí fue muy breve, justo el tiempo necesario para descargar y cargar las mercancías. Inmediatamente zarpamos hacia Cato Cato.

Siguió un día de mucha calma y calor en el que nos pasamos el rato sentadas en la cubierta, contemplando el apacible mar en cuya transparente superficie saltaban de vez en cuando los peces y los graciosos delfines jugaban alegremente entre sí.

Luke nos habló de su infancia en Londres. Su padre era un hombre de negocios muy conocido en los círculos financieros. Quiso que Luke y su hermano mayor siguieran sus pasos, pero Luke tenía otras ideas. A la muerte de su padre, heredó el suficiente dinero como para poder entregarse a su vocación y el hermano mayor se hizo cargo del negocio.

A Luke no le gustaban los negocios de su padre, aunque reconocía que, gracias a ellos, había podido dedicarse a lo que más deseaba en la vida. Puesto que su hermano había cumplido los deseos de su padre, él consideraba que podía seguir su camino con la conciencia tranquila.

—O sea —dijo Tamarisk con el típico tono de chanza que solía emplear cuando hablaba con Luke— que no le gustan los negocios de su padre, pero reconoce que, gracias a ellos, puede pasarse la vida haciendo lo que le apetece. ¿Y eso está de acuerdo con su conciencia?

—Comprendo a qué se refiere —dijo Luke con una sonrisa—, pero creo que en la vida hay que aplicar la simple lógica. Mis ingresos, que me permiten dedicarme a lo que quiero, proceden de un negocio en el que no deseo trabajar. Pero no veo ninuna razón lógica por la cual este dinero no pueda servir para promover algo en lo que yo creo.

—Supongo —dijo Tamarisk a regañadientes— que no me quedará más remedio que decir que el razonamiento es sensato.

—Espero que jamás me diga nada que no crea.

Así transcurrían los días. Tamarisk bromeaba constantemente con Luke y ambos parecían divertirse con el juego.

A su debido tiempo, llegamos a la isla de Cato Cato donde dejaríamos el *Golden Dawn* y aguardaríamos el transbordador para trasladarnos a Casker's Island.

Cato Cato era una pequeña isla, pero, cuando llegamos, rebosaba de actividad. Al llegar el *Golden Dawn*, nos acogieron con gritos de bienvenida. Unas pequeñas embarcaciones salieron a recibirnos y los pasajeros fueron conducidos a tierra antes de que comenzara la descarga de las mercancías.

Nos rodeaba una muchedumbre que gritaba y gesticulaba. La llegada del barco había provocado un alboroto y todos querían mostrarnos las cosas que tenían a la venta. Había piñas, cocos, objetos de madera labrada e imágenes de piedra de misteriosos y temibles dioses o guerreros. Las altas palmeras crecían en abundancia y la vegetación que nos rodeaba era impresionante.

Luke dijo que lo primero que teníamos que hacer era buscar un hotel donde pudiéramos alojarnos hasta que llegara el transbordador. En cuanto nos instaláramos, trataría de averiguar para cuándo se esperaba el barco.

Por suerte, encontramos a un hombre dispuesto a servirnos de guía. Hablaba un poco el inglés, pero se expresaba también con la mímica.

—¿Hotel? —preguntó—. Oh, sí, yo enseñar. Bonito hotel... señor y señoras... bonito hotel. Transbordador venir. No hoy —añadió, sacudiendo enérgicamente la cabeza—. No hoy.

Cargó nuestro equipaje en una carretilla y la empujó entre la gente que estaba empezando a congregarse a nuestro alrededor, indicándonos por señas que lo siguiéramos. Varios niños sin el menor retazo de ropa sobre los morenos cuerpos se detuvieron con asombro a nuestro paso mientras el guía volvía repetidamente la cabeza para cerciorarse de que lo seguíamos.

—Ustedes venir —gritó, empujando resueltamente la carretilla hacia un blanco edificio de piedra que se levantaba a unos cuantos cientos de metros de la playa—. Bonito hotel. Muy bueno. El mejor de Cato. Ustedes venir. Ustedes gustar.

Entramos a una sala donde la temperatura era mucho más fresca que en el exterior. Una voluminosa mujer de piel muy oscura, brillantes ojos negros y dientes deslumbradoramente blancos nos acogió con una cordial sonrisa.

—Yo traer, yo traer —dijo nuestro guía—. Señor y señoras...

Después, ambos empezaron a conversar animadamente en su propia lengua.

La mujer sonreía sin apartar los ojos de nosotros.

—¿Ustedes quedarse? —preguntó.

—Sí —contestó Luke—. Tenemos que quedarnos hasta que venga el transbordador que nos llevará a Casker's Island.

—Casker —dijo la mujer, frunciendo los labios—. Oh, no. Aquí mejor. Tengo dos... —levantó dos dedos—. ¿Dos habitaciones?

—Dos habitaciones nos irán muy bien —dijo Luke, volviéndose a mirarme—: ¿Querrán ustedes compartir una habitación?

—Ya lo hicimos en el barco —contestó Tamarisk—. Veremos cómo son.

Nos instalaron inmediatamente y, como no podíamos elegir otra cosa, nos conformamos de buen grado con lo que había. La gorda parecía muy contenta de tenernos en su hotel y sólo lamentaba que estuviéramos esperando el transbordador.

Las habitaciones eran pequeñas y un tanto primitivas, pero cada una disponía de dos camas. Había dos mosquiteras sobre las camas que la gorda nos mostró con visible orgullo.

Al final, el guía se retiró con el aire satisfecho del que sabe que ha cumplido una meritoria labor.

Averiguamos que el transbordador llegaría el viernes. Como estábamos a miércoles, nuestra estancia iba a ser muy corta.

Se nos hacía extraño estar en tierra después de habernos pasado tanto tiempo navegando. Todo constituía una novedad para nosotros. Estábamos deseando salir a ver un poco la isla, la cual sería probablemente muy parecida a Casker's puesto que ambas distaban muy poco entre sí.

Nos dirigimos a nuestras respectivas habitaciones y sacamos de las maletas las pocas cosas que necesitaríamos durante nuestra breve estancia.

A Tamarisk le parecía todo extremadamente emocionante.

—Me gusta la gorda —dijo—. Se ha alegrado de nuestra llegada, pero se ha puesto triste porque no nos vamos a quedar mucho. ¿Qué mejor bienvenida podíamos esperar?

El transbordador que unía Cato Cato con Casker's Island hacía visitas más o menos regulares, transportando a ambas islas las mercancías procedentes de Sydney. También servía para el transporte del correo.

Nos dispusimos a esperar. Hacía mucho calor, pero, por lo menos, en nuestras habitaciones se estaba más fresco que fuera.

Estábamos un poco cansados y cenamos a base de un pescado desconocido y fruta. Decidimos acostarnos temprano, sabiendo que, para explorar la isla, tendríamos que salir por la mañana o al anochecer dado que al mediodía o por la tarde hacía demasiado calor.

Tamarisk se durmió en seguida, pero yo permanecí despierta escuchando el murmullo de las olas y los acordes de un instrumento musical que alguien estaba tocando en la distancia.

Me pregunté qué estaría haciendo Crispin en aquellos momentos. ¿Y tía Sophie? Se estaría preguntando a su vez qué estaría haciendo yo. Pronto vería a mi padre. Era lo que siempre había deseado. Pero cuánto hubiera deseado estar de vuelta en Inglaterra.

«Ojalá no hubiera existido jamás aquella mujer —me repetía una y otra vez—. Ojalá no hubiera regresado.»

Pero no era ése el camino. Tenía que alejarme a la mayor distancia posible. Tenía que saber adónde me dirigía y qué iba a hacer con mi vida.

De una cosa estaba segura. Jamás olvidaría a Crispin.

Miré a Tamarisk. Estaba preciosa bajo la luz de la luna con el cabello esparcido sobre la almohada; la mosquitera que la rodeaba confería a su piel un carácter translúcido. Para ella era más fácil. Quería alejarse y su único deseo era escapar y olvidar. Había cambiado un poco, pero, de vez en cuando, la antigua Tamarisk asomaba de nuevo a la superficie. Aquel viaje era justo lo que necesitaba para romper los vínculos que la ataban al pasado.

Yo pensaba que jamás lo conseguiría.

A la mañana siguiente, exploramos Cato Cato. Nuestra presencia despertó cierta curiosidad entre los nativos, a pesar de que éstos ya estaban un poco acostumbrados a los europeos. El dorado cabello de Tamarisk les llamó mucho la atención. Incluso una mujer se acercó y se lo tocó. Nadie se tomaba la molestia de disimular su curiosidad. Nos miraban sin recato y se reían como si fuéramos un regocijante motivo de diversión.

Hacía mucho calor, por lo que, después del almuerzo, permanecimos en el hotel donde nos pasamos un buen rato, contemplando el ambiente del exterior desde las ventanas.

—Ya falta menos —dijo Tamarisk—. Pronto estaremos allí. Espero que no haga tanto calor como aquí.

—Probablemente no habrá mucha diferencia —dijo Luke—. Ya se acostumbrará. Es lo que siempre ocurre.

—Usted tendrá su trabajo... su importante trabajo —dijo Tamarisk—. ¿Qué voy a hacer yo?

—Podría venir a echarme una mano. Apuesto a que ya encontraríamos algo que encomendarle.

Tamarisk hizo una mueca.

—No creo que sea la persona más idónea, ¿no le parece?

—Estoy seguro de que podría serlo si quisiera.

Ambos se miraron con una sonrisa.

—¿Tú me ves a mí haciendo buenas obras? —me preguntó Tamarisk.

—Creo que podrías hacer cualquier cosa con tal de que te lo propusieras —contesté completamente en serio.

—Ya lo ve usted, san Lucas. Todavía hay esperanza para mí.

Casker's Island

Al final, para nuestro alivio, llegó la mañana del viernes y vimos acercarse el transbordador. La gente corrió a la playa. Nuestro guía del primer día apareció con la carretilla y, cuando llegó el barco, ya estábamos preparados.

No había camarotes. Nos dijeron que zarparíamos por la tarde de aquel día y llegaríamos a Casker's a la tarde del día siguiente... siempre y cuando no ocurriera ningún contratiempo.

En la playa reinaba un gran alboroto. La partida dependería del rato que se tardara en cargar la mercancía. Éramos los únicos pasajeros que se dirigían a Casker's Island.

Comprobé que la llegada y la partida de los barcos constituía un gran acontecimiento en las vidas de los isleños, algo que rompía la monotonía de sus existencias. Los extranjeros como nosotros eran para ellos una fuente de diversión.

Al final, zarpamos. Aquella noche me senté en la cubierta con Tamarisk y Luke, confiando en poder dormir un poco. El mar estaba sereno y tranquilo y el agua golpeaba el costado del transbordador con un suave murmullo. El aire nocturno era agradablemente tibio y de vez en cuando veíamos el brillo fosforescente de un banco de peces nadando muy cerca de nosotros.

Casi al otro lado del mundo se encontraba todo lo que yo más quería. A veces pensaba que había sido una estúpida. Hubiera tenido que atreverme a vivir con audacia. Había perdido a Crispin por miedo a quedarme. Y ahora, ¿qué? Jamás podría olvidarlo. Qué insensata había sido al pensar que podría.

Los otros dos se habían quedado dormidos. Contemplando el agua, me pareció ver el rostro de Crispin dondequiera que mirara.

Ya estábamos a media tarde del día siguiente. Me encontraba sentada en la cubierta cuando, de pronto, oí el grito de uno de los tripulantes. Agitaba las manos y señalaba la tierra que había avistado en el horizonte.

—Casker's Island —decía a gritos.

Allí estaba... un verde y pardo montículo en medio de un sereno mar azul.

Varios marineros subieron a cubierta para iniciar las maniobras. Luke, Tamarisk y yo nos acercamos a ellos. Me embargaba la emoción. Al cabo de tantos años, estaba a punto de ver a mi padre.

Comprendiendo mis sentimientos, Luke apoyó una mano en mi brazo.

—Ése será un día muy importante para usted —dijo.

Asentí con la cabeza.

—Es bueno que se reúnan.

—Esta isla se parece muchísimo a Cato Cato —comentó Tamarisk.

Cuanto más nos acercábamos, más se parecía. Varias personas de piel oscura se habían congregado en la orilla. Iban vestidas con prendas de vistosos colores y lucían abalorios alrededor del cuello y los tobillos. Se oía también el sonido de un instrumento musical semejante al que yo había escuchado en Cato Cato. Unos chiquillos desnudos corrían de acá para allá en la playa, dando gritos de alegría. Varias mujeres con niños atados a la espalda mediante correas y algunas con los niños simplemente agarrados a ellas, esperaban en la orilla. Al ver acercarse el transbordador, empezaron a lanzar gritos.

—Tendremos que encargarnos del equipaje —dijo Luke.

—Qué suerte tenemos de que san Lucas cuide de nosotras, ¿verdad? —dijo Tamarisk.

—Pues sí —contesté.

Nos buscaron el equipaje y, nada más desembarcar del transbordador, un hombre corpulento y servicial se acercó a nosotros. Vestía unos pantalones blancos de algodón y una camisa azul.

—Señorita Hammond, señorita Hammond —dijo con melodiosa voz.

—Sí, sí —contesté yo—. Estoy aquí.

Una deslumbradora sonrisa iluminó su ancho rostro moreno mientras juntaba las manos y se inclinaba en una breve reverencia.

—Señorita Karla. Dice que usted venir. Yo llevar.

—Oh, muchas gracias. ¡Qué maravilla! —exclamé—. Llevo equipaje y me acompañan dos amigos.

El hombre asintió con una sonrisa.

—Dejar a Macala. Él hacer todo.

Me volví hacia Tamarisk y Luke.

—Mi padre le habrá enviado para que venga a recogernos.

Pensaba que me recibiría personalmente. Habría tenido sus razones, me dije, para no hacerlo y enviar a aquel hombre en su lugar.

—¿Karla? —dijo Tamarisk—. ¿Quién es Karla?

El hombre llamado Macala chasqueó los dedos con gesto autoritario.

—Mandel —llamó.

Mandel, un niño de unos diez años, se acercó corriendo.

Macala empezó a hablar en su propia lengua y el niño le escuchó atentamente, asintiendo con la cabeza. Después, Macala se dirigió de nuevo a nosotros.

—Ustedes venir. Seguir.

Nos acompañó a un carro tirado por dos asnos.

—Yo llevar —dijo Macala.

—¿Al señor Hammond? —le pregunté.

—Yo llevar —contestó Macala, asintiendo con la cabeza e indicándonos por señas que subiéramos al carro.

—No subiremos sin el equipaje —dijo Tamarisk.

En aquel momento apareció el niño con una de nuestras maletas. La posó en el suelo y señaló hacia atrás.

Macala asintió con la cabeza y, volviéndose hacia nosotros, esbozó una tranquilizadora sonrisa.

—Yo llevar —dijo.

—¿No deberíamos ayudarles? —preguntó Luke.

—Si se va con ellos, nos dejará solas —dijo Tamarisk—. Todo eso es muy raro y, a fin de cuentas, nosotros somos más importantes que nuestro equipaje. Pensaba que tu padre vendría a recibirnos, Fred. No pude vivir muy lejos.

No contesté.

No hubiéramos tenido que preocuparnos por el equipaje. Macala regresó al poco rato con el niño y otro hombre de elevada estatura. Los tres se encargaron de nuestro equipaje.

Teníamos un poco de dinero que nos había sobrado de Cato Cato. Se lo entregamos al hombre y al niño y ambos se pusieron muy contentos.

Después, el carro inició la marcha entre una lujuriante vegetación y, al cabo de menos de diez minutos, vimos la casa. Se levantaba a unos treinta centímetros del suelo sobre una especie de puntales y sólo disponía de una planta. Estaba construida con una madera de color claro y crecían a su alrededor numerosos arbustos con flores de brillantes colores.

Mientras nos acercábamos, se abrió una puerta del porche y apareció una mujer. Era extremadamente hermosa, alta y escultural. Llevaba el cabello negro recogido alrededor de la cabeza y su rostro era menos oscuro que el de la mayoría de las personas que habíamos visto desde nuestra llegada a la isla; tenía la piel muy tersa, unos grandes y luminosos ojos y una radiante sonrisa de dientes inmaculadamente blancos.

—Tú eres Frederica —dijo, mirando no a mí sino a Tamarisk.

—No —dije yo—, Frederica soy yo.

Hablaba un perfecto inglés con un ligero acento muy atractivo.

—Finalmente has venido. Ronald está deseando tenerte aquí.

Pronunciaba el nombre de mi padre con acento en la primera sílaba. Me pregunté quién sería.

—Le presento a mi amiga, la señora Marchmont, que ha viajado conmigo.

—Señora Marchmont —dijo la mujer—, nos alegramos mucho de que haya venido.

—Y al señor Armour, que ha sido muy amable con nosotras durante la travesía. Se dirige a la misión.

La mujer frunció levemente el ceño, pero en seguida volvió a sonreír.

—Yo soy Karla —dijo.

—El hombre... Macala... nos ha dicho que lo había mandado usted.

—Sí.

—¿Mi padre está en casa?

—Se alegra mucho de que hayas venido.

Miré a mi alrededor con expresión expectante mientras ella añadía:

—Pero entren, por favor. No se queden aquí.

Nos acompañó a una sala muy fresca en comparación con el calor del exterior. Había varias ventanas abiertas, pero todas estaban protegidas por telas metálicas; para impedir la entrada de los insectos, pensé yo. El mobiliario estaba construido con una madera clara que yo supuse que debía de ser bambú.

—Primero tienes que ver a tu padre —dijo la mujer.

Miró a Tamarisk y Luke con expresión perpleja. Era fácil leerle el pensamiento. Estaba pensando que el encuentro con mi padre tenía que celebrarse a solas.

Luke dijo con el tono reposado y comprensivo que le era propio:

—Podemos esperar aquí. Estará deseando verla. Tal vez le podremos saludar más tarde.

Todo me pareció un poco misterioso y pensé que tenía que haber algún motivo.

Karla miró con alivio y gratitud a Luke mientras Tamarisk se sentaba en una silla de bambú.

—Ven —me dijo Karla.

Me acompañó a través de un pasillo y, al llegar a una puerta, se detuvo y la abrió.

—Ya está aquí —dijo con dulzura.

Estaba sentado en una silla junto a la ventana, pero no volvió la cabeza, lo cual me pareció muy extraño.

Seguí a Karla al interior de la estancia y me situé delante de la silla. Aunque estaba sentado, se veía que era muy alto. Su cabello canoso conservaba algunos vestigios dorados y sus regulares rasgos se ajustaban a los cánones clásicos. Había sido, y seguía siendo, un hombre muy guapo.

—Frederica —dijo con una de las voces más musicales que yo jamás hubiera oído—, hija mía, o sea que has venido a verme. Al final estás aquí —me tendió la mano y añadió—: No puedo verte, querida. Estoy ciego. Acércate un poco más —dijo mientras yo le miraba sin poder reprimir el temblor de mis labios.

Después se levantó, apoyó las manos en mis hombros y me acarició la cara, explorándola con los dedos mientras me besaba con ternura la frente.

—Mi querida niña —dijo—, llevo mucho tiempo esperando este encuentro.

Se recuperó de la emoción mucho antes que yo y dijo que deseaba conocer a Tamarisk y al joven que tan servicial había sido con nosotras. Regresé junto a ellos y les dije que mi padre quería conocerles, explicándoles que estaba ciego.

Se quedaron asombrados, pero, cuando los saludó, me pareció que ya no estaba triste sino muy alegre y risueño... tal como yo esperaba que fuera a juzgar por la descripción que tía Sophie me había hecho de él.

Acogió cordialmente a Tamarisk y dijo que se había alegrado mucho al enterarse de que me acompañaría en el viaje. Después le agradeció cortésmente a Luke todas las atenciones que había tenido con nosotras durante la travesía.

Nos pasamos un buen rato conversando y Karla nos sirvió una bebida de frutas y se sentó con nosotros. Observé lo solícita que se mostraba con mi padre, cuidando de que tuviera cerca una mesa donde posar el vaso. Tenía muchas cosas que descubrir en aquella casa y vi que Tamarisk miraba a su alrededor con curiosidad.

Más tarde Luke dijo que tenía que irse a la misión donde le estaban esperando.

—Macala le acompañará si no le importa utilizar el viejo carro —dijo Karla—. Es lo mejor que tenemos. Los pobrecitos asnos ya están un poco viejos, pero nos tendremos que conformar con ellos hasta que podamos sustituirlos por otros. Nos han prestado un buen servicio.

—La casa de la misión se encuentra aproximadamente a un kilómetro de aquí —dijo mi padre—. Lo cual significa que seremos vecinos. ¿Qué le indujo a venir aquí?

—Me ofrecieron el puesto y acepté —contestó Luke.

Mi padre asintió con la cabeza.

—Aquí será siempre bien recibido cuando quiera comer con nosotros, ¿verdad, Karla?

—Por supuesto —contestó Karla.

Cuando Luke se fue, mi padre comentó:

—Pobre muchacho. Pero parece muy sincero. Espero que las cosas no le vayan demasiado mal.

—Me parece que no tienes muy buena opinión de la casa de la misión —dije.

—Supongo que debe de ser como todas. Convertir a los paganos es una tarea muy dura... a no ser que los paganos estén dispuestos a convertirse.

—¿Y los de aquí no lo están?

Mi padre se encogió de hombros.

—Supongo que prefieren que las cosas sigan como están. Es fácil cuando los espíritus les son favorables y ellos los pueden aplacar con alguna ofrenda. No comprenden todo eso de «amar al prójimo como a ti mismo». Bastante trabajo tienen preocupándose por sí mismos para que encima les quede tiempo para el prójimo.

—Luke es muy bueno —dije yo.

—Le llamamos san Lucas —explicó Tamarisk.

—Sí —dijo mi padre sonriendo—. Parece muy amable. Espero que le veáis muy a menudo.

Nos acompañaron a nuestras habitaciones que, por cierto, eran contiguas. Todo era de madera clara. Había alfombras sobre el suelo de madera y las ventanas estaban protegidas con tela metálica. En cada dormitorio había una jofaina y una jarra. Descubrí más tarde que el agua se sacaba de un pozo cercano a la casa. Las condiciones eran tan primitivas como en Cato Cato. Los criados de la casa eran los miembros de dos familias que vivían en unas chozas construidas en el terreno que rodeaba la casa. Teniendo en cuenta las circunstancias, todo estaba encaminado a proporcionar la máxima comodidad posible. Lo que yo más deseaba era poder hablar a solas con mi padre. Tamarisk pareció comprenderlo y, después de un almuerzo que nos fue servido bajo la supervisión de Karla, dijo que se sentía muy cansada y que prefería retirarse a su habitación. Eso me ofreció la oportunidad que necesitaba.

Mi padre me acompañó a la estancia donde me había recibido al llegar.

—Eso es mi refugio —dijo—. Me paso muchas horas aquí. Karla dice que estás un poco desconcertada y que debería explicártelo todo.

—¿Quién es exactamente Karla?

—Esta casa es suya. Es hija de un inglés y una nativa. Su padre vino aquí y estableció una gran plantación de cocoteros. No se casó con su madre, pero quería mucho a Karla. Es una mujer muy inteligente... y atractiva. Es una persona maravillosa y supe que os llevaríais bien desde un principio. Al morir, Don Marling, su padre, le dejó esta casa, la plantación y una fortuna. Ejerce una gran influencia en la isla.

—¿Y tú compartes la casa con ella?

Mi padre esbozó una sonrisa.

—Somos muy amigos. Me condujo aquí cuando... —se tocó los ojos— cuando me empezó a pasar eso.

—Tía Sophie me hablaba a menudo de ti, pero nunca me comentó que te hubieras quedado ciego.

—Porque no lo sabía. No se lo dije.

—Pero tú le escribías. Yo pensaba que estabas en Egipto. Me enteré de que estabas aquí cuando ya me disponía a venir a verte.

—Estaba en Egipto, sirviendo en el ejército. Pero después... lo dejé. Me dediqué a toda clase de negocios allí... y en otros lugares. Pero todo pertenece al pasado. De nada sirve pensar en una juventud malgastada.

—¿Entonces la malgastaste?

—Lo pasé muy bien, ¿cómo hubiera podido malgastarla? Estaba exponiendo, no mi punto de vista sino el de los demás.

—Quiero que me cuentes muchas cosas sobre ti. Durante todos estos años yo sabía que tenía un padre, pero jamás te había visto. No sabía casi nada de ti hasta que tía Sophie me contó algo.

—No te fíes demasiado de ella. Es muy indulgente conmigo.

—Siempre me habló de ti con gran cariño. Siempre te ha apreciado mucho.

—Y yo también la aprecio a ella. Me mantenía informado de tus progresos y me alegré mucho cuando supe que te habías ido a vivir con ella.

—Fue maravilloso para mí.

—Me gustaba imaginaros a las dos, viviendo juntas y consolándoos mutuamente.

Hablaba con profundo pesar. Hubiera querido preguntarle algo más sobre sus relaciones con mi tía. Sabía que ella le amaba y tenía la sensación de que él también la amaba a ella. Tenía tantas cosas que aprender. No podía averiguarlo todo de golpe.

—Quiero que me hables más de Karla —le dije—. O sea que ésta es su casa y nosotras somos sus invitadas.

—Yo también vivo aquí.

—¿Como invitado?

—No exactamente —tras una breve pausa, mi padre añadió—: Probablemente habrás oído hablar de mi variada carrera. Tu madre y yo nos separamos. Ya sabes por qué.

—No erais felices juntos.

—Ella tuvo suerte de librarse de mí. Jamás hubiéramos podido ser felices. Yo no era precisamente un santo... no me parecía para nada a vuestro Luke. Me temo que soy distinto, y un hombre como yo suele tener... relaciones.

—¿Tú y Karla? —pregunté.

Mi padre asintió con la cabeza.

—Compartimos esta casa.

—Os hubierais podido casar... ¿o tal vez no?

—Bueno, sí. Ahora soy libre. Ella estuvo casada una vez... con alguien que se casó con ella por su dinero, supongo. Tal vez no sólo por eso, pero me imagino que debió de ser un aliciente. Le hubiera podido robar lo que era suyo, pero no pudo porque ella es una mujer de negocios muy lista. El hombre murió y ahora podríamos casarnos, pero aquí... no es lo mismo que en un pueblo inglés, donde los vecinos están siempre al acecho para ver si se cumplen las leyes de la sociedad. A Karla no le interesa el matrimonio. Ni a mí tampoco. Pero eso no impide que apreciemos nuestra mutua compañía. ¿No estás escandalizada, hija mía?

—No creo. Ya me lo imaginaba. Es muy simpática.

—Y muy interesante... medio nativa y medio anglosajona. Una combinación muy curiosa. La conocí en Egipto, porque ha viajado mucho. Me gustó su carácter, su franqueza y su buena disposición. Vivir al día, ése es su lema y supongo que también el mío. Nos hicimos amigos en Egipto y, cuando empecé a sufrir esta dolencia, me cuidó. Estaba muy deprimido. Temía la ceguera como jamás había temido ninguna otra cosa en la vida. Llegué al extremo de rezar. «Dios mío, consérvame la vista y quítame todo lo demás.» El Señor no atendió mi súplica, pero me dio a Karla —mi padre asió fuertemente mi mano por un instante y añadió—: Karla ha sido maravillosa. Es como una madre. ¿Por qué las mujeres como ella no tienen hijos? Estuvo a mi lado cuando me sentía desesperado. Fue muy importante para mí. Y me trajo a esta casa que le dejó su padre. Es rica según lo que se entiende por eso en la isla; es propietaria de miles de cocoteros altamente productivos. Es una mujer de negocios que cuida de la plantación con tanta eficacia como podría hacerlo un hombre y que, encima, me cuida a mí como una madre. Aparte los cocoteros, cuenta también con mi eterna gratitud. Jamás hubiera podido aceptar mi ceguera sin ella, Frederica.

—Tía Sophie también te hubiera cuidado —dije—. Hubieras podido regresar a nuestro lado.

—No —mi padre sacudió la cabeza—. Sé que lo hubiera hecho, pero no podía regresar junto a ella. Hubo veces en que lo pensé... antes de que empezara a quedarme ciego. Mira, al principio...

—Lo sé. Ella me lo dijo. Creyó que te ibas a casar con ella, pero te casaste con mi madre.

—O sea que ya ves...

—Ella lo hubiera comprendido.

—No podía ser. Yo no era digno de Sophie. Nunca hubiera estado a la altura de lo que ella se merecía.

—Te quería tal como eras.

—Pero se quedó con mi hija... un cambio muy ventajoso.

—Y ahora es Karla quien cuida de ti. Compartes su casa... y su vida.

—Es lo que ella quiere.

—¿Y eres feliz aquí?

Mi padre guardó momentáneamente silencio.

—Bueno —dijo al final—. Me lo paso bien. Y ahora ya he aceptado mi situación. Todo tiene sus ventajas. Me lleno de alegría cuando reconozco unas pisadas. Pienso: «Es Macala... o el pequeño Mandel». Conozco las pisadas de Karla. Reconozco las inflexiones de voz de la gente. Y así transcurren mis días. Recuerdo los placeres del pasado, muy numerosos, por cierto. Procuro olvidar las cosas desagradables y a menudo lo consigo. Es todo un arte, ¿sabes? A veces, me digo: «Estás ciego. Puede que te haya sido arrebatada tu mejor posesión, pero todo tiene sus ventajas». Y entonces las empiezo a contar. Tengo el amor de Karla y ahora mi hija ha atravesado el mundo para venir a verme.

Al cabo de una semana, ya me parecía que llevaba mucho tiempo en la isla.

Por la noche permanecía despierta, pensando en Crispin y en tía Sophie, y me preguntaba si habría hecho bien en marcharme. La reunión con mi padre había sido una experiencia maravillosa que había creado un vínculo inmediato entre nosotros. Tenía la sensación de que le conocía de toda la vida, y todo gracias a tía Sophie. Ahora comprendía por qué razón solía ganarse el cariño de la gente. El mío se lo había ganado por entero.

Mantenía largas conversaciones con él. Nos sentábamos bajo los árboles escuchando el suave murmullo de las olas mientras él me hablaba de su vida. Estaba claro que se alegraba de tenerme a su lado.

Por la noche se apoderaba de mí la añoranza del hogar y no podía apartar de mi mente el recuerdo del rostro de Crispin cuando me había suplicado que no me fuera. Oía su voz, diciendo: «Ya encontraremos un medio. Tiene que haber un medio». No podía quitarme de la cabeza los arbustos de St. Aubyn's entre los cuales habían encontrado el cuerpo sin vida de Gaston Marchmont.

La isla era un lugar muy hermoso, pero no muy distinto de la mayoría de islas tropicales... con sus ondulantes palmeras, su exuberante vegetación, sus fuertes aguaceros, su ardiente sol y sus gentes despreocupadas y perezosas que no hacían el menor esfuerzo por cambiar de vida.

Me hacía gracia el interés de Tamarisk por el lugar. Creo que todo se debía en buena parte a su vehemente deseo de alejarse de casa. Yo no la consideraba culpable del asesinato de su marido, pero, tal como ella misma decía, en circunstancias como aquéllas, la esposa siempre despertaba ciertas sospechas.

Se divertía mucho con las travesuras de los niños, los cuales a su vez mostraban un especial interés por ella. Siempre la seguían uno o dos niños dondequiera que fuera. Algunos eran lo suficientemente atrevidos como para acercarse y tocarle el blanco brazo o el cabello, que solía llevar suelto sobre los hombros.

Siempre le había gustado llamar la atención, por lo que muy pronto se convirtió en la preferida de los niños.

Juntas explorábamos la isla y nos deteníamos a contemplar la labor del alfarero, agachado cerca de la orilla haciendo vasijas de barro... platos y vasos. A veces le comprábamos alguna cosa y el grupo de admiradores infantiles de Tamarisk observaba la transacción con regocijo. Otros vendedores ambulantes permanecían sentados sobre sus esteras de fibra de coco. Sabían que, cuando llegaban los transbordadores, podía desembarcar algún pasajero y querían estar preparados para sus posibles clientes a los que solían ofrecer estatuillas labradas, cortapapeles y abalorios. Nos habían advertido contra la presencia de las serpientes y nos habían aconsejado que no nos adentráramos entre los matorrales sin un guía.

Como es lógico, ya habíamos visitado la casa de la

misión... que, por cierto, era una miserable choza con techumbre de paja muy semejante a un granero. No disfrutaba de la menor comodidad. Las paredes estaban totalmente desnudas y el único adorno era un crucifijo.

—¡Qué sitio tan triste! —le dijo Tamarisk a Luke cuando éste nos la mostró.

Al fondo de la estancia había una alacena y una pizarra sobre un caballete.

—Es para la escuela —nos explicó Luke.

—¿Y dónde están los alumnos? —preguntó Tamarisk.

—Aún tienen que venir.

Luke nos había presentado a John Havers y a su hermana Muriel. Ambos llevaban dos años en Casker's Island y reconocían que no habían hecho demasiados progresos y que los isleños no les hacían prácticamente el menor caso.

—En el sitio donde estuvimos anteriormente era distinto —dijo John Havers—. Era más grande y no estaba apartado de todo. Aquí hay que empezar desde el principio y la gente se muestra bastante indiferente.

—Por eso ha venido el señor Armour —añadió Muriel.

—Pero todavía no tienen alumnos —dije yo.

—Algunos vienen, pero no se quedan. Solía darles pastelillos a las once en punto si venían por la mañana. Intentaba enseñarles algo, pero estoy segura de que sólo venían por los pastelillos. Se los comían, me miraban con un sonrisa y se escapaban corriendo.

—Eso es un soborno —terció Tamarisk en tono burlón.

—Me temo que sí —dijo Muriel Havers.

—Pobrecillos —me comentó más tarde Tamarisk—. No creo que les interesaran las enseñanzas de la señorita Havers por muy buenos que fueran los pastelillos.

Las comidas en casa de Karla eran siempre muy divertidas gracias a las personalidades de Karla y de mi padre. Las abundantes viandas nos eran servidas por numerosos criados que entraban y salían caminando en silencio con sus pies descalzos.

Karla y mi padre nos hablaban de su vida en Egipto y siempre tenían alguna anécdota interesante que contar, por cuyo motivo las sobremesas solían prolongarse hasta muy tarde.

—Pobre Luke —dijo Tamarisk un día—. Imagináos qué existencia tan distinta debe de llevar en la misión con los Havers.

—Son buena gente —dijo Karla—, pero, a veces, son tan buenos que ni siquiera saben reír. La vida es demasiado seria para ellos. Los compadezco.

—¿Podríamos invitarlos a cenar? —preguntó Tamarisk.

—¡Por supuesto! —contestó Karla—. Qué tonta soy. Lo hubiera tenido que pensar.

—En realidad —dijo mi padre—, creo que hubiéramos tenido que invitar a vuestro amigo Luke inmediatamente. Fue muy bueno con vosotras durante el viaje.

—Les invitaremos —dijo Karla—. E invitaré también a Tom Holloway.

—Tom Holloway —nos explicó mi padre— es el capataz de la plantación. Una buena persona, ¿verdad, Karla?

—Mucho. Pero se le ve un poco triste y la vida no está hecha para la tristeza.

—Nos gustaría conocerle, ¿no es cierto, Tamarisk?

—Claro —contestó Tamarisk.

—Les invitaremos mañana —dijo Karla.

—¿Podrán venir, avisándoles con tan poco tiempo? —pregunté.

Karla soltó una de sus habituales carcajadas.

—No suelen recibir muchas invitaciones para cenar, os lo aseguro. Vendrán.

—La vida social en Casker's Island es un poco limitada —añadió mi padre—. Seguro que vendrán.

Antes de la llegada de los invitados, mi padre me habló un poco de Tom Holloway.

—Vivía en Inglaterra y se dedicaba a la importación de las esteras que se hacen con un producto derivado del coco. ¡La de cosas que se pueden hacer con los cocos! Bueno, pues uno de los productos es la fibra con la que se fabrican esteras, alfombras y cosas por el estilo. Tom Holloway las vendía por toda Inglaterra. Pero después su mujer murió de parto y el niño murió con ella. No ha podido superarlo. Karla le veía de vez en cuando por asuntos de negocios y se sorprendió al ver lo mucho que había cambiado. Ya sabes cómo es ella. Cuando ve a alguien en apuros, siempre trata de ayudarle. Así que le pareció que Tom necesitaba cambiar de aires y romper completamente con el pasado y le ofreció el puesto de capataz de la plantación. Para su sorpresa, Tom aceptó.

—¿Y el cambio le fue beneficioso?

—Un poco creo que sí. Ya va para dos años, o casi, pero es fiel a los recuerdos, aunque creo que consigue olvidarlos de vez en cuando. La plantación le gustaba mucho, ha aprendido a tratar con estas gentes y disfruta con su trabajo. A Karla le gustaría que se casara... lo cual no es muy fácil aquí.

—¡Qué buena es Karla!

Mi padre asintió, complacido.

La cena fue un éxito, aunque yo observé que Luke estaba un poco alicaído. El alegre optimismo de que había hecho gala en el barco se había apagado levemente. John y Muriel Havers nos hablaron de sus tareas en la misión, pero yo me di cuenta de que no comprendían la forma de ser de las personas entre las cuales vivían.

Más tarde le comenté a mi padre que, por lo visto, los habitantes de la isla se les antojaban unos salvajes;

ni siquiera se les pasaba por la cabeza que pudieran ser personas normales sin el menor interés en que otras personas les inculcaran sus propias ideas. Intuí que Muriel no debía de aprobar las relaciones de mi padre con Karla.

Tamarisk se lo pasó muy bien. Cuando los invitados se fueron y ambas nos retiramos a descansar, acudió a mi habitación para comentar los incidentes de la velada.

—¿Qué te ha parecido? —me preguntó.

—Pues que todo ha ido muy bien. Creo que a Luke le ha gustado saborear una buena comida.

—Pobrecillo —dijo Tamarisk—. Me temo que está decepcionado. No me sorprende... viviendo en estrecho contacto con esa pareja tan aburrida.

—No es que sean exactamente aburridos. Lo que ocurre es que no están en su elemento.

—¿Que no están en su elemento? Son misioneros, ¿no? Tendrían que estar en su elemento. ¡Una isla alejada de todo el mundo y con unos habitantes que necesitan convertirse! ¡Pobre Luke! Tendremos que visitarle más a menudo, a ver si se anima un poco.

—Estoy de acuerdo.

—No sé qué habrá pensado tu padre de todo eso.

—Nos enteraremos a su debido tiempo. ¿Cómo te encuentras ahora, Tamarisk? Me refiero a todo lo que ocurrió.

—Ya no pienso en ello constantemente.

—Menos mal.

—¿Y tú?

—Pienso mucho.

—No era necesario que fueras tan lejos.

—Mi padre quería verme.

—Te acababas de comprometer con Crispin. Sí, ya sé que no te apetece hablar de estas cosas. Yo sí tenía que irme. Gaston era mi marido y lo habían asesinado.

—Lo comprendo. Pues claro que lo comprendo. Pero yo también sentía la necesidad de marcharme.

—¿Por todo lo que pasó? Tú no sabes nada sobre Gaston, ¿verdad?

—No, no. No fue por eso.

—Eres muy evasiva —dijo Tamarisk.

Preferí no contestar y no darme por enterada de la indirecta.

Pensaba que, a diferencia de Tamarisk, aquella aventura no me estaba sirviendo de mucho.

A la mañana siguiente, Tamarisk y yo salimos a dar un paseo. No habíamos llegado muy lejos cuando nos vieron tres o cuatro chiquillos que estaban jugando en el suelo. En cuanto nos acercamos, se levantaron y corrieron hacia nosotras, mirando a Tamarisk entre risas.

—Me alegro de que os haga tanta gracia —les dijo Tamarisk con una sonrisa.

Sus palabras les provocaron nuevos accesos de risa. Todos la miraron expectantes como si esperaran que dijera algo más.

Reanudamos nuestro camino y los chiquillos nos siguieron mientras pasábamos por delante de los hombres sentados en el suelo con las esteras sobre las cuales exponían sus mercancías.

Nos detuvimos delante del alfarero. Sobre su alfombra éste había colocado dos altos jarrones de bellas y sencillas líneas. Tamarisk los examinó mientras el propietario nos miraba con expresión divertida. ¿Por qué les hacíamos tanta gracia?, me pregunté. ¿Por nuestro aspecto, por nuestra manera de hablar o por nuestra forma de comportarnos tan distinta de la suya?

Tamarisk tomó los altos jarrones mientras los niños la rodeaban con curiosidad.

Se los indicó al hombre con expresión inquisitiva y éste le dijo el precio.

—Me quedo aquél —dijo Tamarisk.

—¿Qué vas a hacer? —le pregunté.

—Ya lo verás. Quiero el otro también.

Se había armado un revuelo. Varias mujeres y otros niños se acercaron a mirar. Un hombre que exhibía estatuillas labradas sobre una estera nos miró con esperanza y envidia.

—Tú toma éste, Fred —me dijo Tamarisk—. Yo llevaré el otro. Quiero la pareja.

—No comprendo qué vas a hacer con ellos.

—Yo sí.

Uno de los niños empezó a pegar brincos. Los otros se dieron codazos entre sí para aproximarse a nosotras mientras Tamarisk le pagaba el importe al vendedor.

—Vamos —dijo Tamarisk—, por aquí.

Los niños la siguieron como una procesión y otros se incorporaron al grupo mientras ella encabezaba la marcha hacia la casa de la misión.

Al llegar allí, empujó la puerta y entró en la sala.

—¡Eso es! —dijo con aire triunfal—. Aquí es donde los voy a poner. Los llenaremos con agua del riachuelo y colocaremos uno junto a la puerta y otro... —miró a su alrededor—. Sí, allí entre aquellas dos ventanas. Ahora necesito unas flores bien bonitas. De color rojo. El rojo es muy agradable. Cálido y atrayente. Ven, vamos a ponerles agua.

Los niños bajaron con nosotras al riachuelo, brincando sin poder contener su emoción.

—Y ahora las flores —Tamarisk se volvió hacia los niños y les dijo—: A ver si me ayudáis en lugar de reíros tanto de mí. Recogeremos unas flores. Rojas... como ésta... y de color malva como ésta para el otro jarrón. Aquí las hay en cantidad.

Tenía razón. Las flores crecían por doquier. Arrancó algunas y les indicó por señas a los niños que hicieran lo mismo, ordenándoles que un grupo arrancara las de color rojo y otro las de color malva.

Después regresamos todos juntos a la sala. Tamarisk se arrodilló delante de uno de los jarrones y dispuso en él las flores de color rojo. Los niños la miraban fascinados mientras le entregaban las flores.

—Qué bonitas —exclamó Tamarisk—. Dame, ésa quedará muy bien.

Tomó la flor que le ofrecía una chiquilla y ésta se rió con entusiasmo mientras ella la colocaba en el jarrón.

Al final, Tamarisk se levantó y dijo:

—¡Qué jarrón de flores tan precioso!

Empezó a batir palmas y todos los niños imitaron su ejemplo.

—Vamos —añadió—. Ahora colocaremos las flores de color malva.

Los niños la miraron extasiados y se pelearon entre sí por el privilegio de llevarle flores. Tamarisk las dispuso artísticamente en el jarrón y quedaron casi tan bonitas como los risueños y sonrientes chiquillos que en aquellos momentos la rodeaban.

Cuando terminó, los niños batieron palmas. Justo en aquel momento entró Muriel Havers.

—Pero, ¿qué demonios es eso? —preguntó, mirando a su alrededor.

Yo dudaba de que alguna vez hubiera visto a tantos niños reunidos en aquella sala. Todos se volvieron a mirarla con una sonrisa aunque no pudieron mantener mucho rato los ojos apartados de Tamarisk.

—Pensé que las flores animarían un poco todo esto —le explicó Tamarisk.

—Pues la verdad es que lo animan mucho —dijo Muriel Havers—. ¡Cuántos niños!

—Han venido para ayudarme —contestó Tamarisk con cierta nota de orgullo en la voz.

Ha cambiado, pensé. Algo le ha ocurrido.

Ya llevábamos tres semanas en la isla. Los días parecían cortos y, sin embargo, el tiempo pasaba volando. A menudo me preguntaba qué estaba haciendo allí. Mejor sería que regresara a casa. Me preguntaba una y otra vez qué hubiera ocurrido si tía Sophie no hubiera visto a Kate Carvel aquel día. Qué distinta hubiera sido entonces mi vida. En aquellos momentos estaría con Crispin en mi despreocupada ignorancia. No, no hubiera podido ser. Ella se hubiera presentado en cualquier momento. Hubiera sido un vida de temores, de chantaje y de simulaciones. Las palabras de Crispin resonaban incesantemente en mis oídos. «Algo se podrá hacer.» Él hubiera mantenido el secreto porque era un hombre rodeado de secretos. ¿Acaso yo no lo había intuido desde el principio? Pero le amaba con todo mi corazón, aunque a veces pensara en mi fuero interno «no le conoces, te oculta muchas cosas».

Entonces me decía, tengo que regresar. No puedo soportar vivir separada de él.

Tamarisk se había adaptado con más facilidad que yo. Pero ella huía de algo y no había dejado nada que fuera esencial para su felicidad. Jamás había estado unida a su familia. Su madre no se había preocupado por ella en su infancia y no existía demasiado afecto entre ambas. Estaba orgullosa de Crispin y le quería como hermana suya que era. Pero nada más. No había ningún vínculo que la atara a nada. Con el tiempo, se cansaría de la isla y de sus gentes... pero, de momento, todo constituía una novedad para ella y era justo lo que necesitaba.

Al principio, le había interesado levemente Tom Holloway, pero éste era un hombre demasiado serio para ella. Echaba demasiado de menos a su difunta esposa como para poder fijarse en Tamarisk. Luke le hacía gracia. «Aquel buen hombre», solía llamarle en tono ligeramente burlón. Creo que deseaba protegerle, lo cual era bastante insólito, pues por regla general, era ella la que buscaba protección en los hombres.

Pese a todo, visitaba muy a menudo la casa de la misión. Los niños se congregaban a su alrededor en cuanto la veían y ella recibía con agrado sus muestras de atención. Los chiquillos se peleaban por acercarse a ella y se reían de todo lo que hacía o decía.

—Por lo visto, quieren que yo les divierta —decía—. Reconozco que son muy agradecidos. A Luke le hace gracia... y, en cuanto a Muriel y John..., dicen que cualquier motivo es bueno con tal de que los niños acudan a la casa de la misión.

Le compró más jarrones al alfarero.

—Me saluda como a una reina cada vez que me ve —dijo—. Los niños no hacen más que traerme flores. El otro día les conté una historia. No entendieron ni una palabra, pero me escucharon arrobados como si fuera el relato más emocionante que jamás hubieran escuchado. ¡Hubieras tenido que verles! Era nada menos que el cuento de Caperucita Roja. Utilicé mucho la mímica. Hubieras tenido que ver su emoción cuando apareció el lobo en escena. Se reían, gritaban y me tiraban del cabello. Te aseguro que no me lo esperaba. Muriel dice que hubiera tenido que contarles algún relato de la Biblia. Bueno, puede que lo haga otro día, pero, de momento se tendrán que conformar con Caperucita Roja. Adivinan cuándo aparece el lobo y fingen asustarse. Caminan a gatas gritando «¡El lobo! ¡El lobo! ¡El lobo malo!», y su equivalente de la isla. No sabes lo bien que se lo pasan.

Me alegré de verla tan entusiasmada y comprendí que Luke estaba muy contento.

Llegó un barco a la isla y se armó un gran revuelo porque era mucho más grande que el transbordador. Tamarisk y yo bajamos a la playa. Había ruido y ajetreo por todas partes. Las pequeñas embarcaciones iban y venían del barco y algunos pasajeros bajaron a tierra, se acercaron a nosotras y nos explicaron que estaban haciendo un recorrido por las islas desde Sydney. Habían visitado Cato Cato y otras islas, pero todas eran más o menos iguales, dijeron.

Se sorprendieron de que estuviéramos pasando una temporada en aquel lugar. Los niños nos rodearon mientras conversábamos y el alfarero vendió más cacharros aquella tarde que en todo un mes; los visitantes también compraron figuras labradas, esteras de paja y cestos.

Todo el mundo se quedó un poco triste en la playa cuando el barco zarpó.

Con el barco había llegado el correo y, entre las cartas, había una de Crispin y otra de tía Sophie.

Me las llevé a mi habitación porque me pareció que debería leerlas a solas.

Primero la de Crispin.

> Queridísima mía:
>
> ¡No sabes cuánto te echo de menos! ¿Volverás a casa? Déjalo todo y ven. Resolveré este asunto de la manera que sea. Conseguiré que acceda a concederme el divorcio. Puedo divorciarme de ella. Me abandonó por un amante. Tengo todas las pruebas que necesito. Lo he dejado todo en manos de un abogado.
>
> No te imaginas lo aburrido que me resulta todo eso sin ti. Quiero que tomes el primer barco. Aunque emprendas inmediatamente el camino de vuelta, piensa en lo largo que será el viaje. Pero si por lo menos yo supiera que vas a volver.

Todo se arreglará. Encontraré el medio de salir de esta situación. Si ella no hubiera aparecido... Pero no te quepa la menor duda de que encontraré algún medio. Y, cuando lo tenga, si no has regresado, vendré a buscarte.

Sé que estás tan disgustada como yo y, en cierto modo, me alegro. No podría soportar que dejaras de preocuparte por mí. Jamás te hubiera abandonado, independiente de cualquier cosa que hubiera podido ocurrir. Te suplico que vuelvas pronto a casa.

Tu tía te echa mucho de menos. Sé que está muy triste. Creo que está de acuerdo conmigo en que jamás hubieras tenido que irte.

Con todo mi amor,

CRISPIN

Supe a través de la carta de tía Sophie que ella también ponía en duda la conveniencia de mi partida.

Te echamos de menos —me escribía—. El pobre Crispin está muy afligido. Te quiere de verdad, Freddie. Me doy cuenta de que esta separación le está destrozando el corazón. No es de esos que aman a la ligera. Cuando ama, sus sentimientos son muy profundos. Creo que está un poco molesto conmigo porque yo te dije que había visto a Kate Carver. El pobrecillo tiene que echarle la culpa a alguien. Dice que ya encontrará algún medio de librarse de ella. Lo afirma tan convencido que me lo creo. A fin de cuentas, ella le abandonó. No sé cuál es exactamente la situación, pero rezo para que todo se resuelva satisfactoriamente.

Te necesita, Freddie. Él, que parecía tan seguro de sí mismo y tan capaz de arreglarlo todo. A primera vista, nadie lo diría, pero yo sé que está sufriendo mucho. Me parece una crueldad que una acción impulsiva emprendida en la juventud tenga que destruir una vida. Pero él no permitirá que eso ocurra. Estoy segura de que siempre se sale con la suya.

Mi queridísima niña, espero que tú y tu padre seáis felices juntos. No me cabe la menor duda de que así será... conociéndoos tan bien como os conozco a los dos. Es un encanto, ¿verdad? Ya me dirás algo.

Creo que ya deberías empezar a pensar en el regreso. Tu padre quería verte. ¿Acaso está enfermo? Me gustaría saber noticias suyas. No me ocultes nada. Intuyo a través de sus cartas que algo le ocurre. Ésa fue una de las razones por las que te insté a emprender el viaje, aunque también pensé que sería mejor que te alejaras hasta que Crispin resolviera este asunto.

Sin embargo, ahora creo que deberías regresar. Sé que acabas de llegar, pero, si me dijeras cuándo piensas volver, estoy segura de que sería un alivio para Crispin.

Cuídate mucho, cariño.

Que Dios te acompañe. Con todo mi amor,

T.S.

Leí varias veces las dos cartas. Pensé que nos separaban demasiados kilómetros y que pronto debería regresar.

Mi padre me preguntó:

—¿Has recibido noticias de casa?

—Sí.

—Te has puesto triste. Echas de menos todo aquello, ¿verdad?

—Supongo que sí.

Mi padre apoyó un instante su mano sobre la mía.

—¿No quieres contármelo?

Se lo conté todo: mi primer encuentro con Crispin cuando éste hizo el desafortunado comentario; lo de Barrow Wood, mi trabajo en el despacho de la finca y el amor que había surgido entre nosotros. Le hablé del regreso de la esposa de Crispin y de la destrucción de nuestros planes y le expliqué que Crispin tenía el propósito de seguir adelante sin decirme nada.

—Claro, y eso te indignó —dijo mi padre—. Creo que ahí está la raíz de la incertidumbre. Le quieres mucho, ¿verdad?

—Sí.

—Y, al mismo tiempo, no te fías enteramente de él.

—Estoy segura de que me quiere. Pero...

—¿Pero...? —me espoleó mi padre.

—Hay algo. No puedo explicarlo, pero está ahí. Antes incluso de que ocurriera todo eso... lo presentía.

—¿Algún secreto?

—Supongo que debe de ser algo así. A veces me parece que hay una barrera entre nosotros. Lo noto porque estamos muy unidos y le conozco muy bien. A veces tengo la sensación de que no puedo traspasar esta barrera.

—¿Por qué no se lo has preguntado?

—Parece extraño, pero nunca hemos hablado de ello. Es algo que esconde en su mente y que no quiere que yo sepa. Después, cuando ocurrió lo de su mujer, reconoció que hubiera seguido adelante con los planes de la boda sin decirme que no estaba en condiciones de casarse. Fue entonces cuando lo otro me pareció todavía más real.

—Te has explicado muy bien —dijo mi padre—. Creo que le amas sin fiarte por completo de él. ¿Es así?

—Intuyo que hay un secreto que no quiere revelarme... algo muy importante.

—¿Sobre su primer matrimonio?

—No. Él creía, como todo el mundo, que su mujer había muerto. Por eso se llevó una sorpresa tan grande cuando ella apareció... se sorprendió tanto como nosotras.

—O sea que se trata de algo que viene de más lejos. Algún oscuro y vergonzoso secreto. ¿Crees eso de él y, sin embargo, le amas?

—Sí. Debe de ser algo así.

—El amor es lo más importante del mundo, ¿sabes? «La Fe, la Esperanza y la Caridad, y la mayor de todas es la Caridad.» Y la caridad es amor. Es cierto. Si tienes el amor, ya casi no necesitas nada más.

—Quisiera saber qué es eso.

—Lo que sentiste cuando le prometiste casarte con él. Eras feliz y tenías la intención de pasar la vida a su lado.

—Sí. Cuando estaba con él, me olvidaba de mis recelos. Me parecían vagos, descabellados y estúpidos.

—Algunas personas tienen miedo de la felicidad y la miran con desconfianza. Piensan que es demasiado maravillosa para ser real y tratan de encontrarle algún defecto. ¿Crees que tú has actuado de esa forma?

—Tal vez. Pero no estoy segura. Hay algo que lo persigue.

—Ya te lo dirá. Cuando te cases con él y se desvanezca su miedo de perderte. Entonces te lo dirá.

—Pero, ¿por qué tiene miedo de decírmelo ahora?

—Por la misma razón por la que no te dijo que su mujer había vuelto. Porque teme por encima de todo perderte.

—No es una actitud honrada.

Mi padre me miró sonriendo y me dijo:

—Es amor, ¿y acaso no estamos de acuerdo en que no hay nada en la vida más maravilloso que el verdadero amor?

Contesté a Crispin y a tía Sophie. No le había dicho a tía Sophie que mi padre estaba ciego. Comprendí que él mismo lo hubiera hecho si hubiera querido que ella lo supiera. Las cartas estarían listas cuando llegara la embarcación que transportaba el correo a Sydney desde donde tendrían que emprender un largo viaje a Inglaterra. Tardarían mucho tiempo en llegar a su destino.

Me estaba convenciendo de que debía regresar a casa. Ambos me lo pedían y, cualquiera que fuera el resultado, tenía que ir.

Tom Holloway nos visitaba a menudo. Y también lo hacían Luke y los Havers. A Karla le encantaba recibir visitas. Estaba segura de que los misioneros no comían lo suficiente. Sólo contaban con dos sirvientes y Karla temía que Muriel estuviera demasiado preocupada por las cosas del espíritu y no tuviera tiempo para pensar en las necesidades corporales.

A Luke le encantaba venir a vernos. El optimismo que sentía en el barco había menguado considerablemente. Deseaba introducir muchos cambios en la casa de la misión, pero no era fácil, porque no quería ofender a los Havers cuyas ideas eran muy firmes a pesar de no tener un carácter enérgico.

Tamarisk ya había conseguido atraer a muchos niños a la casa de la misión. Los chiquillos acudían a menudo allí aunque, en realidad, lo hacían para ver a Tamarisk. Ésta había intentado contarles la parábola del Buen Samaritano, pero ellos le seguían pidiendo la historia de Caperucita Roja y el Lobo Feroz.

¡Pobre Luke! Estaba enteramente entregado a su tarea y deseaba poner inmediatamente en práctica sus proyectos.

Una tarde Tom nos llevó a la plantación. Tamarisk, Luke y yo avanzamos entre los altos cocoteros y vimos las semillas de los cocos expuestas al sol. Después Tom nos acompañó al cobertizo donde se hacían las alfombras de fibra de coco que constituían uno de los productos más importantes del negocio y más tarde visitamos el despacho donde trabajaba su ayudante.

Vimos la vivienda que ocupaba, muy espaciosa y bien

amueblada. Pensé que Karla se habría encargado de la decoración. Un criado nos sirvió un refresco de frutas en la galería, desde la que se podía contemplar toda la plantación; Tom le preguntó a Luke por su labor en la misión y éste le comentó la indiferencia de la gente y lo difícil que resultaba atraerla.

—El idioma es un problema —dijo Tom—. Para mí es más fácil. Les indico por señas lo que tienen que hacer, y lo hacen. Estas personas que trabajan para mí son los aristócratas de la isla. Ganan dinero, pero no a todos les interesa. Algunos prefieren tumbarse al sol. El calor determina su carácter. Se vuelven perezosos e indolentes a no ser que algo provoque su cólera. Entonces pueden ser peligrosos.

—Muy cierto —dijo Luke—. El otro día vi a dos que se peleaban por una cosa sin importancia relacionada con una parcela de tierra. Uno decía que era suya y el otro aseguraba que el dueño era él. Hubo maldiciones y volaron los cuchillos. Hubiera sido un combate a muerte si alguien no hubiera avisado al gran jefe.

—Sí —dijo Tom—, ya sé a quién se refiere usted. A Olam, un viejecito de mirada de fuego. Tiene unos ojos muy extraños, con unos anillos blancos alrededor de las pupilas. Alguna enfermedad probablemente, pero precisamente de ahí le viene el poder.

—En seguida se resolvió la cuestión —añadió Luke—. Me sorprendió la influencia que ejercía aquel hombre.

—Es el hechicero. Me preocupa un poco. Su sentencia resolvió satisfactoriamente el asunto en este caso que usted me cuenta, pero no siempre es así. A veces puede ser... tremendo. Dicen que tiene poderes especiales. Si le dice a un hombre que morirá, el hombre se muere.

—Ya me lo han comentado —dijo Luke—. Es peligroso.

—Tengo que andarme con mucho cuidado con él y

procurar ser su amigo. Le envío pequeños obsequios de vez en cuando. De esta manera, me gano su simpatía.

—Cuántas cosas hay que aprender sobre esta gente —dijo Tamarisk—. Lástima que no se parezcan a los niños. Son un encanto.

—Tamarisk se lleva muy bien con ellos —comentó Luke.

—Les llama mucho la atención el color de mi cabello por ser tan distinto del suyo —dijo Tamarisk.

—La mayoría de ellos sólo quiere pasarlo bien —explicó Tom—. Trabajan durante algún tiempo, pero no hay que esperar demasiado de ellos. Aquí disfrutan con lo que hacen y se enorgullecen de hacerlo. Olam no pone reparos porque yo le muestro el debido respeto. Por consiguiente, todo va bien de momento. El año pasado les fue muy propicia una estación especial que para ellos es muy importante. Pronto la tendremos aquí y ya estoy preparado. En cambio, en mi primer año no lo tuve tan fácil.

—¿Qué ocurrió? —preguntó Tamarisk.

—Durante esta estación, no vienen a trabajar. Yo no lo sabía al principio y me enfadé, porque nadie me había avisado. Realizan toda una serie de rituales. Se pasaron varios días y noches cantando y bailando con unas lanzas muy largas. No sé dónde las guardan. No las sacan más que con ocasión de los festejos. El viejo Olam es el que más se nota. En realidad, es él quien lo organiza todo. Danzan por ahí, golpean el suelo con los pies y tienen un aspecto muy fiero. Estaba a punto de ir a ver lo que pasaba cuando llegó Karla y me explicó que sería mejor que no me acercara a ellos durante los dos días de los festejos. Pero no podíamos por menos que oír los cantos a lo largo de toda la noche, cosa bastante molesta por cierto. Cuando terminan los festejos, se calman y todo vuelve a la normalidad.

—¿Y qué significado tiene lo que hacen?

—Representa los preparativos de una batalla... tal vez una especie de práctica para que estén en forma en caso de que sufran el ataque de gentes de otras islas.

—No es probable que eso ocurra —dijo Luke.

—Ahora no, con la cantidad de barcos que surcan los mares en todas direcciones. Y, además, algunas de las islas más grandes pertenecen a Gran Bretaña y Francia. Pero han conservado la ceremonia. Invocan a los espíritus y les piden que luchen por ellos. El hechicero Olam es el que se encarga de recordar estas cosas y de conservar la tradición.

—Qué fascinante —exclamó Tamarisk—. ¿Y no tiene usted miedo, señor Holloway, viviendo en medio de todo esto?

—Todos vivimos en medio de todo esto —contestó Tom.

—Sí, pero usted más. Lo rodean por todas partes.

Tom se encogió de hombros.

—No —dijo—, son buena gente. Sólo cuando los provocan pueden ser peligrosos, y no es probable que yo les provoque.

—Lo que tenemos que hacer es enseñarles otra manera de vivir —dijo Luke—. Tenemos que enseñarles a amar al prójimo y creo que, con la ayuda de Dios, lo conseguiremos.

—Estoy segura de que sí —dije yo.

Después Tom le preguntó a Luke por la misión, pues se había enterado de que algunos niños acudían allí todas las mañanas.

Tamarisk se echó a reír.

—Para oír el cuento de Caperucita Roja y para tirarme del cabello.

—Ya es un buen comienzo —dijo Luke, mirándola con afecto.

—Es divertido —añadió Tamarisk—. Me gustaría conocer a este viejo como se llame. Olam, ¿verdad?

—No se preocupe que en seguida se fijará en usted —le aseguró Tom.

—Creo que es maravillosa la manera en que estos chiquillos se han encariñado contigo, Tamarisk —dije yo.

—Ya te lo he dicho, lo que les gusta es Caperucita Roja, o tal vez el lobo.

—Pero no exclusivamente eso. Ya les gustabas antes.

Tamarisk se rió, mirando a Luke y a Tom.

—Es que yo soy muy popular, ¿saben, ustedes? —les dijo.

En aquel momento uno de los hombres se acercó corriendo a la galería.

—¿Qué sucede? —preguntó Tom, levantándose.

—Amo, se ha caído. Jaco... se ha caído del árbol. Tendido en suelo.

El hombre empezó a sacudir la cabeza hacia adelante y hacia atrás con gesto apenado.

—Voy en seguida —dijo Tom mientras los demás le seguíamos.

Un niño de unos doce años yacía en el suelo llorando de dolor con una pierna torcida bajo su cuerpo.

Tom lo miró consternado.

—Parece que se ha roto la pierna —dijo Luke, arrodillándose a su lado—. Pobre muchacho. Te duele, ¿verdad? —le preguntó.

No creo que el niño entendiera sus palabras si bien la dulzura de su voz consiguió tranquilizarle un poco. El niño miró a Luke con sus grandes ojos asustados.

—Todo se arreglará —dijo Luke—. Pero necesito una tablilla y unas vendas.

—Voy por ellas —dijo Tom—. Quédese aquí con él.

Luke miró al niño diciéndole:

—Voy a intentar movértelo. Te dolerá, pero te volveré a poner el hueso en su sitio. Tamarisk, rodéele los hombros con su brazo. Eso es.

Me quedé mirando sin saber qué hacer. Varios hombres se habían congregado a nuestro alrededor, hablando una jerigonza incomprensible.

Luke le dijo al niño que se estirara y comprobó que el hueso estaba roto.

—Quisiera poder administrarle algún calmante —dije—. ¿Dónde está Tom?

—Vendrá en seguida, estoy segura —contesté yo—. Ahí viene con todo lo que usted le ha pedido.

Contemplé cómo los expertos dedos de Luke reducían la fractura. Recordé que, en determinada ocasión, Luke nos había comentado que, entre sus conocimientos, figuraban los primeros auxilios para que, por lo menos, pudiera hacer algo en caso de que se produjera alguna emergencia.

El niño miró a Luke con conmovedora gratitud. Estaba claro que la pierna le dolía mucho menos.

—Quiero llevarlo a la misión —dijo Luke.

—Lo transportaremos en una carreta —dijo Tom.

Se levantó y les ordenó algo a los mirones usando el idioma local. Varios de ellos se retiraron a toda prisa y regresaron al poco rato con una carreta.

—Tendremos que procurar que no se mueva —dijo Luke—. Convendría tenderlo sobre unas almohadas para que llegue sano y salvo a la misión. Muriel tiene cierta experiencia como enfermera y le cuidará muy bien.

—¡Es maravilloso! —exclamó Tamarisk—. Espero que se recupere.

—Si conseguimos reducir debidamente la fractura, se recuperará sin la menor duda —le aseguró Luke.

El niño fue cuidadosamente transportado y tendido en la carreta. Tamarisk se sentó junto a su cabeza y yo me senté a sus pies. Tamarisk miraba con asombro. La expresión compasiva de sus rasgos confería a su rostro una belleza incomparable.

Tom guió el asno y procuró que el trayecto fuera lo más suave posible. Cuando llegamos a la casa de la misión, Muriel y John se dispusieron inmediatamente a echar una mano.

Muriel decidió instalar al niño en su dormitorio y dijo que se prepararía una cama para ella en otra habitación del edificio. Sabía exactamente lo que tenía que hacer. El niño se había roto el peroné, dijo. Una fractura muy sencilla. Era joven y los huesos sanarían en seguida.

Se alegraba de poder hacer algo de provecho y actuaba con una eficiencia que yo jamás le había visto en otras cosas.

Más tarde, Tamarisk y yo regresamos a casa y le contamos a mi padre y a Karla lo que había ocurrido.

—¿Y creéis que se recuperará debidamente? —preguntó Karla.

—Parece que no habrá ninguna dificultad.

—Será estupendo —exclamó Karla muy contenta—. Una vez un hombre se había caído de la misma manera y quedó tullido para toda la vida.

Aquella noche empezamos a escuchar los tambores. Al principio, sonaban muy débiles, pero después los redobles se intensificaron. El aire transportaba el sonido de unos instrumentos musicales.

—Eso durará toda la noche, todo el día de mañana y la noche siguiente —dijo Karla a la hora de cenar.

—Tom nos lo ha contado —dije yo—. Creo que le pone un poco nervioso.

—Es una de las viejas costumbres, ¿verdad, Karla? —dijo mi padre.

—Sí. Se remonta a hace mucho tiempo. Se trata de

una especie de grito de guerra, una preparación para un ataque.

—Pero, ¿qué es lo que van a atacar? —pregunté.

—Ahora... nada. Pero en otros tiempos siempre había luchas... de unas tribus contra otras. Ahora es distinto. Las islas están en paz. La civilización ha traído un poco de orden, pero antaño siempre tenían que estar preparados. Eso es un ejercicio de preparación... para que los espíritus se enteren de que se espera un ataque.

—¿Y el viejo Olam? —preguntó Tamarisk—. Me fascina.

—Tiene muchos años. Debe de acordarse de aquellos tiempos. Todos lo reverencian. Es como una especie de brujo. Tiene poderes especiales, según parece. Todos le temen y todo el mundo debe mostrarle el debido respeto.

—Me gustaría verle —dijo Tamarisk.

—Dudo que lo puedas ver —contestó Karla—. Su choza se levanta en el centro del poblado, cerca de la plantación. No sale casi nunca, excepto en ocasiones como ésta. La gente le consulta siempre que tiene alguna dificultad y él da instrucciones que todo el mundo tiene que obedecer. Nadie se atreve a contrariarle.

—Creo que resulta temible con sus pinturas de guerra —dijo mi padre.

—¿Le has visto? —le pregunté a Karla.

—Claro. Para las ceremonias se pinta dos franjas azules en la frente y se adorna la cabeza con plumas.

—¿Saldrá esta noche? —preguntó Tamarisk.

—No debes intentar verle —se apresuró a contestar Karla—. Podría haber problemas si te descubrieran. Vivimos aquí. Tenemos que respetar a esta gente.

—Por supuesto que sí —dijo recatadamente Tamarisk.

Durante toda la noche pudimos escuchar el tañido de los instrumentos y el intermitente redoble de los tambores.

El rumor resultaba en cierto modo hipnótico.

Recordé con añoranza mi casa. «Tengo que irme —me prometí a mí misma—. Mañana hablaré con mi padre. Él lo comprenderá. Me dijo que el amor era lo más importante, y tiene razón.»

Claro que mi padre no había tenido una existencia muy conforme con la moralidad, aunque no siempre es fácil establecer lo que está bien y lo que está mal.

No podía dormir. Me adormilaba unos minutos y me volvía a despertar sobre el trasfondo del distante murmullo de las olas y el redoble de los tambores.

De pronto, me desperté de golpe. Algo estaba ocurriendo en el exterior de la casa. Miré a través de la ventana y vi un grupo de gente. Me puse apresuradamente una bata y unas zapatillas y, justo en aquel momento, entró Tamarisk en mi habitación.

—¿Qué pasa? —preguntó.

—No lo sé. Me acabo de despertar.

Salimos juntas. Karla se encontraba en la puerta. Al verla, los hombres empezaron a gritar. Yo no entedía lo que decían, pero Karla les contestó en su idioma.

—Ha ocurrido algo en la misión —dijo Karla, volviéndose a mirarnos—. Tengo que ir.

Tamarisk pareció disgustarse. Se consideraba un poco la dueña de la misión.

Karla se puso en marcha y nosotras la seguimos. Corrimos a la misión y, al llegar, nos encontramos con un espectáculo impresionante. Las antorchas despedían una luz espectral. Se había congregado allí un numeroso grupo de hombres encabezados por alguien que inmediatamente supe que era Olam.

Parecía gigantesco, pero no era más que un efecto

causado por un tocado de plumas que le confería la apariencia de una terrible ave de presa. Contemplé su rostro semejante a la imagen deformada de una pesadilla, con las dos franjas azules de la frente de las que Karla me había hablado y unas líneas rojas en las mejillas. Dos hombres muy altos lo flanqueaban. También iban pintarrajeados, pero con colores menos chillones que los de Olam. Portaban unas lanzas que me dieron mucho miedo, pues, al parecer, su cólera iba dirigida contra la misión.

Luke salió a la galería de la entrada. Le acompañaban John y Muriel.

En cuanto llegó Karla, se hizo momentáneamente el silencio. Karla subió los peldaños de la galería mientras Tamarisk y yo la seguíamos.

—¿Qué ocurre? —preguntó, acercándose a Luke.

—Parece que es algo relacionado con Jaco —contestó Luke—. Creo que quieren que se lo devolvamos. No puede sostenerse en pie. No entiendo lo que piden.

Karla levantó una mano. Me sorprendió su dignidad y su autoridad. Se dirigió al grupo y nosotros dedujimos que les estaba preguntando qué querían. Todos se pusieron a gritar hasta que Olam levantó la mano y los hizo callar.

Olam habló con Karla y ella le contestó. Después, Karla se volvió hacia Luke y a los Havers.

—Quieren a Jaco —dijo—. El niño tenía que cumplir unos deberes especiales en las ceremonias de esta noche. Se ha estado preparando para eso y tiene que participar.

—No puede apoyarse sobre la pierna rota —dijo Muriel—. Es absolutamente necesario que descanse. ¿Cómo se le podría sanar el hueso de otro modo? No podemos moverlo.

—Quieren que se lo devuelvan —dijo Karla.

—Pues no pensamos hacerlo —replicó Luke.

Karla frunció el ceño.

—No le entenderán.

Acto seguido se dirigió a los hombres y yo comprendí que les estaba explicando que Jaco se había roto la pierna y que la gente de la misión se la estaba curando, pero aún no se encontraba en condiciones.

Tras una pausa de silencio, los hombros volvieron a murmuran excitadamente entre sí.

—Quieren que lo saquen —dijo Karla.

—Está durmiendo como un tronco —contestó Muriel con firmeza— y no lo podemos sacar. Tiene que mantener la pierna inmóvil.

Karla intentó de nuevo calmar los ánimos y habló un buen rato con los hombres. Después miró a Luke.

—Dicen que usted afirma que lo curará. Que tiene poderes especiales. Quieren verlo.

—No permitiremos que lo saquen —contestó Luke—. Si se apoyara ahora en esta pierna sería un desastre. ¿No puede hacérselo comprender?

—Ellos creen en la magia y no están seguros de que usted tenga poderes más grandes que los de sus espíritus. Cuando el viejo Mahe se cayó de un árbol quedó lisiado para toda la vida y usted dice que puede evitar que a Jaco le ocurra lo mismo. No saben qué hacer. Tienen dudas sobre usted y, sin embargo, saben que los blancos tienen poderes que ellos no poseen. Olam también duda. Todo eso es muy importante para él. Él es quien ostenta el poder y usted promete obrar un milagro. Tenemos que andarnos con mucho cuidado. Olam podría traer a sus hombres y llevarse a Jaco.

—No permitiremos que haga tal cosa —dijo Luke.

Karla se encogió de hombros.

—¿Ustedes tres... yo... y estas jóvenes? Fíjese en los

hombres... armados con lanzas. ¿Qué cree usted que va a ocurrir? Tenemos que llegar a un entendimiento, pero puede que ellos se empeñen en llevarse al niño.

—No, no, no —dijo Luke.

Karla se dirigió al grupo. Más tarde nos repitió lo que les había dicho. Intentó llegar a un acuerdo con ellos. Los de la misión decían que podían curar a Jaco. Podían dejarle la pierna como nueva, pero necesitaban un poco de tiempo. Su encantamiento no surtía efecto en uno o dos días. Olam y los demás verían a su debido tiempo lo que eran capaces de hacer. En cambio, si insistían en llevarse al chico y no lo dejaban en las manos de los blancos, quedaría lisiado para siempre, odiaría a los que le habían destrozado la vida y se produciría un amargo resentimiento en toda la isla. Mejor que se fueran. Ya encontrarían a alguien que pudiera participar en la ceremonia y cumplir las tareas que hubiera tenido que desempeñar Jaco. Tenían que darle a Jaco la oportunidad de comprobar si la cura del hombre blanco era eficaz.

Los hombres empezaron de nuevo a hablar en susurros.

Karla se volvió hacia Luke.

—El viejo quiere que juren que curarán a Jaco.

—Faltaría más, juraremos hacer todo lo posible por curarle.

—Es una fractura sencilla —añadió Muriel—. Estoy segura de que todo irá bien. El chico es joven y tiene los huesos fuertes. Es casi seguro que se recuperará por completo.

—Quieren que lo jure —dijo Karla, mirando fijamente a Luke—, que lo jure por su sangre. ¿Sabe lo que eso significa?

—¿Qué? —preguntó Luke.

—Si el niño no se cura por completo, usted morirá.

—¿Moriré?

—Se arrojará sobre su lanza si tiene una o se adentrará en el mar y no saldrá. Quieren un juramento. Si sus dioses le abandonan, puesto que no entregó a Jaco para que participara en la sagrada ceremonia, habrá usted incumplido su juramente y entonces lo único que podrá hacer será morir.

—En mi vida he escuchado semejante tontería —dijo Muriel.

—O eso, o la entrega de Jaco.

—No se van a llevar a Jaco —dijo Luke con firmeza—. Muy bien. Dígales que lo juro por mi sangre.

Karla se lo dijo y se volvió de nuevo hacia Luke, indicándole que levantara la mano derecha mientras ellos entonaban una especie de canto fúnebre.

Después, Olam inclinó la cabeza y, dando media vuelta, se alejó al frente de sus seguidores.

Nos quedamos de pie en la galería, perplejos, pero también aliviados al ver que el grupo se alejaba entre los árboles iluminados por el parpadeo de las llamas de las antorchas que poco a poco se fue perdiendo en la oscuridad.

Luke fue el primero en hablar.

—¡Menudo espectáculo! —exclamó.

—Ha sido horrible —dijo Tamarisk.

—No cabe duda de que hemos visto un poco de color local —comentó Luke.

—Pero la pierna de Jaco sanará, ¿verdad? —preguntó Tamarisk.

—A mi juicio se curará —contestó Muriel—. Siempre y cuando no se levante y se lastime.

—Ya quisiera que todo hubiera terminado —dijo Tamarisk.

—¿Cree que volverán? —preguntó Muriel.

—No —contestó Karla con firmeza—. La cuestión se ha resuelto por esta noche. Han cerrado ustedes un pacto y Olam está satisfecho. No quiere disputas con la misión. Al mismo tiempo, no quiere que nadie socave su autoridad. Eso es un reto. Si el niño se recupera por completo, habrán hecho ustedes un buen trabajo. Una hazaña semejante atraería a la gente con más rapidez que cualquier otra cosa. Espero que el niño no se haya enterado de lo ocurrido.

—Anoche le dolía la pierna y le di un poco de láudano para que pudiera dormir —nos explicó Muriel.

—Muy bien —dijo Karla—. Mejor que no se entere de nada. Se podría alterar —nos miró a mí y a Tamarisk y añadió—: Creo que deberíamos intentar dormir un poco antes de que llegue la mañana.

Tamarisk apoyó una mano en el brazo de Luke.

—No se preocupe —dijo Luke—. Derrotaré al hechicero.

—La pierna del niño se tiene que curar del todo —dijo Tamarisk con la cara muy seria.

—No veo ninguna razón para que eso no ocurra —terció Muriel.

—Vamos —ordenó Karla—. Tu padre estará preocupado.

—Ya habrá imaginado que algo ha ocurrido —contesté.

Regresamos a la casa donde mi padre nos estaba esperando levantado.

—¿Qué ha sucedido? —nos preguntó.

—Cosas del viejo Olam.

—¿La ceremonia?

—Quería sacar a Jaco de allí.

Mi padre hizo una mueca.

—Sentáos un momento —dijo—. No creo que ninguno de nosotros vaya a dormir demasiado esta noche. ¿Qué tal un poco de brandy? Me parece que no os vendría mal... a ninguna.

—Tienes razón al decir que, si nos acostamos, no vamos a poder dormir —dijo Karla.

Nos dirigimos al estudio de mi padre y Karla escanció el brandy mientras le explicaba a mi padre lo ocurrido.

—El viejo Olam se había puesto todas sus pinturas de guerra y eso no me gusta nada.

—Las lanzas eran tremendas —dijo Tamarisk—. Y las sujetaban como si estuvieran a punto de atacar. Karla ha estado maravillosa.

Mi padre se volvió sonriendo hacia ella.

—Tú lo has calmado, ¿verdad?

Karla tomó un sorbo de brandy.

—Me gustaría ver al niño completamente restablecido —dijo.

—Se curará —aseguró Tamarisk.

—Así lo espero —murmuró mi padre.

—Ha sido una temeridad por parte de Luke... —insinué yo.

—¿Y qué otra cosa podía hacer? —replicó Tamarisk—. Era la única manera.

—Todo ha sido muy dramático —añadí yo—. Parecía un espectáculo teatral... con todas aquellas caras pintadas, las lanzas y las antorchas.

—Y lo era en cierto modo —convino Karla—. Pero debes comprenderles. Es una época del año muy importante para ellos. Regresan a su pasado y vuelven a ser lo que eran. Unos grandes guerreros que se pasan la vida combatiendo entre sí. Olam es una especie de jefe y hechicero. Todos le reverencian y temen ofenderle. Creen que está en contacto con los espíritus. Es un anciano muy respetado. Le ofrecen regalos en forma de comida y le regalan el producto de su trabajo. Lleva una existencia muy cómoda y por nada del mundo quisiera cambiarla. No cabe duda de que es muy listo. Se ha situado por encima de los demás. Es posible que ahora espere que la pierna de Jaco no se recupere. Él no hubiera podido obrar semejante milagro. Por consiguiente, se comprende que prefiera que otros tampoco puedan obrarlo.

—¿Quieres decir que intentará impedir que el niño se cure? —preguntó Tamarisk.

—Tiene cierto poder sobre esta gente —contestó Karla—. Hace algún tiempo, le dijo a un hombre que iba a morir y aquella misma noche el hombre murió.

—¿Y eso cómo es posible? —preguntó Tamarisk.

Karla se encogió de hombros.

—No lo sé... sólo sé lo que ocurrió. Puede que el hombre muriera porque creía ciegamente en Olam.

—Pero ahora —dijo mi padre— estos nativos ya se están alejando de las supersticiones de su pasado. Ahora que los transbordadores y los barcos llegan hasta aquí, el nuevo mundo lo está invadiendo todo y las antiguas costumbres están desapareciendo.

—Así es —dijo Karla—. Sin embargo, no haría falta gran cosa para que regresaran al pasado. Es necesario que no le ocurra nada a Jaco. Su pierna tiene que sanar, de lo contrario...

—¿Quieres decir que Luke correría peligro? —preguntó Tamarisk, alarmada.

—Nosotros no permitiríamos que muriera, pero ellos lo esperarían. Los juramentos son sagrados.

Me horroricé al escuchar aquellas palabras.

—Hay que vigilar a Jaco noche y día —dijo Tamarisk.

—Así se hará —dijo Karla.

—Tienes que asegurarte de que no le metan en la cabeza ideas extrañas —insistió mi padre.

—Todo irá bien —dijo Karla—. No me cabe la menor duda.

Levantó su copa y todos bebimos.

De nada nos hubiera servido irnos a la cama. Por consiguiente, nos pasamos un rato hablando de cuestiones intrascendentes, pero yo no podía quitarme de la cabeza el recuerdo de aquella escena por mucho que intentara disimularlo.

Ya estaba a punto de amanecer y los tambores sonaban sin cesar.

A la mañana siguiente, Karla, Tamarisk y yo nos dirigimos a la misión. Tal como nos había ocurrido a nosotras, los tres misioneros tampoco habían dormido aquella noche. Los hermanos Havers parecían un poco cansados, pero Luke ofrecía un aspecto normal.

—¡Menuda nochecita! —exclamó Luke—. ¡Aquel viejo con su pintura de guerra! ¡Vaya una pinta! Al principio, me pareció que los antiguos britanos habían llegado a Casker's con sus tintes azules a base de hierbas.

—Menos mal que se fueron —dijo John—. En determinado momento, pensé que iban a entrar por la fuerza para llevarse a Jaco.

—¿El niño sabe algo? —preguntó Karla.

—No sabe nada —contestó Muriel—. Nos pareció más conveniente no decirle nada.

—Estoy segura de que estarás de acuerdo, Karla —dije yo—. Hemos decidido impedir que tenga contactos con nadie hasta que se le cure la pierna.

—Puede que eso sea un poco difícil —dijo John.

—No lo será si lo convertimos en una norma, en una parte de la cura milagrosa —replicó Luke.

—Temo que Olam haga algo para evitar que el niño se cure —dijo Karla.

—¿Por qué? —preguntó John.

—Porque no quiere que nadie haga cosas que él no puede hacer.

—Si todo va bien, les podremos mostrar lo que somos capaces de hacer por Jaco y eso redundará en beneficio de la misión —dijo Luke, mirando emocionado a los demás mientras en sus ojos se encendía un rayo de esperanza.

—Sí —convino Karla—, eso cambiaría mucho las cosas. Les demostraría que tiene algo que ofrecer y se ganaría su respeto.

—Pero, ¿y si algo fallara? —murmuró Tamarisk, mirando a Luke con temor.

—Entonces —dijo Luke— iré a ver al viejo Olam y le preguntaré cuál de sus lanzas quiere que me lleve a la selva.

—¡No se lo tome a broma! —dijo Tamarisk casi enfadada.

—Todo irá bien —aseguró Muriel con absoluta convicción—. Es una fractura sencilla y yo impediré todas las visitas hasta que sepa que el niño ya está curado.

A lo largo de una semana, recibimos noticias diarias de la misión. Karla preparaba platos especiales para Jaco y el niño se lo estaba pasando muy bien. Jamás en su vida lo habrían mimado tanto. Seguramente debía de pensar que no era un mal negocio romperse una pierna. Las comidas regulares en la misión y las exquisiteces que le enviaba Karla lo estaban dejando como nuevo. Había engordado y le brillaban los ojos, lo cual significaba que gozaba de buena salud y estaba aprovechando la atención que recibía.

Tamarisk y yo estuvimos presentes cuando le quitaron las tablillas. Había sanado por completo y ya no quedaba la menor señal de la fractura. Tenía las extremidades anquilosadas y necesitaba hacer unos cuantos ejercicios que Muriel le indicó... pero allí estaba él sin ninguna huella de la caída.

Siguiendo el consejo de Karla, decidimos dar el mayor realce posible al acontecimiento. De esta manera, quedaría grabado más fácilmente en la memoria de todos. Se envió un cortés mensaje a Olam. Aquel mismo día a la puesta del sol, si él tuviera la amabilidad de acudir a la casa de la misión, el niño Jaco sería entregado a su pueblo.

¡Qué espectáculo tan impresionante! Olam se presentó pintarrajeado y emplumado en compañía de sus seguidores, provistos de lanzas y antorchas como la otra vez.

Primero, por sugerencia de Karla, se ofreció un regalo a Olam. Era una figura de porcelana que representaba a un tigre y que ella había llevado consigo para tal fin. Olam lo aceptó complacido y le ofreció a su vez a Luke un collar de huesos con un colgante que él mismo le colocó alrededor del cuello.

Karla, Tamarisk, los hermanos Harvers y yo contemplamos el desarrollo de la ceremonia desde la galería. Luciendo el collar, Luke subió los peldaños de la galería, entró en la casa y salió tomado de la mano de Jaco. El niño, que había engordado un poco desde la última vez que lo habían visto, parecía disfrutar de una excelente salud y estaba encantado de ser el centro de la atención de todo el mundo. De pronto, pegó un brinco, dio una voltereta y echó a correr hacia su gente.

Se oyó un murmullo de asombro. Después se produjo un profundo silencio mientras los hombres inclinaban las cabezas y volvían a levantarlas a los pocos segundos para mirar a Luke a quien consideraban el artífice de aquel milagro. A la pobre Muriel, que había reducido la fractura con tanta habilidad, nadie le hacía el menor caso.

Pero a ella le daba igual. Yo sabía que estaba muy preocupada por el hecho de que Luke se hubiera comprometido con alguien a quien ella consideraba un salvaje.

Por suerte, todo se había resuelto favorablemente y nosotros estábamos muy satisfechos.

Regresamos juntos a la sala de la misión que ahora ofrecía un aspecto muy distinto gracias a los jarrones de flores, que parecían ocupar todos los espacios posibles.

Nos sentamos alrededor de la mesa y Luke nos miró a todos sonriendo.

—Todo ha salido maravillosamente bien —dijo—. Cada cual ha interpretado el papel que le correspondía, incluso el joven Jaco.

—Es lo mejor que hubiera podido ocurrirle a la misión —dije yo.

Luke miró con una sonrisa a Tamarisk.

—Hay otras cosas buenas —dijo.

Todos nos reíamos tal vez en exceso, probablemente porque lo habíamos pasado muy mal en determinados momentos y necesitábamos desahogarnos. Fue, en realidad, una risa de alivio.

No pude evitar preguntarme qué hubiera ocurrido si algo hubiera fallado y la pierna de Jaco no hubiera sanado. Lo mismo debía de haber pensado Tamarisk, pues ésta le dijo a Luke con la cara muy seria:

—Procure de ahora en adelante no hacer juramentos precipitados en presencia de curanderos, brujos o como se llamen.

El drama de la pierna de Jaco lo había dominado provisionalmente todo. Ahora que el niño ya estaba curado, los días parecían vacíos. Me di cuenta de pronto de que llevaba mucho tiempo lejos de casa. Esperaba que, cuando llegara el transbordador, hubiera alguna carta para mí, pero el correo tardaba tanto que las noticias de las cartas ya eran antiguas cuando nosotras las recibíamos.

Pasaba largas horas con mi padre, el cual gustaba de sentarse en el jardín desde donde se podía ver el mar y a los hombres sentados en la playa con los ojos perdidos en el horizonte, esperando la llegada de los transbordadores.

Mi padre me contó que, cuando llegó a la isla, aún no estaba totalmente ciego. Conservaba un vago recuerdo del mar y la playa y le era fácil imaginarse la escena.

Un día me dijo:

—Aquí no eres feliz, hija.

Solía llamarme «hija» como si disfrutara pronunciando aquella palabra.

—Tú y Karla habéis sido muy buenos conmigo. Habéis hecho todo lo posible...

—Pero no ha sido suficiente y nunca lo será. Tu corazón está en Harper's Green. Lo sabes tan bien como yo.

Guardé silencio.

—Tienes que regresar —añadió mi padre—. Nunca se resuelve nada por medio de la huida.

—Tú ya lo sabías todo antes de que yo viniera —le dije—. Tía Sophie te contó muchas cosas sobre mí.

—Sí, es verdad. Nunca me contó el incidente de Barrow Wood. Seguramente pensó que me disgustaría demasiado. Sophie siempre ha querido protegerme.

—Hubieras tenido que regresar junto a ella.

Mi padre sacudió la cabeza.

—No... porque necesitaba que me cuidaran. ¿Cómo hubiera podido yo hacer eso?

—No hace falta que te preguntes el porqué. Ella hubiera cuidado de ti.

—Lo sé. Pero yo no podía consentir que lo hiciera.

—Ni siquiera sabe que estás ciego.

—No.

—Cuando vuelva, ¿te importará que se lo diga?

—Debes decírselo. Pero dile que soy bastante feliz. Dile que, aunque no puedo ver, tengo muchas cosas en la vida por las que vivir. Los sufrimientos tienen sus compensaciones. Tengo un oído mucho más fino que antes, distingo todas las pisadas, las inflexiones de las voces. Y me divierto mucho. No permitas que se aflija por mí.

—No lo permitiré. Le diré que, a pesar de tu ceguera, no eres desdichado.

—Y es cierto. No hubiera podido pedir mejores cuidados. Háblale de Karla. Lo comprenderá. Me conoce muy bien. Sabe en su fuero interno que nuestras relaciones no hubieran dado buen resultado. Yo nunca hubiera sentado la cabeza. Creo que tú ahora lo comprendes.

—Me parece que sí.

—He sido un bribón. Jamás hubiera sentado la cabeza a no ser que no hubiera tenido más remedio... tal como me ha ocurrido ahora. Ya has visto mi vida aquí. No es del todo mala, ¿verdad? El viejo de la isla. No, ése es Olam. Pero soy dueño de todo lo que veo porque no veo nada. Así es la vida. Karla es adecuada para mí. Me comprende y me aprecia. Nos parecemos en cierto modo. Un moralista diría que no está bien, pero yo he sido feliz en la vida. No es justo, ¿verdad? ¡Tu pobre madre! Fue buena, pero tuvo una existencia desgraciada.

—Ponía el corazón en las cosas que no tienen importancia. Echaba de menos la grandeza de antaño. Por eso era desgraciada. Al final, eso la mató.

Recordé el día en que mi madre se enfadó porque no podría arreglar las flores de la iglesia. Y no porque semejante tarea le gustara demasiado; lo que ella quería era que la reconocieran como la señora de la mansión... a pesar de no serlo.

—¿Lo ves? Así es la vida —dijo mi padre—. Lo que es bueno para uno no lo es para otro. Puede que influya también la suerte y yo he tenido mucha suerte. Aquí estoy, ciego y con una despreocupada juventud a mi espalda, y, sin embargo, tengo a alguien que cuida de mí. ¿No te parece que soy un hombre afortunado?

—Sí, lo eres, pero puede que te lo merezcas.

Mi padre, divertido, soltó una sonora carcajada.

—Me parece una curiosa forma de justicia. Estoy todo lo contento que podría estar dadas las circunstancias y me paso la vida en estado contemplativo, viviendo a través de las existencias de los que me rodean. Puede que no sea mala idea. Lo cual me lleva a ti y a tus asuntos. ¿Qué vas a hacer?

—No pienso en otra cosa.

—Lo sé.

—Tendré que regresar.

—Tienes que volver —dijo mi padre, asintiendo con la cabeza—. Quieres a este hombre y eres capaz de sentir verdadero amor, este amor que perdura y es fiel. En realidad, es el mejor que puede haber. El otro... bueno, puede que resulte divertido, satisfactorio y emocionante, pero las personas auténticamente afortunadas son las que encuentran el verdadero amor. Y creo que tú y Crispin lo habéis encontrado. ¿Vas a dejar que se te escape entre los dedos? Yo no lo haría. Pero puede que yo no sea un buen ejemplo. No debes permitir que los obstáculos se interpongan en el camino de tu amor.

—Crispin está firmemente decidido a encontrar algún medio.

—Y lo encontrará, pero tú estás preocupada por una faceta de su carácter... por un misterio que no comprendes. Tal vez es por eso por lo que te fascina. A fin de cuentas, siempre es emocionante descubrir nuevas profundidades en los seres que nos rodean. Por eso las nuevas amistades resultan tan divertidas. Puede que las personas se cansen las una de las otras porque no hay suficientes sorpresas. Tú sigues preocupada por el misterio del hombre asesinado entre los arbustos. Crees que Crispin te oculta algo y sospechas que tal vez cometió ciertas acciones, pero, a pesar de lo que haya podido hacer, le sigues amando, ¿verdad? Has venido aquí y te has dado cuenta de que, a pesar de lo que haya hecho, no puedes ser feliz sin él. Mi querida hija, eso es suficiente. Tú le quieres.

—¿Y tú... crees que eso es suficiente?

—Estamos hablando de amor... de verdadero amor. Eso tiene que prevalecer sobre todo lo demás. Es lo más importante del mundo.

—O sea que tengo que regresar a casa.

—Ahora vete a tu habitación —me dijo mi padre—. Y escribe estas cartas. Escribe a Crispin y a Sophie y diles que regresas a casa —su rostro se entristeció levemente—. Te echaré de menos. Todo eso será muy aburrido sin ti. Karla también te echará de menos. Le ha encantado tenerte aquí... en parte por el placer que eso me ha deparado a mí, pero también porque os aprecia tanto a ti como a la alegre Tamarisk. Diles que vuelves a casa y pronto estarás de nuevo con ellos.

Le arrojé los brazos al cuello y él me estrechó con fuerza.

—Dile a Sophie que soy un anciano ciego —añadió—. Mis días de aventurero ya han tocado a su fin. Háblale de Casker's. Dile que aquí estoy bien, lejos de mi tierra. Dile que pienso en ella cada día y que es la mejor amiga que jamás he tenido.

Me retiré a mi habitación y escribí las cartas. Estarían listas cuando llegara el transbordador.

Al terminar, me dirigí a la habitación de Tamarisk. La había oído regresar mientras escribía.

Sabía que había estado en la misión.

—Tamarisk —le dije—, he decidio volver a casa.

Me miró fijamente.

—¿Cuándo? —preguntó.

—Tan pronto como sea posible. Les acabo de escribir para decírselo.

—Ha sido muy de repente, ¿no?

—En realidad, no tanto. Llevo mucho tiempo pensándolo.

—¿Por qué? ¿Qué ha ocurrido?

—Ya no quiero prolongar mi estancia aquí por más tiempo. Quiero estar en casa. Se lo he dicho a mi padre y lo comprende.

—Pues yo no pienso irme —dijo Tamarisk, mirándome fijamente.

—¿Quieres decir que...?

—Quiero decir que me quedo. No pienso volver a Harper's Green, donde todo el mundo me mira y se pregunta si he matado a Gaston.

—No pensaban tal cosa.

—A veces creo que sí. No quiero irme. Me gusta vivir aquí.

—Pero, Tamarisk, piensa que eso es una novedad de momento.

—Ya no lo es. Es interesante... la misión, estas gentes, el brujo emplumado.

—Todo eso parece muy alejado de la realidad.

—Para mí es real y, en cualquier caso, no pienso irme. Si te vas, tendrás que irte sola.

—Comprendo.

—Supongo que no pensabas decidir por tu cuenta lo que tú querías hacer y después decirme a mí: «Vamos, tenemos que irnos».

—De ninguna manera.

—Pues lo parece. Muy bien. Vete. Yo me quedo.

—¿Estás segura, Tamarisk?

—Totalmente —tras una pausa, Tamarisk añadió—: Puede que me resulte un poco difícil. No podré vivir en esta casa, ¿verdad? Estoy aquí contigo... como invitada.

Si tú te vas, yo no podré quedarme. Y en la misión no hay mucho sitio.

—Supongo que podrás seguir viviendo aquí.

—Hasta que encuentre algo.

—¿Encontrar algo? ¿Dónde? ¡Hablas como si eso fuera Inglaterra y hubiera patronas que alquilaran habitaciones!

—Puede que Karla me ceda una habitación. Tendrás que viajar sola.

—Puedo hacerlo.

—Se sale un poco de lo corriente.

—Creo —dije yo— que algunas veces hay que salirse de lo corriente.

Vi que estaba firmemente decidida a quedarse. Por nada del mundo quería abandonar Casker's Island.

Cuando se lo dije a mi padre, éste me contestó con una sonrisa:

—No me sorprende.

Karla también recibió la noticia con calma. Me pregunté si habría comentado mi situación con mi padre. Le dije que Tamarisk no sabía si podría seguir viviendo allí cuando yo me fuera y Karla me contestó inmediatamente:

—Podrá quedarse aquí. ¿Por qué no?

—Ella pensaba que estaba aquí como invitada porque me acompañaba a mí y era lógico que se alojara en el mismo lugar que yo. Cree que, no estando yo aquí, ella no debería quedarse y convendría que se buscara otro alojamiento. ¿Y dónde lo podría encontrar?

—Me gusta tener invitados —dijo Karla— y ella siempre será bien recibida.

—Imagínate —dijo mi padre—. Nos enteraremos de todas las noticias de la misión por vía directa. Tiene que quedarse aquí. Por cierto, tengo que decirte una cosa.

Le he escrito a una amiga mía de Sydney... una antigua amiga a la que en otros tiempos conocí muy bien. Tiene un hijo en Londres al que visita de vez en cuando. En realidad, siempre busca una excusa para cruzar el mar e ir a verle. Le he sugerido que viaje contigo. Ella reservará los pasajes y podréis viajar juntas. Sibyl es muy simpática. Te gustará.

—Me parece estupendo.

—Espero saber algo de ella cuando llegue el próximo transbordador. Entonces nos pondremos en acción.

Había llegado el transbordador. Lo vi desde la casa donde estaba sentada en compañía de mi padre.

—Ya me lo imagino —dijo mi padre—. La emoción de la llegada. Traerá sin duda una carta de Sibyl. Me consolaría mucho saber que viajáis juntas. Si ella no puede, supongo que no serás la primera mujer que viaje sola a Inglaterra, querida. Lo sabremos hoy mismo, a última hora o tal vez mañana por la mañana. Tardan mucho tiempo en clasificar la correspondencia.

Desembarcaron dos pasajeros. Me pregunté si sólo pasarían un día en la isla y después se irían de nuevo en el transbordador. Me imaginé a los vendedores callejeros frotándose las manos y haciendo ofrendas a los espíritus en la esperanza de poder obtener unas buenas ganancias.

Oí el rumor de unas ruedas acercándose a la casa y salí para ver qué ocurría. Vi a una mujer sentada en el carro en medio de varias maletas. Lucía un incongruente vestido de seda azul que debía de ser el último grito de la moda y se tocaba con un sombrero de paja rematado por algo que debía de ser un pájaro imaginario... o, por lo menos, yo no supe identificarlo como perteneciente a ninguna especie que yo conociera.

Al verme, esbozó una alegre sonrisa.

—Creo que tú debes de ser Frederica. Soy Sibyl Fraser. Encantada de conocerte. Como vamos a ser compañeras de viaje, será mejor que empecemos a conocernos —dijo, descendiendo del carro—. Me pareció más fácil venir yo aquí. Podemos tomar el próximo transbordador que vendrá dentro de tres o cuatro días. Eso te dará tiempo para hacer los preparativos de última hora. Me gusta disponer de tiempo suficiente. No soporto las prisas.

—Pase —le dije—. Mi padre estará encantado de verla.

Karla salió y yo le expliqué:

—Es la señora Sibyl Fraser, que ha venido para acompañarme a Inglaterra.

—Supongo que no me esperaban —dijo la señora Fraser—. Me pareció más fácil venir que escribir. He reservado pasaje en el *Star of the Seas*. Zarpa a principios del mes que viene; por consiguiente, no hay tiempo que perder.

Agradecí la presencia de Sibyl Fraser. Era una compañera muy alegre y despreocupada... justo lo que yo necesitaba en aquellos momentos. Estaba firmemente decidida a cuidar de mí, dijo, porque su queridísimo amigo Ronald Hammond se lo había pedido.

—Haría cualquier cosa por Ronnie —aseguró—. Lo que fuera. Y no es que eso sea una tarea desagradable, querida. Muy al contrario. Me encanta estar contigo y es bonito tener una excusa para ir a ver a mi Bertie.

Yo había averiguado su historia en un santiamén porque Sibyl hablaba sin cesar, sobre todo de sí misma, lo cual era un gran alivio para mí en aquellos momentos.

Tenía mucho éxito cuando vivía en Londres y la habían nombrado la Muchacha del Año cuando se presentó en sociedad.

—Entonces yo era más joven, querida, y esperaban que me casara con un duque o un conde o, por lo menos, con un *baronet*. Pero me enamoré de Bertram Fraser... un diamante en bruto, pero de 24 quilates. Era riquísimo, querida, gracias a las minas de oro de Australia. Era propietario de varias minas y yo le acompañé encantada. Mi familia sufrió una decepción porque esperaba para mí una corona nobiliaria, pero el dinero lo compensaba con creces.

—Parece que todo le salió a pedir de boca —dije yo.

—En efecto, querida. Pero yo siempre digo que la vida se la hace una misma. Tenía a mi Bertram y pronto nació el pequeño Bertie. ¿Qué más podía pedir una mujer? Todo era una maravilla después de las penalidades pasadas. La nuestra era una buena familia, pero venida a menos. Teníamos que hacer mil sacrificios para guardar las apariencias, pero, de pronto, ¡sucedió el milagro! Bastaba con que yo quisiera algo para que en seguida fuera mío.

—Una gran compensación a cambio de la pérdida de una corona nobiliaria —dije.

—¡Exactamente! Sobre todo, teniendo en cuenta que el partido que me habían buscado era un vejestorio de cincuenta años. Bertram y yo éramos inmensamente felices, pero, de pronto, mi marido se mató. Fue en una de sus minas. Bajó para ver algo y se produjo un derrumbamiento. Nos dejó su fortuna a Bertie y a mí. Quedé destrozada, pero yo no soy de esas que se pasan la vida llorando. Había perdido a Bertram, pero me quedaba el pequeño Bertie.

—Y su fortuna —le recordé yo.

—En efecto, querida. Vivíamos en Melbourne para

estar cerca de las minas, pero teníamos una casa en Sydney y nos mudamos allí porque me era más cómodo. Yo viajaba mucho y precisamente durante el viaje a Egipto conocí a tu padre. Fue unos seis años después de la muerte de Bertram. Nos hicimos amigos... muy buenos amigos, y hemos conservado la amistad desde entonces. Nuestras relaciones eran siempre muy placenteras y nos hemos reunido mucho a lo largo de los años... en distintos lugares. Un buen amigo siempre es un buen amigo. Recibí la carta y me enteré de que se había quedado ciego y de que Karla lo cuidaba. La conoció en Egipto. Ella es muy buena y lo atiende muy bien. Se encarga de todo, ¿verdad? Incluso le escribe las cartas. Él siempre encontrará a alguien que quiera cuidar de él. Yo también lo haría.

—Mi padre tiene mucha suerte de contar con tan buenos amigos.

—Él es así. Yo sabía que tenía una hija. Solía hablarle de Bertie. Bertie estudió en Inglaterra, hizo muchas amistades allí, visitó muchos lugares, conoció a la que sería su esposa y se quedó a vivir allí. Es natural. A él no le interesaban las minas de oro. Y yo no quería que siguiera en el negocio después de lo que le había ocurrido a su padre. Por consiguiente, fijó su residencia allí con su mujer y su familia. Sí, ya soy abuela, pero no se lo digas a nadie, por favor. Voy a verles siempre que puedo. Es una buena excusa. Cuando te haya dejado en tu casa, me quedaré con Bertie y su familia.

—Es usted muy amable al hacer todo esto por mi padre.

—Haría mucho más por él. Es uno de los mejores. Todos le queríamos mucho; por consiguiente, será verdad que se lo merece.

—Sí, yo así lo creo.

—Lo hago también por mí.

La despedida entre mi padre y yo fue muy emocionante. La víspera de la llegada del transbordador que nos conduciría a Cato Cato permanecimos levantados hasta muy tarde.

Mi padre se puso muy sentimental. Me dijo que se alegraba mucho de mi visita y que siempre había pensado en mí a lo largo de los años. Antes de irse a casa, se había acercado a mi cuna.

—Eras una criatura preciosa. No podía soportar la idea de dejarte. Sophie... mi querida Sophie... se ha mantenido en contacto conmigo durante todos estos años. Me alegré mucho al saber que te ibas a vivir con ella.

—Creo que tú hubieras tenido que regresar junto a ella —dije yo—. Ella te hubiera perdonado que la hubieras rechazado al principio.

—No. Yo no era digno de Sophie. Fue mejor así.

—Puede que venga a verte otra vez.

—Con tu marido. Me encantaría. Ahora es mi mayor deseo.

Cuando zarpó el transbordador, mi padre permaneció en la orilla y yo comprendí que se estaba imaginando la escena. Estaría viendo mentalmente mi tristeza por el hecho de dejarle, pero al mismo tiempo mi ansia por regresar junto a mi enamorado.

Karla se encontraba a su lado. Vi que lo tomaba de la mano en un gesto con el cual me quería decir que cuidaría de él mientras la necesitara. Era ella la que le escribía las cartas a Sophie puesto que mi padre no podía hacerlo, copiando su caligrafía para que mi tía no se enterara de su dolencia. Había cuidado de él en todo y lo seguiría haciendo.

Tamarisk también acudió a despedirme. Me reprochaba que me fuera.

—Espera un poco —me había dicho—. No llevamos mucho tiempo aquí.

Le contesté que llevábamos demasiado tiempo lejos de casa.

—Yo no puedo irme todavía, Fred —me dijo—. Debes comprenderlo.

—Te comprendo y tú debes comprender por qué tengo que irme yo.

Hizo pucheros según su costumbre y yo me pregunté cuánto le duraría el interés por la isla.

En la playa estaban también los Havers con Luke y Jaco junto con casi todos los niños de la isla. Querían ver zarpar el transbordador, naturalmente, pero creo que aquel día había más gente que de costumbre.

La tristeza me invadió cuando la isla se perdió en el horizonte. Tuve la sensación de que una parte de mi vida había desaparecido para siempre y, pensando en aquel extraño entreacto, me pareció que había vivido un sueño.

Al día siguiente llegamos a Cato Cato, donde pasamos dos noches en el mismo hotel en el que yo me había alojado a la ida.

Sibyl Fraser era una experta viajera y, al llegar a Sydney, ya lo tenía todo dispuesto para que pasáramos allí uno o dos días mientras esperábamos la llegada del *Star of the Seas*.

El regreso a casa

La novedad de la travesía de ida había sido una gran aventura tanto para Tamarisk como para mí y, por consiguiente, una fuente de interés; pero ahora yo ya lo había visto todo y Sibyl era una curtida viajera muy familiarizada con la vida a bordo de un barco, cosa que, por cierto, le encantaba. Había viajado otras veces con aquel capitán y conocía a varios de los oficiales. Tal como ella misma me dijo, sabía moverse en un barco, lo cual nos sería sin duda muy útil.

Disponíamos de camarotes separados, pero contiguos.

—En la banda de estribor —me explicó Sibyl—. En la de babor a la ida y en la de estribor a la vuelta. De lo contrario, el calor de los trópicos resulta insoportable.

Fue la mejor compañera que yo hubiera podido soñar. No permitió en ningún momento que cavilara demasiado. Jugaba a las cartas, sobre todo, al *whist*, y bailaba por la noche; me llevaba de excursión cada vez que hacíamos escala en algún sitio y cuidaba de que siempre tuviéramos apuestos acompañantes masculinos. Era merecidamente popular, coqueteaba con los hombres, hablaba constantemente y estaba siempre de buen humor.

Cuando hacía mala mar, se quedaba en su camarote... y lo mismo hacía yo. Permanecía tendida en mi litera y pensaba en la llegada. Me preguntaba qué habría ocurrido en mi ausencia. ¿Se habría descubierto algo? Debieron de correr muchos rumores cuando yo me fui de Harper's Green, tan de repente después del anuncio de mi compromiso con Crispin.

Escuchaba el rumor de las olas golpeando contra el costado del buque y los crujidos de protesta del navío, como si éste se quejara amargamente del trato que le estaba dispensando la mar.

Después volvía la calma y así transcurrían nuestros días.

Al final, zarpamos de Lisboa, nuestra última escala. Junto con Sibyl y unos amigos, bajamos a tierra, exploramos la ciudad, visitamos el monasterio de los Jerónimos y la iglesia do Carmo, admiramos la torre de Belem, tomamos café viendo pasar a la gente y después regresamos al barco y contemplamos desde la cubierta las dos colinas que flanqueaban el Tajo mientras nos alejábamos del *Mar de Palha.**

Ya estábamos muy cerca de casa.

El día pasó volando. Hicimos el equipaje para tenerlo todo preparado. Había llegado la última noche. Al día siguiente a primera hora de la mañana llegaríamos a Southampton.

Hubo, como siempre, una pequeña demora antes de que nos permitieran desembarcar y los minutos se nos hicieron tan largos como horas.

Sibyl me había dicho que tomaríamos el transbordador ferroviario hasta Londres y desde allí seguiríamos viaje a Harper's Green. Ella pensaba alojarse en Londres, por

* El estuario del Tajo. *(N. del E.)*

lo que yo le dije que no hacía falta que me acompañara, pero, aun así, insistió en hacerlo. Le había prometido a Ronnie llevarme hasta mi tía y eso era exactamente lo que iba a hacer.

No fue necesario, pues en el muelle me estaban esperando Crispin y tía Sophie.

Tía Sophie pronunció jubilosamente mi nombre y el rostro de Crispin se iluminó con una indescriptible alegría. Corrí hacia ellos, pero fue Crispin quien primero se acercó a mí, levantándome en sus brazos. Jamás le había visto tan feliz. Tía Sophie nos miró sonriendo.

—¡Has vuelto a casa, cariño, has vuelto a casa! —dijo, hablando casi con incoherencia mientras unas lágrimas de emoción le surcaban las mejillas.

Sibyl contemplaba la escena con visible complacencia.

—Os presento a la señora Fraser —dije—. Ella me ha acompañado a casa porque mi padre se lo pidió.

—Ya lo sabemos —dijo tía Sophie—. Acabamos de recibir una carta suya. Hemos estado preparando la matanza del ternero cebado desde que supimos que volvías. Al parecer, las cartas viajan con más rapidez que las personas. ¡Oh, qué maravilla volver a verte!

Crispin me tomó del brazo y me atrajo hacia sí mientras tía Sophie me tomaba el otro brazo.

—Cuánto me alegro —dijo Sibyl—. Espero que mi familia también me dispense a mí una bienvenida como ésta.

Al final, Crispin y tía Sophie, ya saciados de mi presencia, dirigieron su atención a Sibyl.

—Sibyl ha sido un encanto —les dije—. Es una experta viajera que me ha facilitado enormemente las cosas. Ha venido a Inglaterra para visitar a su hijo, ¿sabéis?

Le dieron sinceramente las gracias y le preguntaron qué deseaba hacer. Explicó que pensaba ir a Londres para desde allí trasladarse al lugar donde vivía su hijo.

Crispin se sentó a mi lado. De vez en cuando, me rozaba la mano con la suya como si quisiera asegurarse de que yo estaba realmente allí.

—¿No os parece maravilloso? —dijo tía Sophie en cuanto nos sentamos y pedimos un té—. ¿Quién hubiera podido imaginar que todo se resolvería tan bien? Tanto tiempo...

—¿A qué te refieres? —le pregunté—. Sé que ha ocurrido algo. Lo adivino por la cara que ponéis... y por todo. Pero, ¿qué es? ¡Decídmelo!

—Te escribí en cuanto me enteré —contestó Crispin—. Fue lo primero que hice.

—¿Que me escribiste dices? Pero, ¿cuándo?

—En cuanto me enteré.

—No me digas que no recibiste la carta —dijo tía Sophie.

—¿Qué carta? Tardan mucho, ¿sabéis?

—La carta en la que te lo decíamos. Crispin te escribió y yo también te escribí. Cuando supimos que volvías a casa... pensamos que era por eso. Aunque, pensándolo bien... no hubiera habido tiempo. Las cartas se debieron de cruzar.

—Pero nosotros pensamos que volvías porque... —dijo Crispin.

—¿Por qué? —pregunté, exasperada.

—Pues verás —dijo Crispin—. Contraté los servicios de una agencia de detectives. Ella me dijo que se iría a Australia, pero yo no la creí. Tenía que quitármela de encima de una vez por todas. Sabía que sus propósitos eran obligarme a seguir pagando.

—Por supuesto —dije yo—. No se hubiera conformado con hacerlo sólo una vez.

—Ya no tenemos por qué preocuparnos. Nunca estuve casado con ella porque llevaba tres años casada con otro cuando yo la conocí. La ceremonia de nuestra boda no fue válida.

—¿Es eso cierto?

—Se ha demostrado sin el menor asomo de duda —contestó tía Sophie con aire triunfal—. Crispin tiene las pruebas, ¿verdad, Crispin? Para algo sirven los archivos.

—Tenemos pruebas indiscutibles, en efecto —dijo Crispin.

—No hay ningún impedimento para la boda —añadió tía Sophie, rebosante de júbilo—. Soy muy feliz. Sentía remordimiento por haberla visto y habértelo dicho. Me preguntaba por qué habría abierto la boca.

—Ya todo ha terminado —dijo Crispin, tomando mi mano—. Todo ha terminado, amor mío. Ahora nada impide que nos casemos.

—No puedo creerlo —dije—. Todo es demasiado... pulido.

—La vida no siempre es desaliñada —dijo tía Sophie.

—Lo que yo no entiendo —dijo Crispin— es por qué has vuelto a casa ahora...

Le miré fijamente a los ojos.

—He vuelto a casa porque ya no podía permanecer por más tiempo lejos de ti.

—A pesar de...

—A pesar de todo. No podía permanecer lejos de ti. Mi padre lo comprendió y me dijo que nunca sería feliz sin ti... por eso regresé.

Crispin comprimió mi mano con fuerza.

—Jamás lo olvidaré —dijo—. Volviste antes de saberlo.

Mientras tía Sophie nos miraba con una benévola sonrisa me percaté de repente de que estaba viviendo uno de los momentos más felices de mi vida.

¡Fue un regreso triunfal!

Harper's Green estaba tal y como yo lo recordaba. Regresamos en coche a los Rowans donde Lily nos estaba esperando. Al verme, ésta corrió a abrazarme.

—¡Ha vuelto! —exclamó con la voz velada por la emoción.

—Sí, Lily, he vuelto.

—Ya era hora.

—Os he echado de menos a todos.

—¡Pues no sabe usted lo que la hemos echado de menos nosotros! Yendo todo el día de acá para allá. Pero entren. No vamos a quedarnos aquí en la puerta toda la noche.

Pasamos al salón.

—¡Qué vuelta a casa tan extraordinaria! —exclamé.

—Ahora seguiremos adelante con nuestros planes —dijo Crispin—. No hay razón para esperar. Ya hemos esperado suficiente.

Tía Sophie empezó a comentarnos otras bodas.

—Queremos casarnos en seguida —dijo Crispin—. No me interesan los preparativos.

—Pues me parece que tu madre querrá hacerlo a su manera —dijo tía Sophie.

—Tendrá que hacerlo a nuestra manera. ¿Adónde iremos en viaje de luna de miel?

—Ya lo pensaremos —contesté—. Ahora soy demasiado feliz como para pensar en otra cosa que no sea mi regreso y la solución de todos los conflictos. ¡Y yo sin saber nada de todo eso hasta que me senté en el vagón restaurante del tren en medio del tintineo de las tazas, el ir y venir de la gente y el rumor de los trenes cambiando de vía en el exterior!

—¿Qué más da el lugar donde te enteraste? —dijo tía Sophie—. Te enteraste... y es la mejor noticia del mundo.

Estar de vuelta me parecía maravilloso. La pesadilla que comenzó cuando tía Sophie regresó diciendo que había visto a Kate Carvel en Devizes ya había terminado. Ante mí se abría una vida de felicidad.

Una vez Crispin se hubo retirado tras asegurarme que regresaría a la mañana siguiente, tía Sophie quiso que le contara cosas de mi padre.

Se quedó consternada al enterarse de que mi padre estaba ciego.

—¿Y por qué no me lo dijo? —preguntó.

—Sabía que te disgustarías y no quería que te preocuparas por él. Él es así. Se lo toma con filosofía.

—Pero, ¿cómo se las arregla para cuidar de sí mismo? ¿Y qué está haciendo en aquella remota isla?

Tras dudar un poco, le conté lo de Karla.

—Ah —dijo—. Una mujer. Siempre hay una mujer.

—Es medio nativa y tiene un carácter muy dulce y cariñoso. Te gustaría, tía Sophie. Se preocupa mucho por él y le hace todo lo que necesita. Ella es la que te escribe las cartas al dictado.

—Me di cuenta de que la caligrafía había cambiado —dijo tía Sophie, asintiendo con la cabeza—. No demasiado, pero no era exactamente la misma.

—No quería que lo supieras y Karla es muy comprensiva. Es una especie de autoridad en la isla y posee una plantación.

—¡Cuántas aventuras ha vivido tu padre! Si me lo hubiera dicho...

—Lo sé. Tú hubieras intentado traerle a casa. Te quiere mucho y no quiere aprovecharse de ti. Tía Sophie, me dijo que tú eres su mejor amiga. Te aprecia mucho, pero no quiere ser una carga para ti ahora que no puede valerse por sí mismo. Comprendo lo que siente. He tenido ocasión de conocerle muy bien.

—Es un hombre extraordinario.

—Se reiría si te oyera. Él se considera un pecador y supongo que mucha gente compartiría su opinión. Pero yo le quiero y tú también, lo mismo que muchas personas que le han conocido a lo largo de toda su vida.

Tía Sophie se había puesto un poco triste, pero no quería que nada empañara mi felicidad.

Me comentó el cambio que se había producido en Crispin.

—Parece un muchachito despreocupado. Oh, Freddie, qué suerte tienes de ser amada de esta manera.

—Lo sé —dije.

—Mira que haber regresado sin saberlo... me alegro de que lo hicieras. Se nota, ¿verdad? ¿Viste su cara cuando se enteró?

—Sí. Tenía que volver, tía Sophie. Mi padre lo comprendió.

—Él nunca fue amigo de los convencionalismos.

—Es un milagro que todo se haya resuelto de esta manera.

—La vida tiene sus milagros de vez en cuando. Oh, qué feliz soy. Es lo que siempre quise. Verte feliz y tenerte cerca de mí. Es todo lo que siempre soñé... casi.

Fui a ver a la señora St. Aubyn. Estaba un poco preocupada porque no sabía qué pensaría de la boda. Seguramente hubiera deseado para su hijo a alguien perteneciente a una capa más alta de la sociedad.

Pese a todo, me recibió amablemente y me dijo:

—Cuánto me alegro de volver a verte, querida. Bueno, éste será muy pronto tu hogar y tú serás mi nuera. Me complace mucho acogerte en nuestra familia.

Estaba tendida en un sofá y yo me pregunté si habría regresado a la vida de inválida que había abandonado cuando Gaston Marchmont llegó a St. Aubyn's.

—Ahora Crispin es muy feliz —añadió—. Y eso es un gran consuelo para mí. Las cosas desagradables del pasado lo habían afectado profundamente. Me alegraré mucho de verle sentar la cabeza con alguien a quien conozco tan bien. Es un inmenso alivio.

Sonreí para mis adentros. Sabía que la señora St. Aubyn jamás se había preocupado demasiado por el bienestar de sus hijos.

—Es bueno que haya una señora de la casa —dijo— y estoy segura de que tú cumplirás muy bien este cometido. Yo siempre me he visto perseguida por la mala salud.

Comprendí en aquel momento que estaba cayendo de nuevo en su antiguo vicio. Tal como diría tía Sophie, sería seguramente para bien, pues yo no tendría que soportar las intromisiones de mi suegra.

—Mi querida Frederica —añadió—, ¿me quieres cubrir un poco las piernas con esta mantita? Por muy caldeada que esté una habitación, noto la corriente. Y ahora háblame de mi hija. ¿Por qué no ha vuelto contigo?

Le hablé del interés de Tamarisk por la misión, le conté que había llenado de flores la sala y que los niños se sentían atraídos por el dorado color de su cabello y la seguían a todas partes.

—¡Qué extraño! —dijo—. ¿Cuándo crees que volverá a casa?

—Creo que muy pronto. De momento, todo le parece una divertida novedad. Estoy segura de que volverá.

—Debería volver a casarse —el rostro de la señora St. Aubyn experimentó un imperceptible cambio—. Fue una tragedia inmensa. Tú y yo nos encargaremos de buscarle un marido adecuado.

—Creo que preferirá elegirlo ella misma —dije.

La señora St. Aubyn asintió tristemente con la cabeza.

—Ya lo hizo antes. Fue una lástima porque era un hombre encantador.

Yo no quería pensar en Gaston Marchmont.

Fui a la granja Grindle, donde Rachel me recibió con mucha alegría. Vi que estaba muy contenta. La pequeña Danielle se había convertido en toda una personita; tenía su propio vocabulario y corría constantemente de un lado para otro, mirándolo y tocándolo todo.

Rachel me dijo que Daniel estaba bien. El asesinato no había tenido más repercusiones y, al parecer, era algo que ya pertenecía al pasado.

Me preguntó por Tamarisk y se rió cuando le conté lo de las flores y le hablé del inesperado interés de Tamarisk por la misión.

—Es lo que menos hubiera esperado de ella —dijo.

—Bueno, Tamarisk siempre ha hecho cosas insólitas.

—Freddie, me alegro mucho por ti. Es una maravilla que hayas vuelto para casarte con Crispin —Rachel me miró inquisitivamente—. Cuando te fuiste de aquella manera, no lo comprendí.

—Había un motivo.

—Lo supongo.

No me preguntó cuál era. Rachel siempre había sido muy discreta. Comprendió que había ocurrido algo entre yo y Crispin y pensó que no era asunto de su incumbencia.

—Pero ahora has vuelto y todo se ha arreglado. Oh, Freddie, sé que vas a ser muy feliz.

—Si tú lo sabes y yo estoy decidida a serlo, no tendrá más remedio que ser así —dije.

—¡Pobre James Perrin! —Rachel esbozó una leve sonrisa—. Hubo un momento en que pensé...

—¿Que yo iba a casarme con él?

—Me pareció adecuado. Es un hombre muy tranquilo, reservado y eficiente. Estoy segura de que será un buen marido.

—Una mujer siempre sabrá a qué atenerse con él... estoy segura de que será un marido bueno y fiel.

—Corren rumores de que está interesado por una chica de Devizes. Es la hija de un abogado... muy adecuada para él en todos los sentidos.

—Me alegro.

—Dicen que la familia de la chica le ayudará económicamente para que pueda comprarse una granja.

—Estupendo —exclamé.

—Qué bien está saliendo todo, ¿verdad? Todo estaba fallando, pero, de pronto, se arregló como por arte de ensalmo. Cuando miro hacia atrás y pienso...

—Rachel —la interrumpí de inmediato—, no mires hacia atrás. Mira hacia adelante.

—Me alegro de que estés aquí —dijo Rachel, mirándome con una sonrisa.

Hablé con James Perrin y me pareció que estaba muy contento. Me felicitó por mi inminente boda y me comentó que pensaba adquirir una propiedad. Había hablado con toda franqueza con el señor Aubyn porque le parecía correcto advertirle con tiempo para que pudiera encontrar a otro administrador con cierta experiencia antes de que él se marchara.

A pesar de que su felicitación me pareció sincera, creí adivinar en sus palabras una cierta añoranza y tristeza. Sin embargo, James era un joven muy serio y de talante eminentemente práctico y tenía derecho a seguir su propio camino en la vida. En determinado momento, pensó que yo sería una compañera adecuada, pero, como yo no había aceptado, se había buscado una sustituta. Era una actitud muy razonable y filosófica; jamás se hundiría en las profundidades de la desesperación ni se elevaría a las alturas del éxtasis.

Estaba deseando ir a ver a las hermanas Lane, pero cuando lo hice experimenté una extraña desazón. Aunque, en realidad, siempre me ocurría lo mismo.

Elegí una tarde... la hora del día en que solía encontrar a Flora sentada en el jardín.

No estaba allí. Rodeé la casa y llamé a la puerta. Me abrió Lucy.

—Oh, es la señorita Hammond —exclamó al verme—. Pase, señorita Hammond. Me enteré de que había vuelto.

—Me apetecía mucho volver a verlas. ¿Cómo está la señorita Flora?

Lucy me acompañó a la salita y me invitó a sentarme.

—Flora no se encuentra muy bien —me dijo—. Está descansando.

—Oh, cuánto lo siento.

—Lleva algún tiempo bastante mal.

—¿Está muy enferma?

—Bueno, supongo que es una especie de enfermedad. La obligo a acostarse por la tarde. Me han dicho que se va usted a casar con el señorito Crispin.

—Sí —dije yo.

Lucy mantenía las manos entrelazadas y yo observé que le temblaban.

—Es un hombre muy bueno —dijo—. El mejor.

—Lo sé.

—En fin, estoy segura de que serán ustedes muy felices.

—Eso espero. ¿Podría ver a la señorita Flora? No quisiera que pensara que no he venido a verla.

Lucy dudó un instante antes de levantarse. Después asintió con la cabeza y yo la seguí.

—Ha cambiado —me dijo mientras subíamos por la escalera.

—Sí, ya me lo ha dicho usted.

La puerta del cuarto infantil estaba abierta. Pasamos

por delante de ella y entramos en la habitación de Flora, la cual se encontraba tendida en la cama.

—La señorita Hammond ha venido a verte, Flora —le dijo Lucy.

Flora se medio incorporó y me dijo:

—Has vuelto.

—Claro, y he venido a verte. ¿Cómo estás?

Flora volvió a tenderse y sacudió la cabeza. Observé entonces que el muñeco estaba en una cuna de juguete al lado de la cama.

—Todo ha desaparecido —murmuró Flora—. No sé... ¿dónde estamos?

—Estamos en tu habitación, querida —le dijo Lucy— y la señorita Hammond ha vuelto a casa desde el extranjero. Y ahora ha venido a verte.

Flora asintió con la cabeza.

—Ahora él se ha ido —dijo.

Lucy me explicó en voz baja:

—Desvaría un poco —después añadió, levantando la voz—: La señorita Hammond ha sido muy amable al venir, ¿verdad, Flora?

—Muy amable al venir —repitió Flora—. Él vino aquí... ¿comprendes? —dijo, mirándome—. Se llevó...

Su rostro se contrajo en una mueca.

Lucy apoyó una mano en mi brazo.

—Hoy no tiene muy buen día —me dijo en un susurro—. Es mejor que la dejemos tranquila. Le daré una pastilla. Así se calmará.

Adiviné que estaba deseando que me fuera y no me quedó más remedio que hacerlo. Pasé por delante de la puerta abierta del cuarto infantil y vi de refilón la lámina de las siete urracas.

Al llegar a la puerta, me volví a mirar a Lucy. Comprendí que estaba muy preocupada.

—Ha cambiado —le dije.

—Hoy tenía un mal día. Se le va la cabeza. Le ocurre de vez en cuando. Algunos días está como antes. Claro que ya lleva mucho tiempo haciendo cosas raras.

—Debe de estar usted muy preocupada.

Lucy se encogió de hombros.

—La conozco... es mi hermana. Sé cómo tengo que cuidarla.

—Menos mal que la tiene a usted.

Lucy no contestó.

—Bueno pues —dijo, abriendo la puerta—, la felicito y me alegro mucho de que se case con el señorito Crispin. Él la quiere mucho. Merece ser feliz.

—Gracias.

—Sí —dijo Lucy—. Es bonito... vaya si lo es.

Me alejé con una sonrisa en los labios, pero sentía en mi fuero interno una leve inquietud; era lo que siempre me ocurría cuando visitaba la Casa de las Siete Urracas, me dije.

A las seis semanas de mi regreso nos casamos. Aun así, la espera le pareció a Crispin excesivamente larga. Fue una boda sencilla, tal como nosotros queríamos. La señora St. Aubyn puso reparos aunque no demasiados. La comitiva partió de la casa de la novia, relativamente modesta en comparación con la del novio.

Ofició el reverendo Hetherington y creo que estuvo presente casi todo el pueblo.

Crispin y yo nos sentimos inmensamente felices cuando todo el mundo nos rodeó para darnos la enhorabuena. Rachel asistió a la ceremonia y yo pensé que ojalá Tamarisk también hubiera estado a mi lado. Pensaba a menudo en ella y tenía la certeza de que su entusiasmo por la isla, como todos los de su vida pasada, no duraría demasiado. Vi a Lucy Lane en la iglesia y me alegré de que Crispin hablara con ella para cerciorarse de que todo iba bien. Me pregunté cómo estaría Flora, pero me temo que en aquellos momentos apenas podía pensar en otra cosa que no fuera mi boda y el futuro que me esperaba.

Poco después de la ceremonia, Crispin y yo emprendimos viaje a Italia y pasamos unas semanas de absoluta felicidad.

Fueron unos días perfectos, en cuyo transcurso pude descubrir nuevas facetas del carácter de Crispin. Nunca había reparado en lo despreocupado que podía llegar a ser. Ahora se había despojado de todos sus recelos y se le veía enteramente tranquilo y feliz. Todo era una maravilla a nuestro alrededor.

Para la mayoría de la gente Florencia es una ciudad mágica. Para nosotros fue el paraíso. Regateamos con los joyeros del Ponte Vecchio y nos reímos con nuestros torpes intentos de hablar el idioma. Admiramos los frescos de las iglesias y las galerías y nos entusiasmó el palacio Pitti y los jardines de Boboli. Tomamos un coche y abandonamos la ciudad para recorrer las suaves colinas de Toscana. Cada hora de aquellas semanas encantadas fue una delicia. Jamás soñé poder sentir tanta felicidad. El hecho de poder compartirla con el ser que más amaba me parecía la mayor dicha que pudiera haber en este mundo.

Todo aquello no tenía más remedio que terminar, claro, pero yo pensé que su recuerdo nos acompañaría siempre.

Las siete urracas

Mientras aquellos maravillosos días pasaban volando, yo soñaba con nuestro regreso, pues estaba deseando empezar mi nueva vida como señora de St. Aubyn's Park.

Me parecía un milagro que nuestras dificultades se hubieran disipado con tanta facilidad. En realidad, había transcurrido muy poco tiempo desde los días en que una angustiosa barrera se interponía entre nosotros. Ahora, en cambio, éramos completamente felices. Crispin no podía olvidar que yo había regresado a su lado, no porque él pudiera ofrecerme una boda con todas las de la ley sino porque mi amor era inconmovible. La señora St. Aubyn se mostraba muy cariñosa conmigo y yo pensé que, de la misma manera que el destino descarga golpe tras golpe sobre aquellos a los que ha decidido castigar, derrama bendiciones sin cuento sobre aquellos a los que desea favorecer.

A veces tanta felicidad me daba un poco de miedo.

De repente, apareció una levísima sombra.

No fue nada.. una simple figuración. Crispin había recorrido la finca aquella mañana y, por la tarde, quiso que lo acompañara a la granja Healey. Había ocurrido algo en uno de los graneros y la visita le ofrecería a la señora Healey la oportunidad de felicitarme por la boda.

—Ya sabes cómo es esta gente —me dijo—. La señora Healey dice que fuiste a ver a los Whestone y que la señora Whestone te ofreció un vaso de su sidra especial que a ti te gustó mucho. No estaría de más que conversaras un poco con la señora Healey.

Accedí encantada. Me gustaba saludar a la gente de la finca, recibir sus felicitaciones y comprobar lo buen amo que era Crispin y lo mucho que había prosperado la propiedad desde que él se hiciera cargo de todo.

Tardó en regresar. Había dicho que estaría en casa a las tres y saldríamos inmediatamente. A las tres y cuarto aún no había vuelto y, a las tres y media, empecé a alarmarme.

Regresó bien pasadas las tres y media. Le vi un poco nervioso y le pregunté qué había ocurrido.

—Nada de particular —me contestó—. Me he entretenido un poco. Vamos. De lo contrario, se nos hará muy tarde.

Por regla general, Crispin me contaba todas sus cosas. Esperaba que esta vez también lo hiciera, pero no fue así. Pensé que, como teníamos que irnos en seguida a ver a los Healey, no tenía tiempo.

Me presentaron a la señora Healey, bebí un vaso de su sidra y todo fue tan agradable que hasta me olvidé del retraso de Crispin.

Al día siguiente me tropecé con Rachel en Harper's Green. Me explicó que había dejado a Danielle al cuidado de una niñera porque tenía que hacer unas compras.

—Veo que todo te va muy bien —me dijo—. Estás radiante.

—Soy muy feliz, Rachel. Y veo que tú también lo eres.

—¡Qué distinto era antes! Pienso a menudo en los tiempos en que las tres estábamos juntas... cuando tú y yo íbamos a St. Aubyn's y la señorita Lloyd nos daba clase.

—Parece que ha transcurrido mucho tiempo.

—Y cuántos cambios.

Vi una sombra en su rostro y me pregunté si alguna vez pensaba en el señor Dorian colgado de una soga en la cuadra. Fue una lástima que tales pensamientos enturbiaran una clara mañana sin nubes.

—Ayer me tropecé con Crispin —dijo Rachel—. Parecía preocupado.

—¿Dónde le viste?

—Muy cerca de la casa de las hermanas Lane. Fue ayer por la tarde. Pensé que habría ido a visitarlas. ¡Qué bueno es! Las cuida muy bien, ¿verdad? Sé que siempre lo ha hecho. Siempre me ha parecido un detalle muy bonito por su parte.

Nos pasamos un rato conversando y más tarde pensé: de modo que fue por eso por lo que se retrasó. Fue a visitar a las hermanas Lane.

¿Por qué no me lo había dicho?

A lo mejor, pensó que no era necesario.

Mi suegra decía que, ahora que St. Aubyn's tenía una nueva señora, convendría que la gente nos visitara más a menudo.

Como en los viejos tiempos.

—Siempre había sido así, creo. Sólo cuando yo empecé a ponerme enferma...

Siempre que teníamos invitados se animaba un poco. Yo estaba muy ocupada aquellos días, pues tenía muchas cosas que aprender sobre el gobierno de una mansión tan grande. Tia Sophie me ayudó mucho.

—Tienes que demostrarles al ama de llaves y al mayordomo que eres la que manda. De lo contrario, podrían llegar a pensar que, puesto que procedes de una casa relativamente modesta, ellos te pueden avasallar.

—No lo creo, tía Sophie —respondí riendo.

—Lo estás haciendo muy bien. Recuerda que Crispin está muy orgulloso de la finca.

—Nunca lo olvido. A fin de cuentas, está entregado en cuerpo y alma a ella.

—Por consiguiente, también tiene que ser importante para ti. Eres la señora de St. Aubyn —añadió tía Sophie—. Te aseguro que esto supera mis más descabellados sueños. Quería lo mejor para ti. Le he escrito a tu padre y le he contado todo lo de la boda.

—Yo también le he escrito.

Cerré los ojos e imaginé la escena con toda claridad. Mi padre sentado en una silla y Karla leyéndole la carta. Me pregunté si se la leerían a Tamarisk. No me había escrito, pero yo sabía que se olvidaba fácilmente de la gente cuando no la tenía a su lado. Esperaba una nota suya, anunciándome su regreso a casa. Para eso sí se tomaría la molestia de escribirme.

En cuanto a mi padre sé que se alegraría mucho de aquel milagroso sesgo de los acontecimientos que había hecho posible la boda. Yo le había escrito una larga carta sobre nuestra luna de miel en Florencia. Estaba segura de que le gustaría.

Tenía los días tan ocupados que apenas disponía de tiempo para las visitas, aunque veía a Rachel bastante a menudo; un día decidí ir a ver a Flora.

La encontré en su jardín. Estaba sentada donde siempre, con el cochecito del muñeco a su lado. Cuando la llamé, se volvió a mirarme y asintió con la cabeza; abrí la verja y entré.

—Hola —le dije.

Experimenté un sobresalto. Pensaba que todo iba a ser como otras veces, pero, al ver la mirada de sus ojos, me di cuenta de que no.

Me senté a su lado.

—¿Cómo te encuentras hoy, Flora? —le pregunté.

Ella se limitó a sacudir la cabeza.

—¿Y el... niño?

Flora soltó una breve carcajada y empujó el cochecito con el pie.

—¿Duerme tranquilo?

—Duerme para siempre —me contestó enigmáticamente.

Me pareció muy raro. Esperaba el habitual comentario sobre las travesuras del niño o sobre sus temores de que hubiera pillado un catarro y se pusiera enfermo.

La expresión de sus ojos era de lo más extraña.

—Dicen —añadió— que te has casado con él.

—Sí, es cierto, me he casado con él —dije—. Pasamos una maravillosa luna de miel en Florencia.

Flora empezó a reírse, pero fue una risa un tanto siniestra.

—O sea que ahoras vives en St. Aubyn's.

—Pues sí.

—Tú crees que estás casada con él, ¿verdad?

El corazón me dio un vuelco en el pecho. Inmediatamente pensé en Kate Carvel. ¿Y si Flora supiera algo de ella? Pero todo se había resuelto. Ella estaba casada y no había nada que temer.

—No te has casado con él —dijo Flora.

—¿Qué quieres decir? —le pregunté cautelosamente.

—Tú crees que te has casado con él —repitió, volviendo a reírse—. ¿Cómo hubieras podido casarte con él?

—Pues, estoy casada, Flora —le dije.

No hubiera tenido que decírselo, pensé. Cree que Crispin es todavía un niño pequeño, eso es lo que la preocupa, claro.

—Será mejor que me vaya —dije—. La señorita Lucy estará al volver.

Flora me asió del brazo y me dijo en un ronco susurro:

—No te has casado con él. ¿Cómo hubieras podido casarte si él no está aquí?

La situación estaba resultando cada vez más grotesca y yo sentía deseos de irme.

—Bueno, Flora, adiós —dije, levantándome—. Ya vendré a verte otro día.

Ella se levantó a su vez y se acercó a mí.

—No te has casado con Crispin —musitó—. Dicen que te has casado con Crispin. Es mentira. No te puedes haber casado con Crispin. ¿Cómo hubieras podido casarte con él? —volvió a soltar otra extraña carcajada—. Crispin no está aquí sino allí —añadió, señalando teatralmente la morera y acercándose un poco más a mí para estudiarme el rostro con más detenimiento—. Está allí, si lo sabré yo. Aquel hombre lo sabía. Y me obligó a decírselo. No puedes casarte con Crispin porque Crispin está allí... allí.

Pensé que estaba totalmente loca. Miraba con expresión de perturbada, llorando y riendo a la vez. De pronto, sacó el muñeco del cochecito y lo arrojó con todas sus fuerzas contra la morera.

Tenía que irme. Lucy habría ido a comprar a Harper's Green. Tenía que ir en su busca y decirle que algo le ocurría a Flora.

Salí corriendo y bajé a la calle del pueblo. Vi con inmenso alivio a Lucy acercándose a mí con su cesta de la compra.

—¡Algo le pasa a Flora! —le dije—. Dice unas cosas muy raras sobre Crispin y ha arrojado el muñeco contra la morera.

Lucy palideció.

—Voy en seguida para allá —dijo—. Será mejor que no me acompañe. La presencia de la gente la altera. Déjeme a mí. Yo lo arreglaré.

Lo hice con mucho gusto; la contemplación de Flora me había provocado una profunda desazón.

Nada más verme, Crispin se dio cuenta de que estaba trastornada.

—¿Qué ha ocurrido? —me preguntó.

—Es Flora Lane —le contesté—. He ido a verla esta tarde.

—¿Y qué te ha dicho? —me preguntó Crispin, alarmado.

—Ha sido todo muy raro. La he visto muy cambiada. Dice que se enteró de que nos habíamos casado y que eso no es posible.

—¿Cómo?

—Me dijo: «No te has casado con Crispin». Y después... ¡ha sido terrible! Ha señalado la morera del jardín y ha dicho: «No te puedes haber casado con Crispin porque él está aquí». Estaba muy alterada.

Crispin lanzó un profundo suspiro.

—No hubieras tenido que ir a verla —dijo.

—Siempre la visitaba de vez en cuando. Pero ahora ha cambiado. Creo que se está volviendo loca de verdad. Antes tenía como una obsesión, pero lo de ahora es distinto.

—¿Estaba Lucy en casa?

—Lucy había salido a comprar. Me fui corriendo y me tropecé con ella.

—Lucy sabe cómo cuidarla. Lleva muchos años haciéndolo. ¡Pobre Lucy!

—Me dijo que no me preocupara.

Crispin asintió con la cabeza.

—Bueno, espero que se calme estando Lucy con ella. Yo que tú no volvería por allí, cariño. Te disgustas demasiado.

—Antes me parecía que le gustaban mis visitas.

—Bueno, no te preocupes. Lucy sabe lo que es mejor para ella.

No podía olvidar a Flora y no se me había pasado

por alto el cambio que se había producido en Crispin. Vi la mirada aturdida de sus ojos y percibí la presencia de una barrera entre nosotros. Sentí que lo que tanto me había inquietado en el pasado guardaba en cierto modo relación con la Casa de las Siete Urracas.

Crispin se pasó toda la tarde como ausente y yo comprendí que sus pensamientos estaban muy lejos.

—¿Qué te ocurre, Crispin? —le pregunté.

—¿Que qué me ocurre? —replicó con cierta brusquedad—. ¿Y por qué tiene que ocurrirme algo?

—Me había parecido que estabas... preocupado.

—Burrows dice que tendríamos que dejar algunos campos de Greenacres en barbecho durante algún tiempo. Y eso repercutirá en la producción. Me ha pedido consejo. Después me ha dicho que habría que construir unos edificios anexos en Swarles, pero yo no estoy seguro de que sean necesarios.

Sin embargo, yo no pensé que su estado de ánimo tuviera nada que ver con los campos en barbecho ni con los edificios anexos de la granja Swarles.

Me desperté sobresaltada. Todo estaba oscuro. Una profunda inquietud se apoderó de mí. Extendí la mano. Crispin no estaba a mi lado.

Me asusté y me incorporé en la cama. Distinguí su figura en la penumbra. Estaba sentado junto a la ventana.

—Crispin —le dije.

—No pasa nada. Simplemente no podía dormir.

—Algo te ocurre —dije.

—No... no. Quédate tranquila. Ahora vengo. Quería estirar un poco las piernas.

Me levanté de la cama y me eché una bata sobre los hombros; me acerqué a él, me arrodillé a su lado y le rodeé con mis brazos.

—Dime de qué se trata, Crispin —le dije.

—Nada... nada... es que no podía dormir.

—Algo te ocurre, Crispin —dije con firmeza—. Y ya es hora de que me lo digas.

—No es nada que tenga que preocuparte... ni a mí tampoco en realidad.

—Lo es. Y no se trata de ninguna novedad. Es algo que viene de lejos.

—¿Qué quieres decir?

—Crispin, yo te quiero mucho. Tú y yo somos como una sola persona. Yo soy para ti y tú eres para mí; y, si algo te ocurre a ti, me ocurre también a mí.

Crispin no dijo nada.

—Sé que hay algo —añadí—. Siempre lo he sabido. Es algo que se interpone entre nosotros.

—No hay nada que se interponga entre nosotros —dijo Crispin tras una breve pausa.

—Si así fuera, yo me daría cuenta. Y tú no me ocultarías secretos... ni te los guardarías para ti.

—No —dijo Crispin con vehemencia mientras yo le miraba con expresión suplicante.

—Dímelo, Crispin. Deja que lo comparta contigo.

Crispin me acarició el cabello.

—No hay nada... nada que contar.

—Sé que hay algo —le dije muy seria—. Y es algo que se interpone entre nosotros. No me podré acercar a ti mientras esté ahí. Es una barrera que siempre está ahí. A veces, me olvido de ella y otras veces la noto. No debes dejarme fuera, Crispin. Déjame entrar.

Crispin permaneció en silencio unos segundos.

—Algunas veces he estado a punto de decírtelo —dijo al final.

—Por favor... dímelo ahora, por favor. Es importante que lo compartamos todo.

Al ver que callaba, añadí:

—Tengo que saberlo, Crispin. Es muy importante que lo sepa.

—Hay tantas cosas en juego —dijo Crispin muy despacio—. No sé lo que ocurriría.

—No tendré ni un solo momento de paz hasta que lo sepa.

—Veo que la cosa ha llegado demasiado lejos. He estado dudando mucho. Sabía que tendría que decírtelo algún día. Todo se remonta... al comienzo de mi vida.

Crispin hizo otra pausa y contrajo el rostro en una mueca de inquietud. Hubiera querido consolarle, pero no podía hacerlo sin conocer la causa de su angustia.

—Los Lane vivían en la finca. Jack, el padre, era uno de los jardineros; tenía dos hijas, Lucy y Flora. Lucy se fue a Londres a trabajar como niñera; Flora era la menor. Murió Jack Lane y su mujer se quedó en la casa junto con Flora, que también trabajaba como criada en la mansión. Flora quería ser niñera como su hermana, por lo que, cuando estaba a punto de nacer un niño, decidieron que ella sería su niñera. A su debido tiempo nació un niño en St. Aubyn's.

—Tú —dije yo.

—Nació Crispin. Tienes que saberlo todo desde el principio. Los padres, como tú sabes, no sentían demasiado interés por el niño. Se alegraron de tener un hijo que pudiera heredar el apellido y demás, sobre todo tratándose de personas de tan elevada posición como ellos. Pero lo que más les interesaba era la vida social que llevaban. Raras veces estaban en el país. Si hubieran sido unos padres responsables, puede que eso se hubiera descubierto al principio.

»Un día Lucy regresó. Se encontraba en graves dificultades. Había dejado su trabajo en Londres unas semanas antes y había vivido con el poco dinero que tenía ahorrado, pero ya se lo había gastado todo. Iba a tener un hijo. Ya puedes imaginarte la situación en aquella casita. El padre había muerto; quedaba la madre y Flora que trabajaba en St. Aubyn's y muy pronto se convertiría en la niñera de la criatura que iba a nacer.

Crispin hizo una pausa como si no se atreviera a seguir. Después se armó de valor y añadió:

—Lucy era una chica muy fuerte, una muchacha buena, pero incauta. Como muchas. Se fió de unas promesas, la sedujeron y después la abandonaron. Una apurada situación en la que solían encontrarse muchas jóvenes, que después quedarían condenadas al ostracismo y a la desesperación en caso de que carecieran de medios. ¿Te imaginas la preocupación de la madre? Llevaban muchos años viviendo en aquella casita en el seno de una pequeña comunidad, orgullosas de su independencia y de su honradez, y, de pronto, aquella hija de la que tanto se enorgullecían porque tenía un buen trabajo en una casa importante de Londres, regresaba trayendo consigo una vergüenza que caería sobre las tres.

—¿Entonces tuvo el hijo?

—Sí, pero no podrían ocultarlo siempre. Decidieron tenerlo escondido hasta que se les ocurriera algún plan para el futuro. La señora Lane había actuado como comadrona algunas veces y asistió a su hija en el parto. El problema que se les planteaba era enorme. No podían tener al niño constantemente escondido. Pensaron en la posibilidad de irse a Londres donde Flora y Lucy se buscarían un trabajo y la madre cuidaría del niño. Estaba claro que no podían quedarse en Harper's Green y enfrentarse con el escándalo.

—¡Qué situación tan angustiosa para ellas!

—No sabían qué hacer. Más de una vez la señora Lane estuvo a punto de acudir a la señora St. Aubyn en demanda de ayuda. Pensaba que, a lo mejor, ella y su marido se escandalizarían bastante menos que ciertos habitantes de Harper's Green. Pero entonces ocurrió algo extraordinario.

Crispin volvió a detenerse como si le costara un esfuerzo seguir adelante.

—Crispin contaba pocas semanas de vida y Flora era su niñera. De pronto, vieron un remedio a sus males. Fue una cosa tremendamente macabra... pero era la solución. Recuerda que estaban desesperadas.

»Ya has visto lo trastornada que está Flora. Creo que siempre debió de ser un poco simple. Quizá no hubieran debido de confiarle el cuidado del niño, pero siempre le habían gustado los niños y más de una madre del pueblo le había encomendado la vigilancia de sus hijos, sabiendo lo que le gustaban los niños. Decían que era una excelente niñera y que tenía mucho instinto maternal. Por supuesto que nosotros no la hemos visto tal como era entonces. Sólo conocemos a la pobre loca que es ahora. Gerry Westlake, hijo de uno de los granjeros de aquí, empezó a fijarse en ella.

—Le recuerdo. Vino hace algún tiempo. Se fue a Nueva Zelanda, creo.

—Sí, se fue poco después de que ocurriera. Gerry era un joven rebosante de energía... poco más que un niño. Le gustaba mucho el fútbol y siempre andaba lanzando una pelota y empujándola con el pie dondequiera que fuera. Eso es lo que me han contado. Hacía algún que otro trabajo en St. Aubyn's y fue allí donde vio a Flora. La llamaba con un silbido y ella se asomaba a la ventana para verle. Entonces le lanzaba la pelota y ella se la devolvía. Después, Flora bajaba y le miraba mientras él empujaba el balón con el pie y le explicaba la importancia que tenía la manera de chutar.

»Lo que sucedió fue algo extraordinario. Ten en cuenta que ambos eran muy jóvenes. Flora se sentía halagada por el interés que despertaba en Gerry y se alegraba, o, por lo menos, lo fingía, de compartir con él aquellos juegos con el balón. Lo lanzaba y lo recogía tal como él le indicaba, esperando ganarse su aprobación. Se comprende lo que ocurrió si piensas que, en realidad, eran unos chiquillos.

»Llegó el día fatídico. Él la llamó con un silbido. Imagínatelo de pie delante de su ventana. La ventana estaba abierta y ella se asomó con el niño en brazos.

»—¡Ya bajo! —le dijo—. ¡Cógelo! —le gritó, tal como él le había gritado a ella tantas veces, refiriéndose al balón.

»Le debió de parecer algo muy gracioso en aquel momento. Debió de pillar desprevenido a Gerry cuando le lanzó al niño.

Contuve la respiración, horrorizada.

—¡Oh, no, no! —exclamé.

Crispin asintió con la cabeza.

—Gerry comprendió demasiado tarde lo que Flora había hecho. Trató de recoger al niño en sus brazos, pero fue demasiado tarde. El niño se estrelló sobre las baldosas en la terraza.

—Oh... ¿cómo pudo hacer semejante cosa?

—Cuesta creerlo. Debió de hacerlo para divertir a Gerry. Pensó que éste atraparía fácilmente al niño. No pensó que pudiera fallar.

Flora bajó corriendo a la terraza y recogió al niño. El niño iba envuelto en una gruesa manta y no parecía haber sufrido el menor daño. Flora debió de lanzar un suspiro de alivio. ¡Pobre Flora! Su alivio fue muy efímero. Gerry regresó corriendo a su casa. Debió de compartir el alivio de Flora y prefirió alejarse al máximo del lugar de los hechos. Flora llevó al niño al cuarto infantil y no le dijo nada a nadie. Imagínate su impresión al darse cuenta de que el niño tenía las costillas rotas. Murió aquella misma noche.

»Flora estaba aturdida y no sabía qué hacer. Se fue

a su casa, tal como solía hacer siempre que se encontraba en algún apuro. Su madre y Lucy la miraron aterradas. Flora había matado a la criatura que le habían confiado y su hermana tenía un hijo ilegítimo. Jamás pensaron que pudieran caerles encima tantos desastres juntos. No veían ninguna salida.

»Buscaban desesperadamente alguna solución... y de pronto ésta se les ofrecía en bandeja. Casi todos los niños pequeños se parecen. Los padres de Crispin habían mostrado muy poco interés por él. Ya puedes imaginarte lo que pensaron. Enterraron a Crispin.

—¿Bajo la morera? —pregunté.

—Y el niño de Lucy ocupó su lugar en St. Aubyn's.

—¿Quieres decir que... tú eres aquel niño?

Crispin asintió con la cabeza.

—Al cumplir los dieciocho años. Lucy... mi madre... me lo dijo. Le pareció justo revelármelo. Jamás se me hubiera ocurrido pensar que yo no era Crispin St. Aubyn y que la finca no sería mía. Me encantaba este lugar.

—Lo sé. Y... éste es el secreto que jamás se contará. Y las siete urracas fueron colocadas en el cuarto infantil para recordarle a Flora que jamás debería decírselo a nadie.

—¡Pobre Flora! Perdió la razón. Poco después empezó a comportarse de una manera extraña. Lucy siempre la ha cuidado. Ya sabes que Lucy se hizo cargo de mí y se convirtió en mi niñera. Flora regresó a la casita. Por aquel entonces ya estaba muy trastornada. Nunca me lo quito de la cabeza.

—Piensas que este lugar no te pertenece realmente. ¿Temes que alguien lo descubra?

—Hubo un momento en que alguien estuvo a punto de descubrirlo.

—Gaston Marchmont —murmuré yo mientras un indecible temor se apoderaba de mí.

—Era un bribón —dijo Crispin—. Merecía morir.

¿Ves el daño que le hizo a Flora... y a Lucy? Adivinó que allí había algún secreto. Ella hubiera podido vivir hasta el final de sus días, pensando que el niño todavía vivía y que todo era igual que antes de que ocurriera la desgracia. Gaston intuyó que había alguna relación entre mi persona y aquella casa y decidió descubrirla. Se casó con Tamarisk para ver lo que podía sacar y, de pronto, descubrió que podría sacar mucho más de lo que esperaba al principio. Le quitó el muñeco a la pobre Flora y la chantajeó. Vio aquella estúpida lámina. Jamás hubiera tenido que estar allí, pero Lucy pensó que le serviría a su hermana de constante recordatorio para que nunca se le ocurriera decir nada. Debes perdonar a Lucy. Es mi madre. Quería lo mejor para mí. Su mayor alegría fue verme convertido en el dueño de la finca.

—Pero la finca no te pertenece, Crispin.

Crispin sacudió enérgicamente la cabeza como si quisiera apartar aquella idea lejos de sí.

—Obligó a la pobre Flora a decírselo —añadió—. La amenazó con causar daño al muñeco en caso de que no se lo dijera. El susto la devolvió a la realidad y él consiguió averiguar el secreto. Por eso murió.

—¿Tú sabes quién lo hizo, Crispin? —le pregunté temerosamente.

Crispin me miró con una sonrisa.

—Sé lo que estás pensando. Sé lo mucho que me amas. No, aunque soy un pecador, yo no maté a Gaston Marchmont. Ahora veo que te lo tendré que decir todo. De nada nos van a servir los secretos y, puesto que ya sabes tanto, conviene que lo sepas todo. Flora estaba muy afligida. Había revelado el secreto y, al mismo tiempo, ello le había hecho recordar lo que realmente había ocurrido por más que ella tratara de engañarse, pensando que había sido una pesadilla. Había matado a la criatura que tenía a su cargo en un momento de estúpida frivolidad.

Y lo había hecho para divertir a Gerry. Poco después, éste se fue a Nueva Zelanda, pensando seguramente que el niño se había salvado. Como es natural, él no supo lo que ocurrió. Pero el miedo que pasó al ver al niño tendido en el suelo debió de influir en parte en su decisión de marcharse. Flora estaba muy trastornada y Lucy permitió que se distrajera con el muñeco y pensara que el niño todavía estaba vivo. Al darse cuenta de que había revelado el secreto y de que el muñeco era simplemente un muñeco, sólo vio un medio para asegurarse de que el secreto jamás se contaría.

»Es asombroso que pudiera hacerlo, pero lo hizo. Creo que las personas como ella pueden ser muy tenaces y saben planificar las cosas con serena precisión, lo cual es extraordinario. Acudió a St. Aubyn's. Conocía bien la casa porque había vivido en ella. Fue a la sala de armas, tomó el arma y después esperó al acecho a Gaston Marchmont entre los arbustos. Casi todos los miembros de la familia atravesaban los arbustos para regresar a la casa. Era un atajo desde las cuadras. Cuando él pasó por allí, Flora lo estaba aguardando y le pegó un tiro. Entonces todos los planes cuidadosamente elaborados se vinieron abajo. Flora arrojó el arma al suelo y regresó corriendo a la casa. Lucy estaba muy preocupada, preguntándose dónde estaría su hermana. Cuando ésta regresó, Lucy la obligó a confesar lo que había hecho.

»La idea de Lucy era la de guardar el secreto. Su sueño era que St. Aubyn's fuera para mí. Sería una compensación a cambio de todo lo que habían sufrido. Recuerda que yo soy su hijo. Aquella noche se dirigió a St. Aubyn's, encontró el arma y la enterró... por desgracia, no demasiado bien. Fue Flora quien mató a Gaston Marchmont, Frederica. Por favor... por favor, te ruego que lo comprendas. Es un secreto que nunca se tiene que contar.

Permanecí en silencio un buen rato, desconcertada ante todo lo que acababa de escuchar. A pesar de mi horror, experimentaba cierto alivio. Ya no había ningún secreto entre nosotros.

Me lo estaba imaginando todo: Flora, arrojando al niño desde la ventana, su angustia al descubrir lo que había hecho, aquellas tres mujeres desesperadas buscando una salida a su situación, el triunfo de Lucy al ver el glorioso futuro que se abría ante su hijo. Me imaginaba a Lucy enterrando el cuerpecillo roto del pequeño Crispin e imaginaba los desvaríos de Flora; me imaginaba la colocación de la lámina de las siete urracas para recordarle las horribles consecuencias de la revelación del secreto. Pero, al final, ella lo había revelado. Gaston la había obligado a contarle el secreto y, a su juicio, sólo había una solución; matarlo antes de que pudiera contar el secreto que jamás se debería contar.

—Crispin —dije—. Esta propiedad no te pertenece.

—De no haber sido por mí, ahora ya estaría en la ruina. Yo la he convertido en lo que es.

—Aún así, no es tuya. No eres el heredero de esta finca.

—No. Lucy es mi madre. No conozco a mi padre.

—Lucy lo debe de conocer —dije—. Pero eso no cambia las cosas. ¿Qué vamos a hacer?

—¿Cómo qué vamos a hacer? ¿A qué te refieres?

—Crispin... tengo que llamarte Crispin.

—Jamás tuve otro nombre.

—Aunque me lo hayas revelado, este hecho siempre estará ahí. Este lugar no te pertenece —añadí al ver que no decía nada—. ¿Acaso no es cierto?

No quería reconocerlo... pero era cierto y él lo sabía.

—Creo que nunca podrás ser feliz con lo que por derecho no te pertenece.

—Soy feliz. Este lugar siempre ha sido mío. No podría imaginar otra cosa.

—Si Gaston Marchmont no hubiera muerto...

—Pero murió.

—Si no hubiera muerto, hubiera revelado la verdad y entonces...

—Por supuesto que lo hubiera hecho. Ése fue el motivo. Debió de adivinar algo. A Flora se le debió de escapar algún comentario. El hecho de que el muñeco se llamara Crispin le llamó la atención. Hubiera reclamado la finca en nombre de Tamarisk... y, si hubiera conseguido sus propósitos, la finca hubiera durado muy poco.

—Pero pertenece a Tamarisk. Es la hija de la casa y no hay ningún otro varón vivo.

—Si eso se llegara a saber, sería un desastre. Piensa en toda la gente que se gana la vida en la finca. Todo se perdería. Ahora ya conoces el secreto. Nadie más debe conocerlo. Me alegro de que lo sepas. No tenemos que ocultarnos ningún secreto el uno al otro. No tiene que haber ninguno más.

—Me alegro de que lo comprendas.

—Ahora queda el problema de Flora. No sé qué hacer con ella. Lucy le tiene miedo. Ya viste cómo la acosó aquel hombre. Está trastornada y ya no es la misma.

—Su muerte pesa sobre su conciencia, lo mismo que la del niño.

—Ya ni siquiera quiere el muñeco. Ha llegado a la conclusión de que Crispin ha muerto y el muñeco no es más que un muñeco. Cuando pensaba que era un niño, estaba tranquila. Había borrado el pasado. Pero aquel malvado la obligó a decirle lo que había ocurrido. La devolvió a la realidad y eso es algo que ella no puede afrontar.

—Crispin, hay algo que debes hacer, de lo contrario, jamás podrás tener la conciencia tranquila. Tamarisk tiene que saber que este lugar le pertenece. Tiene que conocer la verdad. No serás enteramente feliz hasta que se lo digas.

—¿Y qué ocurrirá cuando yo pierda todo aquello por lo que he trabajado durante tantos años?

—Tamarisk te quiere. Está orgullosa de ti. Te considera su hermano. Querrá que sigas aquí. Comprenderá que ella no podría llevar la finca sin ti.

—Pero la finca no sería mía. Y yo no quiero que nadie me dé órdenes.

—Ella no te ordenaría nada.

—¿Y si se casara? ¡Imagínate lo que hubiera hecho Gaston Marchmont si se hubiera quedado aquí!

—Pero no está aquí. Creo que es justo que Tamarisk lo sepa y estoy segura de que no serás enteramente feliz hasta que se lo digas.

Crispin dijo que jamás le diría nada a su hermana. Me lo había dicho a mí porque ambos habíamos acordado no tener ningún secreto el uno con el otro. Pero, ahora que yo lo sabía, la cosa no podía pasar a mayores. ¿De qué serviría contarle a la gente aquella antigua historia? ¿De qué serviría acusar a Flora de asesinato?

La pobre Flora tendría que comparecer en juicio y él no permitiría que tal cosa ocurriera. Se divulgaría toda la historia y a Tamarisk no le gustaría. Volvería a vivir el escándalo de su desastroso matrimonio. Pobre Lucy... pobres también nosotros. Sería algo que no beneficiaría a nadie.

No se podía hacer nada. El asesinato de Gaston Marchmont se consideraría un crimen sin resolver. Los que ahora lo comentaban, pensaban que el asesino había sido alguna persona de su ignomonioso pasado.

No, no se podía hacer nada.

Sin embargo, yo insistía en que se lo dijera a Tamarisk, señalándole que jamás podría ser feliz sabiendo que había usurpado algo que por derecho no le pertenecía.

Nos pasamos toda la noche discutiendo y, al final, conseguí hacerle comprender que sólo le quedaba una alternativa.

Crispin le escribió una carta a Tamarisk.

Tardamos mucho tiempo en recibir su respuesta y creo que, durante la espera, Crispin fue muy feliz no sólo por el hecho de haberme revelado toda la verdad sino también por el curso que estaban siguiendo los acontecimientos.

Decía que se había quitado un gran peso de encima, pero yo veía en sus ojos una profunda tristeza. Cuando hablaba de la finca, lo hacía con una cierta añoranza. Hubiera querido consolarle y a veces me preguntaba qué ocurriría si tuviéramos que marcharnos de St. Aubyn's.

¿Cuál sería la reacción de Tamarisk al enterarse de que ella era la propietaria de una gran finca? Si hubiera vivido, Gaston Marchmont se hubiera puesto al frente de todo. ¡Qué tragedia hubiera sido para muchas personas!

A menudo me imaginaba a Flora, tomando el arma y matándolo. Ella había sido la culpable de la muerte del niño, pero aquello había sido una insensata temeridad juvenil. En cambio, la muerte de Gaston había sido un asesinato a sangre fría y, sin embargo, lo que más la preocupaba era la revelación del secreto. Yo no podía pensar en otra cosa.

Cada día esperábamos recibir noticias de Tamarisk. Karla había contestado a las cartas que Crispin y tía Sophie habían enviado a Casker's Island y decía que mi padre se había alegrado mucho de la solución de los conflictos y esperaba que algún día fuera a visitarle a la isla con mi marido.

Al final, llegó la esperada carta de Tamarisk. Estaba

dirigida a los dos y escrita en aquel estilo levemente impertinente que le era propio.

Mis queridos recién casados:

Como podéis imaginar, me llevé una enorme sorpresa al recibir vuestra carta. ¡Qué cosas tan extraordinarias ocurren en Harper's Green!

Ante todo, os quiero comunicar la noticia más importante. No vayáis a pensar que vosotros sois los únicos que podéis casaros. Os llevaréis una sorpresa aunque puede que la perspicaz Frederica ya tuviera alguna idea de cómo iban las cosas.

Sí, me he casado. Con Luke, naturalmente. Me he dejado atrapar por la misión. Después de lo de la pierna de nuestro querido Jaco, ocurrieron cosas muy emocionantes. Ahora tenemos una escuela y, tanto si lo creéis como si no, yo y nuestra querida Muriel nos encargamos de dar las clases. Ella se encarga de las asignaturas más serias y se dedica a salvar sus almas y todo eso. Yo me encargo de lo más divertido. Vienen a mí y ríen y cantan y yo los quiero mucho a todos y creo que ellos a su vez me corresponden.

Luke está muy bien y hemos montado una pequeña... bueno... supongo que por aquí lo llamaríais clínica. Muriel es muy experta en estas cosas y John y Luke le echan una mano... e incluso yo colaboro de vez en cuando. Nuestro éxito con la pierna de Jaco nos hizo famosos en toda la isla.

Tom Holloway viene a visitarnos muy a menudo y todo el mundo está muy contento de la misión.

En cuanto a eso que me dices... estoy asombrada. O sea que no eres mi hermano, Crispin. A decir verdad, a veces me extrañaba tener un hermano tan listo y tan distinto de mí. Pero no importa. Os quiero mucho tanto a ti como a tu nueva esposa.

Y todo eso que me cuentas de Flora y los niños parece sacado de la Biblia o de una tragedia de Shakespeare... nadie diría que estos cambios de personas pudieran producirse en la vida real... y tanto menos en Harper's Green. La vida sigue su acostumbrado curso durante años y años y, de pronto, estalla el drama.

¡O sea que St. Aubyn's es mío! ¿Y qué demonios voy a hacer yo con eso? ¿Cómo podría yo andar por ahí visitando a los arrendatarios y hablando de cosechas, techumbres y cuadras de vacas?

Mi querido ex hermano, no me abandones, por favor. No te vayas al confín de la Tierra con tu flamante esposa. Quédate en el lugar que te corresponde, aunque debo decir que sería bonito que vinieras a verme a Casker's Island. Sé que a tu padre le gustaría mucho, Fred, y a mí me encantaría enseñaros todos los cambios que hemos introducido en la misión. Vamos a levantar un nuevo edificio. Yo contribuiré a sufragarlo en parte. Pero a mi querido san Lucas no le gusta demasiado. No quiere una esposa rica. En realidad, cree que tengo demasiado dinero. No le interesa el dinero. Me quiere sólo a mí. Todo eso es muy espiritual, por supuesto, pero muy halagador. Sin embargo, tú ya conoces a san Lucas.

Y, por favor, os pido que nada cambie. La finca es tuya, Crispin. Todos sabemos que sin ti no sería nada.

Luke dice que aquí no tenemos que hacer ostentación de nada. Las misiones no se construyen así. Se construyen con la fe, la confianza y la comprensión. Tú le conoces, Fred, y comprenderás a qué me refiero.

Dejé la carta sobre la mesa.

—No me esperaba esto —dijo Crispin—. Habla como si no le importara.

—Ahora lo que le importa es su nueva vida. Tiene a Luke, que es una persona extraordinaria. O sea que todo seguirá igual que antes.

—¿Y el futuro? La finca no es mía.

—Crispin —le dije yo—, nunca lo fue.

—¿Y si ella cambia de idea? ¿Cuánto tiempo piensas que le interesará esta misión? Ya conoces a Tamarisk.

Como bien sabes, sus entusiasmos no duran mucho.

Era cierto.

—Cuando se percate de lo que eso significa... ¿quién sabe? —añadió—. Imagínate que vuelve y quiere ponerse al frente de todo.

—¿Quieres decir si te echara de aquí? ¿Y cómo podría ellar hacer eso? No tiene la menor idea de cómo se administra una finca.

—Imagínate que se cansa de este virtuoso marido. Imagínate...

—Cualquier cosa es posible, por supuesto.

—Y entonces, ¿qué?

—Crispin —dije—, nos tendremos el uno al otro. Eso es lo más importante del mundo. Creo que Tamarisk está aprendiendo a amar como jamás había hecho antes. Hubieras tenido que ver cómo ha cambiado. No es la misma persona que fue engañada por Gaston Marchmont. Sí, estoy segura de que está aprendiendo a distinguir cuáles son las cosas importantes en la vida.

—¿Como yo? —preguntó Crispin.

—Sí, Crispin —le contesté—, como tú.

Crispin esbozó la misma sonrisa de juvenil satisfacción que yo le había visto durante nuestra luna de miel cuando todavía pensaba que el secreto jamás se llegaría a descubrir. Pero incluso entonces se advertía en él algunas veces una sombra de temor. Ahora la sombra ya había desaparecido.

Ocurrió de noche. Me despertaron unos extraños ruidos y, cuando miré por la ventana, vi un siniestro resplandor en el cielo.

Me levanté de un salto de la cama y Crispin siguió inmediatamente mi ejemplo.

—Hay un incendio en alguna parte —dijo.

Nos vestimos y salimos. Algunos criados ya estaban abajo.

Cuando vi la dirección de donde procedía el humo, pensé en seguida en las hermanas Lane. Corrimos a la casa y ante nuestros ojos apareció la rugiente masa encendida de lo que antes fuera la Casa de las Siete Urracas.

Al ver a Crispin, Lucy corrió a su encuentro llorando histéricamente. Crispin la rodeó con sus brazos.

Fue una pesadilla... el crujido de la madera, la súbita erupción de las llamas lamiendo las paredes y el derrumbamiento de toda la estructura.

Lucy sollozaba, repitiendo sin cesar el nombre de Flora. Entonces me enteré de que Flora había muerto. Había saltado al jardín por la ventana del cuarto infantil y habían encontrado su cuerpo junto a la morera.

Jamás olvidaré aquella noche. Conservo las borrosas imágenes de unas personas hablando a gritos entre sí mientras trataban de sofocar el incendio. Aquella noche sería recordada durante mucho tiempo como la noche en que se incendió la casa de las hermanas Lane.

Hubo comentarios para todos los gustos sobre las causas. Flora Lane siempre había sido muy rara. Debió de dejar una vela encendida y quizás ésta se cayó. Los incendios se inician con mucha facilidad. La pobrecilla debió de arrojarse por la ventana al iniciarse el fuego. Hubiera podido bajar por la escalera, tal como hizo su hermana. ¡Pobre y trastornada Flora!

Nadie vio nada extraño en lo ocurrido.

Pero yo estoy segura en mi fuero interno de que Flora no pudo enfrentarse con la verdad; dos veces había matado y no podía resistirlo. Creo que provocó el incendio en el cuarto infantil y quiso que pensaran que se había arrojado por la ventana para escapar de las llamas. Le había revelado el secreto a Gaston Marchmont y temía seguir viviendo y no saber guardar el secreto que jamás se debería contar.

Nos llevamos a Lucy a St. Aubyn's. Estuvo viviendo allí algún tiempo, pero ella quería una casa propia y Crispin se encargó de proporcionársela. En la finca había una casa vacía. La viuda de uno de los trabajadores de la finca había fallecido hacía unos tres meses y Crispin dispuso que la arreglaran y reformaran para que Lucy pudiera ocuparla.

Tuve ocasión de hablar mucho con ella. Su actitud hacia mí había cambiado y ahora ya no parecía evitar mi compañía. Había surgido una nueva amistad entre nosotras. Era la madre de mi marido. Adiviné sus sentimientos. Durante muchos años había cuidado de Flora. Había vivido una existencia dominada por la inquietud y ahora se había quitado aquel peso de encima, pero, al principio, sintió un gran vacío. Me lo explicó tal vez porque deseaba disculparse por la forma en que se había comportado conmigo en el pasado. «Es muy amable de su parte», solía decirme, pero yo me percataba de su nerviosismo y comprendía que estaba deseando que me fuera. Reconozco que mi curiosidad era un tanto descarada. Pero ahora nos habíamos hecho amigas.

—Me alegro de poder vivir cerca de aquí —me dijo.

—Es lo que quiere Crispin.

—Siempre ha sido muy bueno conmigo, incluso antes de que yo le dijera la verdad.

En cierta ocasión me confesó:

—No me arrepiento de nada de lo que hice porque gracias a eso le tuve a él.

—Lo comprendo —contesté.

—Tú y yo tenemos que ser amigas —añadió—. Yo le traje a este mundo y tú lo has hecho muy feliz. Él es el centro de mi vida y lo ha sido desde la primera vez que lo vi. Obré mal, pero entonces me pareció el único camino y fue algo muy beneficioso para él.

—Lo sé —dije yo.

Recibimos otra carta de Tamarisk. La misión estaba prosperando mucho más de lo que ellos jamás se hubieran atrevido a soñar. Decía que ojalá fuéramos a verla.

Lucy visitaba el sepulcro de Flora todos los domingos al salir de la iglesia. A veces la acompañábamos y regresábamos con ella a su nueva casa donde nos quedábamos un rato conversando.

Un día Crispin y yo salimos a dar un paseo a caballo y pasamos por delante de las ruinas de la antigua casa. Yo no podía contemplarlas sin estremercerme. Era una visión espectral, incluso bajo la luz del sol.

—Ya es hora de que construyamos algo aquí —dijo Crispin con su habitual sentido práctico—. Vamos a echarle un vistazo. Podrían empezar a retirar los escombros la semana que viene. Los albañiles no tienen muchas cosas que hacer en este momento.

Atamos los caballos a un pilar de la entrada que todavía se mantenía en pie y cruzamos el jardín en el que Flora solía sentarse con su muñeco junto a la morera.

—Ten cuidado —me advirtió Crispin cuando entramos en lo que quedaba de la casa.

Asió mi brazo y lo comprimió con fuerza cuando entramos en lo que había sido la cocina. Casi toda la pared se había desplomado.

—Será fácil limpiar la parcela —dijo Crispin.

Nos acercamos a la escalera que todavía permanecía intacta.

—Es sólida —dijo Crispin—. Era una buena escalera.

Subimos al piso de arriba. La mitad del tejado había

desaparecido, pero aún se aspiraba el acre olor del humo. Contemplé las ampollas que el fuego había provocado en el esmalte de la madera y vi los ladrillos ennegrecidos. La lámina de las siete urracas estaba en el suelo.

La recogí. El cristal se había roto y se cayó cuando lo toqué. Allí estaban las siete urracas, mirándome fijamente. La lámina tenía manchas de tizne y el papel estaba húmedo y había adquirido un tono pardusco.

Saqué la ilustración y el marco cayó al suelo.

—¿Qué es eso? —preguntó Crispin.

—La lámina de Flora... la que Lucy le enmarcó. Las siete urracas... para un secreto que nunca se contará.

Crispin me miró como si leyera mis pensamientos mientras yo rompía en pedazos la lámina y los trozos de papel se alejaban flotando por el aire, empujados por la brisa que penetraba a través del boquete donde antaño hubiera un tejado.

Esta obra, publicada por
EDICIONES GRIJALBO, S.A.,
se terminó de imprimir en los talleres
de Indugraf, S.C.C.L., de Barcelona,
el día 7 de septiembre
de 1992